读客®

读客外国小说文库

激发个人成长

鹰翼行动

［英］肯·福莱特 著　汪洋 译

KEN FOLLETT

On Wings of Eagles

江苏凤凰文艺出版社
JIANGSU PHOENIX LITERATURE AND ART PUBLISHING,LTD

图书在版编目（CIP）数据

鹰翼行动 / (英) 肯 · 福莱特 (Ken Follett) 著；汪洋译. -- 南京：江苏凤凰文艺出版社, 2017.9

书名原文: On Wings of Eagles

ISBN 978-7-5594-1075-7

Ⅰ.①鹰… Ⅱ.①肯… ②汪… Ⅲ.①长篇小说—英国—现代 Ⅳ.①I561.45

中国版本图书馆CIP数据核字（2017）第217141号

图字：10-2013-50号

书　　名　鹰翼行动

著　　者　（英）肯 · 福莱特
译　　者　汪　洋
责任编辑　丁小卉　姚　丽
特邀编辑　任俊芳　闵　唯
责任监制　刘　巍　江伟明
策　　划　读客图书
版　　权　读客图书
封面设计　读客图书　021-33608311
出版发行　江苏凤凰文艺出版社
出版社地址　南京市中央路165号，邮编：210009
出版社网址　http://www.jswenyi.com
印　　刷　三河市吉祥印务有限公司
开　　本　890mm x 1270mm　1/32
印　　张　16
字　　数　357千
版　　次　2017年9月第1版　2017年9月第1次印刷
标准书号　ISBN 978-7-5594-1075-7
定　　价　63.00元

如有印刷、装订质量问题，请致电010-85866447（免费更换，邮寄到付）

自　序

这是一个真实的故事，描写了一群被诬陷的人。这些人被指控犯下了他们从未犯过的罪行，于是他们决定为自己讨回公道。

冒险行动结束后，法庭就此作出审判，针对他们的所有指控均被撤销。我的叙述并未涉及审判，但因为法庭的事实认定书和判决结果证明了他们的清白，所以我将其附在了本书的末尾。

我在讲述故事的时候，对事实做了两个小的修正。

首先，故事中的一些人物用了假名或昵称，这主要是为了保护他们免受伊朗政府的报复。这些假名是：马吉德、法拉、阿波尔哈桑、“菲什先生”、“深喉”、拉西德、“摩托男”、梅赫迪、马勒克、胡拉姆、赛义德和“查理·布朗”。其他所有人的姓名都是真实的。

其次，在回忆三四年前发生的事情时，人们很难记清准确的词句；而且，现实生活中的对话往往伴随着肢体动作，也常会被人打断或者前后不连贯。如果将其如实记录，则很难读懂，所以本书中的对话经过了重构和加工。不过，这些被重构的对话都给至少一位当事人修订过，并获得其最终认可。

除了以上两点外，接下来的每一个字都是真实的。本书既不是“对真实事件的小说改编”，也不是“纪实小说”。我没有虚构任何内容，你将阅读到的都是真实发生过的事。

我如鹰将你们背在翅膀上，带来归我。

——《圣经·旧约·出埃及记》第19章第4节

第一章

1

一切都是从1978年12月5日开始的。

美国电子数据系统公司（简称EDS公司）伊朗分公司的人事主管杰伊·科伯恩正坐在德黑兰郊区的办公室里，心事重重。

办公室所在的三层水泥建筑位于从布加勒斯特街分出的一条小巷里，因此又被叫作“布加勒斯特”。科伯恩在二楼，他的办公室按美国标准来说相当大。房间里铺着镶木地板，放着一张时髦的木质办公桌，墙上挂着一幅伊朗国王的肖像。他背窗而坐。透过玻璃门，他可以看到开放式办公区里的员工，他们有的在打字，有的在接电话。玻璃门有门帘，但科伯恩从不拉上。

办公室里冷极了，一直都这么冷。数千名伊朗人正在罢工，城市的电力供应时断时续，暖气则基本上每天都要停几个小时。

科伯恩五英尺[①]十一英寸[②]高，两百磅重，人高马大，肩膀宽

① 英尺，英制长度单位，1英尺=12英寸=0.3048米。

② 英寸，英制长度单位，1英寸=2.5400厘米。

阔。他留着分头，经过精心打理的红褐色短发透着商人的干练。尽管他才三十二岁，但看上去将近四十了。认真观察的话，从他迷人开朗的面容和随时保持着的微笑中，可以发现他还很年轻，但他总给人以早熟的印象，让人觉得他一定是早就担负起成长的重任。

他打小就承担起了各种责任：孩童时代在父亲的花店工作；二十岁的时候在越南当直升机飞行员；成为年轻的丈夫，然后是父亲；而如今，在这个暴徒横行的城市里，一百三十一名美国员工及其二百二十名家属的人身安全都交到了他这个人事主管的手上。

今天，他一如既往地给德黑兰各处打电话，努力弄清哪儿发生了冲突，下一次冲突会在什么地方爆发，以及未来几天会出什么状况。

他每天至少给美国大使馆打一通电话。大使馆有一间二十四小时值守的情报室。分布在城市各区域的美国人会将本地示威和骚乱的情况报告给大使馆，然后大使馆会发出通知，警告他们避免去某某地区。但科伯恩发现，大使馆几乎无法给出预测和建议。他每周都参加大使馆的通报会，但大使馆总是说，美国人应该尽量待在室内并远离人群，还说国王掌控着局面，现在还没到撤离的时候。科伯恩懂得他们的难处——倘若美国大使馆说国王的政权摇摇欲坠，那国王就必定会垮台——但他们太谨慎了，以至于没有透露半点有用的信息。德黑兰的美国商人对大使馆不再抱幻想，索性成立了自己的情报网。城里最大的美国企业是贝尔直升机公司，其伊朗业务的负责人是一名退休少将——罗伯特·N.麦金农。麦金农掌管着一个一流的情报机构，他把所有的情报都与大家分享。科伯恩还认识几个美国军队的情报官员，常与他们通电话。

今天德黑兰相对安宁，没有大规模的示威。最近一次严重骚乱爆发于三天前，也就是12月2日，那是大罢工的第一天，据报道有七百人在街头斗殴中丧生。科伯恩掌握的情报显示，平静的局面可能只会持续到12月10日，即穆斯林的圣日阿舒拉节那天。

科伯恩担心那天会出事。这个穆斯林的冬季节日完全不像圣诞节。这一天，穆斯林会斋戒，悼念先知穆罕默德的外孙侯赛因。整个节日的基调是悔恨。届时将举行大规模游行，虔诚的信徒甚至会在游行中鞭笞自己。在那样的氛围下，疯狂和暴力可能会瞬间爆发。

科伯恩担心，今年的暴力行为也许会冲着美国人来。

一系列不愉快的事件使他相信，伊朗人的反美情绪正在急剧升温。曾有人将一张卡片塞进他的门缝，上面写着：如果你珍惜你的生命和财产，就滚出伊朗。他的朋友也收到过类似的明信片。他家的外墙上之前被某些“喷漆艺术家”喷上了一行字：美国人住在这里。他的孩子前往德黑兰的美国人学校时，所乘的校车被一群示威者摇晃冲撞。EDS公司的其他员工在街上遭到过大声辱骂，他们的汽车也被损毁。在一个恐怖的下午，EDS公司最大的客户——卫生和社会福利部的伊朗人发起暴动，砸碎窗户、焚烧国王肖像。楼里的EDS公司管理人员退守到一间办公室，设置路障抵抗暴徒，直至他们离开。

从某种意义上说，最危险的变化发生在房东对他的态度上。

同德黑兰的大多数美国人一样，科伯恩租的房子里住着两家人——他和他的妻子、孩子住楼上，房东一家住楼下。那年三月，科伯恩刚来德黑兰的时候，房东给他们提供了庇护之所。两家人相处融洽。科伯恩和房东一起讨论宗教——房东给了他一部英文版《可兰经》，房东的女儿则向她父亲念诵科伯恩带来的《圣经》片段。周末他们会一同去短途旅行。科伯恩七岁的儿子斯科特同房东的儿子们在街上踢足球。某个周末，科伯恩一家有幸获邀参加一场穆斯林婚礼。那是一次有趣的体验。男人和女人一整天都不得相见，科伯恩和斯科特同男人们待在一起，科伯恩的妻子莉兹和他们的三个女儿同女人们待在一起，科伯恩从未看到过新娘。

夏天过后，两家的关系却渐渐疏远了。周末的旅行不再进行；房东的儿子们被禁止同斯科特在街上玩；最后，两家就连在房子里和院子里都不接触；房东的孩子如果同科伯恩一家说话还会受到申斥。

房东并非突然之间开始恨美国人。一天晚上，他用行动表明他还很关心科伯恩一家。那天，街上发生了一起枪击事件——房东的一个儿子在宵禁后外出，士兵便朝男孩开火了，男孩翻过院墙逃回家中。科伯恩和莉兹从二楼阳台看到了整个经过，莉兹被吓坏了。房东上楼告诉他们出了什么事，并向他们保证一切都好。但他显然意识到，为了家人的安全起见，不能让人看到他同美国人友好——他嗅得出风向变了。对科伯恩来说，这又是一个不好的征兆。

现在，科伯恩听说，阿舒拉节那天将会发起针对美国人的圣战，这件事已经在清真寺和集市里传得沸沸扬扬。距阿舒拉节还有五天，但在德黑兰的美国人都出奇的镇定。

科伯恩记得，宣布宵禁之后，就连EDS公司每月的扑克比赛也未受到影响。他和他的牌友只需带上妻子和孩子，将打牌变成睡衣聚会，到天亮再散伙就行了。他们已经习惯了枪声。大多数争斗发生在集市所在的南部老城区，以及大学周边。但大家都会不时听到枪声。初始的惊讶过后，他们就不再关心这些事。倘若说话时被枪声打断，他们就会停下，等枪声停后接着讲下去，就像在美国遇上飞机从头顶飞过一样。他们仿佛从来都不担心子弹会打中他们。

科伯恩对枪声并没有漠不关心，他年轻时经历过枪林弹雨。在越南的时候，他曾经驾驶过武装直升机支援地面行动，还驾驶过运输部队和补给的直升机，在战场上无数次着陆起飞。他杀过人，也见过人死。那时候，每执行二十五小时战斗飞行任务，就能获得一枚空军奖章，而科伯恩回家的时候戴着三十九枚，此外还有两枚杰出飞行十字勋章、一枚银星勋章，以及小腿肚里的一颗子弹——中弹的正是直升机飞行员最脆弱的部位。那一年，他觉得自己在战斗中尚能应对，因为战斗中要做的事太多了，他没有时间害怕。可每次一旦任务结束，他回想起自己干了些什么，就止不住双股战战。

尽管有点怪异，但他还是很感激那段军旅生涯。战争让他迅速成长，给了他商界同侪所没有的优势，也让他对枪声形成了正确的观念。

但他的大多数同事做不到，他们的妻子也是。每当讨论撤离的时候，他们都会反对。他们为伊朗EDS公司投入了大量精力，公司是他们的骄傲，他们不愿抛弃它。他们的妻子将租下的公寓改造成真正的家，他们甚至在制订圣诞节的计划。孩子们都上了学，结识了朋友，养了宠物，还有了自行车。他们认为，只要老实本分地坚持几天，风头自然就会过去。

科伯恩曾劝莉兹带孩子回美国，这不仅是为了他们的安全，也是因为终有一天，他将不得不一次性撤离三百五十名美国人。到时候，他必须将全部的精力投入到这项工作，无暇为自己家人的安危担忧。但莉兹拒绝回去。

想到莉兹时，他不禁叹气。她爱开玩笑，精力充沛，大家都喜欢和她相处，但作为一名公司高管的妻子，她并不称职。EDS公司对管理人员的要求很高，有时为了完成工作他们不得不通宵加班。莉兹不喜欢这样。在美国的时候，科伯恩负责招聘，全国到处跑，从周一到周五都不在家，莉兹对此深恶痛绝。她在德黑兰很高兴，因为科伯恩每晚都会回来。她说，如果他打算留下来，那她也不会走。孩子们也喜欢这儿。这是他们第一次到美国之外的地方生活，伊朗的语言和文化吸引了他们。十一岁的长子吉姆非常自信一切都会没事儿，丝毫不担忧；八岁的次女克里斯蒂虽然有点焦虑，但她素来多愁善感，总是对事物反应过于敏感；七岁的三儿子斯科特和四岁的小女凯莉则太小了，根本意识不到危险。

于是他们留下来了，同其他人一样，等着事态好转——或者恶化。

科伯恩的思绪被敲门声打断，马吉德走了进来。他身材矮小而结实，五十岁左右，蓄着厚密的小胡子。他曾经十分富有，他的部落拥有过一大片土地，但在六十年代的土地改革中失去了一切。现在，他是科伯恩的行政助理，负责同伊朗官僚机构打交道。他英语流利，心思敏捷。马吉德在科伯恩一家刚到伊朗的时候帮了大忙，科伯恩很喜欢他。

“进来吧，”科伯恩说，“坐下。有什么事？”

“是法拉的事。”

科伯恩点头。法拉是马吉德的女儿，她协助父亲工作，她的任务是保证所有美国雇员的签证和工作许可证都能及时更新。

“出什么事了？”科伯恩说。

“警察让她将两个美国人的护照从我们的文件中取出来，而且不能声张。”

科伯恩皱眉道：“谁的护照？”

“保罗·恰帕罗恩和比尔·盖洛德。”

保罗是科伯恩的老板，EDS伊朗分公司的头号人物。比尔则是二号人物，也是他们最大项目的经理，该项目的合约方是伊朗卫生与社会福利部。

“到底出什么事了？”科伯恩问。

“法拉的处境非常危险。”马吉德说，“她被下了封口令。她找我商量。我当然要告诉你，但我担心法拉会遇到大麻烦。”

“等等，我们从头说起。”科伯恩说，“事情是怎么发生的？”

“她今天上午接到了警察局居留许可证处美国科的电话。他们让她去警察局，说是詹姆斯·尼费勒先生的事。她以为是例行公事，于是在十一点三十分到警察局，见到了美国科的科长。科长找她要尼费勒先生的护照和居留许可证，她说尼费勒先生已经不在伊朗了。然后他又问到保罗·布查，法拉说布查先生也不在伊朗。”

“她这么说了？”

“是的。”

布查在伊朗，但法拉可能不知道吧，科伯恩想。布查曾在伊朗居住，然后离开了，但又回来待了很短的时间——他明天将乘飞机去巴黎。

马吉德继续道：“科长说，‘我猜另外两个人也不在，对吧？’法拉看到他的桌上放着四份文件，于是问是哪两位。科长告诉她，是恰帕罗恩先生和盖洛德先生。她说她今早刚拿到盖洛德先生的居留许可证。科长让她将盖洛德先生和恰帕罗恩先生的护照和居留许可证带给他，而且不能声张，不要打草惊蛇。”

“法拉怎么说？”科伯恩问。

“她说今天没法拿。于是科长让她明早送去。他说这是正式命令，她必须履行，还说将有人监视她的行动。”

“这说不通啊。”科伯恩说。

“如果他们发现法拉没有服从命令——”

“我们会想办法保护她。”科伯恩说。他不知道美国人是否必须听命交出护照。前不久他曾在遭遇一场小车祸后交出过护照，但后来有人告诉他不必那样做。“他们没说为什么要交护照吗？”

“没说。”

布查和尼费勒是恰帕罗恩和盖洛德的前任。这意味着什么？科伯恩不知道。

科伯恩站起来。“我们首先要决定的是，法拉明天早上该对警察怎么说。”他说，“我会同恰帕罗恩商量，回头告诉你。”

保罗·恰帕罗恩坐在大楼底层的办公室里，他的房间也有镶木地板和办公桌，墙上也挂着国王的肖像，他也一副心事重重的样子。

保罗三十九岁，中等身材，但有点偏胖，这主要是因为他热爱美食。他橄榄色的皮肤和又厚又黑的头发显示了他纯正的意大利血统。他的工作是在一个原始国家建立完全现代的社会保障系统，这可不容易。

在七十年代早期，伊朗有一套不成熟的社保系统，这套系统不仅不能有效地征缴社保费，而且还很容易就会被钻空子——一个人甚至可以因为同一疾病反复获得补助。国王决定从每年两百亿美元的石油收入中拿出一部分资金将伊朗打造为福利国家，EDS公司获得了这项工程的合同。美国好几个州的医疗保障和医疗补助项目都是由EDS公司操作的，但在伊朗，他们必须从头做起。他们要给三千二百万伊朗人每人发一张社保卡，从领薪水的人的工资中扣除社保金，并处理社保领用申请。这个系统都由电脑控制——这是EDS公司的特长。

在美国建立一套数据处理系统，就像是用袋装配料制作蛋糕，而在伊朗做同样的工作，则像是要从种植小麦开始做起。挫折是不可避免的。伊朗人并不具备美国企业管理人员的那种进取精神。他们经常制造问题，而不是解决问题。在EDS公司位于得克萨斯州达拉斯的总部，员工经常能化不可能为可能，甚至能提前完成任务。而在伊朗，干成任何一件事都异常困难，无论如何都要等到“明天”，但其实却是“未来的某个日子”。

保罗用他知道的唯一方式解决这个问题——勤奋而坚定地工作。他并不是智力超群的天才。小时候的他发现学校的作业很难做，但身为意大利移民的父亲笃信教育的价值，鞭策他继续学习下去，他终于取得了优异的成绩。此后，坚韧不拔的品质就一直助他攻坚克难。他还记得，六十年代EDS公司刚组建的时候，任何一份新合同都有可能让公司一飞冲天或者一蹶不振，而他和大家一起，将公司打造成了世界上最有活力和最成功的公司之一。他始终认为伊朗的项目也会成功，尤其是在杰伊·科伯恩的招聘和培训计划为公司输送了大批具有高层管理能力的伊朗人才之后。

但他大错特错了，而他才刚开始明白为什么。

1977年8月，他和家人到达伊朗的时候，石油出口所带来的经济增长结束了。政府的财政捉襟见肘。那一年的反通胀计划增大了失业率，而农业歉收令更多饥肠辘辘的农民涌入城市。美国总统吉米·卡特的人权政策削弱了国王的集权统治，政治动乱随时可能爆发。

有一段时间，保罗并不怎么关心当地的政治。他知道人们对政府心怀不满，但世界上每个国家几乎都是如此，而伊朗国王看起来仍牢牢地掌控着权力。但保罗和世上大多数人一样，忽视了1978年上半年发生的一系列事件的重大意义。

1月7日，《消息报》对被驱逐的教士阿亚图拉·霍梅尼发动了恶毒的攻击，谴责他是同性恋。第二天，在距德黑兰八十英里[①]的城市库姆——伊朗宗教教育的中心——愤怒的神学学生静坐示威，并与前来驱散他们的军队和警察发生了流血冲突。骚乱迅速升级，接下来的两天中有七十人丧生。教士根据伊斯兰传统，在四十天后为逝者举行了纪念游行。游行中又爆发了冲突，这次骚乱中的逝者在四十天后又被纪念……于是，1978年的整个上半年，游行频繁举行，规模越来越大，冲突也越来越严重。

保罗事后才知道，这些游行打着“悼念死者”的旗号，是为

① 英里，英制长度单位，1英里=1760码=1.6093千米。

了规避国王禁止政治示威的命令。但当时他并未察觉一场浩大的政治运动正风起云涌。其他人也一样。

1978年8月，保罗请假回美国老家（美国驻伊朗大使威廉·沙利文也一样）。保罗热爱所有的水上运动，同表弟乔·波雷卡一起参加了新泽西州大洋城的钓鱼比赛。保罗的妻子鲁丝带着女儿凯伦和安·玛丽去芝加哥探望鲁丝的父母。保罗原本有点焦虑，因为伊朗卫生部还没有向EDS公司支付六月的款项，但这并不是他们第一次延期付款，所以他将这个问题交给了副手比尔·盖洛德，他对比尔收回这笔钱充满信心。

保罗在美国听到伊朗传来的都不是好消息。戒严令于9月7日宣布，翌日，在德黑兰中心的加勒广场，士兵杀死了一百多名示威的群众。

恰帕罗恩一家回到伊朗后，政治氛围已经大不如前。保罗和鲁丝第一次在夜里听到了枪声，他们大吃一惊——他们忽然意识到，自己很有可能被殃及。罢工此起彼伏，供电常常中断。他们不得不点蜡烛用餐，保罗在办公室还要穿上大衣保暖。从银行取钱变得越来越困难，于是员工的工资由支票改为现金。家里的燃油快见底的时候，保罗不得不满大街地寻找，直到最后碰上一辆加油车。他通过贿赂才请动了司机送油。

生意上的问题更严重。卫生与社会福利部部长舍科尔斯拉米扎德博士被捕，因为戒严令第五条允许检察官将任何人投入监狱而无需任何理由。副部长雷扎·勒伽巴也被投入了监狱，他是保罗工作上紧密合作的伙伴。卫生部仍未支付六月份的款项，之后的更无着落，累计已拖欠EDS公司四百多万美元。

为追讨欠款，保罗努力了两个月。他之前打交道的人都不在了，而后继者则基本不回他的电话。个别人偶尔会承诺过问此事，让他回去等电话，但空等了一个星期后，保罗再打去电话，却被告知上周与他通话的人已经离开了卫生部。安排好的会议被一次次取消，欠款以每月一百四十万美元的速度累积。

11月14日，保罗写信给负责社会保障组织的副部长海达高利·艾姆拉尼博士，向他发出正式通知：倘若卫生部不在一个月内结清欠款，EDS公司将停止项目。12月4日，保罗的老板、EDS海外公司总裁在与艾姆拉尼博士的私人会面中也发出了同样的威胁。

那是昨天的事。

如果EDS公司撤出，伊朗的整个社保系统就会崩溃。然而，这个国家已经破产，根本无力偿款的事实也愈发明显。保罗很想知道，艾姆拉尼博士现在会怎么处理呢？

杰伊·科伯恩带着答案进门的时候，保罗还在沉思。

不过，保罗一开始并未想到，警察之所以要窃取他的签证，是为了将他以及EDS公司留在伊朗。

科伯恩告知他真相后，他说："他们这么干是为什么？"

"我不知道，马吉德不知道，法拉也不知道。"

保罗盯着他。过去的一个月里，他们俩走得很近。为了稳定员工的情绪，保罗一直强装勇敢，但在同科伯恩在一起的时候，他可以关起门来说实话。

科伯恩说："首先要解决的问题是，法拉该怎么办？她也许遇上麻烦了。"

"她得做出某种回应。"

"表现出合作态度？"

"她可以告诉他们，尼费勒和布查已经离开伊朗了……"

"她已经说过了。"

"她可以把他们的出境签证给他们看，作为证据。"

"不错。"科伯恩犹疑道，"但他们现在真正感兴趣的是你和比尔。"

"她可以说，护照没有留在公司里。"

"他们也许知道这是谎话——法拉之前可能将护照带去警察局过。"

"就说高级管理人员不必将护照留在公司。"

"这或许说得通。"

"总之理由要站得住脚，让他们相信法拉确实无法做到他们要求她做的事。"

"好的。我会同她和马吉德谈谈。"科伯恩思索了片刻，"你知道，布查订了明天离开伊朗的机票。他大可一走了之。"

"他就应该走——他们本来就认为他不在这儿。"

"你也可以走。"

保罗沉思起来。也许他现在应该离开这里，但伊朗人会怎么做？他们也许会扣留别的人。"不行。"他说，"如果我们要走的话，我应该是最后一个离开的。"

"我们要走？"科伯恩问。

"我不知道。"几个星期以来，他们都在问彼此这个问题。科伯恩已经制订了一个可以立即执行的撤离方案，但保罗始终犹豫不决。他知道他在达拉斯的最高领导希望他撤离，但这意味着放弃他苦心经营了十六个月的项目。"我不知道。"他重复道，"我会给达拉斯打电话请示的。"

那天晚上，科伯恩和莉兹在床上睡觉。电话响的时候，他睡得正酣。

他在黑暗中拿起话筒："喂？"

"我是保罗。"

"你好。"科伯恩打开灯，看了看手表，现在是凌晨两点。

"我们要撤离。"保罗说。

"好的。"

科伯恩把电话机抱在怀里，坐在床沿上。他松了口气。接下来的两三天里会异常忙碌，但忙完之后，那些他一直安慰操心着的人们会回到美国，远离这些疯狂的伊朗人。

他回顾了一遍他为撤离制订的计划。首先，他要通知一百三十个家庭，他们将在未来四十八小时内撤离这个国家。他已经将城市分成了若干区，每个区配一个组长——他将通知组长，再由组长去通知各家各户。他草拟了发给撤离者的传单，告诉他们该去什么地方、做什么事。他只需要将具体的日期、时间和航班号告诉他们，然后复印并分发传单。

他挑选了一名活跃而具有想象力的年轻伊朗系统工程师拉西德，委托他照看撤离德黑兰的美国人留下的家宅、汽车和宠物，并在最后将他们的财产运回美国。他指定了一支后勤小团队负责购买飞机票并运送人员去机场。

最后，他还和几个人进行过一次小规模的撤离演习。演习很成功。

科伯恩穿上衣服，煮好咖啡。接下来的几个小时他无事可做，但焦虑和烦躁令他无法入眠。

凌晨四点，他给后勤小组的六人打电话，吩咐他们宵禁结束后立刻到布加勒斯特办公室见他。

宵禁每晚九点开始，次日凌晨五点结束。科伯恩坐了一个小时，等待，抽烟，喝掉许多咖啡，温习笔记。走廊里的布谷鸟钟啼叫五次的时候，他已经来到前门，准备出发。

门外浓雾弥漫。他钻进车里，以十五英里的时速缓慢地朝布加勒斯特前进。

行驶了三个街区后，六名士兵从雾中跳出，在他的车前围成半圆，将步枪对准了挡风玻璃。

“他妈的。”科伯恩骂道。

一名士兵还在上子弹。他努力从后插入弹夹，但却怎么也弄不进去。弹夹掉在地上，他跪下来，双手在地上乱摸。科伯恩想大笑，但惊恐压制了笑意。

一名军官用波斯语对科伯恩大喊。科伯恩落下车窗，伸出手，指着手表说：“已经过五点了。”

士兵们讨论了一会儿，然后一名军官出现，让科伯恩出示身份证件。

科伯恩焦急地等待着。如果他被捕的话，那今天就太倒霉了。那名军官会相信科伯恩的表还是他自己的？

最后，士兵们让出了道，军官挥手示意科伯恩可以走了。

科伯恩舒了一口气，慢慢驶离了现场。

伊朗就是这样。

2

科伯恩的后勤小组展开了工作——订飞机票，包租巴士将人员送往机场，复印分发的传单。上午十点，科伯恩将各个分区的组长叫到布加勒斯特，让他们开始通知撤离者。

他为大多数人订下了泛美航空12月8日星期五飞往伊斯坦布尔的航班。剩下的人——包括莉兹·科伯恩和他们的四个孩子——将在同一天乘汉莎航空的飞机去法兰克福。成功订票后，EDS公司总部的两名高级管理人员，梅夫·斯托弗和T.J.马尔克斯将从达拉斯前往伊斯坦布尔迎接撤离人员，领他们去酒店，安排下阶段回国的航班。

那天，计划出了点小变动。保罗仍然不愿放弃伊朗的项目。他建议十名左右的高层骨干留下来，保证项目缓慢进行，以期伊朗的局势能平息，EDS公司能最终恢复正常工作。达拉斯方面同意了。自愿留下来的人有：保罗自己、他的副手比尔·盖洛德、杰伊·科伯恩，以及科伯恩指定的撤离后勤小组的大部分员工。另有两个人是不得不留下来的：卡尔·康芒斯和他的妻子维姬。维姬已怀有九个月身孕，只能在孩子出生之后离开。

星期五早上，科伯恩的小组实际上“接管”了德黑兰西部的梅赫拉巴德机场的一部分。他们口袋里都揣着一万里拉尔（约一百四十美元）的钞票，用以行贿。科伯恩的人有的在泛美航空的柜台后登记机票；有的在检查签证；有的在候机室；有的在处理行李。飞机其实订位超员了，科伯恩通过贿赂确保没有一个EDS公司的人会被赶下飞机。

一切都很顺利，但也有两次危急情况。一名EDS员工的妻子携带的是澳大利亚护照而无法拿到出境签证，因为发放出境签证的伊朗政府部门都在罢工（她的丈夫和孩子都有美国护照，所以不需要出境签证）。丈夫抵达检查护照的柜台，将他和他孩子的护照以及其他六七个人的护照叠成一摞递了过去。警卫刚要一本本查看，排队的EDS公司员工就开始推搡拥挤，制造混乱。科伯恩派出的人围在柜台周围，大声质问着，假装对拖延无比愤怒。持澳大利亚护照的女人趁乱穿过了候机室，未遇到任何阻拦。

另外有一个EDS员工家庭，他们收养了一名伊朗婴儿，却未能给孩子领到护照。孩子只有几个月大，可以趴在母亲的前臂上，头朝下睡觉。孩子的养母凯西·马基托斯是个特别大胆无畏的人，她将熟睡的孩子放到前臂上，用雨衣盖住孩子，将其带上了飞机。

然而，登机之前大家都等了好几个小时，两个航班都延误了。机场买不到食物，撤离者饥肠辘辘。于是，在宵禁之前，撤离小组的一些人开车到城里搜罗一切他们能找到的食物。他们将街角几个贩卖糖果、水果和香烟的杂货铺扫荡一空，然后进入一家肯德基，买走了库存的所有小圆面包。他们返回机场，将食物分发给候机室的EDS公司的人，差点儿被等候相同航班的其他饥饿的乘客打劫。回来的路上，有两组人因为宵禁开始后还在外面而遭到拦截拘捕，但一辆试图逃走的汽车转移了士兵的注意力，当士兵朝着汽车开枪时，他们得以朝反方向溜走。

午夜零点过后不久，前往伊斯坦布尔的飞机起飞了。三十一小时后，前往法兰克福的飞机也起飞了。

那天晚上，科伯恩和撤离小组的大部分人都是在布加勒斯特度过的，他们就算回家也没有家人可陪。

科伯恩在指挥撤离行动时，保罗则在努力查明是谁出于何种目的要没收他的护照。

他的行政助理里奇·加拉格尔是一名擅长同伊朗官僚机构打交道的美国年轻人。加拉格尔主动要求留在德黑兰，他的妻子凯茜也没走，她在驻德黑兰的美国军队中有一份不错的工作。因此，加拉格尔夫妇不想离开。而且，他们只养了一条名叫布菲的贵宾犬，没有孩子可担心。

警察让法拉上交护照的那天——也就是12月5日——加拉格尔同保罗·布查一道拜访了美国领事馆。布查正是警察要没收护照的人之一，他已经不在伊朗工作，但碰巧有事重返了德黑兰。

他们见到了总领事洛·戈尔兹。戈尔兹是一位经验丰富的领事，年过五十，偏胖，秃顶，垂在额前的短发都花白了——他扮起圣诞老人来一定很合适。戈尔兹身边还有大使馆的一名伊朗员工阿里·乔丹。

戈尔兹建议布查赶紧坐飞机离开。法拉已经告诉警察——她完全不知道布查又回来了——布查不在伊朗，而警察似乎信了她的话。布查完全可以偷偷溜走。

戈尔兹主动提议保管保罗和比尔的护照和居留许可证。这样一来，倘若警察正式要求EDS公司提交这些证件，EDS公司就可以让他们去找大使馆了。

另一方面，阿里·乔丹还可以借此同警察接触，查明到底出了什么事。

那天晚些时候，护照和相关证件都被送到了大使馆。

第二天早上，布查登上飞机离开了伊朗。

加拉格尔打电话问大使馆情况。阿里·乔丹已同德黑兰警察局的比格拉里将军通过电话。比格拉里说，保罗和比尔被限制离境，如果试图离开的话，将会遭到逮捕。

加拉格尔问为什么。

乔丹解释，他们是作为“一项调查的重要证人”而被扣留的。

“什么调查？”

乔丹不知道。

加拉格尔将这一情况报告给保罗，保罗十分困惑，也很忧虑。他从未卷入交通事故或者目睹犯罪，也跟中情局没什么关系……那被调查的是谁或者是什么事情呢？难道是EDS公司？还是说，调查只是个借口，真实的目的是将保罗和比尔留在伊朗，继续运行社保系统的电脑？

但警察也做出了妥协。阿里·乔丹抗辩说，警察可以没收居留许可证，因为那是伊朗政府颁发的，但他们无权没收护照，因为那是美国政府颁发的。比格拉里将军同意了。

第二天，加拉格尔和阿里·乔丹到警察局将相关证件交给比格拉里。在去的路上，加拉格尔问乔丹，保罗和比尔会不会被指控干了坏事。

“我觉得不太可能。”乔丹说。

在警察局，将军警告乔丹，如果保罗或比尔通过任何手段——例如乘美国军用飞机——离开了这个国家，美国大使馆就必须为此负责。

第二天——12月8日，也就是撤离的日子——洛·戈尔兹给EDS公司打电话。通过他在伊朗司法部的一个“线人”，他了解到，保罗和比尔作为重要证人被牵扯其中的调查，是针对已遭监禁的卫生部长舍科尔斯拉米扎德博士的腐败指控。

得知事情到底是怎么回事后，保罗终于松了口气。他很乐意告诉调查者：EDS公司从未行贿。他甚至认为部长没有收过任何人的贿赂。伊朗的官僚以腐败而臭名昭著，但舍科博士——这是保罗对他的简称——似乎是另一个模子铸出来的。他是受过正规训练的整形外科医生，思维敏锐，尤擅掌控细节。在卫生部，他团结了一帮年轻而有进取心的技术官员，他们能破除繁文缛节，提高办事效率。他的理想是将伊朗的卫生和福利水平提升到与美国相当，而EDS公司的项目只是大计划中的一部分。保罗认为舍科博士没有借此机会中饱私囊。

如果戈尔兹的“线人”所言不虚，那保罗就没什么可害怕的。但他真能高枕无忧吗？舍科博士三个月前被捕了。

保罗告诉伊朗人，如果卫生部不支付欠款，EDS公司就将撤离伊朗，之后伊朗人就突然意识到比尔和保罗是重要证人——这难道是巧合吗？

撤离行动之后，EDS公司剩下的人员都搬入了两间屋子里。12月10日至11日，也就是阿舒拉节的圣日，他们都待在屋子里打牌，一个房间里玩的赌注大，另一个玩的赌注小。保罗和科伯恩都在赌注大的房子里。他们邀请了科伯恩的“神秘朋友”——军情部门的两个联络人——加入牌局，这两人都有枪，能为他们提供保护。因为不能携带武器上牌桌，所以“神秘朋友”将枪放在了走廊里。

出乎意料的是，阿舒拉节过得相对比较平静——全国有数百万伊朗人参加了反对国王的示威，但几乎没有发生暴力冲突。

阿舒拉节后，保罗和比尔又开始考虑逃离伊朗，但大使馆方面的反应却令他们备感意外。作为预备步骤，他们要求大使馆的洛·戈尔兹还回护照。但戈尔兹说，他如果这么做，就必须告知比格拉里将军，那就相当于告诉警察，保罗和比尔将要开溜。

戈尔兹坚称，他曾在收取护照时给EDS公司打过招呼，说之后便是使馆和警方之间的事情了。但他当时一定说得很小声，因为EDS公司没有人记得他这么说过。

保罗怒不可遏。为什么戈尔兹必须同警察达成协议？戈尔兹完全没有义务告知警察他是如何处理美国护照的。看在上帝的份上，他的工作可不是帮助警察扣留保罗和比尔！大使馆应该帮助美国人，难道不是吗？

难道戈尔兹就不能违反他那愚蠢的协议，悄悄还回护照，等保罗和比尔安全返回美国之后再通知警察吗？绝对不行，戈尔兹说。如果他同警察发生争执，警察就会给其他人找麻烦，而戈尔兹必须考虑仍留在伊朗的一万二千名美国人。何况，保罗和比尔已经进了机场警察的“扣押名单”，即便他们证件齐全，也不可能通过护照检查。

得知保罗和比尔确实被扣留在伊朗后，达拉斯的EDS公司总部及其律师便开始高速运转。他们在华盛顿的关系没有共和党执政时那么强大，但还是有几个朋友。他们找到了鲍勃·斯特劳斯，一名能帮忙解决问题、本领超群的白宫政客，他恰巧是得州人；还找到了汤姆·摩尔上将，参谋长联席会议前主席，他认识现在伊朗军政府中的许多将军；以及理查德·赫尔姆斯，他曾担任过中情局局长和驻伊朗大使。在他们对国务院的联合施压下，美国驻德黑兰大使威廉·沙利文在同伊朗首相阿扎里将军会面时，提到了保罗和比尔的问题。

但所有的努力都毫无成效。

保罗给伊朗人的三十天付款期限到了。12月16日，他致信艾姆拉尼博士，正式终止了合同。但他没有彻底放弃。他让一批已经撤离的管理人员重返德黑兰，以显示EDS公司努力解决与卫生部之间纠纷的意愿。阿舒拉节很平静，在此鼓励下，部分管理人员甚至携带家属归来了。

大使馆和EDS公司在德黑兰的律师都没能查明是谁下令扣留保罗和比尔的，最后还是法拉的父亲马吉德从比格拉里将军那里打听到了消息。调查者是地方预审法官侯赛因·达德加，他是检察院的一名中级官员，在一个负责处理公务员犯罪案件的部门，权力非常大。达德加正在调查已经被监禁的前卫生部部长舍科博士。

尽管大使馆无法劝服伊朗人允许保罗和比尔离境，也不愿偷偷地将护照还给他们，但至少可以安排这个达德加尽快讯问保罗和比尔，好让他们回美国过圣诞吧？圣诞节对伊朗人来说没什么意义，戈尔兹说，但新年很重要，所以他将努力在新年前促成一次会谈。

十二月下旬，骚乱又爆发了（回来的管理人员做的第一件事就是策划第二次撤离行动）。大罢工持续了许多天，石油出口——伊朗政府最重要的收入来源——锐减，也使EDS公司收回欠款的可能性降到了零。卫生部里几乎没有伊朗人上班，EDS公司的员工无事可做，保罗只好将一半管理人员送回美国过圣诞。

保罗打包了行李，锁好房子，搬进希尔顿酒店，准备一有机会就回美国。

城里谣言四起。杰伊·科伯恩通过情报网收集了大量信息，并将有价值的向保罗汇报。其中最令人不安的一条信息来自于美国女孩邦妮·弗雷沙克，她有朋友在伊朗司法部。在美国的时候，邦妮曾为EDS公司工作，而在德黑兰，尽管她已不是公司员工，却仍与公司保持着联系。她打电话告诉科伯恩，司法部打算逮捕保罗和比尔。

保罗同科伯恩商议，这同他们从美国大使馆听到的消息不符。他们都认为，大使馆的建议当然优于邦妮·弗雷沙克的，所以决定不采取应对措施。

保罗的圣诞节与几名同事在帕特·斯卡利家平淡地度过了。斯卡利是一名志愿返回德黑兰的年轻经理。斯卡利的妻子玛丽也回来了，给大家做圣诞晚餐的就是她。保罗开始想念鲁丝和孩子们。

圣诞节过去两天后，大使馆打来电话，说他们已经为保罗和比尔约到了地方预审法官侯赛因·达德加，双方将于12月28日早晨在艾森豪威尔大街的卫生部大楼会面。

九点刚过，比尔·盖洛德就来到了保罗的办公室。比尔端着一杯咖啡，穿着EDS公司的制服——商务西装、白衬衫、素净的领带、黑色布洛克皮鞋。

比尔与保罗一样，都是三十九岁，中等身材，体型偏胖。但外形上的相似之处仅此而已。保罗的肤色更黑，眉毛浓密，眼窝深陷，鼻子很大。穿便装时，他经常被误认为是伊朗人，直到他张嘴说出带纽约口音的英语。比尔的脸又圆又扁，皮肤白皙，任何人一见他都会认为他是盎格鲁-撒克逊人。

他们有许多相似之处。两人都信仰罗马天主教，但比尔更加虔诚，他们都喜爱美食，都接受过系统工程师的培训，并在六十年代加入EDS公司——比尔1965年入职，保罗1966年入职，都取得了骄人的业绩——尽管保罗稍晚一年入职，现在的职位却高于比尔。比尔对卫生保健行当了如指掌，而且在“管人”方面技术一流，但他没有保罗那么强势而活跃。比尔是一个深邃的思想者和谨慎的组织者。保罗从不担心比尔会搞砸一场重要的宣讲，因为比尔总会字斟句酌，精心准备。

他们配合得天衣无缝。保罗急躁冒进的时候，比尔就会让他停下来反思。比尔畏首畏尾的时候，保罗就会让他大胆往前闯。

他们在美国就已经相识，但他们的关系在过去九个月里更加熟稔。去年三月，比尔刚到德黑兰时就住在保罗家里。直到妻子和孩子也来了，比尔才搬走。保罗很内疚，几乎想让比尔回国，因为他觉得自己有责任保护比尔，而伊朗这儿除了一大堆问题外什么都没有。

对骚乱和枪击，比尔比大多数人都忧虑——也许是因为他未在这儿待太久，也许是因为他天生就爱忧虑。他认为护照的问题非常严重，保罗却不以为然。有一次，比尔甚至建议他和保罗乘火车前往伊朗东北边境，从那里进入苏联，因为没有人会想到美国商人会经由苏联逃跑。

比尔也非常想念艾米丽和孩子们，保罗觉得自己多多少少要为此负责，因为是他让比尔来伊朗的。

不过，一切就要尘埃落定了。他们将在今天见到达德加先生，取回他们的护照。比尔订了明天离开伊朗的航班，艾米丽正在策划元旦前夜为他举行接风宴会。用不了多久，这场噩梦就会结束了。

保罗笑着问比尔：“准备好了吗？”

“随时都可以走。”

“叫阿波尔哈桑来吧。”保罗拿起话筒。阿波尔哈桑是职位最高的伊朗雇员，在如何同伊朗人做生意方面为保罗提供了许多建议。他的父亲是一名出色的律师，他的妻子是美国人，他能说一口流利的英语。他的一项工作就是将EDS公司的合同翻译成波斯语。今天，在保罗和比尔同达德加会面时，他将担任翻译。

阿波尔哈桑立即来到保罗的办公室，一行三人出发了。他们没有带律师。根据大使馆的说法，这是一次例行会面，讯问也是非正式的。带律师去不仅没有必要，而且可能引起达德加先生的不满，让他怀疑保罗和比尔有所隐瞒。保罗希望大使馆的人也能在场，但戈尔兹拒绝了这一请求——大使馆派代表参加这样的会议不合乎常规程序。然而，戈尔兹建议保罗和比尔携带相关文件，以证实他们来伊朗的时间、正式的职务以及职责的范围。

车在德黑兰一如既往的疯狂车流中穿梭，保罗心情压抑。能回家固然值得高兴，但他不愿承认失败。他是EDS公司派来伊朗开展业务的，而现在他却在亲手结束业务。无论怎么看，公司的第一次海外投资都失败了。伊朗政府资金短缺不是保罗的错，但如此安慰自己作用不大，因为借口是产生不了利润的。

他们沿着同美国高速公路一样又宽又直的艾森豪威尔大街前进，两侧都是行道树，最后驶入一座十层高的大楼前的院子。大楼远离公路，由手持自动步枪的士兵把守。这里就是卫生和社会福利部的社保组织所在地。该组织本应成为把伊朗建设为福利国家的推动者。就在这儿，伊朗政府和EDS公司携手合作，建立了社保系统。EDS公司占据了第七层的全部房间——比尔的办公室就在里面。

保罗、比尔和阿波尔哈桑出示了通行证，进入大楼。走廊肮脏，没什么装饰，整栋楼里寒气逼人——暖气又停了。一行人被领到了达德加的办公室。

办公室不大，四面墙壁脏兮兮的，达德加就坐在一张古老的银灰色金属桌后。他面前的桌上放着一本笔记本和一支钢笔。透过窗户，保罗能看到隔壁房间EDS公司正在建造的数据中心。

阿波尔哈桑介绍了双方。一个伊朗女人坐在达德加桌旁的椅子里，她是诺巴什夫人，达德加的翻译。

他们都坐在破烂的金属椅中。茶端了上来。达德加开始用波斯语发言，声音轻柔但又十分深沉，脸上没有表情。保罗趁翻译的间隙仔细打量达德加。他五十多岁，又矮又胖，不知为何让保罗联想到阿奇·邦克[①]。他黑皮肤，头发往前梳，仿佛要掩盖即将秃顶的事实。他留着小胡子，戴着眼镜，穿着一套朴素的西装。

达德加说完，阿波尔哈桑翻译道："他警告说，如果发现你的回答不令他满意，他有权逮捕你。他还说，你最好推迟接受讯问，让你的律师准备好保释金。"

保罗对形势的变化深感震惊，但他立刻以商人的机敏做出了分析判断。好吧，他想，最糟的结果也不过是他不相信我们，然后逮捕我们——但我们不是杀人犯，二十四小时后我们就可以获得保释。但我们会被扣留在这个国家，不得不同律师商量应对之

① 阿奇·邦克（Archie Bunke），美国电视剧《全家福》（All in the Family）中的人物，美国电视剧上最著名的偏执狂。

策……这并不比现在的状况更糟。

保罗盯着比尔问：“你怎么看？”

比尔耸了耸肩，说：“戈尔兹说，这是一次常规会面。提到保释金也似乎是按规矩行事——就像事先宣读你有何权利一样。”

保罗点头：“我们可不想会面延期。”

“那就不理会保释金什么的吧。”

保罗转向诺巴什太太说：“请告诉达德加先生，我们两人从未犯下罪行，也不知道鄙公司有其他什么人犯了罪，所以我们相信我们都不会被起诉，我们希望能在今天之内结束讯问，以便能返回美国。”

诺巴什如实翻译。

达德加说他首先想讯问保罗，比尔应该先离开，一个小时后再回来。

比尔离开了。

比尔上到七楼自己的办公室。他拿起话筒，打电话给布加勒斯特的罗伊德·布里格斯。布里格斯是仅次于保罗和比尔的三号人物。

“达德加说他有权逮捕我们。”比尔告诉布里格斯，“我们可能需要支付保释金。打电话问伊朗律师，这番警告意味着什么。”

“好的。”布里格斯说，“你在哪儿？”

“在卫生部我的办公室里。”

“我问清楚了回你电话。”

比尔挂上电话等待。自己会被捕吗？这一想法太荒谬了。尽管如今伊朗腐败成风，但EDS公司从未通过行贿获取合同。即便公司曾经贿赂过伊朗官员，比尔也不是经手人——他的工作是提供产品，而不是赢得订单。

几分钟后布里格斯回电话了。“没什么好担心的。”他说，“就在上周，有个被指控谋杀的男子支付了一百五十万里亚尔[①]的保释金就被释放了。”

比尔迅速计算起来，那相当于两万美元，EDS公司应该拿得出这么多现金。几个星期来，他们积累了大量现金，一方面是因为银行罢工，另一方面也是为撤离做准备。“公司保险箱里有多少钱？”比尔问。

“大概七百万里亚尔，还有五万美元。”

这么说，比尔心里盘算，即使我们被捕，也能立刻支付保释金。“谢谢。”他说，“我感觉好多了。”

在楼下，达德加记录了保罗的全名、出生的时间和地点、上过的学校、电脑方面的经验和资格。他认真检查了正式任命保罗为EDS公司伊朗分公司总经理的文件。现在，他要求保罗陈述EDS公司是如何获得卫生部合同的。

保罗做了下深呼吸，说道：“首先，我想指出的是，合同谈判和签署的时候，我并不在伊朗工作，所以对于这个问题，我不是很了解。但我可以告诉你，我理解的谈判程序是什么样的。”

听了诺巴什夫人的翻译，达德加点了点头。

保罗继续发言，语速缓慢，表达规范，以帮助翻译能够理

① 里亚尔，伊朗货币，100伊朗里亚尔=0.019人民币。

解，他说道："1975年，EDS公司的一名管理人员保罗·布查了解到，伊朗卫生部正在寻找一家有医保和社保经验的数据处理公司，于是布查先生来到德黑兰，同卫生部的官员会面，商定了卫生部希望完成的工作的性质和规模。卫生部告诉他，路易斯·伯杰、马什和麦克伦南、伊朗信息系统、联合公共数据四家公司已投标，凯捷咨询公司也有投标意向。布查先生说，EDS是美国领先的数据处理公司，而且我们公司的专长正是卫生保健领域。他主动提议为卫生部免费做初步研究。卫生部同意了。"

保罗停下等诺巴什夫人做翻译，却发现她似乎并没有全部译出来，而达德加记下来的更少。保罗开始说得更慢，而且更频繁地停顿："卫生部显然喜欢EDS公司的提议，因为他们要求我们进行一项花费二十万美元的详细研究。1975年10月，我们向卫生部提交了研究结果。卫生部接受了我们的方案，双方开始合同谈判。1976年8月达成了最终协议。"

"一切都是光明正大地进行的吗？"达德加透过诺巴什问。

"当然。"保罗说，"达成协议之后，又经过漫长的三个月，才获得了所有政府部门的许可，包括国王内廷的同意。每个步骤都是执行到位了的。合同到年末正式生效。"

"合同费用是否过高？"

"合同约定了最高20%的税前利润，如此大规模的合同，一般都要给足这么大的利润空间，这是世界各国的通行做法。"

"EDS公司是否履行了合同规定的义务？"

对这个问题，保罗再清楚不过了。"是的，我们履行了。"

"你能提供证据吗？"

"当然。合同详细规定了我必须隔一段时间就与卫生部官员会面，汇报进度。我按照规定做了汇报，卫生部也做了会议记录。合同还规定了EDS公司无法履行义务时卫生部的投诉程序，但他们从未走过这样的程序。”

诺巴什夫人翻译完后，达德加没有写下一个字。这些他一定都知道，保罗想。

“看看窗户外面。”保罗接着说，“那里是我们的数据中心。去看看吧。里面有电脑。摸摸它们，它们在运转，它们在生成信息。读读打印出的结果。电脑正在被使用。”

达德加做了简单的记录。保罗不知道他到底想干什么。

接下来的问题是：“你们同马哈维集团有什么关系？”

“刚到伊朗的时候，我们得知必须有伊朗合作伙伴才能在这儿做生意。马哈维集团就是我们的合作伙伴。然而，他们的主要任务是给我们提供伊朗员工。我们定期同他们会面，但他们基本不参与经营。”

达德加问：“为什么卫生部一名叫托里阿提的人在EDS公司领工资？这难道没有利害冲突吗？”

终于接触到实质性问题了。保罗可以理解，托里阿提的身份看起来确实不寻常，但这很好解释。他说：“合同规定，我们出钱请专家顾问，协助卫生部充分利用我们提供的服务。托里阿提博士就是这样一位顾问。他有数据处理的知识背景，熟悉伊朗和美国的商业模式。由EDS公司而不是卫生部给他发工资，是因为卫生部的工资太低，无法吸引到他那样的人才。不过，合同也规定，卫生部必须对我们做出相应的补偿。所以，准确地说，他的工资不是我们发的。”

达德加又草草地记了两笔。这些情况他大可从文件中获知啊，保罗想，很可能他已经知道了。

达德加问：“那为什么托里阿提博士会开发票给卫生部？”

“这很好解释。”保罗答道，“他从未开过发票。他顶多只会验收一些门外汉完全搞不懂的高科技项目，然后通知部长项目已经完成。”保罗微笑着继续，“他非常认真地履行对卫生部的责任——他是我们最辛辣的批评者，总是在验收项目前问许许多多的尖刻问题。我有时候倒真的希望能控制他。”

诺巴什夫人开始翻译。保罗暗忖：达德加到底想干什么？他先是问我来伊朗之前的合同谈判的事，然后又提到了马哈维集团和托里阿提博士，似乎他们都非常重要一样。也许达德加自己也不知道要找到什么——或许他只是在多方试探，希望发现非法行为的证据。

这出闹剧究竟要持续多久啊？

比尔就在外面的走廊里，穿着轻便大衣御寒。有人给他端上一杯茶，他双手捧着杯子，一边啜饮一边暖手。大楼里又暗又冷。

一见到达德加，比尔就惊讶地发现他与普通伊朗人不同。他冷漠、粗野、不友善。大使馆的人说达德加对比尔和保罗“怀有好感”，但比尔可没有这样的感觉。

比尔思考着达德加在玩什么把戏。他是在威胁他们，还是当真在考虑逮捕他们？无论如何，见面都没有按照大使馆的预期进行。大使馆的建议——不带律师或大使馆代表来——现在看起来错了。也许他们只是想置身事外。保罗和比尔如今只能靠自己了。这一天可不会太愉快，但这天结束的时候，他们也许就能回家了。

透过窗户，比尔看见艾森豪威尔大街上有些喧闹。就在这条大街的另一头，持不同政见者正在拦截过往车辆，将霍梅尼的画像贴在挡风玻璃上。保卫卫生部大楼的士兵则拦下车辆，将画像撕下来。士兵们的情绪愈发激昂，他们打碎了一辆车的前灯，又砸破了另一辆车的挡风玻璃，似乎是想好好教训司机。接着，他们将司机从一辆车里拖出来，狠狠揍了一顿。

他们又选中了一辆出租车——橘红色的德黑兰出租车。那辆车当然径直开过去了，连停都没有停，士兵们被触怒了，追上去，还开了枪。出租车和追出租车的士兵都从比尔的视野里消失了。

一番闹腾后，士兵们结束了令人沮丧的游戏，回到了院子里的岗位上，那里位于卫生部大楼的前部，四周围着墙。这场既幼稚又野蛮的闹剧折射出了伊朗的现状。这个国家正每况愈下。国王大权旁落，反对者决心驱逐他或者干脆杀了他。对车中的人，比尔深感同情。他们是无辜的受害者，除了祈祷局势好转外什么也干不了。如果伊朗人的人身安全都得不到保障，那美国人就更危险了，比尔想。我们必须离开这个国家。

走廊里还有两个无所事事的伊朗人，他们也在观看着艾森豪威尔大街上的骚乱，震惊程度丝毫不亚于比尔。

讯问从上午进行到了下午。比尔午餐吃了块三明治，配上更多的茶。他很想知道审讯室里的状况。他对被迫等待并不意外——在伊朗，“一个小时”的意思就是“晚些时候”，并不是精准的描述。但随着时间的推移，他愈发不安起来。保罗在里面遇到麻烦了吗?

那两个伊朗人整个下午都待在走廊里，什么都没干。比尔隐隐怀疑他们的身份。他没有同他们说话。

他希望时间能飞快地过去。他订了明天的航班。艾米丽和孩子们在华盛顿，他的父母和岳父母都住在那儿。他们要在元旦前夜为他举办一场大派对。他迫不及待地想见到他们。

他几个星期前就该离开伊朗，那时已有人开始扔燃烧弹。一名家里被燃烧弹袭击的受害者是他在华盛顿念高中时的同学，她嫁给了美国大使馆的一位外交官，比尔同他们谈论了这次袭击。幸运的是，没有人受伤，但大家都很害怕。我当时就该警醒，立刻离开这里，他想。

最后，阿波尔哈桑打开门叫道："比尔！请进来。"

比尔看了看表——下午五点。他进了屋。"真冷啊。"他边说边坐了下来。

"坐在椅子里还挺暖和的。"保罗苦笑道。比尔看着保罗的脸——他似乎很不舒服。

讯问比尔前，达德加喝了一杯茶，吃了一个三明治。比尔注视着他，心想：小心！这家伙打算让我们掉进陷阱里，那样他就能阻止我们离开伊朗了。

讯问开始了。比尔说出了自己的全名、出生的日期和地点、上的学校、工作资格和经验。达德加问话和做笔记的时候一直板着脸——他就像一台机器，比尔想。

他开始明白为什么对保罗的讯问进行了这么久。每一个问题都必须从波斯语翻译成英语，而每一个回答又必须从英语翻译成波斯语。翻译主要由诺巴什夫人负责，但阿波尔哈桑会不时打断她，做出说明或更正。

达德加就EDS公司执行与卫生部合同的情况讯问了比尔。比尔做了详尽细致的答复，但这个话题十分复杂，技术性相当高，他断定诺巴什夫人不怎么听得懂他在说什么。总之，没人能仅凭几个普通的问题就搞清楚整个项目有多么复杂。谁会这么傻啊？比尔想，为什么达德加要坐在冰冷的房间里，问一整天愚蠢的问题？这是一种伊朗仪式，比尔判断。达德加需要尽可能完善记录，表明他做过细致的调查，以免日后被指责放走了他们。但他顶多只能让他们滞留伊朗一段时间。他们早晚都会离开的。

达德加和诺巴什夫人看上去都不友善。这场讯问变得更像是法庭盘问。达德加说EDS公司给卫生部的进度报告造假，借此诈骗卫生部为未完成的工作付款。比尔指出，卫生部的官员能够掌握项目的进度，而且从未表示报告不准确。倘若EDS公司未能尽责，卫生部为什么不投诉呢？达德加可以去查阅卫生部的文件。

达德加又问到了托里阿提博士，比尔解释了托里阿提扮演的角色，但诺巴什夫人在达德加还没有说任何可供翻译的话之前，就说比尔的解释不可信。

接着是一堆八竿子打不着的问题，其中一个完全不知所谓：EDS公司有没有雇佣希腊员工？比尔说没有，不知道这问题有什么意义。达德加似乎丧失了耐心。也许他希望比尔同保罗的回答能自相矛盾，但现在他大失所望，只好装模作样地走过场。他的提问马虎而仓促，也没有在比尔作答后追问或要求进一步澄清。一个小时后，他结束了讯问。

诺巴什夫人说："请你们在达德加先生的笔记本上的每一对问答旁签字。"

"但他是用波斯语写的——我们一个字都不认识！"比尔抗议道。他知道这是陷阱，这些文字是达德加给他们编造的谋杀、间谍或别的什么罪名，签了字就等于招供。

阿波尔哈桑说："我会检查一下笔记的内容。"

保罗和比尔等待阿波尔哈桑检查笔记。他看起来读得很粗略。他将笔记本放在桌上，说："我建议你们签字。"

比尔知道自己不应该签，但他别无选择。如果他想回家，就必须签字。

他看着保罗。保罗耸耸肩。"我想我们还是签了吧。"

他们轮流拿过笔记本，将名字写在了一堆看不懂的波斯文字旁边。

签完字后，房间里的空气骤然紧张起来。现在他得让我们回家了吧，比尔想。

达德加将资料放入一堆整齐的文件里，一边同阿波尔哈桑用波斯语聊了几分钟。然后他离开了房间。阿波尔哈桑转身面对保罗和比尔，满脸严肃。

"你们被捕了。"他说。

比尔心一沉。这意味着没法坐飞机回华盛顿，没法见到艾米丽，没法参加元旦前夜的派对了……

"保释金是九千万托曼，保罗六千万，比尔三千万。"

"天啊！"保罗说，"九千万托曼就是……"

阿波尔哈桑在一张纸上算了出来。"差不多是一千三百万美元。"

"开什么玩笑！"比尔说，"一千三百万？杀人犯的保释金才两万。"

阿波尔哈桑说："他问你是否准备交保释金。"

保罗大笑道："告诉他我手头有点儿紧。我得去银行取钱。"

阿波尔哈桑没有答话。

“他不是认真的吧？”保罗说。

“他是认真的。”阿波尔哈桑说。

比尔突然怒不可遏——达德加、洛·戈尔兹，还有这个该死的世界，都他妈的不是东西。这明明是个陷阱，他们却生生地掉了进去。为什么？他们主动来到了这里与达德加见面，见面是美国大使馆安排的。他们没有干坏事，也没有人拿得出他们干坏事的证据，但他们还是要进监狱，而且是伊朗的监狱！

阿波尔哈桑说：“你们可以每人打一通电话。”

就像电视上的警匪片一样——打一通电话，然后就进监狱。

保罗拿起话筒拨号：“请找罗伊德·布里格斯。我是保罗·恰帕罗恩……罗伊德？我今天不能回来吃晚饭了。我被逮捕了。”

比尔想，保罗到现在还不相信自己真会被关进监狱。

保罗听了片刻，说：“先给盖登打电话怎么样？”比尔·盖登和比尔·盖洛德的名字十分相近，前者是EDS公司的全球总裁，保罗的顶头上司。一旦消息传回达拉斯，比尔想，这些不知天高地厚的伊朗人就会见识到EDS公司的厉害了。

保罗挂断电话，换比尔打电话。他致电美国大使馆，要求总领事接听。

“戈尔兹吗？我是比尔·盖洛德。我们刚才被逮捕了，保释金是一千三百万美元。”

“怎么会这样？”

比尔对戈尔兹冷静而从容的声调大为光火。“是你安排了这场会面，你还说我们可以离开！”

“如果你们没有干坏事，我肯定——”

“你说‘如果’是什么意思？”比尔怒吼道。

“我会尽快派人来监狱。”戈尔兹说。

比尔挂上电话。

那两个在走廊晃荡了一整天的伊朗人进了屋。比尔发现他们高大魁梧，多半是便衣警察。

阿波尔哈桑说：“达德加说不必给你们上手铐。”

保罗说：“真是谢谢啊。”

比尔忽然想起那些关于国王监狱中虐待囚犯的传说。他尽量不去多想。

阿波尔哈桑说：“你们要把公文包和钱包交给我吗？”

他们将包交了出去。保罗留下了一百美元。

“你知道监狱在哪儿吗？”保罗问阿波尔哈桑。

“你们将前往司法部设在海亚姆街的临时拘留所。”

“赶紧回布加勒斯特，向罗伊德·布里格斯汇报详情。”

“好。”

一名便衣警察打开了门。比尔看着保罗。保罗耸耸肩。

他们出了门。

警察押送他们下楼，进入一辆小车。“我想我们得在监狱待上几个小时。”保罗说，“大使馆和EDS公司需要那么长时间才能派人来把我们保释出去。”

“他们可能已经到监狱了。”比尔乐观地说。

两名警察中更壮的那名坐进了驾驶席，他的同事坐在副驾驶席上。他们驶出院子，进入艾森豪威尔大街，车速很快。他们突然转弯，进入一条狭窄的单行道，以最快的速度逆行。比尔紧抓住面前的座椅。他们左转右拐，回避从对面驶来的轿车和公交车，其他司机纷纷鸣笛挥拳。

他们朝南稍偏东的方向前进。比尔想象着到达监狱时的情形。EDS公司或大使馆的人会来商量降低保释金，让他们直接回家而不用蹲监狱吗？大使馆的人肯定对达德加的所作所为备感愤怒。沙利文大使会出面斡旋，让他们立刻获释。毕竟，将两名没有犯下任何罪行的美国人关进伊朗监狱，并将保释金定为一千三百万美元是极其不公正的。整件事都荒唐透顶。

但他现在却坐在这辆车的后座里，静静地注视着窗外，思考着接下来会发生什么。

车继续向南行驶，透过车窗看到的景象让他更加惊惧。

美国人在城北生活和工作，在那里骚乱和斗殴还是偶发现象，但这里——比尔现在意识到——混乱却已是常态。被焚毁的公交车的黑色残骸在街上冒着烟；数百示威者大肆破坏，高喊着，唱着圣歌，纵火，建路障；十多岁的少年朝汽车抛掷着莫洛托夫鸡尾酒——一种以碎布为引信的装满汽油的酒瓶。他们的目标似乎是随机的，下一个遭袭击的可能就会是我们，比尔想。他听见了枪声，但光线昏暗，他没有看见谁在朝他们开枪。司机驾着车一路狂奔，从未减速。路上几乎每隔一条街都被暴徒、路障或燃烧的汽车所堵塞，司机只好绕行，不顾任何交通信号灯，沿着小路以疯狂的速度绕过阻碍。我们不可能活着到看守所了，比尔一边想，一边摸了摸兜里的念珠。

这段路似乎永远也走不完，但就在这时，小车突然拐进了一个圆形院子，停了下来。壮实的司机一言不发地下了车，进了楼。

司法部很大，占据了整整一个街区。黑暗中——街灯都熄了——比尔隐约看见一栋五层高的大楼。十或十五分钟后，司机出了大楼，钻进驾驶席，绕到了大楼后面。比尔猜他已经在大楼里做了囚犯入监登记。

车在大楼后驶上路沿，在人行道上停了下来，旁边是一道又长又高的砖墙，墙上有一扇双开铁门。右侧很远的地方，隐约看得见一个小公园或花园的轮廓。司机下了车，一扇铁门上的窥视孔打开了，司机同门后的人用波斯语聊了两句，然后门开了，司机示意保罗和比尔下车。

他们走进铁门。

比尔环顾四周。他们处在一个小院子里。他看见十到十五个配有自动武器的警卫分散在院内。面前是一个环形车道，上面停着轿车和卡车。左侧有一座平房，紧挨着砖墙，右侧则是另一扇铁门。

司机来到第二扇门边，敲了敲门。窥视孔打开，他又同里面的人用波斯语说了几句。然后门开了，保罗和比尔被推了进去。

他们来到登记处，那里放着一张桌子和几把椅子。比尔环顾四周。没有律师、没有大使馆员工，也没有EDS公司的管理人员来救他们。我们无人相助，他想，这将会很危险。

一个警卫站在桌后，手握一支圆珠笔和一叠表格。他用波斯语问了个问题，保罗估摸着答道："我叫保罗·恰帕罗恩。"然后拼读了一遍。

填写表格用了将近一个小时。一个能说英语的囚犯被带出来做翻译。保罗和比尔填写了他们在德黑兰的住址、电话号码、出生日期，还列出了他们的随身物品。他们的钱被没收了，每人只能保留两千里亚尔，大概相当于三十美元。

他们被带到邻近的房间里，被要求脱掉衣裳。他们脱得只剩下内裤。警卫搜查了他们的衣裳和身体。他们吩咐保罗穿上衣裳，但没对比尔这么说。这里非常冷——这里的暖气也停了。比尔光着身子，瑟瑟发抖，不知接下来会发生什么。监狱里显然只有他们两个美国人。他之前读过报道，还听人说过，伊朗的监狱堪比地狱。警卫会对他和保罗做什么？其他囚犯会怎么对他们？但愿有人早点来解救他们。

“我能穿上外套吗？”他问警卫。

警卫没有听懂。

“外套。”比尔说，做了一个穿外套的动作。

警卫将他的外套递给他。

不一会儿，另一名警卫进来让比尔穿好衣服。

他们被带回了登记处。比尔再次环顾四周，期待看到律师或朋友，但他再次失望了。

警卫领他们穿过登记处。又一扇门打开了。他们沿着台阶进入地下室。

地下室里寒冷、阴暗、肮脏。几间牢房里挤满了囚犯，他们全都是伊朗人。尿骚味令比尔闭上嘴，用鼻子浅浅地呼吸。警卫打开了九号牢房的门，保罗和比尔走了进去。

十六个胡子拉碴的囚犯好奇地瞪着他们。保罗和比尔也瞪着他们，心中恐怖不已。

牢门在他们身后“砰”地关上了。

第二章

1

罗斯·佩罗之前的生活都无比美好。

1978年12月28日早上，他坐在科罗拉多州维尔镇的山中小屋的餐桌前，厨师霍莉已经为他准备好了早餐。

“圆木屋”坐落在山坡上，掩映于白杨林中。小屋里有六个卧室、五个浴室、一个三十英尺宽的客厅、一个滑雪后的“疗养室”。“疗养室”的火炉前有一个按摩池。这里只是佩罗的度假别墅。

罗斯·佩罗很富有。

他用一千美元创办了EDS公司，现在公司的股票——他个人仍然拥有超过半数的股份——价值数亿美元。他也是彼得勒斯石油和天然气公司的独资经营者，该公司控制的资产也价值数亿美元。他还在达拉斯拥有多处房产。很难弄清他究竟有多少钱——这取决于如何计算——但至少在五亿美元以上，离十亿可能差点儿。

小说中的富人都被描写得贪婪、权力欲强、神经质、被人仇恨，而且很不开心——总是不开心。佩罗没读过多少小说。他很开心。

他觉得让他开心的不是钱。经商挣钱在他看来是天经地义，这是美国这台机器运转的根本。他喜欢一些钱能买到的玩具——摩托艇、快艇、直升机——但腰缠万贯从来都不是他的梦想。他曾希望建立一个员工数以千计的公司，但他最伟大的梦想业已实现，那就是完美的家庭。他的家人此时就在他面前，穿着保暖内衣，准备去滑雪。在他看来，他二十岁的儿子罗斯·佩罗二世是整个得克萨斯州最英俊的小伙儿。而他的四个女儿——数数吧，四个！——南希、苏珊娜、卡洛琳、凯瑟琳，都是健康、聪明、可爱的姑娘。佩罗曾告诉采访者，他会用孩子们将来成为什么人来衡量自己成功与否，如果他们成为对他人富有爱心的好公民，那他就会觉得自己不虚此生（采访者说："我相信你，但如果我这么写，读者会觉得我被你收买了！"保罗则答道："我不在乎。我只告诉你真相，你想写什么就写什么。"）。到目前为止，孩子们都没有辜负他的期望。尽管从小锦衣玉食，他们却没有变成纨绔子弟。这简直就是奇迹。

缔造这一奇迹的是玛戈·佩罗，孩子们的母亲，她正拿着滑雪缆车票、羊毛袜、防晒霜，在孩子身边忙来忙去。玛戈美丽、慈爱、聪明、时髦，是一个无可挑剔的母亲。只要她愿意，她本可以嫁给约翰·肯尼迪、保罗·纽曼①、兰尼埃王子②或洛克菲勒家族继承人那样的人物，但她却爱上了来自得克萨斯州特克萨

① 保罗·纽曼（Paul Newman，1925—2008），美国著名演员。

② 兰尼埃王子，即兰尼埃三世（Rainier III，1923—2005)，1945年继位为摩洛哥国王。

卡纳的罗斯·佩罗——五英尺七英寸，歪鼻子，除了梦想一无所有。佩罗一直觉得自己很幸运。现在，四十八岁的他回首往事时，发现他此生最大的幸运就是娶了玛戈。

他是一个拥有幸福家庭的幸福男人，但今年的圣诞节，他们全家却蒙上了一层阴云——佩罗的母亲生命垂危，她患了骨癌。圣诞前夜，她在家里摔了一跤，尽管不严重，但癌症脆化了她的骨骼。她摔伤了髋骨，被紧急送往达拉斯城里的贝勒医院。

佩罗的姐姐贝蒂那晚同他们的母亲在一起。圣诞节那天，佩罗、玛戈和他们的五个孩子将礼物装进旅行车，前往医院。祖母精神矍铄，他们一整天都很开心。然而，她并不想他们第二天也待在医院——她知道他们计划去滑雪，她坚持要他们去，不要管她的病。玛戈和孩子们12月26日起身前往维尔，佩罗则选择留下。

母子俩发生了意见冲突，就像佩罗小时候那样。露露·梅·佩罗只有五英尺一英寸或两英寸高，身材瘦削，但她的意志却同海军陆战队的中士一样刚强。她说他工作辛苦，需要休假。他则说自己不想离开她。最后医生打断了争执，说违背她的意愿留下只会恶化她的病情。于是第二天，佩罗去维尔同家人会合。母亲又赢了，就像他小时候母亲总是能赢他一样。

有一次，年幼的佩罗因为童子军旅行的事与母亲吵了一架。特克萨卡纳当时暴雨成灾，而童子军打算在受灾地区附近宿营，帮助进行救援工作。年幼的佩罗铁了心要去，但他母亲知道他还太小——他只会成为童子军领队的负担。佩罗不断央求母亲，但母亲只是微笑着说“不行”。

那一次，他母亲让步了——母亲同意他去帮忙搭帐篷，但必须当天晚上就回来。这算不上多大的妥协，但他根本无法反抗母亲。只要想想回家告诉母亲自己没有听话的后果，他就立刻打消了反抗的念头。

他从未挨过打，他甚至记不起来母亲曾对他大吼大叫过。母亲不是用恐惧来管束他的。她用金发碧眼与温柔和蔼将他还有他的姐姐贝蒂，束缚在爱的锁链里。她只需要盯着你的眼睛，告诉你应该做什么，你就会彻底服从她，不想令她伤心。

即使到了二十三岁，罗斯已经在外面见惯了世面，回到家中也得接受母亲的管束——“你今晚同谁约会？你去哪儿？几点回来？”他回家后，无论时间多晚，都会亲吻母亲道晚安。但其实到现在，他们已经极少发生争执了，因为她的原则已经深深地影响了他，以至于变成了他自己的原则。她现在就像是君主立宪制国家中的女皇，披着权力的帝袍，真正的权力已由她授予了首相。

他不仅继承了她的处事原则，也继承了她钢铁般的意志。他也有盯着人眼睛看的习惯。他娶了一个同母亲相似的女人——玛戈也像露露·梅一样金发碧眼，性格温柔。但玛戈无法支配佩罗。

所有人的母亲都会死，再说露露·梅已经八十二岁了，佩罗无法忽视母亲可能离开自己的事实。她仍然是他生活中很重要的一部分。她不再指挥他，但仍会鼓励他。她鼓励他创办了EDS公司，并在创办初期担任簿记员和董事。他可以同她商讨如何解决问题。1969年12月，当他致力于宣传越战中美国战俘的悲惨遭遇时，也请教了母亲。他本打算飞去河内，但他在EDS公司的同事指出，如果他拿自己的生命冒险，EDS公司的股价就会下跌。他面临着一个道德难题：即使理由无比正确，他是否有权让股东的利益受损？他拿这个问题请教母亲，母亲毫不犹豫地答道：“让他们卖掉股票好了。”战俘们性命堪虞，这远比EDS公司的股票重要。

这一结论佩罗自己也能得出来，他其实并不需要母亲告诉他该怎么做。就算没有母亲，他也仍然是罗斯·佩罗，仍然会做罗斯·佩罗该做的事。但他会想念她，仅此而已。他会非常想念她。

但他不是多愁善感的人。这一天他已无法再为母亲多做什么。两年前，母亲中风。佩罗在那个星期天的下午将达拉斯翻了个底朝天，找到了最好的神经外科医生，将其带到医院。在危机面前他总能积极行动，但倘若局势已无法挽回，他就会不再去想那个问题，而是把注意力转移到下一个任务上。他不会在家人身边苦着脸，破坏假日的气氛。他要加入游乐当中，享受妻子和孩子的陪伴。

电话响了，打断了他的思绪。他走进厨房，拿起话筒。

“我是罗斯·佩罗。”他说。

“罗斯，我是比尔·盖登。”

“你好，比尔。”盖登是EDS公司的元老，1967年就加入了公司。在某种意义上，他是典型的商人。他为人热情，人人都把他当朋友。他爱开玩笑、喝酒、抽烟、打牌。他还是一个手段高超的金融家，擅长收购、兼并、达成各种交易，所以佩罗才会任命他做EDS海外公司的总裁。盖登的幽默感也令人无法抗拒——即便在最严肃的场合他也会找到有趣的谈资——但此时他的声音却相当低沉。

“罗斯，我们遇到了一个问题。”

在EDS公司的常用语词典中，“我们遇到了一个问题”意味着坏消息。

盖登继续道：“是保罗和比尔。”

佩罗立刻明白他在说什么。伊朗人用阴险的手段阻止EDS公司伊朗分公司的两名高级管理人员回国，即使是在他母亲病重不起的时候，他也从未忘记这件事。“但他们应该今天就获准回国啊？”

“他们被捕了。”

佩罗不禁怒火中烧：“比尔，你曾向我保证，讯问结束之后，他们就会获准离开伊朗。为什么会搞成现在这种情况？”

“讯问结束后他们就被投入了监狱。”

“因为什么指控？”

“伊朗人没有细说。”

“他们触犯了哪一条法律？”

“伊朗人没说。”

“我们怎么才能把他们弄出来？”

“罗斯，伊朗人要求九千万托曼的保释金，差不多是1275万美元。”

“1200万美元？”

“是的。”

“这到底是怎么回事？”

“罗斯，我同罗伊德·布里格斯聊了半小时，试图弄清出了什么事。但我发现罗伊德自己都没搞清楚。”

佩罗不再继续发问。EDS公司的管理人员应该给他答案，而不是问题。盖登决不会不做详尽调查就给佩罗打电话。佩罗现在无法从盖登那儿了解到更多情况，盖登提供不了这种信息。

“叫汤姆·卢斯到办公室来。”佩罗说，“给华盛顿的国务院打电话。最优先处理这件事。我可不希望他们再在他妈的监狱里多待一分钟！”

听到罗斯说“他妈的”，玛戈不由得竖起了耳朵——罗斯很少说脏话，尤其是在孩子面前。他板着脸走出厨房，目光如北冰洋一样冷。她知道这副表情意味着什么，他可不会把精力浪费在乱发脾气上。这是他下定决心时的表情，而一旦下定决心，即使赴汤蹈火，他也会竭尽全力去达成目标。玛戈第一次遇见他的时候，就见识过这种坚定刚毅的表情，那还是二十五年前——真的有这么久远吗？在安纳波利斯的海军军官学校。这正是他得以从众多男人中脱颖而出的特质。当然，他还有别的优点——聪明、风趣、魅力四射，甚至连林中的鸟儿都会被他迷住——但令他独一无二的是他坚定的意志。一旦他眼中流露出那种神情，拦住他的难度就堪比拦住下坡的火车。

“伊朗人把保罗和比尔关进监狱了。”他说。

玛戈立即想到了保罗和比尔的妻子。她们是她多年的朋友。鲁丝·恰帕罗恩是一个身材矮小、性格温和的女孩，总是笑盈盈的，有一头漂亮的金发。她看上去就很脆弱的样子，男人总是想保护她。她知道丈夫被抓了，一定会深受打击。艾米丽·盖洛德比较坚强，至少表面上如此。她是一个瘦瘦的金发女人，热情活泼，精神饱满。她得知消息后一定会乘飞机自己去把丈夫从牢里救出来。两人的性格从各自的衣着就能看出来——鲁丝喜欢质地柔软、线条温柔的衣服；艾米丽则中意剪裁考究、颜色靓丽的衣服。艾米丽即使痛苦也不会表现出来。

“我要回达拉斯。”罗斯说。

“外边有暴风雪。”玛戈说。望着外面纷纷扬扬的雪花落在山坡上，她知道自己是在白费口舌，风雪是阻挡不了罗斯的。她预见得到，在两名员工被关在伊朗监狱的情况下，罗斯很难待在达拉斯的办公室里。他不会去达拉斯，玛戈想。他会去伊朗。

“我开全轮驱动车去。”他说，“我可以在丹佛坐飞机。”

玛戈抑制住恐惧，强作欢笑。“小心开车，亲爱的。”她说。

佩罗在雪佛兰萨博班的方向盘后面弓着身子，小心翼翼地驾驶。路上结了大量的冰。雪沿着挡风玻璃的底部堆积起来，缩小了刮雨器清扫的范围。他眯眼看着前面的路。丹佛距维尔一百零六英里。这给了他思考的时间。

他依然愤怒难当。

这不仅仅是因为保罗和比尔被关进了监狱。他们之所以被关进监狱是因为他们去了伊朗，而把他们派到伊朗去的人就是佩罗。

几个月来他一直担心伊朗那边的情况。一天晚上，他躺在床上想了很久，然后到办公室下令：“我们撤离吧。如果我们错了，损失的只是三四百张飞机票的钱。今天就撤离。”

但他的命令罕见地没有得到执行。达拉斯和德黑兰的所有人都裹足不前，这也怨不得他们。是他摇摆不决。倘若他下定决心，保罗和比尔当天就会撤离，但他未能果断，而伊朗的警察第二天就没收了保罗和比尔的护照。

他本就亏欠保罗和比尔太多。他们在EDS公司还是个为生存而挣扎的小公司时，就赌上了自己的职业前途，加入了公司。对这样忠于公司的下属，他总觉得还欠着他们的情。当年，有很多接受过他面试，并且各方面都适合的人，尽管也被勾起了兴趣，而且获得了佩罗的邀请，但在同家人商量之后，都拒绝了佩罗，因为EDS公司太小、太新，进这里工作的风险太高。

保罗和比尔不仅接受了挑战，还为公司的发展拼尽了全力，以确保自己的选择获得回报。比尔设计了管理医疗保障和医疗补助项目的基础电脑系统，该系统如今已应用到美国的许多个州，奠定了EDS公司的商业模式。为研发该系统，他夜以继日地工作，好几个星期都没有回家，还经常带着家人到处搬家。保罗也同样尽心尽责。公司人手和资金不足时，保罗承担了三个系统工程师的工作。佩罗还记得公司同纽约的百事可乐公司签的第一份合同。当时保罗为完成工作，只能冒着大雪，从曼哈顿步行穿过布鲁克林大桥，以绕过警戒线——百事公司的工人正在罢工。

佩罗欠保罗和比尔太多，把他们救出来是他义不容辞的责任。

他必须动员美国政府尽可能地向伊朗人施压。

美国政府曾经让佩罗帮过忙，他把三年的时光——还有一大笔钱——都投入了关注战俘运动。现在，他要找美国政府帮忙了。

他的思绪飘回到1969年，当时越南战争正进行得如火如荼。他在海军军官学校的一些朋友阵亡或者被俘了：比尔·莱夫特威克，一个热情强壮的好人，在三十九岁的年纪战死疆场；比尔·劳伦斯沦为北越的战俘。佩罗不忍看到他的祖国——世界上最伟大的国家——因为意志不坚定而输掉战争，但他更不忍看到的是，数以百万计的美国人并非毫无理由地抗议这场战争，因为它是不义的，所以不应该赢。1969年的一天，佩罗见到了小男孩比利·辛格顿，他不知道自己的父亲是谁。比利的父亲在越南战场失踪了，他还从未见过自己的儿子——谁都不知道他是被俘了还是死了。小比利的悲惨身世令佩罗心碎。

对佩罗来说，怜悯不是悲情，而是行动的号角。

他知道比利绝不是孤例，可能有成百上千的妻子和孩子不知道他们的丈夫和父亲是阵亡了还是被俘了。越南人声称自己不受《日内瓦公约》的约束，因为美国从未对其宣战，所以拒绝公布他们俘虏的美国士兵的姓名。

更糟的是，许多战俘因遭虐待而濒临死亡。尼克松总统计划推行战争越南化政策，并在三年内撤军，但根据中情局的报告，到那时一半的战俘可能都会死亡。即使比利·辛格顿的父亲还活着，也可能挨不到回家那天。

佩罗想做点事。

EDS公司同尼克松政府建立了良好的沟通渠道。佩罗前往华盛顿，同首席外交政策顾问亨利·基辛格会面。基辛格制订了一个计划。

越南人坚称——至少是为了宣传而坚称——他们与美国人民没有仇恨，他们的敌人是美国政府。而且，在这场实力悬殊的较量中，他们向世界展示自己是弱小受辱的一方。他们似乎很看重自己的公共形象。基辛格认为，通过发动一场揭露战俘及其家人悲惨遭遇的国际运动，也许可以让越南人觉得难堪，从而改善战俘的待遇，公布战俘的姓名。

这场运动的资金来源必须是私人融资，必须从表面上看同政府没有关系，但事实上，白宫和国务院的一个小组会密切监督运动的进展。

佩罗接受了挑战。佩罗最爱接受挑战，他念十一年级时的老师达克夫人就意识到了这点。有一次，达克夫人对他说：“很遗憾，你没有你朋友聪明。”年幼的佩罗坚持说自己同朋友一样聪明。“那为什么他们的成绩比你好？”佩罗解释说那是因为他们喜欢学校而他不喜欢。“所有人都可以辩解说自己做得到。”达克夫人说，“但看看记录吧，你的朋友做得到，而你做不到。”佩罗被触及了痛处，他告诉达克夫人，自己接下来六周都会拿A。而事实上，不仅在随后的六周，而且在剩余的高中时段，他都拿到了A。富有洞察力的达克夫人发现了操纵佩罗的唯一方法——激将法。

接受基辛格的挑战后，佩罗找到J.沃尔特·汤普森——世界上最大的广告公司——告诉他们他想干什么。他们提出了一套三十到六十天的活动方案，它能在一年内取得一些成效。佩罗拒绝了他们——他想今天就开始运动，明天就看到效果。他返回达拉斯，组织了一小批EDS的管理人员，让他们给报纸编辑打电话，发布他们自己写的简单易懂的广告。

然后邮件如潮水般涌入。

在支持战争的美国人看来，战俘的遭遇显示了越南人确实是坏人；而在反对战争的人看来，战俘的遭遇是从越南撤军的又一个原因。只有最强硬的抗议者才会反对这个运动。1970年，联邦调查局告诉佩罗，越共已经下令黑豹党[①]杀死他（在疯狂的20世纪60年代末，这听起来并不特别奇怪）。佩罗雇佣了保镖。果不其然，几周后，一帮人翻越了佩罗十七英亩大的达拉斯宅邸的围墙。他们被凶猛的狗赶走了。佩罗的家人，包括他大无畏的母亲，都不愿他因为担忧自己的安全而放弃这场运动。

1969年12月，他使用了最高明的宣传手段——他包下了两架

① 黑豹党，一个由非裔美国人所组织的团体，其宗旨主要为促进美国黑人的民权，另外他们也主张黑人应该有更为积极的正当防卫权利，即使使用武力也是合理的。黑豹党在美国的20世纪60年代（也就是民权运动最巅峰的时代）及70年代间非常活跃。

飞机，试图飞往河内，给战俘送圣诞晚餐。当然，他未能获准降落，但此举却一石激起千层浪，让全世界都开始关注战俘问题。这次行动花费了两百万美元，但他认为宣传效果可能价值六千万美元。他后来委托盖洛普公司进行了民意测验，显示绝大多数美国人对北越的态度都是负面的。

20世纪70年代，佩罗采用更低调的宣传方式。他鼓励美国各地的社区举行自己的关注战俘运动。他筹集资金送人去巴黎丑化那里的北越代表团。他们制作了长时间的电视节目，复制了关押战俘的笼子。他们将无数抗议信寄往河内，以至于北越的邮政系统不堪重负。佩罗受邀到全国各处发表演说。他在老挝会见北越的外交人员，将他们在南方扣押的战俘名单、战俘写的信以及战俘生活状况的影片给他们看。他还带了一名盖洛普公司的朋友，同北越的外交人员一起看了民意调查的结果。

一系列努力终于取得了成果。美国战俘的待遇得到了改善，他们开始能收到邮件和包裹了，北越也陆续公布了战俘的姓名。最重要的是，老战俘从新战俘那里听说了关注战俘运动，士气大为高昂。

八年后，在冒雪驾车去丹佛的路上，佩罗回想到那次运动的另一个结果。当时看来，这一结果只是有点恼人，但现在却显得重要而珍贵。在宣传关注战俘运动的过程中，他自身的名气也不可避免地大大提高。全美国都知道了他的名字。权力机构——尤其是五角大楼——对他印象深刻。监督关注战俘运动的委员会成员包括：汤姆·摩尔将军，当时是参谋长联席会议主席；亚历山大·海格，当时是基辛格的助手，现在是北约军队总司令；威廉·沙利文，当时是副助理国务卿，现在是美国驻伊朗大使；当然还有基辛格本人。

这些人可以帮助佩罗与政府内部建立联系，确定到底出了什么事，并尽快促成营救行动。他将打电话给理查德·赫尔姆斯，此人曾当过中情局局长和美国驻伊朗大使。他可以打电话给克米特·罗斯福，他是泰迪的儿子，泰迪参与了1953年中情局发动的帮助伊朗国王恢复王位的政变……

但倘若这些手段都无效呢？

他习惯考虑到各种可能性。

倘若卡特政府不能或不愿出手相助呢？

那我就亲自将他们从牢里救出来，他想。

这种事该怎么做呢？我们从未做过类似的事。我们该从何着手？谁能帮助我们？

他想到了EDS公司的高管梅夫·斯托弗和T.J.马尔克斯，以及他自己的秘书萨莉·沃尔瑟，他们都是关注战俘运动的关键组织者——对他们来说，安排半个地球之外的复杂工作如同吃肉喝酒一样自然，不过……这次可是越狱啊！谁来执行这次行动呢？从1968年开始，EDS公司就优先录用越战老兵。这一政策起初是出于爱国才制定的，但后来佩罗发现，老兵往往能成为一流的商人，于是这一政策得以继续执行。但现在，那些曾经身材匀称、训练有素的士兵都成了大腹便便的电脑公司管理人员，更习惯拿电话而不是扛步枪。那么，谁来制订计划、率队突袭呢？

佩罗的特长是知人善任。尽管他是美国资本主义历史上最成功的白手起家者之一，但他不是世界上最优秀的电脑专家，也不是世界上最优秀的销售员，甚至不是世界上最优秀的管理者。他只有一件本事：找到合适的人，给他资源，激励他，然后授权给他去完成工作。

现在，在驶往丹佛的路上，他问自己：谁是世界上最优秀的营救专家？

他想到了“公牛”西蒙斯。

“公牛”阿瑟·D.西蒙斯上校是美国军队里的传奇人物。1970年11月，他的名字登上了报纸的头版头条，因为他和一组突击队员袭击了距河内二十三英里的山西战俘营，试图救出那里的战俘。那是一次勇敢而精心策划的行动，但整个行动所依据的情报却不准确——战俘被从山西转移走了。大多数人认为这次行动以惨败告终，但在佩罗看来，这样的评价有失公允。受邀与突击队队员会面时，他告诉他们，至少他这名美国公民感激他们的英勇行为，这给了他们极大的鼓励。他在北卡罗来纳的布拉格堡待了一天，在那里见到了西蒙斯上校。

透过挡风玻璃，佩罗在漫天雪幕中勾勒出西蒙斯的模样：身高近六英尺，魁梧健壮，长着公牛一样宽阔的肩膀；他留着平头，头发花白，但眉毛仍是黑的；大鼻子两侧，两条深深的法令纹延伸到嘴角，让他看起来永远咄咄逼人；他头大，耳朵大，下巴结实，还有一双佩罗见过的最强有力的手。他似乎就是由一整块花岗岩雕刻出来的。

同他共处过一天后，佩罗觉得：在这个假货当道的世界里，他是十足的真品。

那天以及随后的数年里，佩罗更进一步地了解了西蒙斯。给他留下最深印象的是西蒙斯的手下对他们这位领导的态度。佩罗不仅联想到了文斯·隆巴迪，西蒙斯同“绿湾包装工”橄榄球队的这位传奇教练一样，都能激发队员的情绪，从畏惧到尊敬，再到仰慕，最后直至热爱。西蒙斯仪表堂堂，却又颐指气使——他经常骂人，告诉士兵："照我说的做，否则我就砍掉你的脑袋。"但这并不是他能俘获那些桀骜不驯的突击队员的理由。在他强硬的外表下还有坚强的内心。

在他手下服役过的士兵最喜欢对外人讲述西蒙斯的故事。尽管他拥有公牛般的体格，但这并不是他绰号的由来。据说，真正的来源是突击队玩的一种名叫"牛圈"的游戏。在地上挖出一个六英尺深的坑，一个人站进去。游戏的目的就是要看需要多少人才能将坑里的人拉出来。西蒙斯觉得这游戏很傻，但有一次却被激怒，玩了游戏。结果用了十五个人才将他拉出坑，其中一些人的手指和鼻子断了，身上还被严重咬伤，结果不得不在医院过夜。那之后，西蒙斯便得到了"公牛"的绰号。

后来佩罗了解到，这个故事基本是夸大之词。这个游戏西蒙斯玩过不止一次，一般需要四个人才能把他拖出来，而且没有任何人的骨头被打断。西蒙斯就是那种经常被赋予传奇色彩的人。为他赢得手下忠诚的不是勇敢无畏的行动，而是杰出的军事统帅能力。他是一个注重细节、无比耐心的策划者，他行事谨慎——他的一条名言就是：我们不必冒那样的险。任务完成后将手下活着带回来是他的骄傲。

西蒙斯在越南执行过"白星行动"。他带领一百零七名战士前往老挝，将那里的毛族人组织成十二支营，打击越南人。其中一支营叛变，俘虏了西蒙斯手下的部分特种部队队员。西蒙斯乘直升机降落在叛军营地内。一看到西蒙斯，老挝叛军上校就走出来立正敬礼。西蒙斯让他立刻释放俘虏，否则就会请求空中打击，消灭所有叛军。上校交出了俘虏。西蒙斯带走了俘虏，而且仍然呼叫了空中打击。三年后，西蒙斯带着一百零七名手下从老挝安然回国。佩罗没有查证过这段传说是否真实——他就喜欢这个传说本身。

佩罗第二次看到西蒙斯是越战结束后。佩罗包下了旧金山的一家酒店举行周末宴会，安排归国的战俘同山西突击队队员见面。这场宴会花了佩罗二十五万美元，但办得非常成功。南希·里根、克林特·伊斯特伍德和约翰·韦恩[①]都来了。约翰·韦恩和“公牛”西蒙斯的会面令佩罗永生难忘。韦恩眼噙热泪，握住西蒙斯的手说：“你就是我在电影中扮演的人。”

在盛大游行前，佩罗让西蒙斯提醒他的突击队员，不要对抗议者做过激反应。“旧金山的反战示威者尤其多。”佩罗说，“你的队员个个身手不凡，万一被激怒，可能会把对方的脖子拧断，事后又后悔。”

西蒙斯看着佩罗，这是佩罗第一次见到西蒙斯特有的严厉表情。这表情会让你觉得自己是历史上最大的笨蛋，恨不得找个地缝钻进去，怨自己刚才为什么要说话。

“我已经提醒过他们了。”西蒙斯说，“不会有问题的。”

那个周末之后，佩罗进一步了解了西蒙斯，认识到了他人格的其他方面。如果愿意，西蒙斯可以风度翩翩。佩罗的妻子玛戈觉得他十分迷人，他们的孩子也喜欢他。他对手下使用军队语言，脏话连篇，但在宴会或新闻发布会上，他却字斟句酌。他的大学专业是新闻学。他的一些嗜好很简单，读西部小说，爱听被他的儿子们称为“超市音乐”的东西，但他也阅读许多非小说作

① 克林特·伊斯特伍德和约翰·韦恩都是好莱坞明星。

品，而且兴趣广泛。他聊起古董和历史来，就像谈论战争和武器一样专业。

佩罗和西蒙斯都任性而独裁，但通过彼此忍让，他们得以和谐相处。他们没有成为密友。佩罗从未叫过西蒙斯的昵称“阿特”（但玛戈叫过）。同大多数人一样，他不知道西蒙斯在想什么，除非西蒙斯主动告诉他。佩罗回想起他们在布拉格堡的第一次会面。起身演讲之前，佩罗问西蒙斯的妻子露西尔：“西蒙斯上校到底是什么样的人？”她答道：“他就是一只大泰迪熊。”佩罗在演讲中引用了这句话。突击队队员都乐不可支，但西蒙斯却一丝笑容都没有。

佩罗不知道这个捉摸不透的男人愿不愿去把EDS公司的两名高管从伊朗的监狱里救出来。西蒙斯会因为旧金山的那场宴会而对佩罗心存感激吗？也许吧。宴会后，佩罗资助西蒙斯前往老挝寻找那些没有同战俘一同回国的失踪美国士兵。从老挝回来后，西蒙斯曾对一群EDS公司高管说：“佩罗的要求令我难以拒绝。”

驶入丹佛机场时，佩罗很想知道，六年之后，西蒙斯是不是依然难以拒绝他呢？

但西蒙斯这个撒手锏不到万不得已他是不会用的。佩罗先要把其他手段都尝试一遍。

他进入机场，买了下一班飞往达拉斯的机票。他打电话给EDS公司的高管T.J.马尔克斯，马尔克斯的昵称是“T.J.”而不是汤姆，因为公司里的汤姆实在太多了。“你去把我的护照找出来。”他告诉T.J.，“然后给我办去伊朗的签证。”

T.J.说：“罗斯，我觉得这个主意糟糕透顶。”

如果同T.J.争辩，他可以一直说到晚上。“我不想同你辩论。”佩罗斩钉截铁地说，“是我说服保罗和比尔去伊朗的，我有义务把他们弄回来。”

他挂断了电话，朝登机口走去。总的来说，这个圣诞节算是毁了。

T.J.有点受伤。他是佩罗的老朋友，也是公司的副总裁，但佩罗刚才的语气就像把他当成了勤杂工，他很不习惯。这是佩罗的老毛病了——他全力以赴的时候就会咄咄逼人，不顾他人感受。佩罗是个了不起的人物，但他不是圣人。

2

鲁丝·恰帕罗恩的圣诞节也毁了。

她住在父母的家里，这是一座拥有八十五年历史的两层建筑，位于芝加哥的西南部。她从伊朗紧急撤离的时候，大部分圣诞礼物都没带走，那是她买给十一岁的大女儿凯伦和五岁的小女儿安·玛丽的。但到芝加哥后不久，她就同哥哥比尔去商店又买了些。她们一家总是竭尽全力让圣诞节过得开心。她的姐姐也回来了，带给了凯伦和安·玛丽许许多多玩具，但所有人都在问保罗哪儿去了。

鲁丝需要保罗。她性格温柔，依赖性强，比丈夫年轻五岁——她三十四岁。她之所以爱保罗，部分原因就是她可以依靠他宽大的肩膀，获得安全感。她一直受人呵护，即使小时候也如此。那时候，她父亲是卡车司机，母亲为弥补微薄的收入，不得不外出工作，鲁丝的两个哥哥和一个姐姐就会照顾她。

她第一次见到保罗时，保罗根本就没注意到她。

她是一名上校的秘书，保罗则在同一座大楼里为军方从事数据处理工作。鲁丝常下楼去咖啡馆为上校买咖啡，她的朋友认识那儿的一些年轻军官，她便坐下同那些人说话，保罗也在人群中，但他没有留意她。于是她也暂时没搭理他，但突然有一天，他竟然约她出去。他们约会了一年半，然后结婚了。

鲁丝不想去伊朗。同EDS公司的大多数高管夫人不一样，她并不觉得去一个新的国家多么令人兴奋，反而觉得十分焦虑。她从未离开过美国——她去过最远的地方是夏威夷——而中东似乎既古怪又可怕。1977年6月，保罗带她去伊朗待了一个星期，希望她能喜欢，但她的焦虑丝毫没有减轻。她最后还是同意去了，但只是因为这个工作对保罗来说很重要。

不过，她最后却喜欢上伊朗。伊朗人对她都很友善，而且美国人社区联系紧密，关系融洽。鲁丝沉着的性格也帮助她冷静地应对生活在这个原始国家经常遇到的挫折，比如找不到几家超市，或者需要等上至少六周才能修好洗衣机。

她不清楚为什么要离开这儿。机场人满为患。她认出了那里的大部分美国人，但挤在那儿更多的是逃亡的伊朗人。她不愿像这样离开，不了解为什么保罗要赶她和孩子们回去。她同比尔·盖洛德的妻子艾米丽相伴而行。他们途经哥本哈根，在那里的旅馆住了一晚，但房间的窗户关不上，孩子们只好穿着衣服睡觉，以抵挡刺骨的寒气。她回到美国后，罗斯·佩罗打电话给她说了护照的问题，但鲁丝并不明白出了什么事。

在那个阴郁的圣诞节——父亲缺席，只有她同孩子们过圣诞，这可以说前所未有——保罗从德黑兰打来电话。“我给你买了件礼物。”他说。

“飞机票吗？”她满怀希望地问。

“不，我给你买了一条毯子。”

“太好了。”

他说自己是同帕特·斯卡利和玛丽·斯卡利过的圣诞。别人的妻子给他做了圣诞晚餐，他看着别人的孩子打开了圣诞礼物。

两天之后，她听说保罗和比尔第二天将同扣留他们的人会面，然后就能回家。

会面就在今天，12月28日。中午时分，鲁丝不禁起疑，为什么达拉斯还没人打电话给她。德黑兰比芝加哥早八个半小时，会面当然早该结束了。保罗应该在整理行李准备回家了。

她主动打电话给达拉斯的吉姆·尼费勒，他是EDS公司的员工，今年六月离开了德黑兰。“会面进行得怎么样了啊？”她问。

“不怎么样，鲁丝……”

“什么意思？”

“他们被捕了。”

“他们被捕了？不会是真的吧！”

“鲁丝，比尔·盖登想同你说话。”

鲁丝握住电话等待着。保罗被捕了？为什么？什么罪名？谁抓的？

保罗的上司、EDS海外公司的总裁盖登接过电话：“你好，鲁丝。”

“比尔，这都是怎么回事？”

“我们也不明白。”盖登说，“伊朗大使馆安排了这次会面，本该是例行讯问，他们没有被指控犯过任何罪行……但当地时间六点半左右，保罗打电话告诉罗伊德·布里格斯，他们将被关进监狱。”

“保罗被关进了监狱？”

“鲁丝，不要过分担心。我们有一堆律师在处理这件事。我们还会让国务院介入。罗斯正在从科罗拉多赶回来。我肯定几天之内就能解决这件事。真的只是时间的问题。”

“好。”鲁丝说，她很茫然。这说不通啊，她的丈夫怎么可能被关进监狱？她向盖登道过“再见”就挂断了电话。

那边到底出了什么事？

艾米丽·盖洛德上次见到丈夫比尔的时候，朝他扔了一个瓷盘子。

她正坐在姐姐多萝西位于华盛顿的家中，同姐姐和姐夫蒂姆商量怎样将比尔从监狱里救出来。但那个盘子一直在她脑中挥之不去。

那一幕发生在他们德黑兰的家中。十二月上旬的某天晚上，比尔回家说，艾米丽和孩子们必须在第二天返回美国。比尔和艾米丽有四个孩子：十五岁的维姬、十二岁的杰姬、九岁的珍妮和六岁的克里斯。艾米丽同意将孩子们送回去，但她想留下。她虽然不能帮比尔做什么，但至少可以同比尔说说话。

绝对不行，比尔说，她必须第二天就走，鲁丝·恰帕罗恩会跟她坐同一航班回去。EDS公司所有员工的妻子和孩子都将在一两天内撤离。

艾米丽不管别人的妻子怎么样，她要留下来陪丈夫。

他们发生了争吵，艾米丽越说越气，最后她无法用语言表达自己的失望，索性拿起一个盘子朝比尔砸过去。

她肯定，这一幕比尔永远不会忘记——十八年的婚姻生活中，她还是第一次这么粗暴。她容易紧张兴奋，总是斗志高昂，但她并不粗暴。

文雅和蔼的比尔，最后从妻子这儿得到的东西竟是一个盘子……

第一次见到比尔时，艾米丽十二岁，比尔十四岁。艾米丽当时恨死比尔了，因为比尔爱上了她最好的朋友“小甜甜”。“小甜甜”是个特别漂亮的女孩，他整天挂在嘴边的就是“小甜甜”跟谁约会啦；“小甜甜”会不会同他约会啦；“小甜甜”能不能做这个或做那个啦……艾米丽的姐姐和哥哥都喜欢比尔。她没法摆脱比尔，因为她家和比尔家参加了同一个乡村俱乐部，她哥哥还同比尔一起打高尔夫。正是她哥哥最后劝服比尔约艾米丽出来，那时比尔早就把“小甜甜”忘了。在彼此冷漠相待多年之后，他们陷入了疯狂的热恋。

那时比尔在二百四十英里外的弗吉尼亚州布莱克斯堡念大学，攻读航空工程专业，只有在假期或周末才能回来。他们无法忍受分开那么远，所以决定结婚，尽管艾米丽只有十八岁。

他们很般配。他们有相似的背景，都来自富裕的华盛顿天主教家庭，而比尔的个性——敏感、冷静、理智——与艾米丽的活泼直率刚好互补。婚后的十八年，他们一起经历了许多。他们的一个孩子因为大脑损伤离世，艾米丽动过三次大手术。风雨过后，感情弥笃。

现在，危机又来了：比尔被关进了监狱。

艾米丽还没有告诉她母亲这个消息。母亲的哥哥、艾米丽的舅舅伽斯当天刚好过世了，母亲本就精神萎靡。艾米丽还不能告诉她比尔的事。但她可以跟多萝西和蒂姆说。

她的姐夫蒂姆·里尔顿在司法部做检察官，人脉发达。蒂姆的母亲是约翰·F.肯尼迪总统的行政助理，蒂姆本人曾为特德·肯尼迪[①]工作过。蒂姆还认识众议院议长托马斯·P.奥尼尔，以及马里兰州参议员查尔斯·马迪亚斯。蒂姆知道比尔的护照出了问题，因为艾米丽一从德黑兰返回华盛顿就给他说明了这一情况，他还同罗斯·佩罗谈过。

“我可以写封信，请特德·肯尼迪亲自转交给卡特总统。”

艾米丽点点头，她很难集中精神，她很想知道比尔此刻正在做什么。

保罗和比尔站在九号牢房里，浑身冰冷而麻木，忧心忡忡，不知接下来会发生什么。

保罗感觉自己极易受攻击——穿着西装的美国白人，说不了几句波斯语，面对着一群恶棍和杀人犯。他突然想起曾读到过报道，说男人经常在监狱里被鸡奸，他忐忑地思考着自己该如何应对那样的事。

保罗看着比尔，比尔脸色苍白，神情紧张。

一名囚犯用波斯语同他们说话。保罗问：“这儿有能说英语的

① 特德·肯尼迪，美国民主党参议员，约翰·肯尼迪总统的弟弟。

吗？”

走廊对面的另一个牢房里传出一个人的声音：“我能说英语。”

有人用急促的波斯语大喊着交谈了几句，然后那名翻译大声问：“你们犯了什么罪？”

“我们什么也没干。”保罗说。

“你们受到了什么指控？”

“未受任何指控。我们只是普通的美国商人，有老婆孩子。我们不知道为什么被关进了监狱。”

这句话被翻译了出去。又是一阵快速的波斯语交谈，然后翻译说：“跟我说话的这一位是你们牢房的老大，因为他待在这儿的时间最长。”

“我们知道了。”保罗说。

“他会告诉你们在哪儿睡觉。”

交谈过程中，紧张感稍有缓解。保罗观察着周围。水泥墙可能曾经被涂成橘红色，但现在肮脏而斑驳。水泥地大部分被薄薄的毯子或席子覆盖。牢房里放着六架上下床，每架三层。房间里只亮着一盏昏暗的电灯，墙上开着一扇格子窗，冰冷的夜间空气从窗外透进来。牢房异常拥挤。

过了一会儿，一名警卫下来，打开了九号牢房的门，示意保罗和比尔出去。

太好了，保罗想，我们马上就要被释放了。感谢上帝，我不用在这个恶心的牢房里过一晚。

他们跟着警卫上楼，进入一个小房间。警卫指着他们的鞋。

他们明白，他们得脱掉鞋子。警卫递给他们一人一双塑料拖鞋。保罗痛苦而失望地意识到，他们不会被释放，他不得不在牢房里待一晚上。他对大使馆的人愤怒不已——他们安排了与达德加的会面，他们建议保罗不要带律师，他们说达德加对比尔和保罗“怀有好感”……罗斯·佩罗说过：“有些人就是蠢得令人发指。”这句话可以应用在领事馆的人身上。他们简直无能到家了。在犯下了这么多错误之后，保罗想，他们难道不应该今晚来这儿把我们弄出去吗？

他们穿上塑料拖鞋，跟随警卫下了楼。

其他囚犯已经准备睡觉，躺在床上，用薄薄的羊毛毯裹住自己。囚犯的老大打了个手势，示意保罗和比尔该躺哪儿——比尔去睡一架床的中铺；保罗睡在他下面，身体和地板之间只隔着一张薄床垫。

他们躺下来。灯没有灭，但光线太暗，所以开着也没用。过了一会儿，保罗对气味已不在意，但他还不习惯寒冷。睡在水泥地上，房间开着通风口，而且没有暖气，这跟在野外露宿没有两样。罪犯活得真是痛苦啊，不得不忍受这样的环境。幸好我不是罪犯，在这儿待一晚上就足够了。

3

罗斯·佩罗从达拉斯–沃斯堡机场乘出租车前往位于弗雷斯特路7171号的EDS公司总部。在总部门口，他摇下车窗，让门卫看到他的脸，然后靠回椅背。车在四分之一英里长的车道上行驶，穿过了总部花园。总部所在地曾是一家乡村俱乐部，而总部花园曾是高尔夫球场。EDS公司七层高的总部大楼浮现在前方，大楼旁是一座防龙卷风的碉堡，碉堡内存放着巨型电脑以及数千英里长的磁带。

佩罗给司机付过钱，走进大楼，乘电梯来到五楼，进入盖登位于拐角的办公室。

盖登坐在办公桌后。盖登总是衣衫不整，尽管EDS公司对着装有严格的规定。他脱掉了外套，松开了领带，敞着衬衫领口，头发乱蓬蓬的，嘴角叼着一根烟。见佩罗进门，他站了起来。

"罗斯，你母亲还好吗？"

"她精神不错，谢谢。"

"太好了。"

佩罗坐下，问道："说说吧，保罗和比尔的事情怎么样了？"

盖登拿起话筒。"我把T.J.叫来。"他拨通了T.J.马尔克斯的电话，说："罗斯来了……是，在我的办公室。"他挂上电话说：

“他马上下来。呃……我同国务院通过电话了。伊朗事务的负责人名叫亨利·普雷希特，他一开始还不回我电话。最后我告诉他秘书，如果他不在二十分钟内给我电话，我就会通知CBS、ABC和NBC，在一个小时内，罗斯·佩罗就会召开新闻发布会，告诉全世界有两名美国人在伊朗被捕，而他们的祖国却袖手旁观。那家伙五分钟后就回电话了。”

“他怎么说？”

盖登叹气道：“罗斯，他们的基本态度是，如果保罗和比尔被关进了监狱，那他们肯定干了坏事。”

“他们打算怎么做？”

“联系大使馆，调查这件事，诸如此类。”

“看来，我们得震一震这个普雷希特。”佩罗怒道，“交给汤姆·卢斯去做这件事。”卢斯是一名强势的年轻律师，休斯和希尔律师事务所达拉斯分所的创办人，EDS公司的法律事务大都由他负责。佩罗多年前就已聘请他做EDS公司的顾问，主要是因为佩罗觉得这个离开大公司自主创业但起步艰难的年轻人跟自己很像。结果休斯和希尔律师事务所发展神速，同EDS公司一样。佩罗从未后悔雇了卢斯。

盖登说：“卢斯就在公司。”

“汤姆·沃尔特呢？”

“他也在。”

沃尔特是一个高个子的亚拉巴马人，声音甜若糖浆。他是EDS公司的首席财务官，而且可能是公司中最聪明的人——如果只考虑智商的话。佩罗说：“让沃尔特去处理保释金的事。这笔钱我不想给，但万不得已的话，也只能给出去。沃尔特应该明确我们该如何付钱。我打赌他们不会接受美国运通的支票。”

“好。”盖登说。

身后传来一个声音：“你好，罗斯！”

佩罗转过身，看见T.J.马尔克斯，说道：“你好，汤姆。”T.J.又高又瘦，四十岁，西班牙血统，长相英俊——橄榄色皮肤、黑色短卷发，笑起来露出一口白牙。他是佩罗雇佣的第一个员工，他的存在是佩罗知人善任的证明。T.J.现在是EDS公司的副总裁，他个人持有的公司股票已价值数百万美元。“上帝待我们不薄。”T.J.总是说。佩罗知道，T.J.的父母好不容易才将他送进了大学。他们的牺牲得到了不菲的回报。而对佩罗来说，EDS公司的迅速成功给他带来的快乐之一，就是同T.J.这样的人分享成功。

T.J.坐下，语速飞快地说：“我同克劳德谈过了。”

佩罗点头——克劳德·查普利尔是公司的常驻律师。

“克劳德同国务卿万斯的顾问马修·尼米兹交好。我觉得克劳德可以让尼米兹同万斯本人谈谈。尼米兹不久后打来私人电话，说他愿意帮我们。他打算以万斯的名义给美国驻德黑兰大使馆发电报，让他们行动起来。他还会就保罗和比尔的情况给万斯写一封私信。”

“很好。”

“我们还给摩尔将军打过电话。我们向他咨询了护照的问题，他对整件事也有了大致的了解。摩尔将会同阿尔德希尔·扎赫迪谈谈。扎赫迪不仅是伊朗驻华盛顿大使，还是国王本人的女婿，他现在回伊朗了——有人说他回去执掌政权了。摩尔将请扎赫迪为保罗和比尔做担保。我们正在起草一份给扎赫迪的电报，扎赫迪收到电报后将送到伊朗司法部。”

“谁在起草？”

“汤姆·卢斯。”

“很好。”佩罗总结道，“国务卿、国务院伊朗事务负责人、大使馆、伊朗大使都被我们动员起来处理这件事。这很好。现在谈谈我们还能做点什么。”

T.J.说：“汤姆·卢斯和汤姆·沃尔特明天将同摩尔将军见面。摩尔还建议我们联系理查德·赫尔姆斯——他从中情局辞职后曾担任过驻伊朗大使。”

“我会给赫尔姆斯打电话。”佩罗说，“我还会给阿尔[1]·海格和亨利·基辛格打电话。我要你们两个集中精力将我们的人都从伊朗撤回来。”

盖登说：“罗斯，我觉得这可能并不必要……”

“撤不撤不需讨论。”罗斯说，“我们必须撤。现在，罗伊德·布里格斯必须留在伊朗处理问题——保罗和比尔不在，他就是负责人。其他人都得回来。”

“如果他们不愿意，你是无法强迫他们回来的。”盖登说。

“谁想留下来？”

“里奇·加拉格尔，他的妻子——”

“我知道。好吧，布里格斯和加拉格尔留下。其他人一个都不准留。”佩罗站起来，“我要去打电话了。”

他乘电梯前往七楼，经过他的秘书萨莉·沃尔瑟的办公室。萨莉正在工作。她跟了他很多年，参加过关注战俘运动和旧金山的宴会（那个周末她带了一名突击队队员乌多·沃尔瑟上尉

① 亚历山大的昵称。

回家，而上尉现在成了她的丈夫）。佩罗对她说："打电话给亨利·基辛格、亚历山大·海格和理查德·赫尔姆斯。"

他走进自己的办公室，坐在办公桌后。办公室的墙上镶着木板，地上铺着昂贵的地毯，书架上摆满了古籍，看上去更像是英国乡村别墅里维多利亚时代风格的图书馆。他置身在纪念品和艺术品中。玛戈购买了印象派画作装饰在家中，但佩罗更喜欢在办公室里布置美国艺术品：诺曼·洛克威尔的画作和弗雷德里克·雷明顿的"狂野西部"铜雕。透过窗户可以看见老高尔夫球场的斜坡。

佩罗不知道基辛格可能在哪儿过圣诞——萨利需要费点时间才能找到他，佩罗也需要时间思考要说什么。他跟基辛格的关系并不亲密，他需要调动所有的游说本领才能引起基辛格的关注，并在短短的通话时间内获得基辛格的同情。

桌上的电话响了，萨莉说："已为你接通亨利·基辛格。"

佩罗拿起话筒。"我是罗斯·佩罗。"

"马上为你接通亨利·基辛格。"

佩罗等对方开口。

基辛格曾被称为世界上最有权势的人。他认识伊朗国王本人。但他会不会不记得罗斯·佩罗了呢？关注战俘运动搞得很大，但基辛格的目标更大——推进中东和平，恢复与中国的邦交，结束越南战争。

"我是基辛格。"话筒中传来熟悉的低沉嗓音，混杂着美国式的元音和德国式的辅音，听着非常古怪。

"基辛格博士，我是罗斯·佩罗。我是得克萨斯州达拉斯的一名商人——"

“你好，罗斯。我知道你是谁。”基辛格说。

佩罗的心狂跳起来。基辛格的声音温暖、友好，而且不拘礼节。这太好了！佩罗开始向他述说保罗和比尔的事：他们如何不设防地前去同达德加会面，国务院如何辜负了他们的信任。他向基辛格保证，保罗和比尔都是清白的，而且没有被指控犯下任何罪行，伊朗人也没有提供一件能证明他们有罪的证据。“他们是我的人，是我把他们送到那里去的，我必须把他们弄回来。”佩罗说。

“我会想想办法的。”基辛格说。

佩罗狂喜。“太感谢了！”

“把详情写成报告发给我。”

“我今天就给你送去。”

“我会联系你的，罗斯。”

“谢谢。”

电话挂断了。

佩罗喜出望外。基辛格记得他，态度友好，而且愿意帮忙。他要一份报告，EDS公司今天就能送给他——

佩罗忽然意识到一个问题，他不知道基辛格是在什么地方同他通话的——可能是伦敦、蒙特卡洛、墨西哥……

“萨莉？”

“什么事，先生？”

“你查到基辛格在哪儿了吗？”

“是的，先生。”

基辛格正在纽约东52街临河别墅区的高档公寓里。透过窗户就能看到东河。

基辛格清楚地记得罗斯·佩罗。佩罗外表粗鲁，但内心善良。他资助的活动——通常同战俘有关——赢得了基辛格的同情。越南战争期间，佩罗勇敢地发起了关注战俘运动，尽管有时候基辛格觉得佩罗做得有点过。如今，佩罗的两名朋友在异国入狱。

基辛格相信他们都是无辜的。伊朗正处在内战爆发的边缘——正义和合法程序如今在那里毫无价值。他也拿不准自己能否帮上忙。他想出手，因为这是该做的。他虽然已不是国务卿，但他还有朋友。他决定一收到达拉斯发来的报告就给阿尔德希尔·扎赫迪打电话。

佩罗对同基辛格的谈话很满意。“罗斯，我知道你是谁。”这句话比黄金更宝贵。出名的唯一好处是，名气有时候会帮你把事情搞定。

T.J.走进办公室。“我找到了你的护照。”他说，“里面已经有去伊朗的签证了，但罗斯，我觉得你不应该去。这儿的人都能处理这个问题，但你是我们的首脑。在我们必须做出重大决定的时候，决不能同你失去联络——无论你是在德黑兰还是在飞机上。”

佩罗已经把前往德黑兰的事都忘掉了。过去一小时他听到的消息让他备受鼓舞，开始觉得自己没必要去德黑兰。“你也许是对的。”他对T.J.说，“我们还有许多事情需要沟通协调。目前我不会去德黑兰。”

4

亨利·普雷希特可能是华盛顿最忙的人。

他在国务院工作多年，爱好艺术和哲学，富有古怪的幽默感。1978年美国对伊朗的外交政策几乎都出自他之手，因为他的上司——直至卡特总统——把精力放在了埃及和以色列之间的戴维营协议上。

十一月初，伊朗的局势开始升温，普雷希特就没有休息过一天，每天从早上八点工作到晚上九点。而那些该死的得州人打起电话来就没完没了，似乎以为他整天无事可干一样。

问题是，伊朗危机并不是普雷希特唯一要操心的权力斗争。在华盛顿，普雷希特的上司国务卿赛勒斯·万斯和总统国家安全事务顾问兹比格涅夫·布热津斯基，正斗得不可开交。

万斯认为，美国的外交政策应该反映美国的道德。卡特总统也持相同的看法。美国人民信仰自由、正义和民主，他们不愿支持独裁者。伊朗国王就是独裁者。国际特赦组织称伊朗的人权状况世界最糟，国王大规模运用酷刑的报道也经国际法学家委员会证实。既然是中情局帮国王获得了权力，是美国在背后支撑着这个政权，那言必称人权的总统就不得不对伊朗做出干预。

1977年1月，卡特暗示独裁者不能获得美国的援助，但卡特优柔寡断——那年晚些时候，他访问了伊朗，对国王盛赞有加——但万斯坚信伊朗人权政治的实现不远了。

兹比格涅夫·布热津斯基则不这么认为，这位国家安全顾问笃信权力。他觉得国王是美国的盟友，应该获得支持。当然，美国应该敦促他停止使用酷刑，但现在还不是这么做的时候。他的政权岌岌可危，此时绝不能放松管控。那什么时候才合适？万斯一方问。二十五年来，国王的统治都很稳固，但他从未有民主化的倾向。布热津斯基答道："中东地区难道有民主的政府？"

卡特政府中有人相信，如果美国不支持自由民主，外交政策就毫无意义。但这种观点太极端，于是他们转而抛出更加具有实用主义的观点：伊朗人民已经对国王忍无可忍，他们将推翻国王，而不理会华盛顿怎么想。

屁话，布热津斯基说。读读历史吧！革命只有在统治者让步时才会成功，而在统治者的铁拳镇压下，革命往往会失败。拥有四十万人的伊朗军队能轻而易举地平息叛乱。

万斯一方——包括亨利·普雷希特——不同意布热津斯基对革命的观点。他们认为，独裁者是因为反叛者的强大才让步，而不是因为独裁者的让步所以壮大了反叛者。更重要的是，他们不相信伊朗军队有四十万人那么强大。尽管具体的数字很难获取，但士兵每月擅自离岗的比例却在8%上下，而在全面内战中，成建制的部队转投革命阵营也不是不可能。

华盛顿这两派的信息来源不同。布热津斯基的信息来源是阿尔德希尔·扎赫迪，后者是国王的女婿，也是伊朗国王最强有力的支持者。万斯的消息来源是沙利文大使。沙利文的汇报频率不及华盛顿期望的那么高——也许是因为伊朗的形势不够明朗——

但从九月起，他发回来的报告大体表达了一个意思：国王这次在劫难逃。

布热津斯基说，沙利文是个没脑子的蠢货，到处乱窜，不值得信任。万斯的支持者说，布热津斯基对坏消息充耳不闻。

结果美国什么都没做。有一次，国务院起草了一份准备发给沙利文大使的电报，指示他敦促国王组建拥有广泛民众基础的联合政府。但布热津斯基毙了这份电报。还有一次，布热津斯基打电话给国王，向他保证卡特总统支持他，国王要求发送确认电报，但国务院没有发电报。万斯和布热津斯基双方通过媒体彼此指责，全世界都知道华盛顿对伊朗的政策因为内斗而摇摆不定。有鉴于此，普雷希特此时最不想应付的就是那帮认为只有自己遇上了麻烦的得州人。

何况，他知道为什么EDS公司遇上了麻烦。他问EDS公司是否在伊朗有代理人，得到的答复是：有，是阿波尔法斯·马哈维。这就解释了一切。马哈维是德黑兰著名的经纪人，绰号“百分之五提成之王”，因为他是众多军方合同的中间人，常能从中牟利。尽管他能接触到高层人士，国王还是把他列入了黑名单，禁止他在伊朗经商，所以EDS公司才会被怀疑涉嫌贪腐。

普雷希特只能尽力而为。他会通知驻德黑兰大使馆调查这件事，也许沙利文大使会向伊朗人施压，释放恰帕罗恩和盖洛德，但美国政府决不会把这件事放在对伊朗外交的优先位置。他们正在努力维护伊朗现政府，决不会因为两个被捕的商人就以断绝外交关系相威胁，那只会加速伊朗现政府的垮台，尤其是伊朗还有一万两千名美国公民，这些人都需要国务院照顾。尽管十分不幸，但恰帕罗恩和盖洛德只能忍耐下去。

亨利·普雷希特并非怀有恶意。然而，从一开始他就犯了和洛·戈尔兹相同的错误，戴着有色眼镜来审视这个问题，并在随后与EDS公司的交涉中趋于戒备状态。普雷希特认为，保罗和比尔作为证人参与的调查，是合法的针对腐败指控的司法调查，但事实上，这是赤裸裸的敲诈。基于这种判断，戈尔兹同比格拉里将军合作。普雷希特基于这个错误，拒绝将保罗和比尔看成是被非法绑架的美国公民。

无论马哈维是否贪污，他都没有从EDS公司同卫生部的合同中赚一分钱，这是铁一般的事实。EDS公司刚进入伊朗的时候，确实因为拒绝马哈维分利的要求而惹上麻烦。

事情是这样的：马哈维帮助EDS公司获得了在伊朗的第一份小合同——为伊朗海军开发文件管理系统。EDS公司被告知，在伊朗做生意必须有一名当地伙伴，于是答应马哈维，分给他三分之一的利润。两年后，合同完成，EDS公司忠实地支付给马哈维四十万美元。

但同卫生部洽谈合同的时候，马哈维已被列进黑名单。然而，就在合同即将签订时，马哈维——这时的他又脱离了黑名单——要求合同交给由他和EDS共同拥有的合资公司。

EDS公司拒绝了。尽管马哈维在海军的合同中发挥了作用，却没有帮助EDS公司赢得卫生部的订单。

马哈维称，EDS同他的合作关系为合同的达成扫清了障碍——该合同需要二十四个政府部门的批准。马哈维还说，他争取到了一项有利于EDS公司的税务裁定，该裁定被明确写进了合同之中，而这都归功于他在蒙特卡洛找伊朗财务部长做了工作。

EDS不曾要求过他的帮助，也不相信他给予过任何帮助。再说罗斯·佩罗是不会喜欢这种发生在蒙特卡洛的“帮助”的。

EDS公司的伊朗律师向首相投诉，马哈维因索贿而遭训斥。然而，卫生部却惮于他的影响力而拒绝同EDS公司签合同，除非EDS公司能让他高兴。

EDS公司同马哈维进行了一连串充满火药味的谈判。EDS公司仍然直截了当地拒绝了同他分享利润。最后，为顾及面子，双方达成了妥协：由马哈维和EDS公司成立的合资公司作为EDS公司的分包者，承担招聘和雇用EDS公司伊朗员工的业务。其实，这个合资公司从未赚钱，但这都是以后的事——当时马哈维接受了妥协方案，EDS公司最终得以同卫生部签署合同。

EDS公司没有行贿，伊朗政府知道这一点。但普雷希特不知道，洛·戈尔兹也不知道。于是，他们在保罗和比尔的事情上未能采取明确的态度。两人都在这件事上花了不少时间，但都没有给予足够的重视。当EDS公司好斗的律师汤姆·卢斯指责他们怠工、愚蠢或两者兼有时，他们义愤填膺，说卢斯不骚扰他们的话他们也许会干得更好。

华盛顿的普雷希特和德黑兰的戈尔兹是处理问题的关键基层官员。他们都没有怠工，也都不是没有能力。但他们都犯了错，并且都对EDS公司怀有一定的敌意。在最紧要的开头几天，他们都没能帮助保罗和比尔。

第三章

1

一个警卫打开牢门，扫视一圈，指着保罗和比尔，朝他们点了点头。

希望在比尔心中陡然升腾，他们终于要被释放了。

他们起身跟随警卫上楼。看到从窗户射入的阳光的感觉好极了。他们来到室外，穿过院子，朝大门口旁的一座小平房走去。新鲜的空气让他们如同置身天堂。

昨晚糟透了。比尔躺在薄薄的床垫上，断断续续地打着盹儿，其他囚犯的任何微小动静都会让他惊醒，在电灯彻夜未熄的昏暗光线中焦急地张望。一个警卫端着他们的早餐——茶和大块的面包——进来时，他才意识到天亮了。他不觉得饿。他一直在摸着念珠祈祷。

现在，他的祈祷似乎得到了回应。

在那座平房中，有一个摆放着简单桌椅的探访室，两个人正在里面等待。比尔认出了其中一个是阿里·乔丹，在大使馆为洛·戈尔兹工作的伊朗人。他同比尔和保罗握了握手，介绍了他的同事鲍勃·索伦森。

“我们给你们带来了一些东西。”乔丹说，“一个电动刮胡刀——你们得共用——还有几件粗蓝布衣服。”

比尔看着保罗。保罗瞪着两名大使馆工作人员，气得都快炸了。“你们不打算把我们从这儿弄出去吗？”保罗问。

“恐怕我们不能这么做。”

“浑蛋，是你们把我们弄进来的！”

比尔缓缓坐下，心情沮丧得无法发怒。

“发生这样的事，我们万分抱歉。”乔丹说，“我们也完全没有料到。我们被告知达德加对你们怀有好感……大使馆正在提出严正抗议。”

“你们有没有采取行动，把我们弄出来？”

“你们必须通过伊朗法律系统的审判。你们的律师——”

“上帝啊！”保罗厌恶地说。

乔丹说：“我们已经叫他们把你们挪到更好的牢房里。”

“哼，谢谢！”

索伦森问：“你们还需要什么？”

“我不需要什么。”保罗说，“我并不打算在这里待很久。”

比尔说：“我需要一些眼药水。”

“我给你弄来。”索伦森保证道。

乔丹说：“那就到这里吧……”他转头看着警卫。

比尔站起身。

乔丹用波斯语对警卫说了两句，后者示意保罗和比尔去门边。

他们跟随警卫穿过院子。乔丹和洛伦森是大使馆的低级职员，比尔暗忖。为什么戈尔兹没来？大使馆似乎认为将他们弄出来是EDS公司自己的事——派乔丹和索伦森来就是想告诉伊朗人，大使馆关注这个案子，但同时也想让保罗和比尔知道，美国政府不可能提供多少帮助。我们是大使馆不愿理会的麻烦，比尔气愤地想。

主楼里，警卫打开了一扇他们从未走过的门，他们从接待区进入走廊。他们右侧是三间办公室，左侧则是正对院子的窗户。他们来到一扇由厚钢铸成的门前。警卫打开门锁，领他们进去。

比尔首先看到的是一台电视机。

他环顾四周，开始感觉好点儿了。这个牢房比地下室文明多了，更清洁，也更明亮，尽管墙壁和地毯都是灰色的。各牢房的门都没锁，囚犯们能自由走动。阳光透过窗户射进来。

他们沿着走廊继续走，经过右侧的两间牢房和左侧像是浴室的房间——昨晚在楼下待了一宿后，比尔渴望好好洗洗。经过右侧最后一道门时，比尔瞥见了书架。警卫左转，带他们穿过长而窄的走廊，进入最后一间牢房。

他们在那里见到了一个熟人——雷扎·勒伽巴，卫生部负责社保组织的副部长。保罗和比尔都认识他，同他保持着紧密的合作关系，直到他在九月被捕入狱。他们热情地握手。遇到熟人，而且是能说英语的熟人，比尔感觉轻松多了。

勒伽巴惊讶地问：“你们怎么在这儿？”

保罗耸肩道：“我还指望你能告诉我呢。”

“你们被指控犯了什么罪？”

“我们未受指控。”保罗说，“昨天我们接受了达德加先生的讯问，这个法官正在调查你们的前卫生部长舍科博士。他逮捕了我们，没有指控我们。据我们理解，我们应该是‘重要证人’。”

比尔扫视房间，牢房两侧都放着两张三层的上下床，窗户旁还有两张，总共有十八个床位。同楼下牢房里一样，这些床位都垫着薄薄的泡沫橡胶床垫，最下面的床铺不过是垫在地板上的床垫加上一张灰色羊毛毯。不过，这儿的一些囚犯似乎还有床单。从门对面的窗户可以看见外面的院子。比尔看见了花草和树木，以及可能属于警卫的汽车。他还可以看到刚才同乔丹和索伦森见面用的那座平房。

勒伽巴将保罗和比尔介绍给其他狱友，这些人看上去都很友好，比地下室的囚犯善良得多。房里还有几张空床位——这里没有楼下的牢房那么拥挤——保罗和比尔被分配了门口两侧的两个床位。比尔睡中铺，保罗又要睡在地板上。

勒伽巴带他们转了转。牢房旁边就是厨房，有桌椅，囚犯可以在这里泡茶、冲咖啡，或者只是坐着聊天。出于某种原因，这里被称为查塔努加室。走廊尽头的墙上开着一个窗口。这是小卖部，勒伽巴解释说，你可以不时从这里购买肥皂、毛巾和香烟。

沿着长长的走廊往回走，他们经过自己的五号牢房和另外两间牢房，然后进入大厅。比尔先前瞥见有书架的房间原来是警卫办公室兼图书室，既有英文书，也有波斯语的书。图书室旁边是另外两个牢房。牢房对面是浴室，有水槽、淋浴室和卫生间。卫生间是伊朗式的——就像中间开着排泄孔的冲水槽。比尔发现不能享受期待中的淋浴，因为通常这里不提供热水。

勒伽巴说，铁门之外是前来给囚犯看病的医生和牙医的办公室。图书室总是开着，电视整晚都放着，但节目都是波斯语的。每周两次，这里的囚犯都会被带到院子里，绕圈散步半小时，作为锻炼。刮胡子是必须的——警卫允许囚犯留小胡子，但不能留络腮胡。

路上他们又遇到了两个熟人。一个是托里阿提博士，卫生部的数据处理顾问，达德加曾问过他的问题。还有一个是侯赛因·帕沙，勒伽巴在社保组织的财务。

保罗和比尔用索伦森和乔丹带给他们的电动刮胡刀刮了胡子，然后到了中午的吃饭时间。走廊的墙壁上有一个被帘子遮住的凹槽。囚犯从那里取出油毡垫子和廉价的餐具，将垫子在牢房地板上摊开。午餐是煮米饭，一点羊肉、面包和奶酪，还有茶和百事可乐喝。他们在地上盘腿就餐。对向来注重饮食品质的保罗和比尔来说，这是一顿凄惨的午餐。但比尔觉得自己胃口不错——也许是更干净的环境所致吧。

午餐后，又有人来见他们——他们的伊朗律师。律师们不知道为什么他们会被捕，不知道接下来会发生什么事，也不知道该如何帮助他们。这是一场毫无条理、令人沮丧的对话。反正保罗和比尔都对这些律师没信心，因为正是他们告诉罗伊德·布里格斯，保释金不会超过两万美元。保罗和比尔返回牢房时，依然困惑而抑郁。

他们在查塔努加室度过了剩余的下午时光，同勒伽巴、托里阿提和帕沙聊天。保罗详细描述了达德加讯问他的过程。三名伊朗人对自己的名字在讯问中被提及都备感兴趣。保罗告诉托里阿提博士，达德加提到博士时，暗示他在EDS公司领工资有利害冲突。托里阿提说自己也被达德加问过相同的问题，然后就被投进了监狱。保罗回想起达德加还问过帕沙写的一份备忘录。这只是为保存数据而做的例行操作，谁也不明白这有什么特别之处。

勒伽巴对他们被捕的原因有一个假设："国王拿我们当替罪羊，向民众显示他在切实打击腐败。但他选中了一个没有腐败的项目。他没什么好打击的，但如果释放了我们，就会显得他手软。倘若他去查查建筑行业，就会发现多得难以置信的腐败……"

这些都是粗线条的假想。保罗和比尔想要知道细节：谁下令打击腐败？为什么选卫生部入手？打击者认定卫生部出现了什么样的腐败？是谁告发了如今锒铛入狱的这些人？勒伽巴并不是想回避问题，他只是不知道答案。他的闪烁其词是典型的伊朗风格——问一个伊朗人早餐吃了什么，十秒钟后他就会阐释自己的生活哲学。

六点钟，他们返回牢房吃晚饭。晚饭很粗陋，不过是中午的剩饭捣碎后抹在面包上，只是茶更多了。

晚饭后，他们看了电视，勒伽巴翻译了新闻。国王让反对派领袖沙赫普尔·巴赫提亚尔组建文官政府，代替十一月起开始统治伊朗的将军们。勒伽巴解释说，沙赫普尔是巴赫提亚尔部落的领袖，他一直反对同国王政权合作。不过，巴赫提亚尔政府能否终结混乱取决于阿亚图拉·霍梅尼。

国王还否认了自己将离开伊朗的传言。

比尔觉得这些消息鼓舞人心。巴赫提亚尔就任首相将有助于国王继续执政和维持稳定，但反叛者终究能在如何治理国家的问题上发言了。

十点，电视节目结束。囚犯返回各自的牢房。狱友们将毛巾和布条挂在床铺上阻挡光线——这里同楼下一样，电灯会亮一晚上。勒伽巴说，保罗和比尔可以让来访者给他们带床单和毛巾。

比尔用薄薄的灰毛毯盖住身子，平静下来，努力入睡。我们得在这儿待一段时间了，他无奈地想，我们必须努力活下去。我们的命运掌握在别人的手里。

2

他们的命运掌握在罗斯·佩罗手里。但在接下来的两天，他所有的期待都落了空。

一开始消息还不错。12月29日，星期五，基辛格回话了，说阿尔德希尔·扎赫迪将想办法释放保罗和比尔。但美国大使馆的官员首先得举行两次会议，一次是同伊朗司法部的人，一次是同国王内廷的代表。

在德黑兰，美国大使的副手、公使衔参赞查尔斯·纳斯正在亲自安排这些会议。

在华盛顿，国务院的亨利·普雷希特也在同阿尔德希尔·扎赫迪谈话。艾米丽·盖洛德的姐夫蒂姆·里尔顿同肯尼迪参议员通过气。摩尔将军在联系伊朗军政府里的熟人。唯一令人泄气的消息来自理查德·赫尔姆斯，美国前驻德黑兰大使——他坦白地说，他的老朋友都不再有影响力了。

EDS公司找了三个律师做顾问，其中一个是美国人，擅长代表美国公司同德黑兰打交道。另外两个是伊朗人，一个与亲国王势力有来往，另一个同反对派关系密切。三个律师都认为，保罗和比尔被捕这件事严重违法，保释金也是天文数字。那名美国律师约翰·韦斯特伯格说，他听过的伊朗最高的保释金是十万美元。这就意味着，法官将保罗和比尔投入监狱的理由站不住脚。

在达拉斯，EDS公司的首席财务官汤姆·沃尔特——一个慢条斯理的亚拉巴马人——正在研究，如果有必要的话，如何支付一千二百七十五万美元保释金的问题。律师建议可以采取三种形式支付：现金；或者伊朗银行开立的信用证；或者将留置伊朗的财产进行抵押。EDS公司在德黑兰没有价值如此之高的财产——电脑其实属于卫生部。因为银行罢工和局势动荡，也不可能将一千三百万美元的现金送去伊朗，所以沃尔特在筹备信用证。作为EDS公司面向投资人的代表，T.J.马尔克斯警告佩罗，一个上市公司支付如此高额的赎金可能不合法。佩罗熟练地避开了这个问题——他将用自己的钱来支付。

佩罗一直持乐观态度，认为自己可以通过三种方式中的至少一种将保罗和比尔弄出监狱：法律压力、政治压力或者支付保释金。

但接着就传来了坏消息。

伊朗律师纷纷改口，称这个案子“牵涉政治”，具有“极强的政治色彩”，是“一个棘手的政治问题”。美国律师约翰·韦斯特伯格的伊朗搭档提醒他不要碰这个案子，因为这可能会让事务所得罪伊朗权贵。显然，地方预审法官侯赛因·达德加逮捕保罗和比尔的理由相当充分。

律师汤姆·卢斯和财务官汤姆·沃尔特去过华盛顿，并在摩尔将军的陪同下拜访了国务院。他们原本打算坐下同普雷希特好好谈谈，发动一场声势浩大的运动释放保罗和比尔。但亨利·普雷希特态度冷漠。他同他们握了手——他们由参谋长联席会议前主席陪同而来，他不得不这么做——但他没有坐下同他们谈，而是径直把他们推给了他的下属。这名下属说，国务院的所有努力都没能取得成果——阿尔德希尔·扎赫迪和查理[1]·纳斯都没能让伊朗当局释放保罗和比尔。

缺乏耐心的汤姆·卢斯勃然大怒。“保护海外的美国公民是国务院的职责，”他说，“而到目前为止，国务院只干成了一件事，那就是将保罗和比尔送进监狱！”

但国务院官员并不认同。“国务院目前所做的事已超出了正常的义务。如果美国人在国外犯了罪，那就必须接受国外法律的制裁——国务院的义务不包括把有罪之人从监狱里释放出来。”

“但保罗和比尔没有犯罪！”卢斯争辩道，“他们被扣押为人质，赎金是一千三百万美元！”但他是白费口舌。就这样，他和汤姆·沃尔特两手空空地返回了达拉斯。

前一天深夜，佩罗打电话给驻德黑兰的美国大使馆，问查尔斯·纳斯为什么还没有同基辛格和扎赫迪提到的官员会面。答案很简单：这些官员都故意不见纳斯。

今天，佩罗又给基辛格打电话，报告了这一情况。基辛格很抱歉，他认为自己已经爱莫能助，但他答应会再给扎赫迪打电话试试。

---

① 查尔斯的昵称。

从汤姆·沃尔特那儿传来的坏消息令局面愈发严峻。沃尔特一直在同伊朗律师商量保罗和比尔被保释的条件。比如，他们是否需要承诺在必要的时候回伊朗接受进一步的讯问，是否能在国外接受讯问？但他得到的答复却是都不行。即便保罗和比尔被释放，也不能离开伊朗。

现在是新年前夜。佩罗已经在办公室里住了三天，睡在地板上，吃奶酪三明治。即便回家他也是孤身一人——玛戈和孩子们还在维尔——而且，因为得克萨斯和伊朗有九个半小时的时差，重要的电话往往都是半夜打的。他离开办公室只是为了去看望母亲。母亲已经出院，在达拉斯的家中疗养。同她在一起的时候，他谈论的也是保罗和比尔——母亲对事态的进展高度关注。

这天晚上，他想吃点热食，达拉斯正冰暴肆虐，于是他决定挑战天气，驾车前往大约一英里外的一家海鲜餐厅。

他从后门离开大楼，钻进旅行车的驾驶席。玛戈有一辆捷豹，但佩罗喜欢普通一点的车。

他很想知道基辛格现在对伊朗或者别的国家地区的影响力到底有多大。扎赫迪以及基辛格认识的其他伊朗官员可能都像理查德·赫尔姆斯的朋友一样——过气了，没权了。国王也是在勉强维持着王位。

从另一方面看，国王及其拥趸也许很快就需要美国的支持，先卖基辛格一个人情也不是坏事。

吃饭的时候，佩罗察觉一双大手放到了他肩上，深沉的嗓音传来："罗斯，你在这儿干什么？新年前夜竟然一个人吃饭？"

他转过身，看到了罗杰·斯托巴赫，达拉斯"牛仔"橄榄球队的四分卫，他从海军军官学校毕业，是罗斯的老朋友。"你好，罗杰！坐下。”

“我同家人在这儿吃饭。”斯托巴赫说，“因为冰暴，我家里的暖气停了。”

“叫他们都过来吧。”

斯托巴赫朝家人打了个手势，然后说：“玛戈还好吧？”

“很好，谢谢。她在维尔同孩子们滑雪。我必须赶回来——我们遇到了大麻烦。”接着他就将保罗和比尔的事告诉了斯托巴赫一家。

罗斯心情畅快地驾车返回公司。这世界上还是有好人的。

他又想到了西蒙斯上校。在所有他构想过的营救保罗和比尔的方案中，越狱需要的时间最长——西蒙斯需要组建团队，需要训练他们，还需要准备装备……但佩罗至今还没有为此做任何准备。采取这个方案的可能性微乎其微，可以说是最后一招。在协商解决似乎可行的时候，他将这个方案屏蔽在大脑之外。他还没打算给西蒙斯打电话——他将等基辛格再找扎赫迪试试。不过，也许他可以为最终求助西蒙斯做点准备。

回到EDS公司，他找到帕特·斯卡利，后者三十一岁，西点军校毕业，瘦高，孩子气，爱折腾。他曾在德黑兰担任项目经理，于12月8日撤离回国。阿舒拉节后他返回德黑兰，在保罗和比尔被捕后再度撤离。他现在的工作是，保证滞留德黑兰的美国人——罗伊德·布里格斯，里奇·加拉格尔及其妻子，保罗和比尔——随时都能登机离开，当然前提是保罗和比尔能获释。

杰伊·科伯恩同斯卡利在一起。是科伯恩组织了撤离行动，并于12月22日回国和家人过圣诞。科伯恩正要返回德黑兰时，听闻了保罗和比尔被捕的消息，于是留在达拉斯组织第二次撤离。

科伯恩温和而敦实，只有三十二岁，但看起来却有四十岁。佩罗知道，这是因为科伯恩曾在越南驾驶过八年战斗直升机。尽管如此，科伯恩还是常把笑容挂在脸上——他笑起来眼角会先起皱纹，最后演变为肩膀都在颤抖的捧腹大笑。

佩罗喜欢而且信任这两人。他称他们为“鹰”——有雄心壮志，能千方百计完成任务，而不是寻找这样那样的借口。EDS公司招聘部门的座右铭是：鹰不会聚在一起，所以你得一只只地找。佩罗生意成功的秘诀之一就是：主动将这样的人揽入麾下，而不是期待他们自己来应聘。

佩罗问斯卡利：“你是否觉得我们已经为保罗和比尔做了一切该做的？”

斯卡利毫不犹豫地答道：“不，还没有。”

佩罗点头。这些年轻人从不害怕在老板面前说实话。这也是他们能成为“鹰”的原因之一。“你觉得我们还应该做什么？”佩罗问。

“我们应该帮他们越狱。”斯卡利说，“这听上去也许有点离谱，但如果我们不这样做，他们很可能会死在伊朗。”

佩罗并不觉得这个主意离谱，他已经在脑子里谋划三天了。“我也在考虑这个方案。”他看到斯卡利面露惊讶，“我要你们列出EDS公司里能执行这一方案的人的名单。他们必须了解德黑兰，当过兵——最好是在特种部队——并且百分百值得信任。”

“我们马上去做。”斯卡利激动地说。

电话响了，科伯恩抓起话筒：“基恩！你在哪儿？等一下，不要挂断。”

科伯恩用手捂住送话口，看着佩罗说：“基恩·泰勒在法兰克福。如果我们要干这件事，就应该叫上他。”

佩罗点头。泰勒是前海军陆战队中士，佩罗的另一只“鹰”。他身高六英尺两英寸，着装优雅，脾气暴躁，是恶作剧的理想对象。佩罗说：“让他回德黑兰去，但不要解释为什么。”

科伯恩早衰的脸上渐渐浮现出微笑。“他会不乐意的。”

斯卡利从桌上探过身子，打开电话扬声器，准备听泰勒发飙。

科伯恩说：“基恩，罗斯想让你回伊朗。”

“回去干啥？”泰勒质问道。

科伯恩看着佩罗。佩罗摇摇头。科伯恩说：“呃，有很多事需要处理，善后工作。从管理的角度说——”

“你告诉佩罗，我才不会因为什么破管理事务回那个鬼地方去呢！”

斯卡利笑了起来。

科伯恩说：“基恩，这儿还有人想同你谈谈。”

佩罗说：“基恩，我是罗斯。”

“哦……呃，你好，罗斯。”

“我要派你回去做些非常重要的事。”

“哦。”

“你听明白了吗？”

泰勒停顿了很久才说：“明白了，先生。”

“好。”

“我马上就去。”

“那边是什么时间？”佩罗问。

“早上七点。”

佩罗看着自己的表，达拉斯正是午夜。

1979年开始了。

泰勒坐在法兰克福酒店房间的床沿上，想念着妻子。

玛丽同孩子们——麦克和多恩——待在匹兹堡泰勒哥哥的家中。离开德黑兰之前，泰勒打电话告诉她，自己要回家了。听到这个消息，她开心极了。他们已经做好了安排——他们将返回达拉斯，把孩子们送进学校……

但现在，他不得不打电话告诉她，他最终还是无法回家。

她一定会担心的。

该死，他也担心。

他想到了德黑兰。他没有参与卫生部的项目，负责的是另一份小点的合同——对奥姆兰银行古老的手工记账系统进行电脑化改造。三个星期前的一天，一群暴徒聚集到奥姆兰银行外，因为奥姆兰是国王的银行。泰勒将手下遣回了家。他和格伦·杰克逊最后离开。他们关闭了银行大楼，开始朝北走。绕过街角进入主街时，他们走进了暴乱的人群中。这时军队开了枪，沿街驱赶示威者。

泰勒和杰克逊闪到了一扇门边。有人打开了门，大叫着让他们进去。他们钻进门，但救他们的人还没来得及关门，四名示威者就闯了进来，身后跟着五名驱逐他们的士兵。

泰勒和杰克逊紧贴着墙壁，看着士兵用警棍和步枪殴打示威者。一个示威者逃走了，他的两根指头几乎被从手上扯下来，玻璃门上溅满了鲜血。他冲出门，但倒在了街头。士兵将另外三个示威者拖出来。一个浑身是血但意识清醒，另外两个昏迷了，要么就是已经死了。

直到街上没人了，泰勒和杰克逊才敢出来。那个救了他们的伊朗人一个劲儿地说："赶紧离开这个国家吧。"

而现在，泰勒想，我得告诉玛丽，我刚同意重返那个国家。

回去做一些非常重要的事。

显然这些事同保罗和比尔有关。既然佩罗不能在电话里直说，那这些事至少是机密，很可能是非法的。

尽管仍然担心暴徒，但泰勒其实也很高兴。还在德黑兰的时候，他同比尔的妻子艾米丽·盖洛德通过电话，答应一定会同比尔一起回来。但后来达拉斯下令，除了布里格斯和加拉格尔的所有人都要撤离，他不得不食言。现在命令变了，他又可以信守对艾米丽的承诺了。

好吧，他想，我回不去了，那就赶紧订机票吧。他又拿起了话筒。

杰伊·科伯恩仍记得自己第一次见到罗斯·佩罗时的场景。他这辈子都不会忘记。

1971年，科伯恩刚加入EDS公司一年多。他从事招聘工作，在纽约上班。斯科特那年出生在一家小天主教医院里。出生并无异常，斯科特一开始也是个正常而健康的孩子。

斯科特出生后次日，科伯恩来探望，莉兹说斯科特那天早上没被抱给她喂奶。科伯恩当时并未察觉不妥。几分钟后，一个女人进来说："这是你们孩子的X光片。"

"我不记得拍过X光啊？"莉兹说，女人将片子给她看，"这不是我的孩子。"

女人困惑了一会儿，然后说："哦！对了，你们的孩子是有问题的那个。”

这是科伯恩和莉兹第一次听说孩子有问题。

科伯恩去看望刚出生一天的斯科特，震惊不已。孩子躺在氧气罩里，艰难地呼吸着，身体就像牛仔裤一样蓝。医生们正在商讨他的病情。

莉兹几乎歇斯底里。科伯恩打电话叫他们的家庭医生来医院，然后他只能等待。

肯定有什么地方不对劲。怎么会有医院不把孩子病危的消息告诉家长？科伯恩不知所措。

他打电话回达拉斯，找到他的上司加里·格里格斯。

“加里。我不知道我为什么给你打电话，但我实在没辙了。”他解释道。

“稍等。”格里格斯说。

不一会儿，一个陌生的声音传来。“杰伊？”

“是我。”

“我是罗斯·佩罗。”

科伯恩见过佩罗两三次，但从未直接在他手下工作。科伯恩怀疑佩罗可能都不记得他长什么样子——当时EDS公司已经有一千多名员工。

“你好，罗斯。”

“杰伊，我需要你告诉我一些信息。”佩罗开始问问题：医院在什么地方？医生叫什么名字？他们给出了什么诊断？科伯恩一一作答，心里却犯嘀咕：佩罗知道我是谁吗？

“稍等，杰伊。”片刻沉默后，罗斯又说，“现在我让厄舍尔医生同你说话，他是我的好朋友，也是达拉斯最好的心脏外科医生。”接着，科伯恩就开始回答医生更多的问题了。

“你别慌乱。”厄舍尔总结道，“我会同那边的医生谈谈。你就待在电话边，以便我们回头联系你。”

“好的。”科伯恩迷茫地答道。

佩罗又接过电话：“你听明白了吗？莉兹现在是什么情况？”

科伯恩想：他怎么知道我妻子的名字？“不太好。”科伯恩答道，“我们的家庭医生来了，给了她一点镇静剂……”

佩罗安慰科伯恩的时候，厄舍尔医生劝说那边的医生将斯科特转到纽约大学医疗中心去。几分钟后，斯科特和科伯恩就上了去城里的救护车。

他们在皇后中城隧道遇到堵车。科伯恩跳下救护车，狂奔了一英里多赶到收费站，说服工作人员暂时只放行救护车所在车道的车通行。

抵达纽约大学医疗中心时，已有十到十五人在门外等着他们，其中包括东岸顶尖的心血管外科医生。他从波士顿飞来，在救护车抵达曼哈顿之前赶到。

斯科特被推进医院，科伯恩将从原来医院带来的装X光片的袋子交给这里的医生。一个女医生看了他一眼，问：“剩下的呢？”

“就这些。”科伯恩答道。

“他们就拍了这些？”

新拍的X光片显示，除了心脏上有一个洞之外，斯科特还有肺炎。治肺炎的同时，心脏的状况也得到了控制。

斯科特活下来了。他长成了一个健康的小男孩，能踢球、爬树、涉溪。科伯恩开始懂得为什么大家都敬佩罗斯·佩罗了。

佩罗能心无旁骛，将精神集中在一件事上，杜绝干扰，直到完成工作。这当然有其令人不悦的一面，他可能会伤害别人。保罗和比尔被捕一两天后，佩罗走进一间办公室，听见科伯恩正同罗伊德·布里格斯打电话。在佩罗听来，科伯恩在发号施令，而佩罗坚信总部的人不能给当地了解实际情况的人乱下指示。他毫不留情地当着满屋子的人将科伯恩臭骂了一顿。

佩罗还有其他许多缺点。科伯恩在招聘部门工作的时候，每年公司都会评选"年度最佳员工"，这些员工的名字将刻在一块纪念牌上，这个传统历史悠久。但有的最佳员工后来离开了公司，这时候佩罗就要把他们的名字从纪念牌上抹去。科伯恩觉得这不合理。离开公司了又怎样？那人确确实实就是那一年的最佳员工，为什么要改变历史？佩罗似乎将员工跳槽看成是对他个人的侮辱。

佩罗的缺点相对于优点来说微不足道。他对离职员工的态度恰恰反映了他对员工忠诚的强烈期待。他偶尔发作的冷酷无情，只是巨大精力和坚定意志的一部分。没有这种精力和意志，他就不可能缔造EDS公司。科伯恩很容易就能原谅佩罗的缺陷。

毕竟，是佩罗救了斯科特。

"佩罗先生？"萨莉说，"亨利·基辛格的电话。"

佩罗感觉心跳停了一拍。莫非基辛格和扎赫迪在过去二十四小时把保罗和比尔救出来了？还是说，他只是打电话通知佩罗他无能为力？

"我是罗斯·佩罗。"

"马上为你接入亨利·基辛格。"

不一会儿，佩罗就听见了那熟悉的粗嘎嗓音。

“罗斯吗？”

“是我。”佩罗屏住呼吸。

“我已得到保证，你的人将在德黑兰时间明天上午十点被释放。”

佩罗长长地舒了口气。“基辛格博士，这是我这么多天来听到的最好的消息。我真不知道该如何感激你。”

“美国大使馆的官员和伊朗外交部将在今天敲定细节，但这只是走走程序。我被正式告知，你的人将被释放。”

“太好了。非常感谢你的帮助。”

“不客气。”

德黑兰此刻是上午九点半，达拉斯还是深夜。佩罗坐在办公室里等待。大部分同事都开开心心地回家睡觉去了，因为他们知道一觉醒来后，保罗和比尔就自由了。佩罗则继续留在办公室，等候保罗和比尔获释的确切消息。

在德黑兰，罗伊德·布里格斯值守在布加勒斯特办公室，一名伊朗雇员等在监狱外。保罗和比尔一出现，伊朗人就会电话通知布加勒斯特，然后布里格斯就会通知佩罗。

既然危机即将结束，佩罗就有时间思考自己哪里做错了。他立刻想到了一个错误。12月4日，他决定将所有员工从伊朗撤离的时候，他没有下定决心，拖泥带水，迟疑不决，贻误了良机。

但最大的错误一开始就犯下了，那就是将伊朗作为EDS海外市场的第一站。现在他开始反省了，但当时他同意市场部的意见——许多美国商人都持同样的看法：石油丰富、政权稳定、亲西方的伊朗提供了绝佳的生意机会。他没有意识到深层次的矛盾，对阿亚图拉·霍梅尼一无所知，也没预见到将来竟然会有一个美国总统幼稚到将美国的信仰和标准强加到一个中东国家上。

他看了看表。时间已过午夜。保罗和比尔应该已经出狱了。

基辛格的好消息已经被国务卿赛勒斯·万斯的助理戴维·牛森的一通电话所证实：保罗和比尔将被准时释放。今天伊朗又传来了坏消息：国王的新首相巴赫提亚尔遭到温和反对派国民阵线的反对；国王宣布他可能会休假；美国大使威廉·沙利文建议所有在伊朗工作的美国人的家属回国，加拿大和英国大使馆也发出了相同警告。但罢工导致机场关闭，数以百计的女人和小孩滞留难返。然而，保罗和比尔不会回不来。关注战俘运动让佩罗结交了五角大楼的一些好朋友——保罗和比尔将乘美国空军的飞机离开伊朗。

凌晨一点，佩罗给德黑兰打电话。还没有消息。好吧，他想，大家都说伊朗人没什么时间观念。

整件事最可笑的地方是：EDS公司从来没有行贿过，无论是在伊朗还是在别的什么地方。佩罗憎恨行贿。EDS公司的行为准则就写在发给所有新入职员工的十二页手册里，该准则由佩罗亲自制定。“请注意，联邦法律和大多数州的法律都禁止以影响官方行为为目的地向政府官员赠予任何有价值的物品……因为很难判定赠予者是否有不良动机，所以我司员工一律不准向联邦、州或国外政府官员赠予金钱或有价值的物品……即便法律并未禁止某种交易或惯例，但道德方面的衡量也不容忽视……你能完全相信一个与我们秉持相同行为准则的生意伙伴吗？答案必然是肯定的。”手册的最后一页有一张表格，员工须在上面签名，表示他已经看过并理解了这条准则。

EDS公司刚去伊朗的时候，爆发了洛克希德丑闻，这进一步强化了佩罗清教徒式的信念。洛克希德飞机制造公司董事会主席丹尼尔·J.霍顿向参议院外交委员会承认，洛克希德公司依常例支付了数百万美元贿款，以打开国外市场。他在听证会上的尴尬表现令佩罗作呕——霍顿如坐针毡地在座位里告诉委员会，他没有行贿，而只是在给“回扣”。后来，根据《反海外腐败法》的条例，在国外行贿同样违反美国法律。

佩罗找到汤姆·卢斯律师，令其负责确保EDS公司决不行贿。EDS公司同伊朗卫生部洽谈合同时，卢斯反复检查交易是否正当，他彻查的持久性与决心得罪了不少EDS公司的管理人员。

佩罗并不急于扩大业务，他已经日进斗金了，并不需要海外扩张。他曾说过，如果要行贿才能做生意，那我们干脆就不做。

他的商业原则根深蒂固。他的祖先从法国移民至新奥尔良，沿着红河设立商栈。他的父亲加布里尔·罗斯·佩罗是棉花商人。这门生意受季节影响很大，罗斯的父亲常同儿子聊生意上的事。“只同棉农做一次生意是没有意义的。”他常说，“你必须公平地对待他们，赢得他们的信任，同他们建立关系，那样他们就会乐意年复一年地将棉花卖给你。这才叫做生意。”行贿与这番教导显然格格不入。

一点半的时候，佩罗又给德黑兰的EDS公司办公室打电话。仍然没有消息。“打电话问监狱，或者直接派个人过去看看。”他说，“确定他们到底什么时候能出来。”

他烦躁起来。

如果失败了该怎么办？他想。如果我支付保释金，就会损失

1300万美元，而保罗和比尔依然无法离开伊朗。其他采用法律途径营救他们的办法也不行，因为伊朗律师提过，这个案子牵扯到政治，无论保罗和比尔清不清白都不重要。但目前来看，政治施压全然无效——德黑兰的美国大使馆和华盛顿的国务院都没能帮上忙。倘若基辛格那边也不成，就意味着采用这种方法完全行不通。那还能有什么办法？

武力。

电话响了，佩罗抓起话筒："我是罗斯·佩罗。"

"是我，罗伊德·布里格斯。"

"他们放出来了吗？"

"没有。"

佩罗心一沉："出什么事了？"

"我们给监狱打了电话，他们说没接到释放保罗和比尔的通知。"

佩罗闭上眼睛。最糟糕的事发生了。基辛格那边也失败了。

他叹了口气，说："谢谢，罗伊德。"

"我们接下来怎么办？"

"我不知道。"佩罗说。

但他其实知道。

他向布里格斯说"再见"后挂上了电话。

他不会承认失败。他父亲的另一项原则是：要照顾那些为你工作的人。佩罗还记得，全家人曾数次在星期日驱车十二英里去探望一个为他家除过草坪的黑人，看他是否生活得够好，不缺衣少食。佩罗的父亲会雇用那些他不需要的人，只是因为他们没有工作。佩罗的父亲每年都会开着满载黑人雇农的车去镇上赶集，给他们每人发一点钱，还有老佩罗的名片，以防有人来找麻烦。佩罗记得，有一个黑人偷乘货运列车到加利福尼亚，被当作流浪汉抓了起来，于是他出示了佩罗父亲的名片。县治安官说："我们才不管你是谁的黑鬼，我们就要把你投入监狱。"但他还是找机会给老佩罗打了电话，老佩罗将车票钱汇了过去，让那个黑人回来。"我去过加州，但我被救回来了。"那人回特克萨卡纳时说。佩罗的父亲依然让他干以前的活儿。

佩罗的父亲不知道什么是公民权——那就是他对待其他人的方式。直到长大后，佩罗才知道父亲有多么了不起。

他的父亲决不会让自己的员工坐牢，佩罗也不会。

他拿起话筒，说："叫T.J.马尔克斯过来。"

凌晨两点被叫醒，T.J.马尔克斯并不惊讶。这不是佩罗第一次在半夜把他叫醒，也不会是最后一次。

他用慵懒的声音说："是我。"

"汤姆，情况不妙啊。"

"怎么了？"

"保罗和比尔没被释放，监狱说没收到通知。"

"哦，他妈的。"

"那边的情况越来越糟——你看过新闻了吗？"

"当然看过。"

"你觉得是不是该找西蒙斯了？"

"我想是时候了。"

"你有他的电话号码吗？"

"没有，不过我搞得到新的。"

"给他打电话。"佩罗说。

3

“公牛”西蒙斯快发疯了。

他想一把火把自己的房子烧掉。那是一座老式木结构的平房，燃起来会像一堆柴火似的，最后烧成一堆灰烬。这个地方对他而言不啻地狱，但他又不愿离开，因为这个地狱以前曾是天堂，而如今却只留给他苦乐参半的回忆。

这个地方是露西尔选的。她在杂志上看到了广告，他们一起从加利福尼亚北部的布拉格堡飞到这儿来看。这座摇摇欲坠的房子在一座占地四十英亩的原始森林中，位于佛罗里达州狭长地带的一个极贫穷又肮脏的区域——红湾，但附近有一个两英亩的湖，湖中能捕到鲈鱼。

露西尔喜欢这个地方。

当时是1971年，西蒙该退役了。他当了十年的上校，而突袭山西战俘营的行动后，他仍未被提拔为将军。事实是，他并不符合将军俱乐部的标准：他一直是预备役军官，从未上过西点军校之类的顶级军事学校，他行事离经叛道，而且不善于交际逢迎。他知道自己是一名优秀的士兵，如果这都不能让上级满意，那他真不知道自己还能做什么。所以他毫不后悔地退休了。

他在红湾度过了一生中最快乐的时光。在他同露西尔的婚姻生涯中，也曾有过分离。在越南、老挝和朝鲜服役时，他们甚至一年都见不上一面。退役之后，他们一年三百六十五天，每天从早到晚都在一块儿。西蒙斯养猪。虽然他对农作一无所知，但他从书本之外获得了所需的知识，建立了自己的猪圈。农场经营一旦上轨道后，他发现自己除了饲养和照看猪外无事可做，便把大量时间花费在摆弄他收集的一百五十支枪上，最后创办了一家小型枪械加工厂，他可以在那儿修理自己和邻居的武器，装填自己的弹药。他和露西尔常常手牵着手穿越森林，沿着湖边漫步，偶尔还能捕到鲈鱼。晚饭过后，她会进卧室打扮，仿佛要去约会一样，然后在睡衣外套着家常服出来，乌黑的头发上系着一个红色缎带，坐在他的大腿上……

这样的记忆令他心碎。

在那段黄金岁月之中，就连儿子们似乎都长大了。次子哈里一天回家说："我对海洛因和可卡因上瘾了，我需要你的帮助。"西蒙斯基本不了解毒品。在巴拿马的一个医生办公室里，他曾吸过一次大麻。那是为了获得亲身体验，以教导手下别碰毒品。但他对海洛因的认识只限一条，那就是：吸它会死人。不过，他还是帮了哈里，让他忙于户外工作、搭建猪圈。戒毒的道路很漫长。其间有许多次，哈里都跑到镇上搞毒品，但每次他都会回来。最后，他再也不去镇上了。

这段插曲令西蒙斯和哈里重归于好。可西蒙斯同长子布鲁斯的关系永远不可弥合，但他至少不再为这孩子操心了。孩子？布鲁斯都三十多岁了，就像……就像他爸爸一样固执。布鲁斯皈依了上帝，并决心劝服世上其他的人入教——首先就是西蒙斯上校。西蒙斯亲自将他赶出了家门。不过，与布鲁斯年轻时的其他爱好——毒品、《易经》、重返自然公社——不同，他对上帝的热爱持续了下去，至少布鲁斯过上了稳定的生活。他如今在冰天雪地的加拿大西北部的一座小教堂当牧师。

总之，西蒙斯已不再为儿子们担忧。他已经尽全力将他们养大，不论结果如何，他们都已经是男人了，必须自己照顾自己。他要照顾露西尔。

露西尔身材高大，体态丰盈，如雕像般优雅，喜欢戴大帽子。坐在他们的黑色凯迪拉克的方向盘后，她看起来妩媚动人极了。但与她强悍的外表相反，她内心却异常柔弱。她温婉、和善、可爱。她父母都是教师，她需要有人替她拿主意，需要一个值得她盲目崇拜、彻底信任的人，而西蒙斯满足了她的这一需要。西蒙斯也将所有的爱都献给了她。他退役时已同露西尔结婚三十年。三十年里，他从未对别的女人动心。只有他的工作以及派驻海外的任务阻碍了他们在一起，而现在这一障碍不存在了。他对她说："我退役后的计划能总结为一个字，那就是：你。"

他们共同度过了七年美好的时光。

1978年3月16日，露西尔因癌症过世。

"公牛"西蒙斯肝肠寸断。

人们说，每个人都有撑不住的时候。西蒙斯曾以为这不会发生在他身上，但现在他发现自己也未能幸免——露西尔的死打垮了他。他杀过许多人，也看过许多人死，但直到现在他才明白死亡的意义。他和露西尔相伴了三十七年，而现在，她突然不在了。

没有了露西尔，西蒙斯的生活了然无趣，一切都没有了意义。他已经六十岁，找不出再多活一天的任何理由。他开始作践自己，吃不加热的罐头食品，任凭短发留长而不修剪。他准时在每天下午三点四十五分喂猪，尽管他知道喂猪根本不需要讲究时间。他开始收容流浪狗，不久就有了十三只，它们在家里抓挠家具，弄脏地板。

他知道自己正处于崩溃的边缘，使他保持理智的是植根在个性深处的严格自律的意志。烧毁房子的念头首先冒出来时，他知道自己的判断力已经受到了情感影响，他告诉自己再等一年，看到时会是什么想法。

他知道弟弟斯坦利非常担心他。斯坦利曾试图让他振作起来，建议他去做讲座，甚至让他加入以色列军队。西蒙斯的祖先是犹太人，但他认为自己是美国人——他不想去以色列。他怎么也振作不起来。他能做到的顶多是熬日子活下去。

他不需要人照顾——他从来都不需要。相反，他需要照顾人。他一辈子都在照顾别人。他照顾了露西尔，也照顾了手下的士兵。没有人能将他从抑郁中拯救出来，因为他的人生角色是拯救别人。他之所以能与哈里和好，而不是布鲁斯，就是因为哈里求助于他在以将自己从毒瘾中拯救出来，但布鲁斯则希望通过劝他皈依上帝来拯救他。军事行动中，西蒙斯的目标一直是将所有的手下活着带回来。倘若山西战俘营中真有战俘的话，突袭战俘营的行动就会是他军人生涯的顶峰。

尽管听上去自相矛盾，但唯一拯救西蒙斯的方式就是让他去拯救别人。

1979年1月2日凌晨两点，西蒙斯被电话吵醒。

“是‘公牛’西蒙斯吗？”话筒中传来似曾相识的声音。

“是我。”

“我是达拉斯EDS公司的T.J.马尔克斯。”

西蒙斯记得，EDS公司，罗斯·佩罗，关注战俘运动，旧金山宴会……“你好，汤姆。”西蒙斯说。

“很抱歉吵醒了你。”

“没事。找我有什么事？”

“我们有两个人在伊朗被关进了监狱。我们无法通过正常手段将他们救出来。你愿意帮助我们吗？”

他愿意吗？“当然愿意。”西蒙斯说，“什么时候开始干？”

第四章

1

罗斯·佩罗开车驶出EDS公司，左转上弗雷斯特路，然后右转进入中央高速公路。他的目的地是希尔顿酒店。他将请七个人为他冒险。

斯卡利和科伯恩拟定了名单。他们的名字就在名单开头，后面跟着另外五人。

20世纪有多少美国公司的CEO会让七名职员实施越狱行动？很可能还没有。

科伯恩和斯卡利在夜里给另外五人打了电话。从德黑兰匆匆回国后，他们就分散在美国各地，同朋友和亲人在一起。每个人都仅被告知佩罗想今天在达拉斯见到他们。他们已经习惯了半夜接到电话和指令——那是佩罗的风格——都同意前来。

抵达达拉斯后，他们没有去EDS公司总部，直接入住希尔顿酒店。他们中的大多数应该已经在那儿等佩罗了。

倘若命令他们返回德黑兰将保罗和比尔从监狱救出来，不知他们会作何反应呢?

他们都是忠于他的好人。但对雇主的忠诚一般不包含为其拿生命冒险。也许有的人会觉得武力营救计划本就太鲁莽，也许有的人会因为顾及妻儿而拒绝参加——这都无可厚非。

我没有权利让这些人做这件事，他想。我必须留心，不要对他们施压。今天不能使用推销员的游说术，佩罗想，只需实话实说。他们必须明白自己可以自由地说“不，老板，别把我算进去”。

有多少人会自愿参加呢?

五个中会有一个吧，佩罗猜。

如果是这样的话，他可能需要好几天才能组建一支队伍，而且队员也许都不了解德黑兰。

如果没有人主动加入怎么办?

他将车停在希尔顿酒店的停车场里，熄了火。

杰伊·科伯恩环顾四周。房间里还有四个人：帕特·斯卡利、格伦·杰克逊、拉尔夫·博尔韦尔和乔·波赫。还有两人在路上：吉姆·舒维巴赫正从威斯康星州的奥克莱尔赶来，罗恩·戴维斯正从俄亥俄州的哥伦布赶来。

人数还不够十二金刚[①]呢。

西服、白衬衫、暗色领带、平头、剃净胡须的脸、微微发福的身体——他们看上去只不过是美国公司普通的管理人员，很难将他们的名字同雇佣兵联系在一起。

---

① 《十二金刚》(The Dirty Dozen)是1967年上映的美国电影，讲述了二战期间，十二名桀骜不驯的重刑犯被挑选出来与德军作战的故事。

科伯恩和斯卡利分别拟定了名单，这五个人都在这两份名单上。他们每个人都曾在德黑兰工作——大多是科伯恩的撤离小组成员，每个人都当过兵或有相关技能，每个人科伯恩都百分百信任。

斯卡利凌晨给他们打电话的时候，科伯恩调出了他们的人事档案，为每个人编制了一份简历，详细介绍了年龄、身高、体重、婚姻状况和对德黑兰的了解。他们抵达达拉斯后，又填写了另一份表，描述了自己的从军经历、上过的军校、接受过的武器训练，以及其他特殊技能。这些资料是为西蒙斯上校准备的，他正从红湾赶来。但在西蒙斯到达前，佩罗必须询问这些人是否愿意加入营救行动。

科伯恩安排了三个相邻的房间，用于佩罗和他们会面，只有中间的房间会被使用——旁边的两个是为了防止窃听而租下来的。

这就像是一部情节紧张的影视剧。

科伯恩打量着其他人，琢磨着他们在想什么。他们还不知道来这儿是为什么，但他们很可能已经猜到了。

他看不出乔·波赫在想什么——没人看得出来。波赫三十二岁，身材矮小，少言寡语，情绪从不外露，声音低沉平稳，面无表情。他当过六年兵，曾在越南担任榴弹炮连连长。军队的所有武器他都熟练掌握，他经常在越南摆弄点45口径子弹打发时间。他在德黑兰为EDS公司工作了两年，首先设计登记系统——一种将适合享受社保的人员列出来的电脑程序——然后担任负责加载文件的程序员，这些文件构成了整个系统的数据库。科伯恩知道他是一个审慎而理智的思想家。任何想法或计划，除非经过他全方位的质询和对所有后果的细致思考，否则他是决不会同意的。幽默和直觉不是他的特长，智慧和耐力才是。

拉尔夫·博尔韦尔足足比波赫高了五英寸。他是名单中的两名黑人之一，脸胖嘟嘟的，眼睛滴溜溜转，说话语速极快。他在空军当了九年技师，负责复杂的机载电脑和轰炸机的雷达系统。尽管他在德黑兰只待了九个月，但他很快就由起初的数据处理经理被提拔为数据中心经理。科伯恩很了解他，也很喜欢他。他们曾在德黑兰一起喝醉。他们的孩子一同玩耍，他们的妻子成了朋友。博尔韦尔热爱自己的家庭、工作和生活。在科伯恩看来，他是最热爱生活的人——可能不及罗斯·佩罗。博尔韦尔是一个思想高度独立的家伙，他从不讳谈自己的观点。同所有成功的黑人一样，他有一点过分敏感，喜欢表明自己不愿被呼来喝去。在德黑兰阿舒拉节期间，同科伯恩和保罗玩过大赌注扑克后，他没有像别人一样，按照事先的约定留在房中过夜，以保安全，而是独自回家了——既没有同大家商量，也没有向大家打招呼。几天后，他认为他在德黑兰的工作不值得拿生命冒险，于是回了国。他不会随大流——如果他认为大流的方向不对，他就会抽身而退。他是聚在希尔顿酒店中的一群人中最爱质疑的那个——倘若有人嘲讽越狱计划，那这人一定就是博尔韦尔。

格伦·杰克逊是这群人中最不像雇佣兵的。他戴眼镜，性格温和，没有从军经历，却酷爱狩猎，而且枪法精准。他在德黑兰为贝尔直升机公司和EDS公司工作过，对那里十分熟悉。这个人太直爽忠实了，科伯恩想。很难想像他会卷入需要欺骗和暴力的越狱行动中。杰克逊还是浸礼会教徒——其他人则信奉天主教，除了波赫，他没有表明自己的信仰——浸礼会教徒喜欢传经布道，而不是斗殴。科伯恩不知道杰克逊将作何反应。

他对斯卡利也抱有同样的担心。斯卡利在军中表现优异——

曾服役五年，退伍时已是上尉级突击队教官，但他没有战斗经验。他在商业方面强势而外向，是EDS公司最聪明、最有前途的年轻管理者。同科伯恩一样，斯卡利是不可救药的乐观主义者，但战争教会科伯恩有所保留，斯卡利却幼稚无知。如果最终不得不使用暴力，斯卡利会足够强硬吗，能掌控局势吗？

至于未到的两人，一个是最适合加入越狱行动的，另一个则可能是最不适合的。

吉姆·舒维巴赫对战斗的了解远远超过电脑。他从军十一年，在越战中隶属于第五特种部队，从事“公牛”西蒙斯擅长的那种突击队工作，即潜入敌人后方的秘密行动。他拿到的奖章比科伯恩的还多。因为他从军多年，所以尽管已年届三十五，却仍是公司的低层管理人员。他是以系统工程师培训生的身份前往德黑兰的，但他成熟可靠，科伯恩曾任命他做撤离行动的组长。舒维巴赫只有五英尺六英寸高，但同许多矮个子一样，他站立时身材笔直，昂首挺胸，而且斗志旺盛——这是班上最矮男生唯一的防卫手段。如果这是一场球赛，无论形势多么不利，他都会不服输，而是积极思考如何争取再多得一分。出于高尚的爱国主义情操，他还主动要求在越南执行更多的任务。在战场上绝不能俘虏他这样的人——有得选的话，最好在抓住这浑蛋之前干掉他，否则就会麻烦缠身。

不过，舒维巴赫的好斗并不会立刻显露出来。他的相貌十分普通，走在街上都很难留意到他。他住在德黑兰的最南端，比其他人都远，那里只有他一个美国人。他经常穿着破烂的野战短外套和蓝牛仔裤，戴着针织帽，在街上溜达，却从未有人敢惹他。他可以轻松地混入人群之中，这种技能或许对越狱有用。

另一个未到的人是罗恩·戴维斯。他是名单中最年轻的，只有三十岁。作为贫穷的黑人保险推销员的儿子，他在白人统治的公司中上升的速度可谓飞快。极少有人像他一样，从基层做起，直到担任客户经理，都能站在消费者的立场上考虑问题。佩罗尤其为戴维斯感到骄傲。“罗恩简直是坐上了火箭。”他说。罗恩在德黑兰工作了一年半，受基恩·泰勒领导，但不是做卫生部的项目，而是另一个更小的独立项目——对国王的银行，即奥姆兰银行进行电脑化改造。其间他深入学习了波斯语。戴维斯爱开玩笑，是个年轻版的理查德·普莱尔[1]，只是不像普莱尔那样爱说脏话。科伯恩认为他是名单上最直率的，他可以随意谈论自己的感受和私生活，但这也让他很容易受伤。从另一个方面看，也许诚实地向他人谈论自己是自信和内心强大的表现。

不管戴维斯是否意志坚强，至少身体上相当硬朗。他没有当过兵，但却是空手道黑带选手。在德黑兰，曾有三个人企图打劫他，他几秒之内就将他们打翻在地。同舒维巴赫的“隐身”能力一样，戴维斯的空手道可能会派上用场。

这六人都三十多岁，与科伯恩相仿。

他们都已婚。

他们都有孩子。

门开了，佩罗走进来。

他同大家握手。“你们好吗？”然后又说，“很高兴见到你们！”他接着问候了他们的妻子和孩子。佩罗真是平易近人，科伯恩想。

---

① 理查德·普莱尔（Richard Pryor），美国黑人喜剧演员。

“舒维巴赫和戴维斯还没到。”科伯恩告诉他。

“好。”佩罗说着坐下来，“那我过会儿再见他们。他们到了就带他们到我办公室来。”他顿了顿，“我会把对你们说的话也给他们说一遍。”

他又停下来，似乎在组织语言，然后皱着眉头，神情严峻地看着他们。“我们要完成一个项目，也许会有生命危险，我希望你们能志愿加入。现阶段我还不能告诉你们是什么事，但参与者都也许猜得到。你们可以用五到十分钟思考这个问题，然后回来，挨个同我谈。好好想想，如果你们选择不参加，无论缘由如何，都可以坦白告诉我，我不会把你们的选择透露给这个房间外的任何人。如果你们志愿加入，那我会把更多的情况告诉你们。现在你们可以出去思考了。”

他们全都起身，逐一离开了房间。

我差点死在达拉斯的中央高速公路上，乔·波赫想着。

他知道所谓的危险项目是什么——他们要把保罗和比尔从监狱中救出来。

凌晨两点半，他还在圣安东尼奥的岳母家里，就被帕特·斯卡利打来的电话吵醒了。斯卡利这个世界上最差劲的撒谎者是这么说的：“罗斯让我打电话给你。他要你明早来达拉斯，去欧洲做一个研究项目。”

波赫说：“帕特，你为什么凌晨两点半打电话告诉我这些？”

“这很重要。他想知道你什么时候能到这儿。”

好吧，波赫无奈地想，那种事他不可能在电话里说。“我最早乘六点或七点的飞机出发。”波赫说。

“好。”

波赫订了机票，然后又睡下了。他将闹钟设在凌晨五点，对妻子说：“我不知道到底是怎么回事，但我只希望有人能实话实说，哪怕一次也好。”

实际上，他非常清楚是什么事。第二天，他的猜想被证实了。拉尔夫·博尔韦尔在科伊特路的公交站接到他，但没有将他带去EDS公司，而是直接奔赴这家酒店，而且拒绝谈论出了什么事。

波赫喜欢深思熟虑，他也曾有足够的时间考虑过将保罗和比尔从监狱救出来这件事。他很开心，开心极了。这让他想到了过去，当时EDS公司只有三千人。他们曾一块谈论“信仰”，即公司对待员工的态度和信念。一言以蔽之：EDS公司必须照顾自己的员工。只要你为公司竭忠尽职，公司就会与你同甘共苦——当你患病时；当你遇到个人或家庭问题时；当你碰上各种各样的麻烦时……整个公司就像是一家人。波赫非常喜欢这种氛围，尽管他从没说过自己的感受——他基本不会说出他的任何感受。

那之后，EDS公司有了很大变化：从三千人增加到一万人，家庭氛围已大不如前。没有人再谈论“信仰”，但“信仰”并没有丢失——这个会议就是证明。虽然像平常一样面无表情，但波赫却暗暗开心。他们当然会去伊朗，把他们的朋友从监狱里救出来。波赫很高兴自己能成为营救队的一员。

同科伯恩的猜想相反，拉尔夫·博尔韦尔并没有对营救方案冷嘲热讽。多疑而有主见的博尔韦尔像其他人一样支持这一方案。

他也猜到出了什么事，因为他同波赫一样，看穿了斯卡利拙劣的谎言。

博尔韦尔和家人住在达拉斯的朋友家里。元旦那天，博尔韦尔没做多少事，他妻子问他为什么没去公司。他说公司无事可做，但他妻子不信。玛丽·博尔韦尔是世界上唯一可以欺负拉尔夫的人。他最终去了公司，在那儿撞见了斯卡利。

“出什么事了？”博尔韦尔问。

“呃，没事。”斯卡利说。

“你在这儿干什么？”

“主要在订机票。”

斯卡利的表情有点古怪。博尔韦尔很了解他——在德黑兰的时候他们早上坐一辆车去上班——他的直觉告诉他，斯卡利没有讲实话。

“一定出事了。”博尔韦尔说，“到底是什么事？”

“没事，拉尔夫！”

“他们打算怎么救保罗和比尔？”

“他们正在利用各种渠道展开营救。保释金要一千三百万美元，我们必须把钱弄过去——”

“胡说八道。整个伊朗政府和司法系统都崩溃了，根本没什么渠道。你们到底打算怎么办？”

“你就别操心了。”

“你们不会是想回伊朗把他们救出来吧？”

斯卡利一言不发。

“嘿，算我一个吧。”博尔韦尔说。

“算你一个？什么意思？”

“明显你们在谋划着什么事。”

“什么意思？”

“别跟我耍花腔了。算我一个。”

“好。”

对他来说，做这个决定不难。保罗和比尔都是他的朋友。搞不好进监狱的是博尔韦尔，如果是那样，他也会希望他的朋友们能把自己救出来。

另外还有一点。博尔韦尔非常喜欢帕特·斯卡利。应该说，他爱斯卡利，对他充满保护欲。在博尔韦尔看来，斯卡利真的不知道世界充满腐败、犯罪和罪恶。斯卡利只看得到他想看到的东西——世界井井有条，和谐美满。倘若斯卡利要搞越狱，他就需要博尔韦尔帮他。对一个与自己年龄相仿的男人有这种感觉相当奇怪，但却难以否认。

这就是元旦那天博尔韦尔的想法，他今天也是这样的想法。于是他回到酒店房间，对佩罗说了他曾对斯卡利说的那句话：“算我一个。”

格伦·杰克逊不怕死。

他知道死了会如何，所以他毫无惧意。倘若上帝召唤他回家，无论如何，他都会欣然前往。

然而，他有后顾之忧。他的家人刚从伊朗撤回来，现在暂居在东得克萨斯他母亲家里。他还没来得及给他们找房子住。如果参加营救行动，他就没时间去处理家里的事——这些事将交给卡洛琳，她将独自承担全家在美国重新展开生活的责任。她必须找到一座房子，将谢丽尔、辛迪和小格伦送进学校，购买或租赁家具……

卡洛琳比较依赖杰克逊，搞定这些事对她来说并不容易。

何况，她已经生气了。早上她同丈夫一起来到达拉斯，但斯卡利却让她丈夫把她送回家。她不能同丈夫一起入住希尔顿酒店，这令她火冒三丈。但保罗和比尔也有妻儿。“应爱你的近人，如爱你自己。”这句话在《圣经》中出现了两次：一次在《肋未记》第十九章第十八节，另一次在《玛窦福音》第十九章第十九节。杰克逊想，倘若我被关进德黑兰的监狱，我当然也希望有人能为我做些事。

于是他报名了。

斯卡利几天前就做了选择。

在佩罗提出展开越狱行动前，斯卡利就在与人探讨这一方案了。保罗和比尔被捕后，同乔·波赫和吉姆·舒维巴赫飞离德黑兰时，斯卡利第一次产生了这样的想法。将保罗和比尔留下本来就让他不舒服，何况过去几天德黑兰的暴力事件骤然升级。圣诞节那天，两名在市场行窃的阿富汗人被一群暴徒当场吊死，一个试图在加油站插队的出租车司机被士兵打爆了头。倘若他们开始对美国人下手，其后果不用想也知道。

斯卡利在飞机上坐在吉姆·舒维巴赫旁边，他们都认为保罗和比尔性命堪虞。舒维巴赫曾在突击队中从事过秘密行动，他同意斯卡利的观点——由若干意志坚定的美国人将两人从伊朗监狱中救出来应该是可行的。

所以，三天之后，听到佩罗说“我也在考虑这个方案”时，斯卡利惊喜万分。

斯卡利将自己列入了名单。

他不需要多想。

他志愿加入行动。

斯卡利也把科伯恩加入了名单，但没有告诉他。

每天都活得无忧无虑的科伯恩从未考虑过自己会加入行动。

但斯卡利猜对了：科伯恩想去伊朗。

莉兹不会喜欢的，科伯恩暗忖。

他叹了口气。如今他妻子不喜欢的事情有许多。

莉兹很依赖他。她不喜欢他当兵，不喜欢他经常外出的习惯，不喜欢他有一个不论多晚只要有紧急任务就打电话找他的老板。

他从没有按她想要的方式生活过，假如从现在开始重来也为时过晚。如果他去德黑兰救保罗和比尔，莉兹可能会恨他。但如果他不去，他很可能会恨她。

对不起，莉兹，他想，我们又要走了。

吉姆·舒维巴赫在下午晚些时候到达，佩罗将先前向众人说的话又对他重复了一遍。

舒维巴赫的责任感很强（他曾想当牧师，但天主教神学院的两年学习让他对宗教组织备感厌倦）。正是基于这种责任感，他在越南从军十一年，多次志愿参加行动。在亚洲，他看到许多人未能尽职，但他知道自己表现优异。他想，倘若我撂挑子，那接替我的人就会搞砸，导致有人掉胳膊断腿，甚至丢了性命。我受过训练，擅长做这种事。我有义务主动挑起这副担子。

在营救保罗和比尔这件事上，他也负有同样的责任。筹建的营救队中，他是唯一实际干过这种事的。他们需要他。

何况他自己也喜欢做这种事。他骨子里就是个战士。也许是因为他身高五英尺半吧。战斗是他的天赋，是他生活的意义。他毫不犹豫地报了名。

他恨不得立刻投入行动。

罗恩·戴维斯犹豫了。他是名单中的第二个黑人，也是所有人中最年轻的。

那天傍晚他到了达拉斯，被直接带到弗雷斯特路的EDS公司总部。他从未见过佩罗，但在从德黑兰撤离时同他通过电话。那段时间里，连续好几天，达拉斯和德黑兰必须随时保持着电话联系。甚至有人把电话放在耳边睡觉，而这个任务常常由戴维斯承担。有一次，佩罗亲自打来了电话。

“罗恩，我知道那边情况不妙，我非常感谢你能坚守。我现在能为你做些什么吗？”戴维斯大惊。他的所作所为与他的朋友并无不同，他从未想过有人会专门为此感谢他。但他确实有件事放心不下。“我妻子怀孕了，我有段时间没见到她了。”他告诉佩罗，“如果可以的话，请你派人给她打电话，告诉她我很好，会尽快回家。我会很感激你。”

戴维斯后来听玛瓦说，佩罗没有派人，而是亲自打电话给他妻子，这让他受宠若惊。

现在，他第一次见到佩罗，再次被感动。佩罗热情地握着他的手说：“你好啊，罗恩。”就像他们是多年老友一样。

但听罗斯话中提到“生命危险”时，戴维斯动摇了。他想了解营救行动的详情。他愿意帮助保罗和比尔，但他希望整个行动准备得充分而完备。

佩罗说“公牛”西蒙斯会带队，这就没什么可担心的了。

佩罗对这群员工备感骄傲。

所有人都志愿参加。

他坐在办公室里。外面天黑了，他在等西蒙斯。

微笑着的杰伊·科伯恩；大男孩帕特·斯卡利；钢铁般坚强的乔·波赫；喜欢怀疑的高个子黑人拉尔夫·博尔韦尔；举止温和的格伦·杰克逊；好斗的吉姆·舒维巴赫；爱开玩笑的罗恩·戴维斯。

所有人都在!

骄傲的同时，他也充满感激，因为他们是在为他分担这个重大责任。

无论从哪方面看，这天都很不寻常。西蒙斯立即答应前来帮忙。EDS公司的保安保罗·沃克——碰巧他同西蒙斯在老挝执行过任务——在半夜坐飞机前去红湾，帮西蒙斯照顾他的猪和狗。七名年轻的管理人员在听过短暂的情况说明后，就心甘情愿地放下一切前往伊朗，组织越狱行动。

他们此时待在走廊深处EDS公司的会议室里，等待西蒙斯。西蒙斯已入住希尔顿酒店，同T.J.马尔克斯和梅夫·斯托弗用餐去了。

佩罗想到了斯托弗。他身材矮胖，戴眼镜，四十岁，经济学研究生，是佩罗的得力助手。佩罗还清晰地记得他们第一次会面的场景，当时他在面试斯托弗。梅夫毕业于堪萨斯州的某所大学，模样相当土气，仿佛刚从农场里出来——廉价的外套，松松垮垮的裤子，还穿着一双白袜子。

面试时，佩罗尽量温柔地向他解释说，商务会议上不适合穿白袜子。

但斯托弗只在袜子的问题上犯了错，他的聪明、坚韧、自律和勤奋打动了佩罗。

随后的若干年里，佩罗了解到斯托弗还有许多有用的才能。他对细节有执着的追求——这正是佩罗缺乏的——他临危不乱，还擅长交涉。EDS公司签订合同时，经常需要接管一个已经存在的数据处理部门，以及它的员工。接管可不容易——被接管的员工往往警惕而敏感，有时还充满怨恨。梅夫·斯托弗处事冷静，总是笑意盈盈，乐于助人，说话轻声细语，既讲原则又懂变通，只有他能抚平员工的情绪。

从六十年代末开始，他就直接同佩罗工作。他能从佩罗的奇思妙想中提取出一个模糊而疯狂的主意，反复斟酌，修补完善，最后付诸实践——这是他的特长。他偶尔会做出某个主意不可行的论断，而听到他这句话，佩罗就会认为或许这主意真的不可行。

斯托弗对工作有着惊人的热情。即使是在七楼的工作狂当中，他也是出类拔萃的。除了去将佩罗的奇思妙想付诸实施外，他还监管佩罗的地产公司和石油公司，管理佩罗的投资和房产。

佩罗认为，帮助西蒙斯的最佳方法，就是把梅夫·斯托弗交给他。

他不知道西蒙斯是否变了。他们已有好几年没见过面。当时是在宴会上，西蒙斯给佩罗讲了个故事。

在突击山西战俘营的行动中，西蒙斯的直升机降落到了错误的地点。目的地在四百码之外，那里看似战俘营，但里面的营房中却满是睡着的士兵。被噪音和闪光弹吵醒后，士兵开始冲出营房，睡眼蒙胧，衣衫不整，拿着武器。西蒙斯站在门外，嘴上叼着点燃的雪茄。他身边是一个魁梧的军士。每个穿过门的士兵都会看见西蒙斯雪茄的闪光，然后便会踌躇片刻。西蒙斯便趁机开枪。军士将尸体拖到一旁，然后他们就会等待另一个出门的士兵。

佩罗不禁问道："你杀了多少人？"

"应该有七十或八十。"西蒙斯不带感情地说。

西蒙斯曾是一名出色的士兵，但现在他只是一个养猪的农民。他适合担此重任吗？他已经六十岁，而且在突袭山西战俘营之前曾中风过一次。他的脑子依然灵光吗？他还是一个杰出的领导者吗？

佩罗可以肯定，西蒙斯想全权掌控营救行动。上校要么按自己的方法做，要么就不做。这正中佩罗下怀——他的任务是找到最合适的人，然后就交给这个人去处理后面的事。可是，西蒙斯还是世界上最出色的营救者吗？

他听见外面的办公室里传来说话声——他们到了。他站起身，西蒙斯同T.J.马尔克斯和梅夫·斯托弗走了进来。

"西蒙斯上校，你好。"佩罗说。他从不称呼西蒙斯"公牛"，他觉得那很粗俗。

"你好，罗斯。"西蒙斯说，握了握佩罗的手。

手握得非常紧。西蒙斯穿着随意，下身是卡其裤，上身的衬衣领子敞着，露出脖子上的条条肌肉。他看上去老了些——咄咄逼人的脸上皱纹更多了，白发也更多了，而且一头短发似乎也比上次见到的时候长。但他依然强壮硬朗，依然是那副深沉的、被烟熏坏似的嘶哑嗓子，带着一丝明显的纽约口音。他拿着科伯恩整理的志愿者资料。

"请坐。"佩罗说，"你们用过餐了吗？"

"我们去了达斯提餐厅。"

西蒙斯说："这房间最后一次清除窃听器是什么时候？"

佩罗笑了。西蒙斯的脑子依然灵光。太好了。佩罗答道："从来没有过，上校。"

"从现在开始，我要求我们用的每个房间每天都要检查一遍。"

斯托弗说："我会安排的。"

佩罗说："如果你有什么需求，上校，告诉梅夫就行了。现在咱们来谈谈正事。我们非常感谢你来帮助我们，我们愿意提供一些补偿——"

"这种事就免了吧。"西蒙斯粗暴地说。

"这——"

"我不需要因为营救美国人而获取酬劳。"西蒙斯说，"之前我没拿过，也不想现在开始拿。"

西蒙斯被冒犯了。他的不悦令整个房间的空气都凝固了。佩罗立刻不再坚持——西蒙斯是极少数他需要谨慎对待的人之一。

这位老战士一点儿都没变啊，佩罗想。

太好了。

"营救队的队员在会议室里等你。你手上有他们的资料，但我知道你想亲自评审他们。他们都了解德黑兰，都当过兵或者拥有可能派得上用场的技能。但最后选不选他们都由你决定。如果你看不上哪个人，我们就会再给你找一些备选的。总之这里你说了算。"佩罗希望西蒙斯把所有人都留下，但选择权必须交给他。

西蒙斯站起来，说："开始吧。"

西蒙斯和斯托弗离开了，T.J.却暂时止步。他压低声音对佩罗说："西蒙斯的妻子过世了。"

"露西尔？"佩罗不知道这个消息，"太遗憾了。"

"死于癌症。"

"他情绪如何，你知道吗？"

T.J.点头："情绪很不好。"

T.J.离开后，佩罗二十岁的儿子小罗斯走进来。罗斯的孩子们平时常来公司看他，但现在，会议室里正在进行秘密会议，罗斯希望儿子能换个时间再来。小罗斯一定是在走廊上看到了西蒙斯。这孩子之前见过西蒙斯，知道他是谁。佩罗想，儿子现在已经知道，西蒙斯来这儿的唯一理由就是组织营救行动。

小罗斯坐下说："爸爸，我是来看奶奶的。"

"好。"佩罗说，怜爱地看着他唯一的儿子。小罗斯高个子，宽肩膀，身材健美，比他父亲英俊百倍，姑娘们像苍蝇一样围着他转——并不仅仅因为他是父亲财产的唯一继承人。小罗斯用处理其他所有事的方式对待姑娘们——无可挑剔的礼节以及远超其年龄的成熟稳重。

佩罗说："你同我必须清楚一件事，我希望能活一百岁，但如果我出了什么事，我要你离开大学，回家照顾你的妈妈和妹妹们。"

"我会的。"小罗斯说，"别担心。"

"如果你母亲也出了事，我要你住在家里，把妹妹们带大。我知道这对你来说很不容易，但我不想让你雇人来做这件事。她们需要你，你是家庭的一分子。我就靠你了，你要在家同她们在一起，保证她们能顺利长大——"

"爸爸，你不说我也会这么做的。"

“好。”

小罗斯起身离开。佩罗陪他走到门口。

突然，小罗斯抱住了父亲，说：“我爱你，爸爸。”

佩罗也抱住了他。

他惊讶地发现儿子眼中噙着泪。

小罗斯出去了。

佩罗坐了下来。他本不应该对儿子的眼泪感到惊讶——佩罗一家亲密无间，而小罗斯是一个热心肠的孩子。

佩罗没有前往德黑兰的具体安排，但他知道，如果他的员工要冒着生命危险去那儿，他就不应该躲得远远的。这一点小罗斯也知道。

佩罗知道，全家人都会支持他。玛戈也许有权说：“你为员工冒性命危险，那我们怎么办？”但她决不会这么说。在关注战俘运动中，他去过越南和老挝，试图飞往河内，还被迫给家人配保镖，但他们从来没有抱怨过，从来没有说：“那我们怎么办？”相反，他们还鼓励他去做他认为应该做的事。

他坐着沉思的时候，大女儿南希走进来。

“老爹！”她说。那是她对父亲的昵称。

“小南！进来！”

佩罗非常喜爱南希。十八岁的她有一头金发，身材苗条，但绝不孱弱，深得她祖母的遗传。她意志坚定，头脑冷静，这点像佩罗，她同她哥哥一样有潜力成为经营管理者。

“我是来说再见的。我要回范德比尔特大学了。”

“你有没有去奶奶家看看？”

“当然去了。”

“好孩子。”

她兴高采烈地期待着能重返学校，对七楼的紧张气氛和危险计划浑然不知。

“能不能多给点零用钱？”她问。

佩罗溺爱地笑了，摸出了钱包。同平常一样，他无法拒绝她。

她把钱装进口袋，抱住他，吻了下他的脸颊，从他大腿上跳下来，无忧无虑地蹦出了屋。

这一次，佩罗的眼中噙满了泪水。

这就像一场重聚，杰伊·科伯恩想。德黑兰的老伙计们都在会议室里等西蒙斯，谈论着伊朗和撤离行动。拉尔夫·博尔韦尔说话就像打机关枪；坐着沉思的乔·波赫就像一个生气的机器人；格伦·杰克逊说着步枪的事；吉姆·舒维巴赫露出歪斜的微笑，让你觉得他知道什么你不知道的东西；帕特·斯卡利在谈论突袭山西集中营的事。他们现在全知道，他们即将见到传说中的“公牛”西蒙斯。

斯卡利在突击队做教官的时候，就曾讲授过西蒙斯领导的那次著名的突袭。他知道那次行动经过了精心的策划、无数次的演练，最终西蒙斯将五十九名队员都带了回来。

门开了，一个声音说：“全体起立。”

他们推开椅子站了起来。

科伯恩环顾四周。

罗恩·戴维斯走进来，黑脸上挂着坏笑。

“浑蛋，戴维斯！”科伯恩说。意识到被骗后，大家都笑了。戴维斯在屋里绕了一圈，与大家击掌问好。

戴维斯就是这样，总爱开玩笑。

科伯恩看着大家，不知道面临生命危险时他们是否还会如此坦然。战斗是一件奇怪的事，你永远无法预测人在战斗中会如何应对。你觉得最勇敢的人也许会崩溃，而你觉得可能会胆怯逃跑的人也许会坚如磐石。

科伯恩永远也忘不了战斗在他身上留下的痕迹。

他到达越南几个月后，发生了一场危机。他当时在驾驶一种支援飞机，名叫“光棍”，因为它没有武器装置。那天，他满载士兵出入战斗区域，总计六次。他很走运——没有人朝他的直升机开枪。

但第七次就不一样了。

12.75毫米口径高射机枪击中了直升机，破坏了尾翼驱动杆。

主翼转动时，机体自然会朝相同方向转动，尾翼的作用就是抵消这种连带效应。如果尾翼停转了，直升机就会开始转动。

如果直升机起飞后不久，刚离地几英尺，那飞行员还能趁机身旋转不快，通过再次降落来应对尾翼的缺失。如果直升机处在巡航高度，以正常速度飞行，机身上的气流很强，足以阻止直升机旋转。然而，科伯恩当时所处的高度是一百五十英尺，可以说是最糟的位置——一方面太高，难以迅速降落；另一方面又飞得不够快，风还无法稳定机身。标准处理程序是模拟引擎失速。科伯恩在飞行学校学习并练习过这一程序，于是本能地实施了这种操作，但毫无作用——直升机已经旋转过快了。

几秒之内，他就头晕目眩，不知自己身在何处。他什么也做不了，只能任由直升机坠落下去。直升机右起落橇最先着地（这点他后来才了解），一片螺旋桨受冲击力弯曲了，插入机身，击中了副驾驶的头部，致其当场死亡。

科伯恩闻到了汽油味，松开了安全带。他的头先着地，这才意识到自己正上下颠倒。但他逃出了直升机，只伤到几节颈椎。他的机工长也活了下来。

机组成员都系了安全带，但后机舱的七个士兵没有。直升机没有门，飞机旋转的离心力将他们从一百英尺的高度甩出去。他们都死了。

科伯恩当时只有二十岁。

几个星期后，他的小腿中弹，那里是直升机飞行员最容易受伤的部位。飞行员的座椅是防弹的，但小腿却暴露在外。

他因为中弹而火冒三丈，找到上级军官，要求分配到武装直升机上，那样就能杀几个下面想要他命的王八蛋。

他的要求得到了满足。

以此为转折点，笑盈盈的杰伊·科伯恩变成了冷静而冷血的专业战士。他在军中没有密友。如果有军人受伤了，科伯恩会耸肩说："打仗哪儿有不受伤的。"他觉得他的战友会认为他有病，但他不在乎。他很开心能驾驶战斗直升机。每次绑好安全带后，他都知道自己是去杀人，或者被杀。为地面部队扫清障碍时，他知道妇女儿童和无辜的平民会受伤，但还是闭上眼停止思考，开了火。

十一年后回首往事，他觉得自己是一头野兽。

房间中最安静的两个人——舒维巴赫和波赫——明白他的感受。他们去越南打过仗，知道那是什么感觉。其他人没有实战经历——斯卡利、博尔韦尔、杰克逊和戴维斯。倘若营救行动需要杀人，科伯恩想，他们会如何应对？

门开了，西蒙斯走了进来。

2

西蒙斯走到会议桌前段时，整个房间都静了下来。

他可真有能耐，科伯恩想。

T.J.马尔克斯和梅夫·斯托弗跟在西蒙斯身后进屋，坐在靠门的位子上。

西蒙斯把一个塑料黑手提箱抛进了角落里，坐进椅子，点燃雪茄。

他身穿宽松的衬衣和长裤，没系领带，头发的长度与上校的身份不太相称。他看起来更像是农夫，而不是士兵，科伯恩想。

他说："我是西蒙斯上校。"

科伯恩还以为他会说，我管你们，按我说的做，我的计划是什么什么。

相反，他开始问问题。

他想尽量了解德黑兰的情况——天气，交通，建筑材料，街上的人，警察的数量和装备。

他对每一个细节都感兴趣。他们告诉他，除了交警，所有警察都配有武器。那怎么区分他们？交警戴白帽子。他们告诉他，德黑兰的出租车有蓝色和橙色两种。区别是什么？蓝色出租车走固定路线，价钱也固定。橙色出租车理论上可以到处走，但叫停出租后，里面通常都有人，司机会问你去哪儿。如果顺路的话，你就可以坐进去，但你得记下计价器上的数字，因为你下车时候，就得补上差价——因为这种不合理的规矩，乘客总是同司机发生争执。

西蒙斯问监狱到底在什么地方。梅夫·斯托弗去找德黑兰的地图。监狱是什么模样？乔·波赫和罗恩·戴维斯都记得驾车经过那里。波赫在画板上画出素描。

科伯恩靠着椅背，观察西蒙斯工作。科伯恩意识到，听取别人提供的信息只是西蒙斯打算做的第一件事。科伯恩在EDS公司做过许多年招聘工作，知道面试技巧。西蒙斯正在评估每个人，观察他们的反应，测试他们有多少经验。他像面试官一样，询问了许多开放式的问题，紧接着就问："为什么？"让大家暴露自己——自吹自擂，胡说八道，或者焦躁不安。

科伯恩不知道西蒙斯会不会打断他们。

突然，他开口道："谁做好了为这件事牺牲的准备？"

没有人发话。

"好。"西蒙斯说，"我不会带领打算死的家伙。"

讨论持续了几个小时。午夜过后不久，西蒙斯就终止了讨论。很明显，他们对监狱还不够了解，无法制订营救方案。科伯恩被委任连夜查明更多信息——他将给德黑兰那边打几通电话。

西蒙斯说："你询问监狱信息的时候，能不能避免对方知道你这么做的原因？"

"我会小心的。"科伯恩说。

西蒙斯转向梅夫·斯托弗，继续说："我们需要一个安全的聚集点。找个跟EDS公司没关系的地方。"

“酒店怎么样？”

“墙壁隔音效果差。”

斯托弗思索片刻，说：“罗斯在葡萄藤湖附近有一座小房子，靠近达拉斯-沃思堡机场。现在这个季节不会有人在那附近游泳或钓鱼，这点可以肯定。”

西蒙斯半信半疑。

斯托弗说：“早上我开车带你去那儿实地考察一下吧。”

“好。”西蒙斯站起来，“我们现阶段能做的都已经做了。”

他们陆续走出房间。

他们离开的时候，西蒙斯留下了戴维斯。

“你凭什么觉得自己很厉害？”西蒙斯说。

戴维斯不知所措。西蒙斯整晚都很有礼貌，通情达理，轻声细语。现在他却像在挑衅一样。出什么事了？

戴维斯想到了自己的功夫特长，还有他在德黑兰打翻三个暴徒的事，但他说：“我不觉得自己厉害。”

西蒙斯对此置若罔闻。“空手道在枪面前屁都不是。”

“我也这么看——”

“我们不需要只想打架的黑鬼。”

戴维斯明白西蒙斯的用意了。冷静，他对自己说：“我志愿加入营救队不是为了打架，上校，我——”

“那是为了什么？”

“因为我认识保罗、比尔和他们的妻子、孩子，我想帮忙。”

西蒙斯轻蔑地点点头："明天见。"

戴维斯不知道这是否意味着他通过了测试。

第二天，也就是1979年1月3日下午，他们在葡萄藤湖畔佩罗的周末度假屋集合。

不出梅夫·斯托弗所料，附近的两三座房子看上去是空的。佩罗的房子掩映在占地数英亩的森林中，草坪一直延伸到水边。那是一座紧凑的木制建筑，很小——放佩罗快艇的库房都比它大。

门是关着的，大家都没想到带钥匙。舒维巴赫撬开了一扇窗户，大家才得以入内。房里有一个客厅，几个卧室，一个厨房，一个厕所。房间的装饰风格蓝白相间，家具不是高档货。

大家散坐在客厅里。他们带来了地图、画板、记号笔，当然还有香烟。科伯恩做了情况说明。前一天夜里，他同马吉德和另外两三个德黑兰的同事通过电话。一方面要打听监狱的详情，一方面又不能表现得太热心，这并不容易，但好歹还是成功了。

监狱是司法部的一部分，而司法部占据了整整一个街区。监狱入口位于街区后部。进入入口后是一个院子，与街道之间仅隔一道十二英尺高的铁栅栏。囚犯可以到院子里放风，这明显也是监狱的弱点所在。

西蒙斯也这么看。

那他们要做的，就是等囚犯放风的时候，翻过栅栏，抓住保罗和比尔，再翻过栅栏，逃出伊朗。

他们进入细节部分。

他们该怎么翻过栅栏？是用梯子还是搭人梯？

他们决定乘大篷货车去监狱，然后用车顶做台阶。选货车而不是轿车还有一个优势：当他们驶向——更重要的是驶离监狱的时候，也没有人会看见车内的情况。

乔·波赫被提名做司机，因为他最熟悉德黑兰的路。

如何应付监狱警卫呢？他们不想杀人。他们同街上的伊朗人和监狱警卫都没有仇——保罗和比尔被不公地投入监狱并不是他们的错。何况，如果杀了人，就会引发更大的骚乱，逃出伊朗也就更难了。

监狱警卫会毫不犹豫地射杀他们。

西蒙斯说，最好的防御就是出其不意，攻其不备。

突袭会为他们争取优势，警卫会有好几秒搞不清出了什么事。

然后，营救队员必须通过某种手段让警卫躲起来——开枪是最佳选择。在城市街道上开枪的话，闪光和巨响会让警卫下意识地躲避，而不会主动袭击营救队员。这就能为他们赢得几秒时间。如果行动迅速的话，这几秒钟就够了。

在烟雾弥漫的房间中，方案渐渐成形。西蒙斯坐在那里，一根接一根地抽着小雪茄，听大家发言，适时地提问题，引导着讨论的方向。这是一支非常讲民主的队伍，科伯恩想。讨论方案的时候，他们忘记了妻儿、按揭、割草机和旅行车，也忘记了劫狱是多么极端的行为。戴维斯不再开玩笑；斯卡利不再幼稚，反而十分冷静精明；波赫一如既往地滔滔不绝；博尔韦尔则一如既往地充满质疑。

就这样一直讨论到傍晚。他们决定将货车开到铁栅栏旁的人行道上。他们告诉西蒙斯，这种停车法在德黑兰一点也不奇怪。西蒙斯将坐在前排波赫的身边，大衣下藏一把枪。货车后门打开后，拉尔夫·博尔韦尔将从里面跳出来，大衣下也藏着枪。

到目前为止，任何异常状况都未出现。

西蒙斯和博尔韦尔做好开枪掩护的准备，罗恩·戴维斯将爬上货车车顶，攀到铁栅栏上，跳进院中。之所以选戴维斯做这件事，是因为他最年轻，也最苗条，而其他人很难承受从十二英尺高的地方跳下去造成的冲击。

科伯恩将跟戴维斯翻越铁栅栏。他身材不佳，但营救队中，保罗和比尔最熟悉的就是他，一见到他就会意识到有人来营救他们了。

接下来，博尔韦尔将会把一架梯子放到院中。

如果行动迅速的话，突袭能取得的优势就到此为止了。接下来，警卫肯定会做出反应。这时西蒙斯和博尔韦尔会朝天开枪。

警卫将迅速卧倒，伊朗囚犯将惊慌地四下奔逃，为营救队又提供几秒时间。

"如果监狱之外有人干预怎么办？"西蒙斯问，"比如警察、街上的士兵、示威的暴徒，或者热心的过路人？"

他们决定派两人保护侧翼，分别守在街道两头。他们将比货车先到几分钟，配以手枪。他们的工作就是阻止任何试图干扰营救的人。吉姆·舒维巴赫和帕特·斯卡利被提名担负这项任务。科伯恩肯定，如有必要，舒维巴赫会毫不犹豫地开枪。至于斯卡利，尽管他这辈子都没开过枪，但在讨论中他表现出惊人的冷静，科伯恩觉得他动起手来将同样冷酷无情。

格伦·杰克逊将负责驾驶轿车，这样浸礼会教徒格伦就不必开枪杀人了。

同时，在院中陷入混乱后，罗恩·戴维斯将负责近距离掩护，对付身边的警卫。科伯恩则将保罗和比尔从人群中拉出来，催其爬上梯子。他们将翻越栅栏，跳到货车车顶，然后跳到地上，最后钻进车中。科伯恩与戴维斯将陆续撤离。

“嘿，我冒的风险最大。”戴维斯说，“我他妈的第一个进去，最后一个出来——暴露时间最长。”

“少说废话。”博尔韦尔说，“下个问题。”

西蒙斯将坐到货车前排，博尔韦尔将跳到后座，关上车门，波赫将以最快的速度把车开走。

轿车中的杰克逊将把守护侧翼的舒维巴赫和斯卡利载走，紧随货车之后。

逃亡过程中，博尔韦尔将持枪守在货车后窗边，而西蒙斯将负责应对前方可能出现的麻烦。如果有人紧追不舍，轿车中的斯卡利和舒维巴赫将负责干掉他们。

抵达预先安排的地点后，他们将抛下货车，分散进入几辆轿车，前往德黑兰郊区的多申·托佩空军基地，乘美国空军的一架飞机离开伊朗——佩罗将想办法搞定军用飞机。

最后，一套可行性方案的轮廓终于敲定。

他们离开之前，西蒙斯警告他们，走出这座房子后就不能提起营救行动的事——不能对妻子说，甚至不能互相讨论。他们必须编个故事，解释自己为什么会离开美国一个星期左右。看着堆满烟头的烟灰缸和队员们圆鼓鼓的肚皮，西蒙斯补充强调，每个人都应该想想怎么锻炼健身。

跨国大营救不再是罗斯·佩罗脑中的一个疯狂想法——它即将付诸实施。

杰伊·科伯恩是营救队里唯一花了大力气欺骗妻子的。

他回到希尔顿酒店，给莉兹打了电话："嗨，亲爱的。"

"嗨，杰伊！你在哪儿？"

"我在巴黎……"

乔·波赫也从希尔顿酒店给妻子打了电话。

"你在哪儿？"她问。

"达拉斯。"

"你在干什么？"

"当然是在EDS公司工作了。"

"乔伊，达拉斯的EDS公司给我打过电话，问我你到哪儿去了！"

波赫意识到，有个不知情的人正在找他，他说："我没有同他们在一起。我直接同罗斯工作。他们不知道而已。"

"你在做什么？"

"同保罗和比尔有关，我们必须为他们做点事。"

"哦……"

博尔韦尔回到朋友家，他的家人就暂住在那儿。他的女儿斯泰茜·伊莱恩和凯夏·妮可已经睡着了。他妻子说："今天你干什么去了？"

我筹划了一起越狱行动，博尔韦尔想。但他嘴上答道："没干啥。"

"没干啥？我看你忙得很啊。我给你公司打了两三次电话——他们说找不到你。"

"我没在一个地方待着。嘿，我想喝瓶啤酒。"

玛丽·博尔韦尔是一个热情开朗的女人，欺骗与她的本性格格不入。她也相当聪明。但她知道，拉尔夫对于夫妻相处的原则有一些固执的看法。这些看法也许有些陈旧，但对他们的婚姻很有效。倘若工作中的某些事他不想告诉她，那她也不会纠缠不放。

“来瓶啤酒……”

吉姆·舒维巴赫并不想欺骗妻子蕾切尔。她早已猜透了他。帕特·斯卡利一开始打电话给舒维巴赫的时候，蕾切尔问丈夫：“谁打来的？”

“是达拉斯的帕特·斯卡利。他们让我去欧洲做一个研究项目。”

蕾切尔认识吉姆快二十年了——他们开始约会的时候，他十六岁，她十八岁——他的心思她一眼就能看透。她说：“他们想去把那些人救出监狱。”

舒维巴赫无力地说：“蕾切尔，你不明白。我不再做那种事了。”

“你们就是要去做那种事……”

帕特·斯卡利就连同事都骗不过，在他妻子面前，他压根儿就没打算说谎。他把一切都告诉了玛丽。

罗斯·佩罗也将一切都告诉了玛戈。

就连西蒙斯，尽管没有妻子来烦他，他还是打破了安全规定，将自己即将赶赴伊朗一事告诉了新泽西的弟弟斯坦利。

事实证明，向EDS公司其他高管隐瞒营救计划同样是不可能的。首先猜出一切的是基恩·泰勒。这位身材高大、脾气暴躁、衣着优雅的前海军陆战队队员在法兰克福接到佩罗的命令，又重返德黑兰了。

元旦那天，听到佩罗说“我要派你回去做些非常重要的事”，泰勒就知道有人策划了一起秘密行动，而幕后的主导者是谁不言自明。

有一天，他从德黑兰给达拉斯处打电话，要找拉尔夫·博尔韦尔。

“博尔韦尔不在这儿。”对方告诉他。

“他什么时候回来？”

“不确定。”

泰勒从来都不喜欢被人糊弄，于是提高嗓门问：“他去哪儿了？”

“不确定。”

“什么叫不确定？”

“他去度假了。”

泰勒已经认识博尔韦尔好几年了，博尔韦尔首次做管理工作的机会就是泰勒给的。他们是酒友。有许多次，泰勒都同拉尔夫喝酒喝到凌晨，然后突然意识到自己是整个酒吧中唯一的白人。喝完酒，谁的家离酒吧近，两人就会跌跌撞撞地回那儿去。给他们开门的某一位的夫人就会给另一位的夫人打电话：“别担心，他们在这儿。”

是的，泰勒熟悉博尔韦尔。他决不相信保罗和比尔在坐牢，拉尔夫还有心情去度假。

第二天，他又打电话找帕特·斯卡利，但听到的却是同样的推诿之词。

保罗和比尔在坐牢，博尔韦尔和斯卡利会去度假？

鬼才信。

第三天，他打电话找科伯恩。

又是同一种说法。

他开始猜出背后的玄机了——佩罗命令泰勒重返德黑兰的时候，科伯恩是同佩罗在一起的。科伯恩是人事主管，也是上次撤离行动的策划者，佩罗任命他策划秘密行动是理所当然的。

泰勒和另一个留在德黑兰的同事里奇·加拉格尔开始凑出一份名单。

博尔韦尔、斯卡利、科伯恩、罗恩·戴维斯、吉姆·舒维巴赫和乔·波赫都在“度假”。

这群人有若干共通点。

保罗·恰帕罗恩刚到德黑兰的时候，发现EDS公司在那里的运营状况太松懈、太随便、太伊朗化了，不合他的意。卫生部合同的执行进度已经滞后。保罗带来了一帮严厉而细致的EDS公司员工，着力解决问题，将经营重新带入正轨。泰勒就是这帮严厉的员工之一，比尔·盖洛德也是。还有科伯恩、斯卡利、博尔韦尔，以及其他所有“在度假”的人。

另一个共通点是，他们都是EDS公司“德黑兰罗马天主教礼拜天早午餐扑克学校”的成员。和泰勒一样，保罗和比尔等人都是天主教徒，除了乔·波赫（以及泰勒唯一未猜出的营救队成员：格伦·杰克逊）。每个礼拜天，他们都在德黑兰的天主教传教团见面。祈祷仪式完成后，他们会前往其中某人的家里吃早午餐。在夫人们做饭、孩子们玩耍的时候，男人们会开始打扑克。

只有打扑克的时候，一个人的真性情才会暴露出来。

泰勒和加拉格尔猜想，倘若佩罗让科伯恩组建一个百分百信任的团队，那科伯恩必然会从扑克学校里挑选人才。

“度个屁的假。”泰勒对加拉格尔说，“他们组成了营救队。”

营救队在1月4日上午返回湖边小屋，将计划重温了一遍。

西蒙斯在细节方面有无穷的耐心。他打算对任何可以想象到的困难都做好准备。乔·波赫帮了他很大的忙，波赫不知疲倦的提问——尽管这让科伯恩烦透了——都富有创见，大大完善了营救方案。

首先，西蒙斯对保护营救队侧翼的安排并不满意。要舒维巴赫和斯卡利朝任何试图妨碍营救的人开枪，那太不靠谱了。最好能声东击西，将附近警察和士兵的注意力转移过去。舒维巴赫提议在街道远端点燃一辆车。西蒙斯觉得这还不够——他想炸掉一整座楼。总之，舒维巴赫需要设计出一枚定时炸弹。

他们还想出了一套预防措施，可以减少一两秒他们暴露的时间。货车在驶到距监狱一定距离的时候，西蒙斯就会下车走向铁栅栏。如果没发现危险，他就会打手势招呼货车继续前进。

方案的另一个缺点是下车爬上车顶这一步。无论是跳下车还是爬上车顶，都会耗费宝贵的时间。而且，保罗和比尔被关在监狱几个星期，到时候是否有力气爬梯子再跳到车顶上？

所有解决办法都经过认真讨论——增加一架梯子，在车顶安装把手——最后，营救组想到了简单易行的办法——在车顶凿开一个洞，直接从洞里钻进钻出。另一个小改进是，在货车地板上铺上垫子，给那些从洞口往下跳的人一个缓冲。

他们将在逃离监狱的路上易容改装。他们打算在德黑兰穿牛仔裤和休闲夹克，他们都开始留络腮胡和小胡子，以便看起来不那么可疑。但他们将在货车中备好商务西装和电动剃须刀，在改乘轿车之前，剃掉胡子，换好衣服。

一如既往地特立独行的拉尔夫·博尔韦尔不想穿牛仔裤和休闲夹克。商务西装、白衬衫和领带让他更舒服，更行动自如，尤其是在德黑兰，一套气派的西式装束是社会统治阶层的象征。西蒙斯冷静地表示同意。“最重要的是，”他说，“让大家在行动中感觉舒服与自信。”

他们计划在多申·托佩空军基地乘飞机离开，但那里既有美国飞机，也有伊朗飞机，工作人员既有美国人也有伊朗人。美国人当然会欢迎他们，但入口的伊朗哨兵会不会故意刁难？他们打算都使用伪造的军事证件。一些EDS公司管理人员的妻子曾在德黑兰为美军工作，并保留有原来的身份证件——梅夫·斯托弗会去弄一个，并以其为蓝本伪造更多的证件。

科伯恩发现，在整个讨论过程中，西蒙斯都非常低调。他一根接一根地抽着雪茄（博尔韦尔对他说：“别担心被打死，你会死于癌症的！”），除了问问题之外，几乎什么都不做。方案是由头脑风暴形成的，每个人都贡献智慧，最后达成一致意见。不过，科伯恩发现自己愈发敬重西蒙斯了。西蒙斯经验丰富，智力超群，吃苦耐劳，而且思维活跃。他还有些幽默。

科伯恩看得出，其他人也开始逐渐了解西蒙斯是什么样的人。如果有人问了个愚蠢的问题，西蒙斯就会厉言批驳。于是，他们在提问之前都会三思，考虑他会作何反应。通过这种方法，西蒙斯让队员们开始像他一样思考。

在湖边小屋的第二天，他们见识了他发怒的威力。惹他生气的是罗恩·戴维斯——这并不奇怪。

他们那群人都好幽默，戴维斯是其中最爱搞怪的。科伯恩觉得这没什么——在执行这样的任务时，笑声可以缓解紧张。他认为西蒙斯也持同样的看法。但有一次，戴维斯做得太出格了。

西蒙斯在座椅旁边的地板上放了一包雪茄，还有五包放在厨房。戴维斯毫不掩饰自己对西蒙斯的好感，关切地说："上校，你抽的雪茄太多了——这对健康可不好。"

西蒙斯用特有的严厉表情看着他，但他忽视了这一警告。

几分钟后，他进入厨房，将那五包雪茄藏在洗碗机里了。

西蒙斯抽完第一包，去找剩下的，却没有找到。他没有雪茄就无法思考，于是打算乘车去商店买，这时戴维斯打开洗碗机说："你的雪茄在这儿。"

"你自己留着吧，浑蛋。"西蒙斯低吼道，径直出门了。

他又买了五包雪茄回来，对戴维斯说："这些烟是我的。你的臭手不要碰。"

戴维斯觉得自己就像是被罚站墙角的孩子。这是他第一次同西蒙斯上校开玩笑，也是最后一次。

商议继续进行，吉姆·舒维巴赫坐在地板上，努力设计炸弹。

通过伊朗海关走私炸弹，甚至是炸弹的配件，都是相当危险的（西蒙斯说过："我们不必冒这样的险。"）。所以，舒维巴赫必须设计出一种用德黑兰本地材料就能造出的炸弹。

炸掉一座房子的提议被否决了——这样做动静太大，而且可能会殃及无辜。他们决定姑且通过以焚烧汽车的方式转移警察的注意力。舒维巴赫知道如何用汽油、肥皂片和少许石油制造燃烧弹，但定时器和引信是两个问题。在美国的话，他会用玩具火箭电动机上的电子定时器。但在德黑兰，他只能从更原始的器械中做选择。

舒维巴赫喜欢接受挑战。他喜欢摆弄机械玩意儿——他收藏了一辆模样丑陋的“奥兹莫比尔短剑”[1]，行驶起来就如同一枚发射出的子弹。

他首先拿烤箱顶的老式发条计时器做实验，那种计时器用撞针击铃。他将一根含磷的火柴绑在撞针上，把铃替换为一张砂纸。撞击后，火柴与砂纸摩擦燃烧，继而点燃机械引信。

这个系统是不可靠的，团队其他成员听后都哄堂大笑。每次火柴燃不起来，他们就会揶揄讥讽。

最后，舒维巴赫只好采用最古老的计时装置：蜡烛。

他先点燃一支蜡烛做实验，测试燃烧一英寸蜡烛需要多少时间。然后截取一段蜡烛，使其燃烧时间刚好是十五分钟。

接下来，他将几根老式含磷火柴的火柴头刮下来，将这些可燃材料碾成粉末。他将粉末紧紧包裹在一张铝箔里，然后将铝箔塞到蜡烛下。蜡烛燃烧到底部后就会加热铝箔，促使含磷粉末爆炸。铝箔底部较薄，爆炸产生的作用力会向下传播。而蜡烛被放在塑料瓶的瓶颈里，塑料瓶与那种装在后裤袋里的酒瓶大小相仿，里面装满了汽油。

“点燃蜡烛后走开就行。”舒维巴赫完成设计后对队友说，“十五分钟后，车子就会被点燃。”

警察、士兵、革命者或路人——很可能还有一些监狱警卫——都会被三百码之外燃烧的汽车所吸引，罗恩·戴维斯和杰伊·科伯恩将趁乱从铁栅栏翻入院子。

那天，他们搬出了希尔顿酒店。科伯恩在湖边小屋过夜，其

① 通用的一款轿车。

他人则入住了机场码头酒店——那里离葡萄藤湖更近——除了拉尔夫·博尔韦尔，他坚持回家同家人待在一起。

接下来的四天，他们训练，买装备，练习射击，完善方案。

手枪可以在德黑兰买，但弹药方面，伊朗国王只允许出售打鸟用的小霰弹。

不过，西蒙斯擅长重装弹药，所以他们决定将自己的弹药走私进伊朗。

将大号霰弹的弹药装入小子弹的问题是，小子弹能装的弹药相对较少，所以尽管小子弹的穿透力很强，却几乎无法扩散。他们决定使用2号霰弹。这种霰弹击发后会扩散开，打中多个目标，同时又有足够的穿透力，能够打碎跟踪车辆的挡风玻璃。

营救队的每个队员都将携带一把沃尔瑟警用手枪。梅夫·斯托弗让EDS公司的安保主管鲍勃·斯尼德，以及一个口风甚严的人去达拉斯的雷氏体育用品店购买警用手枪。舒维巴赫负责想办法将枪走私进伊朗。

斯托弗去打听哪些美国机场不对出站的行李做荧光检查——肯尼迪国际机场就是其中之一。

舒维巴赫买了两个路易·威登的箱子，容积比普通行李箱更大，边角经过加固，侧面都很坚硬。他同科伯恩、戴维斯和杰克逊来到佩罗达拉斯家中的木工坊，实验在箱底安装活底。

舒维巴赫非常看好将枪藏在箱子活底中通过伊朗海关的计划。“要是你知道海关那些人是怎么工作的，你就不会被拦下来。”他说。但其他队友都没有他那么自信。他们还制订了一个后备计划，以防海关拦下他并发现枪。到时候他会否认箱子是自己的。他将返回行李领取处，那里当然会有一个一模一样的路易·威登行李箱，但里面装满了个人物品，而且没有枪。

营救队抵达德黑兰之后，必须通过电话与达拉斯联系。科伯恩敢断定，伊朗人会窃听他们的电话，于是他们发明了一套简单的密码。

GR表示A，GS表示B，GT表示C，以此类推，到GZ表示I；然后HA表示J，HB表示K，到HR表示Z。数字一到九用IA到II表示，零则对应IJ。

他们将使用军方字母表。A对应Alpha，B对应Bravo，C对应Charlie，等等。

为保证速度，只有关键字会被加密。比如，“他在EDS”这句话会被加密为“他在Golf Victor Golf Uniform Hotel Kilo”。

密码表只制作了三份。西蒙斯给了梅夫·斯托弗一份，他将留在达拉斯担当营救队的联系人。西蒙斯将另外两份给了杰伊·科伯恩和帕特·斯卡利，这两人尽管未被正式任命，却已经成了他的副手。

使用密码可以避免在电话交谈中不小心泄露信息。不过，作为电脑方面的专家，他们很清楚，密码专家可以在几分钟之内就破解这样简单的加密法。所以，为以防万一，一些常用的词都以特定的代码替代——保罗是AG，比尔是AH，美国大使馆是GC，德黑兰是AU，佩罗被称为“主席”，枪被称为“带子”，监狱被称为“数据中心”，科威特被称为“石油城”，伊斯坦布尔被称为“度假城”，突袭监狱被称为“A计划”。所有人都必须牢记这些密码。

倘若被问到这些密码是干什么用的，就说是用来缩写电报信息的。

营救行动的代码是“烫脚”（Hotfoot）。这是罗恩·戴维斯想出的字母缩写：Help Our Two Friends Out of Tehran（帮我们的两个朋友逃出德黑兰）。西蒙斯中意这个名字。“许多行动的名字都叫‘烫脚’。”他说，“但这是它第一次用对了地方。”

他们将突袭监狱的行动演习了不下一百次。

在湖边小屋旁的森林里，舒维巴赫和戴维斯在两棵树之间钉了一张高十二英尺的木板，用以模拟铁栅栏。梅夫·斯托弗从EDS公司的安保部门借来了一辆大篷货车。

西蒙斯一次又一次地走到“铁栅栏”旁打手势。博尔韦尔从车后跳出。戴维斯爬上车顶，翻过栅栏。科伯恩紧随其后。博尔韦尔爬上车顶，将一架梯子放入“院子”里。“保罗”和“比尔”——由舒维巴赫和斯卡利扮演，他们不需要训练侧翼防卫——爬上梯子，翻过栅栏，科伯恩接着出来，然后是戴维斯。所有人都进入货车。波赫驾车以最快的速度离开。

他们有时交换角色，以便让每个人都熟悉别人的工作。他们还为各项任务设定了优先级，倘若有人掉队、受伤或出了别的什么状况，他们能自动知晓谁会顶替。扮演保罗和比尔的舒维巴赫和斯卡利有时会装病，让队员们将其抬上梯子，运过栅栏。

身体健康带来的优势在训练中明显表现出来。戴维斯能在1.5秒内从栅栏一侧的梯子翻到另一侧的梯子，这是其他人难以望其项背的速度。

有一次，戴维斯行动得太快，以至于直接摔在了冻土上，扭伤了肩膀。伤势虽然不重，但却让西蒙斯产生了一个想法。戴维斯到德黑兰的时候，可以用悬带吊着一只胳膊，携带一个用于锻炼的豆子袋。但这个袋子里装的都是2号霰弹。

西蒙斯计算了营救行动所需的时间——从货车停在栅栏前到带着所有人离开。最后，秒表显示的时间是不到三十秒。

他们在加兰公共靶场练习用沃尔瑟警用手枪射击。他们告诉靶场老板，他们是来自全国各地的保安，到达拉斯参加一项课程培训，必须在射击练习完成后才能回家。靶场老板并不相信他们，尤其是看到T.J.马尔克斯之后。马尔克斯穿着黑外套，戴着黑帽子，将十把沃尔瑟警用手枪和五千发子弹从黑色林肯车的后备箱中拿出来，像极了电影中的黑社会老大。

训练不久后，他们都能相当出色地完成射击，除了戴维斯。西蒙斯建议他躺下射击，因为他在院子里的时候将会是这个姿势，结果戴维斯发现自己的准头果然提高不少。

旷野里寒风刺骨，没有射击的时候，他们都挤在一个小木屋里取暖——除了西蒙斯，他整天都待在户外，仿佛是石头做的一样。

他当然不是石头做的——一天的训练结束后，他钻进梅夫·斯托弗的轿车时，忍不住感叹："上帝啊，冷死人了。"

他开始讽刺他们太弱不禁风，说他们总是在谈论去哪儿吃饭，点什么菜——他饿了就开罐头吃。他嘲笑那些慢慢喝水的人——他渴了就会倒满一杯水，一饮而尽，说："我倒水可不是为了看水。"有一次，他向他们展示了枪法——所有子弹都命中靶心。科伯恩见过西蒙斯脱掉衬衣露出健壮的身体，那模样即便是比他年轻二十岁的人见了也会自愧不如。

西蒙斯看起来就像是在做硬汉角色的表演，但奇特的是，其他队员都没有笑他。在西蒙斯看来，自己的一举一动都天经地义。

一天傍晚，他在湖边小屋向大家展示迅速而无声地杀人的最佳方法。

他命令每人配备一把戈博刀，梅夫·斯托弗将刀订购回来。那是一种双刃刀，刀身狭窄短小，适合突刺。

“有点小啊。”戴维斯看着自己的刀说，“是不是不够长？”

“如果你想让刀从另外一头伸出来，那确实不够长。”西蒙斯说。

他指着格伦·杰克逊腰背部肾所在的位置。“只需刺一刀，就在这里，就能置对方于死地。”他说。

“他不会叫吗？”戴维斯问。

“他会痛得一点儿声音都发不出来。”

西蒙斯演示的时候，梅夫·斯托弗进了屋，站在门口，张着嘴，两个胳膊下面各夹着一个麦当劳纸袋。西蒙斯看到他便说：“瞧这家伙——还没人捅他呢，他就一点儿声音都发不出来了。”

梅夫大笑，开始分发食物。“那家店里一个客人都没有，我找店员买三十个汉堡和三十份薯条，你们猜那店员对我说什么？”

“说什么？”

“说了那句口头禅：‘您是在这儿吃还是带走？’”

西蒙斯非常喜欢为私人公司工作。

军队里有一个很大的问题，那就是装备。就连突袭山西战俘营的计划——尽管总统本人都很感兴趣——他都必须填写六份请购单，每要一支铅笔都必须征得十二位将军的同意。等所有手续都办完，他会发现需要的东西缺货了，或者需要四个月才能运到，或者——这是最糟糕的情形——东西到了却不能用。他申请到的雷管，22%都不能正常工作。他曾试图为突袭队员申请夜视仪，但1970年时，军方只生产出六个手工原型机。后来他发现阿玛莱特公司出售一种英国产夜视仪，质量非常好，每台售价49.5美元，于是突袭队员们去越南时都戴着这种夜视仪。

在EDS公司，不需要填表格，也不需要征得许可，至少西蒙斯不需要——他告诉梅夫·斯托弗自己要什么，斯托弗通常当天就能弄来。西蒙斯得到了他想要的东西——十把沃尔瑟警用手枪，一万发子弹；若干枪套，既有适合左撇子的，也有适合右撇子的，队员们可以挑选自己觉得最舒服的枪套；重新装填霰弹弹药的工具，可以重装为12号、16号和20号；队员的防寒衣物，包括大衣、手套、衬衣、袜子和羊毛针织帽。有一天，西蒙斯要十万美元现金——两小时后，T.J.马尔克斯就带着装在信封里的钱来到了湖边小屋。

在其他方面，这支队伍也与军队不一样。他们不会屈从于暴力。他们是美国最聪明的一批年轻管理人员。西蒙斯从一开始就知道，指挥他们不能靠生硬地下达命令，而必须赢得他们的忠诚。

这些人只执行他们认可的命令。如果不认可，就会讨论。这在会议室里行得通，但在战场上却毫无作用。

他们还相当拘谨。第一次讨论点燃汽车转移警察注意力的时候，有人提出反对，因为那样做可能会伤害附近的无辜者。西蒙斯嘲笑这种“童子军”式的美德，说他们害怕丢掉奖章——“你们这些杰克·阿姆斯特朗”。阿姆斯特朗是广播剧中善良到不可信的人物——他不辞辛劳地侦破案件，还帮老奶奶过马路。

他们还倾向于忘记所做之事的严重性，开了不少玩笑，不时嬉笑打闹，特别是年轻的罗恩·戴维斯。执行危险任务的时候，适当的幽默是必要的，但有时西蒙斯必须用辛辣的评论将他们拉回现实。

他允许所有人随时退出。他又单独找罗恩·戴维斯谈话："你是第一个翻越栅栏的人——你对此有预案吗？"

"有啊。"

"幸亏你有，不然我就不要你加入了。倘若保罗和比尔不立即离开你怎么办？倘若他们害怕去栅栏就会挨枪子儿你怎么办？你会进退两难，警卫会发现你。你会遇上大麻烦。"

"是啊。"

"我六十岁了，活得值了，我没什么好失去的。但你还很年轻，而且玛瓦怀孕了，是吧？"

"是的。"

"你真的确定要做这件事？"

"是的。"

他找他们每个人都谈了话。告诉他们他的军事判断力强于他们，这是没有意义的。他们必须自己得出这一结论。

同样，他之所以表现出硬汉作风，就是为了让他们知道，从现在开始，保暖、吃饭、喝水、担心无辜的过路人——这样的事不能再耗费他们的时间和注意力。射击训练和持刀格斗课程背后也有一个目的：西蒙斯决不希望在这次行动中杀人，但学习如何杀人可以提醒他们，这是一次性命攸关的行动。

他发动的心理攻势中，最重要的一环就是不停地训练突袭监狱。西蒙斯非常肯定，监狱不会同科伯恩描述的一样，方案到时必定会被更改。突袭从来不会百分百按照设想的方式发生，这一点他比任何人都清楚。

偷袭山西战俘营的模拟训练进行了好几周。在佛罗里达的埃格伦空军基地，用2英尺×4英尺的木材建造了一个一模一样的战俘营。这该死的东西必须在黎明前拆除，然后在晚上又搭起来，因为苏联的侦察卫星Cosmos 355每二十四小时会经过佛罗里达两次。山西战俘营里的每一棵树和每一道沟都被复制下来——这活儿干得可真漂亮。在反复模拟训练之后，他们真刀真枪地开干了，但一架直升机——西蒙斯乘坐的那架——降在了错误的地点。

西蒙斯永远也忘不了他察觉出了问题的那一刻。突击队员全部跳下直升机，直升机再次升空。一名受惊的越南士兵从散兵坑中钻出来，西蒙斯开枪射中他的胸口。枪声大作，照明弹升空，西蒙斯看见周围的建筑并不属于山西战俘营。“把该死的直升机开回来！”他向无线电报务员大叫道。他让一名军士打开频闪光，显示降落区的位置。

他知道他们在哪儿——山西战俘营之外四百码，情报部门绘制的地图上将那里标记为学校。这可不是什么学校，周围到处都是敌军。西蒙斯意识到，这里是兵营，直升机驾驶员犯了一个“幸运”的错误，因为他现在可以发动一次出其不意的袭击，消灭一群可能会破坏整个行动的敌人。

那天晚上，他站在一排营房前，射杀了八十个穿内衣的敌人。

行动从来不会完全按计划进行。然而，熟练地执行既定计划只是模拟训练的一半目的。另一半目的——对EDS公司的人来说，这一半目的很重要——是学会团队协作。尽管他们本来就是一个高智商团队——给他们每人一间办公室、一个秘书、一部电话，他们就能把全世界电脑化——但要亲自动手搞营救则是另一码事。1月3日，团队刚组建的时候，他们就连一同划划艇都有问题。而五天之后，他们运转协调得就像是一部机器。

他们能在得克萨斯做的到此为止。

现在他们必须去看看真实的监狱了。

是时候去德黑兰了。

3

营救队在训练的同时，卡特总统迎来了阻止伊朗爆发血腥革命的最后机会。

但他没有抓住。

事情是这样的……

1月4日晚上，威廉·沙利文大使安心地躺到大使馆他私人房间的床上。美国驻伊朗大使馆宽敞而阴凉，美国驻伊朗大使馆位于德黑兰罗斯福大街和塔克赫特-厄-贾姆希德大街的交会处。

从十一月到十二月，沙利文的上司——国务卿塞勒斯·万斯——一直在戴维营忙着巴以和谈，但现在他回到了华盛顿，集中处理伊朗的事务。暧昧和动摇结束了。发给沙利文的指示电报简洁而明确。最重要的是，美国终于有了应对危机的策略——他们要同阿亚图拉·霍梅尼对话。

这是沙利文自己的主意。他现在确信，国王不久就会离开伊朗，霍梅尼将以胜利者的姿态回国。他认为，他的工作是维护美国同伊朗的关系，即便政府更迭，但尘埃落定后，伊朗仍会是美国在中东施加影响的重要据点。而达成这一目的的方式，是帮助伊朗军队保持完整，并为新政权继续提供军事援助。

沙利文给万斯打去保密电话，做了如上汇报。沙利文强烈要求派遣一名特使去巴黎见霍梅尼。霍梅尼应该被告知，美国的核心关切是保证伊朗的领土完整，削弱苏联的影响力；美国不想看到伊朗军队和伊斯兰革命者之间爆发大规模冲突；一旦霍梅尼掌权，美国将会向他提供与国王时代一样的军事援助。

这是一个大胆的计划。有人会指责美国抛弃朋友。但沙利文认为，现在美国必须与伊朗国王划清界限，着眼于未来，这样才能将损失降到最低。

令他备感满意的是，万斯同意了他的计划。

国王也同意了。国王心力交瘁，万念俱灰，不愿再为维护政权而流血，他连表面上的讨价还价都没做。

万斯提名西奥多·H.艾略特担任拜见霍梅尼的特使，艾略特是资深外交官，在德黑兰当经济参赞，能说一口流利的波斯语。沙利文对这一选择备感欣慰。

特德[①]·艾略特计划在两天后，也就是1月6日抵达巴黎。

在大使官邸的一间客卧里，空军将军“荷兰人”罗伯特·哈伊泽也要上床睡觉了。沙利文对哈伊泽的任务可没有对艾略特的

① 西奥多的昵称。

任务那么热情。“荷兰人”哈伊泽是驻欧洲美军的副司令（司令是海格），昨天抵达德黑兰，劝说伊朗的将军们支持巴赫提亚尔领导下的新政府。沙利文认识哈伊泽，后者是一名优秀的战士，但绝不是外交官。他不懂波斯语，对伊朗也一无所知。即便他是出色的外交官，也不可能完成任务。巴赫提亚尔政府甚至没有获得温和派的支持。沙赫普尔·巴赫提亚尔本人仅仅因为接受了国王的请求，出面组建政府，就被驱逐出了国民阵线。同时，哈伊泽试图为巴赫提亚尔争取的伊朗军队持续解体，数以千计的士兵逃跑，加入了街头的革命暴徒之中。哈伊泽顶多只能做到延缓军队的解体，为巴黎的艾略特安排霍梅尼和平回国争取时间。

倘若计划成功，那沙利文将会立下大功。作为外交官，他在余生中将引以为傲——他的计划将让祖国更强大，而且挽救无数的生命。

但他躺在床上，有件事却令他辗转反侧。他抱有极大期望的“艾略特任务”，其策划者是国务卿万斯所代表的国务院。“哈伊泽任务”则是国家安全事务顾问兹比格涅夫·布热津斯基的主意。万斯和布热津斯基两人不合，这已经众所周知。瓜德罗普的峰会结束后，布热津斯基此时正同卡特总统深入加勒比海捕鱼。他们在澄澈蔚蓝的海面上航行时，布热津斯基会对总统耳语些什么呢？

凌晨时分，沙利文被电话吵醒。

是执勤官从大使馆内的通信室打来的，那里距沙利文所在的卧室只有几码的距离。华盛顿刚发来一份紧急电报，大使也许需要立刻查看。

总统已经做出了决断。沙利文的建议被驳回。总统指示他告知国王，美国政府将不再同阿亚图拉·霍梅尼对话。

沙利文大失所望。

美国将再也无法对伊朗施加影响了。这也意味着，沙利文本人失去了扬名立万的机会——他无法以美国大使的身份阻止伊朗爆发血腥内战。

他给万斯发了一条充满愤怒的电报，称总统犯下了大错，应该三思。

他回到床上，却无法入睡。

早上他又收到一封电报，告知他总统不会改变主意。

沙利文疲惫地来到山上的王宫，将消息转告国王。

国王那天憔悴而紧张。他和沙利文照例坐下喝茶。沙利文告诉国王，卡特总统取消了艾略特任务。

国王心烦意乱。“他们为什么要这么做？”他激动地问。

“我不知道。”沙利文答道。

“如果不同反对派对话，又如何能对他们施加影响呢？”

“我不知道。”

“那华盛顿现在打算做什么？”国王问，绝望地舞动着双手。

“我不知道。”沙利文说。

4

“罗斯，这太荒唐了。”汤姆·卢斯大声说，“你会毁了公司的，还会毁了你自己。”

佩罗看着自己的律师。他们坐在佩罗的办公室里，门关着。

卢斯不是第一个如此评论的人。一周之内，消息传遍了七楼，佩罗的几名高管都来找过他，派营救队去伊朗是莽撞而危险的主意，应该立刻放弃。“别担心。”佩罗告诉他们，“专注于你们必须做的事吧。”

汤姆·卢斯喜欢大吵大闹。每次阐释观点的时候，他总是咄咄逼人，横眉竖目，就像在法庭上当着陪审团抗辩一样。

“我只能在合法的前提下提建议，但我来这儿是要告诉你，这次营救会导致比现在更多更严重的问题。上帝啊，罗斯，我可以给你列一长串你即将触犯的法律！”

“说来听听。”佩罗说。

“你组建了一支雇佣军——这在美国是违法的，在伊朗也是违法的，在这支队伍经过的任何国家都是违法的。他们去任何地方都有可能遭受刑罚，到时候就会有十个人坐牢，而不是两个。

“实际上，后果比坐牢更严重。你的手下将比战场上的士兵面临更大的危险——国际法和《维也纳公约》只保护穿制服的士兵，但不保护营救队。

“如果他们在伊朗被捕……罗斯，他们会被处决。如果他们在与伊朗签订有引渡条约的国家被捕，就会被送回伊朗处决。到时候，就不止两个无辜的员工坐牢，这八名有罪的员工也将丧命。

“那样一来，这八名员工的家属就会将矛头指向你——这是理所当然的，因为整个营救方案看起来愚蠢透顶。寡妇们将在美国法庭对EDS公司提起天价索赔，公司会因此而破产。想想上万可能失业的人吧。想想你自己吧，罗斯。你可能面临刑事指控，锒铛入狱！”

佩罗冷静地说：“我感谢你提的建议，汤姆。”

卢斯瞪着他，说：“你没听懂我的意思，对吧？”

佩罗笑道：“当然听懂了，但如果你一辈子都在担心可能发生的坏事，你很快就会发现，最佳的选择是什么都不做。”

其实，佩罗知道一些卢斯不知道的事——

罗斯·佩罗很走运。

他这一辈子都很走运。

十二岁的时候，他在特克萨卡纳的黑人社区送报。当时《特克萨卡纳公报》卖二十五美分一份，星期天他往往能收四五十美元的硬币在口袋里。每个星期天都有前一晚在酒吧花光了几周工资的醉汉在半道上冒出来，试图把小罗斯身上的钱抢走，所以别的孩子都不愿到那个区送报。但罗斯从不害怕。他总是跑得飞快，醉汉追得并不坚决，所以他很走运——他从来没有丢过钱。

在进入安纳波利斯的海军军官学校这件事上，他也很走运。申请人必须获得参议员或众议员的资助，佩罗家当然不认识这种人。年轻的罗斯甚至从未见过大海——他去过最远的地方是家乡一百八十英里外的达拉斯。但在特克萨卡纳有个叫小乔希·莫里斯的年轻人，他去过安纳波利斯，对罗斯介绍了那里的情况，罗斯听后便爱上了海军，尽管他从未见过船。结果他成功了——就像后来的许多次成功一样——因为他太懵懂，不觉得那些事不可能做到。

直到许多年后，他才知道自己当年是怎么进入海军学院的。1949年的一天，W.李·奥丹尼尔参议员正在清理桌面——他的参议员任期即将届满，而且不打算续任。一个助手说："参议员先生，海军军官学校有一个空缺的名额。"

"有人想要吗？"参议员问。

"呃……有个来自特克萨卡纳的男孩向我们申请很多年了……"

"给他吧。"参议员说。

佩罗听说，这场对话中根本就没提到他的名字。

后来创办EDS公司时他也很走运。在IBM做推销员的时候，他发现客户常常不能最大限度地利用他卖给他们的机器。数据处理是全新的专业化技能。银行擅长做银行，保险公司擅长做保险，制造商擅长制造，而电脑专家擅长数据处理。客户需要的并不是机器，而是机器能迅速提供的廉价信息。但是，许多客户都耗费了大量的时间新建数据处理部门，学习如何使用机器，结果电脑不仅没有解决问题，节省金钱，反而制造了问题，浪费了金钱。佩罗想出售整个服务包——机器、软件和员工。客户只需要简单明了地说出需要什么信息，EDS公司就会提供这种信息，然后客户就可以去做他们擅长的事。

IBM否决了他的建议。这个概念不错，但利润太少。用于数据处理的钱有八成花在硬件上，只有两成花在软件上，而那两成就是佩罗打算挣的钱。IBM可不愿追逐那点蝇头小利。

于是，佩罗拿出一千美元积蓄创办了自己的公司。接下来的十年，软件方面的开支节节攀升，直到占了数据处理费用的七成，佩罗成了世界上最富有的白手起家的商人。

IBM董事会主席汤姆·沃森某天在餐馆遇到佩罗时说："我只想知道一件事，罗斯，你是否预见到了软硬件开支的比例会变化？"

"没有。"佩罗说，"两成对我来说已经足够了。"

是的，他很走运。但他还必须在运气的基础上努力工作。畏手畏脚永远一无所成，只有勇于冒险才有可能走运。佩罗一辈子都在冒险。

而这一次，他将冒此生最大的一次险。

梅夫·斯托弗走进办公室。"准备走了吗？"他问。

"是的。"

佩罗起身，两人离开了办公室。他们乘电梯下楼，进入斯托弗的车里。那是一辆崭新的四门林肯凡尔赛。佩罗念出了仪表板上的名牌："梅夫·斯托弗和海伦·斯托弗。"车内弥漫着西蒙斯雪茄的味道。

"他在等你。"斯托弗说。

"好。"

佩罗的彼得勒斯石油公司在EDS公司大楼旁的建筑里有办公室。梅夫已经将西蒙斯带到那里，然后过来找佩罗。接下来，他将带佩罗回EDS公司总部，并重返西蒙斯处。这样做的目的是保密，尽量不让别人看到西蒙斯和佩罗在一起。

最后六天里，西蒙斯和营救队在葡萄藤湖干自己的事，而通过法律途径解决保罗和比尔的问题的可能性越来越微茫。基辛格在通过阿尔德希尔·扎赫迪施加影响的企图失败后就束手无策了。汤姆·卢斯律师忙着给二十四名得克萨斯出身的众议员和参议员，以及所有华盛顿愿意接他电话的人打电话，但这些人能做的仅仅是打电话问国务院发生了什么事，而所有的问题最后都集中到了亨利·普雷希特那里。

EDS公司的首席财务官汤姆·沃尔特仍然找不到愿意开立金额为一千二百七十五万美元的信用证的银行。沃尔特向佩罗解释说，困难在于，美国法律规定，倘若有证据证明，信用证是在非法的压力下——比如敲诈或绑架——签署的，银行就会视申请信用证的个人或公司违约，从而不予办理。银行认为，保罗和比尔被囚禁明显是敲诈，他们知道EDS公司会在美国的法庭上主张信用证无效，从而不支付这笔钱。理论上，这无关紧要，因为到时保罗和比尔都回来了。所以，倘若伊朗政府来找美国银行要钱，他们只需合法地拒绝承兑即可。然而，大多数美国银行都给伊朗发放了贷款，而伊朗尚未偿还。银行担心伊朗人会因此报复，将这一千二百七十五万美元从应偿债务中直接扣除了事。沃尔特仍在寻找一家同伊朗没有业务关系的大银行。

所以，不幸的是，“烫脚行动”仍然是佩罗最大的机会。

佩罗离开斯托弗，进入石油公司所在的大楼。

他发现西蒙斯待在为佩罗准备的小办公室里。西蒙斯一边吃花生，一边听着可移动收音机。佩罗猜花生就是他的午餐，而开着收音机是为了预防可能藏在房中的窃听器。

他们握手。佩罗发现西蒙斯的下巴上已经冒出了胡须。“进展如何了？”他问。

“不错。”西蒙斯答道，“队员们越来越像一个团队了。”

“现在你知道了吧，”佩罗说，“你可以剔除任何你不满意的队员。”两天前，佩罗提议增添一名队员，那人了解德黑兰，而且有优异的从军记录，但西蒙斯面试此人几分钟后就拒绝了，说：“这家伙只相信自己那一套。”现在，佩罗很想知道，训练期间西蒙斯是否发现了其他队员的缺点。他继续道：“营救行动由你负责，所以——”

“没必要，”西蒙斯说，“我不想剔除任何人。”他轻声笑道，“他们可能是我带过的最聪明的一支队伍，这确实造成了一个问题：他们认为命令需要讨论，而不是执行。不过，他们开始学会在必要的时候不争论。我明确告诉他们，讨论是可以的，但必须适可而止，然后无条件服从。”

佩罗笑了，说：“我十六年都没做到的事，你六天就做到了。”

“我们在达拉斯已经无事可做。”西蒙斯说，“下一步是去德黑兰。”

佩罗点头。如果要取消“烫脚行动”，现在是最后的机会。一旦队伍离开达拉斯，就很难联系和控制他们。开弓没有回头箭。

罗斯，这太荒唐了。你会毁了公司的，还会毁了你自己。

上帝啊，罗斯，我可以给你列一长串你即将触犯的法律！

到时候，就不止两个无辜的员工坐牢，这八名有罪的员工也将丧命。

呃……有个来自特克萨卡纳的男孩向我们申请很多年了……

“你想什么时候走？”佩罗问西蒙斯。

“明天。”

“祝你好运。”佩罗说。

第五章

1

西蒙斯在达拉斯同佩罗谈话的时候，帕特·斯卡利——全世界最差劲的撒谎者——正在伊斯坦布尔试图糊弄一个狡猾的土耳其人。“菲什先生”是一名旅行代理人。在十二月的撤离行动中，梅夫·斯托弗和T.J.马尔克斯“发现”了他。他们雇佣他安排被撤离者逗留伊斯坦布尔，而他表现优异。他为所有人预订了喜来登酒店的房间，还组织大巴车去机场，将他们接到酒店。抵达酒店后，饭菜已准备妥当。撤离者先行离开机场，他留下收取行李并办理通关。撤离者用餐完毕后，发现自己的行李已奇迹般地放在房间外。第二天，孩子们被安排去看电影录像，大人则被安排去观光，以此打发等待飞往纽约的飞机的时间。“菲什先生”是在大多数酒店员工都在罢工的情况下做到这一切的——T.J.发现酒店房间的床是“菲什先生”亲自铺的。机票订好之后，梅夫·斯托弗想复印一份行动指南发给每个人，但酒店的复印机坏了——“菲什先生”找来了一个电工在星期天凌晨五点来修理。

“菲什先生”几乎无所不能。

西蒙斯依然对走私沃尔瑟警用手枪进入德黑兰有所担心，但听说“菲什先生”曾将撤离者的行李通过土耳其海关的检查后，他建议请“菲什先生”解决枪支的问题。斯卡利于1月8日前往伊斯坦布尔。

第二天，他在喜来登的咖啡店与“菲什先生”会面。“菲什先生”年近五十，身体肥胖，穿着土褐色的衣服，但他非常精明——斯卡利根本比不上。

斯卡利告诉他，EDS公司需要他在两方面提供帮助：“第一，我们需要一架能进出德黑兰的飞机；第二，我们需要让一批行李通过海关而不被检查。当然，我们会向你支付合理的报酬。”

“菲什先生”半信半疑：“你们为什么要这么做？”

“我们要将一批电脑系统所需的磁带送到德黑兰。”斯卡利说，“但我们想尽量降低风险。我们不能让磁带受到X光照射或者别的损伤，更不能让海关将其没收。”

“为此，你要雇一架飞机，还要海关不检查你们的包？”

“不错。”斯卡利看得出，“菲什先生”压根儿不信。

“菲什先生”摇头道：“不行，斯卡利先生。我很高兴之前能帮你的朋友，但我是旅行业者，不是走私贩。这生意我不干。”

“飞机呢？你能给我们弄一架飞机吗？”

“菲什先生”再次摇头，说：“你得去约旦的安曼，阿拉伯之翼航空公司有包机飞往德黑兰。这是我能提供的最好建议。”

斯卡利耸肩道：“好吧。”

几分钟后，他离开“菲什先生”，上楼进入自己的房间，给达拉斯打电话。

他作为营救队员的第一项任务进行得并不顺利。

西蒙斯得到消息后，决定将沃尔瑟警用手枪留在达拉斯。

他对科伯恩解释道："不要刚开始就破坏了整个行动，我们还不清楚是否真的需要手枪。我们没必要冒这样的险，至少现在没必要。我们先去伊朗，看看具体的情况。如果我们确实需要手枪，舒维巴赫再返回达拉斯取。"

手枪被保存在EDS公司的保险库里，同时放那儿的还有西蒙斯下令购买的用于锉掉枪上序列号的工具（因为这样做是违法的，所以不到最后一刻坚决不能这么做）。

不过，他们会带上有活底的箱子，做一次非实弹演习。他们还会携带2号霰弹——由戴维斯将其装在他的豆子袋里，以及西蒙斯需要的用于将弹药重新装填进鸟枪子弹的工具——西蒙斯将亲自携带。

因为现在已没有必要中途停留伊斯坦布尔，所以西蒙斯让斯卡利去巴黎订酒店房间，并为所有人购买飞往德黑兰的机票。

1月10日上午十一点零五分，营救队的其他队员在达拉斯-沃斯堡机场登上布兰尼夫国际航空公司的341号航班前往迈阿密，然后转乘美国国家航空公司的4号航班去巴黎。

第二天早上，他们在奥利机场的餐厅与咖啡馆之间的画廊与斯卡利会面。

科伯恩发现斯卡利有些提心吊胆。他意识到，所有人都被西蒙斯传染了，对安全高度重视。尽管他们都是乘同一架飞机从美国来的，但座位却是分开的，而且互相不打招呼。在巴黎，斯卡利怀疑奥利机场希尔顿酒店的员工在窃听他的电话，于是西蒙斯——他本来就对待在酒店里感到不自在——决定他们将在画廊里会谈。

斯卡利也没有完成他的第二项任务——为大家购买从巴黎到德黑兰的机票。

“因为伊朗局势动荡，机场员工罢工，有一半的航空公司都停飞伊朗航线。”他说，“剩下的航班都被急着回家的伊朗人订完了。我得到唯一有用的消息是，瑞士航空可能在苏黎世还有航班。”

他们分成两组。西蒙斯、科伯恩、波赫和博尔韦尔将前往苏黎世，试试瑞士航空。而斯卡利、舒维巴赫、戴维斯和杰克逊将留在巴黎。

西蒙斯那组乘瑞士航空的头等舱飞往苏黎世。科伯恩坐在西蒙斯身边。整个飞行途中，他们都在享用虾和牛排。西蒙斯热情地称赞了美味而丰盛的午餐。科伯恩不禁好笑，他还记得西蒙斯说过：“饿了开罐头吃。”

在苏黎世机场，德黑兰航班的柜台被伊朗人洗劫一空。营救队只买到了一张机票。他们中谁应该去呢？他们决定选科伯恩。他将负责后勤——作为人事主管和撤离行动的策划人，他对EDS公司在德黑兰的资源了如指掌：一百五十所房子和公寓，六十辆被遗弃的轿车和吉普车，两百名伊朗雇员——只有一部分能信任——还有食物、饮料，以及撤离者留下的工具。科伯恩首先回去可以安排车辆、装备，以及队员们的藏身处。

于是科伯恩向朋友们道别，坐上飞机，朝混乱、暴力和革命的旋涡中飞去。

西蒙斯和其他队员都不知道的是，同一天，罗斯·佩罗乘英国航空公司的172号航班从纽约飞到伦敦。他也要去德黑兰。

从苏黎世到德黑兰的飞行实在太短了。

科伯恩在飞机上焦急地思考着他必须做的那些事。他不能列出一个表——西蒙斯不允许写下任何东西。

他的第一个工作是带着有活底的行李箱通过海关。箱内没有枪——如果海关检查箱子，发现了活底，科伯恩就说那是为了携带精密的摄影设备。

接下来，他必须挑选一些被遗弃的房子和公寓给西蒙斯考虑，看哪里适合做藏匿点。然后他必须弄几辆车，还有足够的汽油。

为了不把基恩·泰勒、里奇·加拉格尔和EDS公司的伊朗员工牵扯进来，他已编好了托词——就说他在准备将撤离者的私人物品运回美国。科伯恩曾建议西蒙斯将秘密行动告知泰勒，因为他将是营救队的宝贵人才，但西蒙斯说他要见过泰勒之后再作决定。

科伯恩不知道如何才能骗得过泰勒。

飞机降落后，他仍在思考这个问题。

机场内的所有员工都穿着军队制服。科伯恩意识到，在大罢工的条件下，机场还能开放，原因就在这里——它已经被军队接管了。

他拿起带活底的行李箱，穿过海关。没有人拦下他。

到达大厅就像动物园一样混乱。候机的人群完全没有秩序，军队没有用军事方式管理机场。

他好不容易才穿过人群，来到出租车扬招点。他绕过了两个为争出租车大打出手的人，坐上了下一辆车。

进城的路上，他看到沿途有许多武器装备，尤其是机场附近。坦克的数量比他离开的时候多多了。这是否是国王仍在掌控权力的标志？报纸上国王仍在发声，就像仍然大权在握一样，但巴赫提亚尔也在发声。霍梅尼也在发声——他刚刚宣告伊斯兰革命议会取代现政府，就好像他已经在德黑兰取得政权，而不是在巴黎郊外的别墅中打电话一样。事实上，伊朗出现了权力真空。尽管这妨碍了释放保罗和比尔的交涉，但很可能对营救队有利。

出租车将他载到了被称作布加勒斯特的大楼前，他在那里见到了基恩·泰勒。泰勒现在是负责人，因为罗伊德·布里格斯去纽约当面给EDS公司的律师报告情况了。泰勒坐在保罗·恰帕罗恩的办公桌后，穿着整洁的西装，仿佛与革命相隔百万公里，而不是正置身其中一样。见到科伯恩时，他大吃一惊。

“杰伊！你什么时候到这儿的？”

“刚到。”科伯恩说。

“你怎么留胡子了？你想被炒鱿鱼吗？”

“我觉得这样做可以让我看起来不像是美国人。”

“你见过留淡黄色胡子的伊朗人吗？”

“没有。”科伯恩笑道。

“那你来这儿干什么？”

“在可预见的未来，我们显然不会再带我们的人回来。所以我是来这儿把大家的私人物品收拾起来运回国的。”

泰勒向他投去怪异的目光，但没有多说什么。“你打算住哪儿？我们都搬进了凯悦酒店，那里更安全。”泰勒问。

“我能住你的老房子吗？”

“怎么都行。”

“现在谈谈那些私人物品。你有大家留下的那些信封吗？里面装着房子钥匙、车钥匙，以及如何处理私人物品的说明。”

“当然有。大家不要的东西我都卖了——洗碗机、电吹风、冰箱。我一直在搞旧货出售呢。”

“能把信封给我吗？”

“当然可以。”

“大家的车呢？”

“我把大部分车都聚集起来，停在一所学校里，交给伊朗人看管，但愿他们没把车卖掉。”

“汽油呢？”

“里奇从空军那里弄了四个五十五加仑容积的油罐，我把它们全装满了油，存到地下室里了。”

“我进来的时候似乎闻到了汽油的味道。”

“别到下面点火柴——这里会被炸入地狱的。”

“你们是怎么加满油罐的？”

“我们将两辆车做中转——一辆别克，一辆雪佛兰，油箱都很大。两名司机用一整天排队加油。加满之后，他们回来，我们就用虹吸法将汽油导入油罐，然后又把车开去加油站。有时候，你能从排在前面的人那里买油。抓住一个刚加完油的人，以原价十倍的价钱将他车里的油买走。结果等着加油的长队中形成了交易链。”

“房子供暖使用的燃料呢？”

“我找到了卖家，但他要收我原价十倍的钱，我在这儿花钱如流水啊。”

“我需要十二辆车。”

“十二辆，杰伊？”

“不错。”

“你到我家我就有地方把它们藏起来了——我家有一个院子，围着高墙。你是不是……不论出于何种原因……想把车加满油，而不让任何伊朗员工看到你？”

“当然想。”

“把车开到凯悦酒店，我会给你加满的。”

“我们还有多少伊朗员工？”

“十个最优秀的，还有四个司机。”

“我要他们的名单。”

“你知道罗斯要来吗？”

“上帝啊，不知道！”科伯恩大惊失色。

“我刚得到消息。他从科威特带来了鲍勃·扬和约翰·豪威尔，扬将取代我做行政工作，豪威尔则负责法律事务。他让我配合豪威尔，做谈判和保释的工作。”

“这是真的吗？”科伯恩真想知道佩罗在想什么，“好，我去你家。”

“杰伊，到底出了什么事？”

“我无可奉告。”

“浑蛋，科伯恩。我要知道出什么事了。”

“我能说的都说了。”

“浑蛋。你就别想我给你弄到好车——有方向盘就算你走大运了。”

“抱歉。”

“杰伊……”

“嗯？”

“你的行李箱真是古怪到家了。”

“怪就怪吧。”

“我知道你要干什么，科伯恩。”

科伯恩叹了口气，说：“我们去散散步吧。”

他们来到街上，科伯恩将营救行动告诉了泰勒。

第二天，科伯恩和泰勒一起去找藏匿点。

位于阿夫塔卜街二号的泰勒的房子非常理想。

那里距凯悦酒店很近，可以方便换车，而且处在德黑兰的亚美尼亚区，暴乱升级后这里可能不会像别处那样敌视美国人。房里有一部可用的电话，还有取暖的燃油。有围墙的院子大得可以停下六辆车；还有一个后门，如果警察从前门闯入，他们就能从后门逃走。房东并不住在这里。

在科伯恩办公室的墙上，挂着一张德黑兰的街道地图。上次撤离行动开始后，EDS员工的家庭地址就被标在了地图上。他们通过地图又确定了三个空房子，作为后备隐匿点。

白天，泰勒给车加满油，科伯恩就逐次将其从布加勒斯特开到隐匿点——四个隐匿点每个停三辆。

再次看着墙上的地图，他努力回想哪些员工的妻子在为美军工作。这些拥有内部商品购买权的家庭吃得往往是最好的。他列出了八个候选人。明天他会去拜访他们，弄一些罐头、干制食品和瓶装水，藏在隐匿点里。

他还选了第五个藏匿点，但并没去那里。那里非常安全，在出现重大紧急情况时才可启用。

那天晚上，科伯恩独自待在泰勒家时，给达拉斯打电话找梅夫·斯托弗。

斯托弗一如既往地欢快："嗨，杰伊！你好吗？"

"很好。"

"很高兴接到你的电话，我要给你转个信儿？有铅笔吗？"

"当然有。"

"好的。Honky Keith Goofball Zero Honky Dummy——"

"梅夫。"科伯恩打断道。

"怎么了？"

"你在说什么啊，梅夫？"

"是密码啊，杰伊。"

"Honky Keith Goofball是什么？"

"H是Honky，K是Keith——"

"梅夫，H是Hotel，K是Kilo——"

"哦！"斯托弗说，"我不知道得用特定的词……"

科伯恩笑起来，"听着。"他说，"下次让人给你弄一份军用代码表。"

斯托弗自嘲道："我会的。但我想这次咱们得将就用我这套代码。"

"好，你说吧。"

科伯恩记下了加密信息，然后——仍用斯托弗那套密码——将自己的地址和电话号码告诉了斯托弗。挂断电话后，他解码了斯托弗给他的信息。

是条好消息。西蒙斯和乔·波赫将在第二天抵达德黑兰。

2

1月11日——科伯恩抵达德黑兰和佩罗飞往伦敦那天——保罗和比尔已经在监狱里待了整整两周。

这段时间内，他们只洗过一次澡。警卫得知来热水后，就给每个牢房五分钟洗澡时间。男人们涌入澡房，享受片刻的温暖和干净，将温良谦恭让都抛到了脑后。他们不仅洗了澡，还把自己的衣服都洗了一遍。

一周后，监狱用来做饭的瓶装液化气耗尽，所以黏糊糊又缺乏蔬菜的食物只好冷着吃。幸运的是，他们被允许食用探访者带来的橘子、苹果和干果，用来补充营养。

大多数晚上都会停电一两个小时，囚犯只好点燃蜡烛或者打开手电筒。监狱中关满了副部长、政府承包商和德黑兰的商人。王后内廷的两名成员同保罗和比尔一起被关在五号牢房。最后进牢房的是夏齐博士，他曾在卫生部工作，是康复部门的经理，隶属于舍科博士。夏齐是心理学家，他利用对人类精神的了解来激励狱友。他总是会想出些游戏和分散注意力的方法，为单调的日常生活增添乐趣——他制定了一个晚餐仪式，牢房中的所有人都必须在吃饭前讲一个笑话。得知保罗和比尔的保释金额后，他信誓旦旦地说法拉·弗西[1]一定会来找他们的，因为她的老公也只有六百万身价而已。

保罗同牢房的“教父”建立了一种独特的关系。作为牢房里待得最久的囚犯，后者按传统就成了老大。他是一个矮个子，年纪五六十岁，他能帮到美国人的非常有限——顶多只是鼓励他们吃东西，还有贿赂警卫，给他们搞点聊胜于无的补给。他只知道几句英语，而保罗几乎就不懂波斯语，但他们竟能磕磕绊绊地对话。保罗得知，他曾是一名杰出的商人，拥有一家建筑公司，还在伦敦拥有一家酒店。保罗将泰勒送来的凯伦和安·玛丽的照片给他看，老人学会了念她们的名字。据保罗所知，他受到的指控可能是真实的，他真的有罪，但他对外国人表现出的关切和温暖却令人振奋。

保罗也被德黑兰的EDS公司同事的勇敢所感动。已去纽约的罗伊德·布里格斯，从未离开的里奇·加拉格尔，以及重返德黑兰的基恩·泰勒——他们每次驾车绕过暴徒来探监都冒着生命危险。他们还面临着另一个危险：达德加可能会心血来潮，把他们也抓起来当人质。听到鲍勃·扬正在赶来德黑兰，保罗感激万分，因为鲍勃的妻子刚生了孩子，此时冒险相当不明智。

保罗一开始曾想过自己随时会被释放。但他现在告诉自己，他永远也出不去了。

他们的一个狱友被释放了。他名叫卢西奥·兰多内，是意大利建筑公司“水管”雇用的施工人员。兰多内回来探监，带来两根特别大的意大利巧克力，并告诉保罗和比尔，他已经向德黑兰

① 美国女演员，20世纪70年代的性感偶像。

的意大利大使说过了保罗和比尔的事。大使答应去见美国大使，传授帮人脱狱的秘诀。

但保罗乐观的最大原因是阿哈默德·侯曼博士，他是布里格斯聘请的律师，用来取代那些在保释问题上出馊主意的伊朗律师。侯曼在他们入狱第一周时探过监。他们坐在监狱的探访区——出于某种原因，会面地点没有定在院子另一头的平房中的探访室——保罗担心这可能会妨碍律师和委托人之间的坦诚讨论，但侯曼觉得监狱警卫并不是威胁。“达德加想让自己成名。”他说。是这样吗？一名热情过头的公诉人想通过反美行为赢得上司或者革命者的青睐？

“达德加的权力很大。”侯曼继续说，“但在这件事情上，他处在孤立无援的地位。他没有逮捕你的理由，而且保释金高得太离谱了。”

保罗开始对侯曼抱有好感。这个人似乎博学而自信。“那你打算怎么做？”

“我的策略是降低保释金。”

“怎么降低？”

“首先，我会同达德加谈。我希望能让他明白，索要这么高的保释金是多么蛮横无理。但如果他继续固执己见，我就会去见他在司法部的上司，劝其命令达德加降低保释金。”

“你估计这需要多长时间？”

“也许一周。”

实际上用了不止一周，但侯曼确实取得了成绩。他回监狱通报说，达德加在司法部的上司已经同意强迫达德加让步，将保释金降至EDS公司能通过在伊朗的现金迅速而方便地支付的程度。带着对达德加的鄙视和对自己的信心，他得意扬扬地宣告，1月11日，保罗和比尔将与达德加第二次会晤，然后一切都将尘埃落定。

果不其然，11日下午，达德加来监狱了。他像上次一样，首先要求见保罗。警卫带他穿过院子的时候，保罗精神焕发。达德加只是一个急于拍马屁的公诉人，保罗想，现在他遭到上司敲打，就只能低头妥协。达德加正在等保罗，身边坐着上次那个女翻译。达德加草草点头，保罗坐下，心里犯嘀咕：他看起来可一点都不客气。

达德加用波斯语发言，诺巴什夫人翻译道："我们来这儿是讨论你们的保释金的。"

"好。"保罗说。

"达德加先生收到了卫生和社会福利部官员的一封信。"

她开始翻译那封信。

卫生部的官员要求将两名美国人的保释金提升至两千三百万美元——几乎翻了一倍——以弥补EDS公司关掉电脑后所造成的损失。

保罗意识到，他今天是无法获释了。

这封信是早就预谋好的。达德加轻易化解了侯曼博士的进攻。这次会面只不过是在走过场。

这令他怒不可遏。

跟这浑蛋还讲什么礼貌，他想。

诺巴什夫人读完信之后，他说："我有话要说，我要你一字不落地翻译出来。听明白了吗？"

"当然。"诺巴什夫人说。

保罗缓慢而清晰地说："你已经把我关押了十四天。我没有接受过法庭审判。我们没有受到任何指控。你没有提供任何证明我有罪的证据。你甚至都没有指明我犯了什么罪。这难道就是你引以为豪的伊朗司法正义吗？”

出乎保罗意料的是，这番慷慨陈词似乎令达德加冰冷的目光融化了几分。“抱歉，”达德加说，“你的公司犯下错，必须由你来承担责任。”

“不不不。”保罗说，“我就是公司，我是公司负责人。如果公司犯了错，就应该我承担责任。但我们什么错都没有犯。实际上，我们还义务做了许多按规定不该我们做的事。EDS公司得到这份合同，是因为我们是世界上唯一能做这件事的公司——在由三千万自给自足的农民构成的不发达国家中建立一套全自动的软件系统——而且我们成功了。我们的数据处理系统发放社保卡，自动记录卫生部的银行存款，每天早上打印出前一天所有的社保申请，还能打印整个卫生与社会福利部的工资表，自动形成卫生部金融状况的月报和年报。你为什么不去卫生部看看打印清单呢？不，等一下。”见达德加张嘴，他立即打断道，“我还没说完。”

达德加耸耸肩。

保罗继续道：“已有现成的证据显示EDS公司履行了合同，而卫生部没有兑现他们的承诺。这证据就是：卫生部已有六个月未支付我们费用，也就是说，卫生部欠我们一千多万美元。现在想想吧，为什么卫生部不付钱给EDS公司？因为卫生部没有钱。为什么没有钱？你我都知道，卫生部在头七个月就花光了全年的预算，政府却不能追加预算。多花了钱的人难道不是不称职吗？也许他们想找借口——找一个替罪羊，为他们的错误承担责任。于是他们自然而然地想到了为他们做事的EDS公司——一个资本家的公司，又是美国的公司。在当前的政治环境中，人民渴望听到美国人是多么邪恶的传闻，会轻易地相信我们欺骗了伊朗。但是你，达德加先生，你是执法者。你不应该未有证据就相信美国人是罪魁祸首。如果我没有错误理解地方预审法官这一角色，你的工作应该是发掘真相。是时候问问自己，为什么我和我的公司会遭到诬陷，开始调查该死的卫生部了，难道不是吗？”

诺巴什夫人翻译完最后一句话。保罗观察达德加——他的表情又凝固了。他用波斯语说了些什么。

诺巴什夫人翻译道：“他想现在见另外一人。”

保罗瞪着她。

他意识到自己白费口舌。他还不如唱儿歌呢。达德加是下定决心了。

保罗万分沮丧。他躺在床垫上，看着他贴在中铺下部的凯伦和安·玛丽的照片。他想死孩子们了。看不到她们之后他才意识到，他过去忽视了她们，还有鲁丝。他看了一眼手表——美国现在正是半夜。鲁丝正在睡觉，孤独地躺在大床上。要是能爬上床躺在她旁边，紧紧搂住她，那该多好啊。他将这个念头赶出脑海——他只是在顾影自怜，令自己徒增伤悲而已。她们不在伊朗，没有危险。他知道无论发生什么事，佩罗都会照顾她们。佩罗的优点就在于此，他对你有诸多要求——他可能是最严苛的雇主了——但你需要依靠他的时候，他就会如磐石一般可靠。

保罗点燃一支烟。他感冒了。他在监狱里始终感觉不够暖和。他情绪低迷，什么事也做不了。他不想去查塔努加室喝茶，他不想看电视上含糊不清的波斯语新闻，他不想同比尔下棋。他不想去图书室看新书。他这几天都在看考琳·麦卡洛的《荆棘鸟》。他觉得那是一本感情丰富的书，写了几个家庭几代人的故事，这让他想念自己的家人。主人公是一名神父，作为天主教徒，保罗对其抱有同情。他把书读了三遍。他还读了詹姆斯·米切纳的《夏威夷》、阿瑟·海利的《机场》，还有《吉尼斯世界纪录》。他这辈子都不想再看书了。

有时候他会想自己出去后做什么，这时他就会畅想自己最喜欢的几种娱乐方式——划船和钓鱼。但越想他越沮丧。

他记不起自己成年后还有无所事事的时候。他总是忙得不可开交。在公司，通常有累积了三天的工作等着他做。他从来、从来没有躺下抽烟思考到底怎样才能找到乐子。

但最糟糕的是无助感。尽管他一直在给人打工，去老板派他去的地方，干老板吩咐他干的事，但他也一直知道，只要他不愿意，随时可以坐上飞机回家，或者辞掉工作，或者对老板说不。最后的决定权掌握在他手上。而现在，他却无法掌控自己的命运。他甚至丝毫改变不了自己所处的困境。保罗曾面临的其他问题，他都能试着去寻找解决办法。但现在，他只能束手无策，懊恼自怜。

他发现，失去自由之后，他才知道自由的含义。

3

示威行动相对和平。路上有几辆被焚烧的汽车，但没有别的暴力事件——示威者举着霍梅尼的画像到处游行，将鲜花插在坦克炮管里。士兵们消极地旁观着这一切。

交通陷入了停顿。

1月14日，西蒙斯和波赫飞抵德黑兰后的第二天，博尔韦尔返回巴黎，同另外四人正等着飞往德黑兰的航班。与此同时，西蒙斯、科伯恩和波赫正前往德黑兰市内，侦察监狱的情况。

几分钟后，乔·波赫熄灭了引擎，坐在车上，沉默不语，一如既往地面无表情。

与之相对，坐在他旁边的西蒙斯则很激动。“我们眼前即将上演历史大事件！”他说，“极少有人能近距离观察到正在上演的革命。”

他是个历史迷，科伯恩想，尤其喜欢革命。在机场被问到从事什么职业时，他说自己是个退休的农民，而他来伊朗是为了见证革命——这可能是他这辈子唯一的机会。他说的是实话。

科伯恩可不喜欢卷入革命。轿车的狭小空间令他很不舒服——他们坐在雷诺4里，被激动的穆斯林狂热分子包围。尽管下巴上已经长出胡须，他看起来仍然不像伊朗人。波赫也不像。但西蒙斯很像——他有长头发、橄榄色皮肤和大鼻子，留着白色的胡须。

给他一串排忧串珠，让他站在角落里，没有人会怀疑他是美国人。

但人群对美国人不感兴趣，科伯恩恢复了信心，下车进入面包店。他购买了波斯面包——长条扁平、外皮酥软的面包，当天烘焙，一个只卖七里亚尔——相当于十美分。这种面包同法国面包一样，刚出炉的时候很美味，但很快就变味了。通常和着黄油和奶酪一起吃。伊朗就是一个波斯面包和茶的国家。

他们坐着观看示威，嚼着面包，直到最后汽车再次开动。波赫沿着他前一晚在地图上标出的路线前进。科伯恩很想知道他们抵达监狱后会发现什么。他们遵照西蒙斯的命令，一直没走市内的路。监狱基本不可能同他十一天前在葡萄藤湖描述的一模一样——营救队基于非常不精确的情报制订了非常精确的突袭方案。情报到底与现实差多少，他们很快就能知道。

他们抵达了司法部，司法部占了整整一个街区。他们绕到海亚姆街，监狱的入口就在这条街上。

波赫缓缓地——但又不至于太慢——驾车经过监狱。

西蒙斯说："哦，浑蛋。"

科伯恩心头一沉。

监狱同他印象中的模样大相径庭。

入口是两扇十四英尺高的铁门。门一侧是一座房顶围着铁丝网的平房，另一侧是一座五层楼的灰色石质建筑。

没有铁栅栏，也没有院子。

西蒙斯说："该死的放风场地在哪儿？"

波赫继续行驶，转了几个弯，然后反方向沿海亚姆街开回来。

这次科伯恩果然看到了一个长着草和树的院子，一道十二英尺高的铁栅栏将其与街道隔开。但它离监狱较远，同监狱没有丝毫关系。在同马吉德的那通电话中，监狱的放风场地同这个小花园混淆起来了。

波赫又围着街区转了一圈。

西蒙斯已经在考虑接下来该怎么办。“我们可以进去。”他说，“但我们必须知道翻过那道墙之后将面临什么。必须有人进去侦察。”

“谁去？”科伯恩说。

“你。”西蒙斯说。

科伯恩同里奇·加拉格尔和马吉德朝监狱入口走去。马吉德按下门铃，他们静静等待。

科伯恩已经成为营救队的把风者。他被布加勒斯特的伊朗员工看到过，所以他在德黑兰的存在无法保密。西蒙斯和波赫将尽量待在室内，远离EDS公司大楼——没人需要知道他们来了。前往凯悦酒店见泰勒、换汽车的是科伯恩，进监狱侦察的也是科伯恩。

等待警卫开门的时候，他在脑中温习了西蒙斯告诉他需要留意的所有要点——安保装置、警卫数量、武器、布局、隐蔽点、高地……长长的一串单子，西蒙斯习惯让人急于记住他指示的所有细节。

门上的窥视孔开了。马吉德用波斯语说了几句话。

门开了，三人走了进去。

科伯恩看见正前方是一个长满草的交通转盘，有车停在远端。车背后是一座俯瞰院子的五层高的建筑。左侧是他从街上看到的那座房顶围着铁丝网的平房。右侧是另一扇铁门。

科伯恩穿着一件又长又大的羽绒服——泰勒称其米其林羽绒服——可以轻松地将手枪藏在羽绒服下，但门口的警卫并没有搜他的身。我都可以带八支枪了，他想。安保相当松懈，这是个鼓舞人心的消息。

他注意到门口的警卫配有小型手枪。

三名来访者被带到了左侧的平房里。管理监狱的上校同另一个伊朗人在探访室里。加拉格尔提醒科伯恩，另一个人在探监时总会出现，而且操一口流利的英语——他极有可能是来窃听的。科伯恩告诉马吉德，他不想在同保罗对话的时候被窃听，马吉德答应他们对话时引开窃听者。

科伯恩被介绍给上校。上校用断断续续的英语说，他对保罗和比尔的事感到非常抱歉，他希望他们能尽快被释放。他看起来非常真诚。科伯恩注意到上校和窃听者都没有携带武器。

门开了，保罗和比尔走进来。

他们都惊讶万分地瞪着科伯恩——没有人通知他们科伯恩回来了，科伯恩的络腮胡更是令他们不解。

“你在这儿干什么？”比尔笑逐颜开。

科伯恩同他们热情握手。保罗说：“上帝啊，我不敢相信你来了。”

“我妻子怎么样了？”比尔问。

“艾米丽很好，鲁丝也一样。”科伯恩告诉他们。

马吉德开始大声用波斯语同上校和窃听者交谈。他似乎在给他们讲一个复杂的故事，用上了许多动作。里奇·加拉格尔开始同比尔说话，科伯恩让保罗坐下。

西蒙斯要求科伯恩向保罗询问监狱的作息安排，并将营救方案向他和盘托出。在科伯恩看来，之所以选择保罗，而不是比尔，是因为保罗更有可能做比尔的领导，而不是相反。

“不知你是否已经猜到，”科伯恩说，“如果有必要，我们将强行将你们救出这个地方。”

“我已经猜到了。”保罗说，“我认为这不是个好主意。”

“什么？”

“也许会有人受伤。”

“听着，罗斯找到了世界上最合适从事这种行动的人，我们获准全权行事——”

“我不想这样。”

“我不是来征得你许可的，保罗。”

保罗笑道：“好吧。”

“现在我想了解一些情况，你们在什么地方放风？”

“就在院子里。”

“什么时间？”

“星期四。”

今天是星期一，下一次放风时间是1月18日。“放多久风？”科伯恩问。

“大概一小时。”

“几点到几点？”

“不确定。”

“浑蛋。”科伯恩努力保持轻松，避免压低声音引起怀疑，或者回头去看是否有人在窃听——他必须表现得如同在正常地探视朋友，“这个监狱里有多少警卫？”

“大概二十个。”

“都穿制服，配武器？”

“都穿制服，部分警卫配有手枪。”

“没有步枪？”

“呃……一般警卫没有，不过……瞧，我们的牢房在院子另一头，有一扇窗户。呃，早上可以看到大概二十个与监狱警卫不同的警卫，可以称其为精英部队。他们扛着步枪，戴着亮闪闪的头盔。他们在这里列队集合，然后接下来一整天我都见不到他们——我不知道他们去哪儿了。”

“努力查清楚。”

“我会的。”

“你的牢房是哪一间？”

“离开这座建筑后，我们牢房的窗户大致就在你对面。如果你从院子右角向左数，就是第三个窗户。但他们会在有人探监的时候关上百叶窗——据说是防止我们看到女人进来。”

科伯恩点头，努力将这些情况都记在脑子里。“你需要做两件事。”他说，“第一，调查监狱内部情况，尽量得到精确的数值。我会回来找你，拿到这些信息后，我们就能制订计划了；第二，减肥，每天锻炼。你必须身体健康。”

“好。”

“现在告诉我你的作息安排。”

“他们早上六点叫醒我们。”保罗开始说道。

科伯恩全神贯注，他知道自己必须将这些全部给西蒙斯复述一遍。不过，他心底有一个疑问：倘若我们不知道他们什么时候放风，那我们怎么确定翻过围墙的时间？

“利用探监时间。”西蒙斯说。

“怎么干？”科伯恩问。

“只有在探监的时候，我们才能确定他们离开了监狱，而且方便被带走。”

科伯恩点头。三人坐在基恩·泰勒的房子的客厅里。客厅很大，铺着波斯地毯。他们拖了三把椅子到中央，围坐在咖啡桌旁。西蒙斯的椅子旁，雪茄的烟灰已经在地毯上堆成了小山。泰勒肯定会暴跳如雷的。

科伯恩筋疲力尽。被西蒙斯盘问的痛苦程度远超他的预期。他以为自己已汇报了所有的情况，但西蒙斯却想到了更多的问题。科伯恩记不清有些事的时候，西蒙斯就会让他使劲想，直到想起来为止。西蒙斯通过问适当的问题，从科伯恩那里获取科伯恩自己无意识中记下的信息。

“货车和梯子——这种方案不适用了。”西蒙斯说，“他们现在的弱点是松懈的作息安排。我们可以派两人假装探监进入监狱，在大衣下暗藏霰弹枪或手枪。保罗和比尔将被带到接待区。我们的两个人应该可以轻易地制服上校和窃听者，而且不会发出太大声响，惊动附近的人。然后……”

“然后什么？”

“那就是问题所在了。这四个人必须离开平房，经过院子，抵达大门，要么穿过去，要么翻过去，到大街上，进入轿车……”

“听上去可行。”科伯恩说，“门口只有一个警卫……”

"监狱里的一些情况让我担心。"西蒙斯说，"第一，俯瞰院子的那座高层建筑。我们的人在院子的时候，任何人都能从大楼的窗户看到他们；第二，那些戴头盔、扛步枪的精英部队。无论发生什么情况，我们的人都会在通过大门时减速。倘若有扛步枪的警卫刚好从楼上的窗户看到了他们，就能轻而易举地射杀他们。"

"我们不确定高楼里有警卫。"

"我们也不确定那里没有。"

"可能性不大——"

"我们不需要冒不必要的险。第三，这个该死的城市的交通简直一塌糊涂，不可能跳进车里就逃走，五十码开外可能就有一群示威者。营救行动必须悄悄进行。我们必须要有足够的时间才行。管这个地方的上校是怎样的人？"

"他很友善。"科伯恩说，"他对保罗和比尔的遭遇感到由衷的遗憾。"

"不知道我们能不能搞定他。我们是否掌握了他的其他情况？"

"没有。"

"那就去查。"

"我让马吉德去做。"

"务必让上校保证探监时附近没有警卫。为了把戏演真，我们可以把他绑起来，甚至把他打晕……如果能买通他，我们就能把人救出来。"

"我马上去做。"科伯恩说。

4

1月13日，罗斯·佩罗从约旦安曼乘阿拉伯之翼的里尔喷气式客机前往德黑兰。阿拉伯之翼是约旦皇家航空公司旗下的包机运营商。行李舱里有一个网兜，网兜里装着六盘专业尺码的录像带，就是电视工作人员用的那种——这是佩罗的“伪装”。

小型飞机向东飞行途中，英国飞行员指出了底格里斯河和幼发拉底河的交汇处。几分钟后，飞机的液压装置出了问题，必须返航。

这段航程就是这么折腾。

他在伦敦同约翰·豪威尔律师和EDS公司的经理鲍勃·扬会合，豪威尔和扬近几天都在努力寻找飞往德黑兰的航班。终于，扬发现阿拉伯之翼要去，于是三人来到安曼。

半夜抵达安曼的那段经历令佩罗印象深刻，仿佛约旦所有的坏蛋都睡在机场一样。他们找到一辆出租车，将他们载去酒店。约翰·豪威尔的房间没有浴室——洗澡的器具就在床边。而在佩罗的房间，厕所同浴室隔得非常近，他蹲在马桶上的时候不得不将脚放进浴缸。类似的可怕遭遇还有很多……

用录像带做“伪装”的主意是鲍勃·扬想出来的。阿拉伯之翼经常为NBC电视台运送新闻录像带进出德黑兰。有时候NBC会派自己的人运，有时候飞行员会顺便帮忙运。今天，NBC的人不知道，佩罗成了他们的送货员。他穿着运动夹克，戴着格子花呢帽，没有打领带。那些提防罗斯·佩罗的人不会再瞅这个携带普通网袋的普通送货员第二眼。

阿拉伯之翼同意配合佩罗的这一计策。他们还表示，如果佩罗要以NBC运货员的身份离开德黑兰，他们可以再次配合。

回到安曼后，佩罗、豪威尔、扬和飞行员搭上了另一架飞机，再次起飞。他们飞行在沙漠上空时，佩罗不禁自问：自己究竟是世界上最疯狂的人，还是最清醒的人?

他有充足的理由不去德黑兰。暴徒们可能会把他视作嗜血的美国资本主义的终极象征，当场就绑起来。达德加可能知道他来了，进而逮捕他——这种可能性更高。佩罗不确定达德加把保罗和比尔投入监狱的动机，但如果能让佩罗也下狱，那他的目的一定会加倍达成。倘若他想要的是钱，那他即使提出数亿美元的保释金也是有可能拿到的。

但释放保罗和比尔的谈判陷入僵局，佩罗想去德黑兰，在西蒙斯和营救队冒着生命危险偷袭监狱前，最后一次尝试用法律途径解决问题。

在商场上，有许多次EDS公司都准备承认失败却最终获得了胜利，因为佩罗坚持再多做一次努力——他的领导力在这种时刻展现无遗。

这一次他也用这样的理由劝服自己，但其实他之所以来德黑兰，还有另外一个原因。他不能舒舒服服地待在安全的达拉斯，而让自己的人去冒生命危险。

他知道得很清楚，如果他在伊朗被关进监狱，他，他的同事，还有他的公司面临的处境将比现在更糟。他是应该谨慎从事留在达拉斯，还是遵从自己最深的本能去德黑兰？这是道德上的两难选择。他同自己的母亲谈论了这件事。

她知道自己快死了。她还知道，即使佩罗几天后平安回来，她也可能不在了。癌症在迅速摧毁她的身体，但她的理智没有受损，是非观仍一如既往的鲜明。“你别无选择，罗斯。”她说，“他们是你的手下，是你把他们派过去的，他们没有做错事。我们的政府不会帮他们。你要对他们负责，你应该把他们带出来。你必须去。”

所以他来了。他觉得，自己做的是正确的事，尽管看起来不那么聪明。

里尔喷气机将沙漠抛在身后，开始翻越伊朗西部的高山。同西蒙斯、科伯恩和波赫不一样，佩罗并没有上过战场。二战时他太小，越战时他又太老。他作为海军少尉登上西格妮驱逐舰前往朝鲜的时候，朝鲜战争就结束了。他只经历过一次枪击，那是在关注战俘运动中，他乘坐古老的DC3飞机降落在老挝的丛林里——他听见了乒乒乓乓的声音，但直到飞机落地他才意识到遭到了枪击。特克萨卡纳送报路上遭遇强盗后，他经历过的最恐怖的一件事，发生在另一架飞临老挝的飞机上。当时他座椅旁的一扇门脱落了，而他一直在睡觉，醒来后去摸按钮开灯，猛然发现自己的身体已探出机舱。幸运的是，他绑着安全带。

他今天没有坐在门口。

透过窗户，他看到群山中有一个碗状的凹陷，那就是德黑兰——一大片灰褐色的杂乱建筑中，点缀着几座白色的摩天大楼。飞机开始下降。

好，他想着，现在我们要降落了。是时候开动脑筋思考了，佩罗。

飞机降落的时候，他既紧张兴奋，又高度警惕——他感到肾上腺素在加速分泌。

飞机滑行了一段距离后停了下来。几个扛着机关枪的士兵懒散地沿着跑道慢步过来。

佩罗走下飞机。飞行员打开行李舱，将装着录像带的网兜交给他。

佩罗和飞行员走过跑道。豪威尔和扬带着自己的行李箱紧随其后。

佩罗庆幸自己的外貌并不显眼。他想起了一个挪威朋友，他是个金发高个儿的帅小伙，常抱怨自己太引人注目了。“你真幸运，罗斯。”他说，“你走进房间的时候，没人会注意到你。当大家看到我的时候，总会对我有过高的期待——我达不到他们的期待。”没人会认为这个挪威人是送货员。但佩罗身材矮小，面相平平，还穿着制服，很容易就会被当成是送货员。

他们走进机场。佩罗告诉自己，管理机场的军队和达德加为之效力的司法部是两个不同的政府部门。如果军队知道司法部在干什么，或者司法部在找什么人，并立即行动起来予以配合，那伊朗政府的行动效率将创世界之最。

他来到桌前，递上自己的护照。

工作人员盖了章，还回了护照。

他继续往前走。

他没有被海关拦截。飞行员告诉他将装录像带的网兜放在那儿。保罗放下网兜，同飞行员道别。

他转过身，看到另一个高大英俊的朋友——基恩·泰勒。佩罗喜欢泰勒。

“嗨，罗斯，没事儿吧？”泰勒说。

“没事儿。”佩罗微笑道，“他们没有在找我这个丑陋的美国人。”

他们走出机场。佩罗说：“我没有叫你回来做行政工作，你还满意吧？”

“当然满意。”泰勒说。

他们钻进泰勒的车。豪威尔和扬坐在后座。

车开动的时候，泰勒说：“我要绕点路，避开最暴力的示威者。”

佩罗并未因此就放宽心。

路上不时可见未完工的水泥高楼。尽管顶部还能看到吊车，但似乎已经停工。仔细观察，佩罗发现有人住在这些未完工的建筑里。这恰恰是国王急于推进伊朗现代化的标志。

泰勒一直在谈论车。他将EDS公司所有的车都藏在了一所学校的操场上，还雇了几个伊朗人做看守，但他发现这些伊朗人还忙于干别的事——出售一个废弃的停车场。

佩罗发现，每个加油站外都排着长队。在一个盛产石油的国家，这显得非常讽刺。除了车，人也排着长队，拿着罐子等待购买燃油。

“他们在干什么啊？”佩罗问，“如果他们没有车，为什么需要油呢？”

“他们把油卖给出价最高的人。”泰勒解释道，“你也可以雇一个伊朗人帮你排队。”

他们在一个路障前被阻拦了一会儿。他们继续前进，经过几辆燃烧的汽车。许多平民围在机枪四周。路上有一两英里相对安宁，然后佩罗看到了更多燃烧的车辆和更多的机关枪，以及另一个路障。

这样的景象本应很恐怖，但不知为何却没有给人这样的感觉。在佩罗看来，人们只是在享受放纵的感觉，因为他们终于得以暂时摆脱国王的强权统治。就他所见，军队显然没有采取任何行动以维持秩序。

以游客的身份参观暴力运动，这总让人觉得怪怪的。他回想起当年乘轻型飞机飞越老挝，看到地面上战斗正酣时，他的感觉平静而超然。所谓的战争就是这样吧——置身其中的时候激烈无比，但只要远离战场五分钟，就会像什么事都没发生一样。

他们开进一个巨型环道，环道中央是一座纪念碑，看上去仿佛未来的一艘宇宙飞船，伸出四只巨大的支撑腿，俯瞰着身下的车流。

“那是什么？”佩罗问。

“是沙希亚德纪念塔。”泰勒说，“顶部有一个博物馆。”

几分钟后，他们驶入凯悦酒店的前院。“这是新酒店。”泰勒说，“刚刚开张，太可惜了。不过对我们有利——晚上餐厅里提供上等的食物、红酒和音乐……我们在一个即将崩溃的城市里过着国王般的生活。”

他们进入门厅，登上电梯。“你没必要登记入住。”泰勒告诉佩罗，“你的房间是用我的名字开的，不能让你的名字出现在这里。”

“对。”

他们在十一楼下了电梯。“我们的房间都在这条走廊上。”泰勒说。他打开了走廊远端的一扇门。

佩罗走进房间，环顾四周，笑道：“你也来瞅瞅。”客厅非常宽敞，客厅旁的卧室也很大。他看了看浴室——大得可以办鸡尾酒会了。

“还成吧？”泰勒咧嘴笑道。

“要是你见过我昨晚在安曼睡的是什么地方，你就根本不会问这个问题。”

泰勒留佩罗独自在房间。

佩罗来到窗边往外看。他的套房位于酒店的正面，可以俯瞰前院。如果有一队士兵或者革命暴徒来抓我，我还能提前发现危险，他暗忖。但发现了又怎样？

他决定设计一条紧急逃生路线。他离开套房，在走廊里来回走动。有好几间房都空着，门也没锁。走廊两头都有通往楼梯间的出口。他走到下一层。空房间更多，一些房间没放家具也没装修——同这个城市的许多建筑一样，这家酒店还没有彻底建完。

我可以从楼梯下楼，他想。如果我听到他们上来，我可以躲进某条走廊，藏在一个空房间里。等他们走远了我再下到底楼。

他一直沿楼梯往下走，仔细探查了底楼的情况。

他慢步走过几个宴会厅，看样子基本上没用过。宴会厅的厨房如同迷宫一般，可藏身之处不计其数——他特别注意到空的食品容器，大到可以容下一个小个子。从宴会区可以前往酒店后部的健康俱乐部。那里装饰豪华，有桑拿房，还有游泳池。他打开尾部的一扇门，发现自己来到了酒店的停车场。他可以从这儿钻进EDS公司的车，消失在城市里，或者走到旁边的埃万酒店，或者干脆跑进从停车场远端开始向外延伸的未完工的摩天大楼群里。

他又进入酒店。乘电梯上楼途中，他决定在德黑兰一直穿便装。他带来了卡其裤和方格法兰绒衬衣，还有一套慢跑运动服。他有白皙而干净的脸庞，碧蓝的眼睛，超短的平头——他无法让自己看起来不像美国人，但如果不得不逃亡，他至少可以让自己看起来不像是美国要人，更别提是拥有EDS公司的亿万富翁了。

他去找泰勒的房间，听泰勒做情况汇报。他想去美国大使馆同沙利文大使谈谈；他想去美国军事援助顾问团总部与哈伊泽将军和加斯特将军会面；他想行动，想解决问题，想尽快把保罗和比尔救出来。

他“砰砰砰”地敲开泰勒的房门，走进去。“好了，基恩。”他说，“给我谈谈现在是什么情况。”

第六章

1

约翰·豪威尔的母亲经常说，他出生在1946年9月9日9点9分。

他身材矮小，走起路来蹦蹦跳跳，充满活力。他漂亮的浅棕色头发过早地脱落了，眼睛有点斜视，声音稍显沙哑，仿佛一直患有感冒。他说话非常缓慢，经常眨眼。

他三十二岁，是汤姆·卢斯的达拉斯律师事务所的合伙人。同罗斯·佩罗身边的许多人一样，豪威尔年纪轻轻就已经身居要职。他作为律师的最大优点就是韧性。“约翰能赢是因为他比对方更吃苦耐劳。”卢斯说。大多数周末，豪威尔都会在星期六或星期天选择加班，处理那些被电话打断的未尽事务，为下周的工作做好准备。如果家庭活动令他无法加这一天班，他会非常沮丧。而且，他经常工作到深夜，在家里都忘了吃晚饭，这令他的妻子安吉拉很不开心。

同佩罗一样，豪威尔出生在特克萨卡纳；同佩罗一样，他个子小，但胆子大。不过，1月14日中午他却有些害怕，因为他要去见达德加。

前一天下午，到德黑兰后不久，豪威尔就同EDS新聘请的本地律师阿哈默德·侯曼见过面。侯曼博士建议他不要见达德加，至少现在避免去见——达德加很可能打算逮捕他能找到的所有EDS公司的美国人，包括律师。

侯曼给豪威尔留下了深刻的印象。他身材魁梧肥胖，六十开外，按伊朗标准穿着得体。他是伊朗律师协会的前主席。尽管他的英语并不流利——法语是他的第二语言——但他看上去自信而博学。

侯曼的建议同豪威尔的直觉不谋而合。豪威尔喜欢在交涉前做足准备，他相信辩护律师的古老格言——决不要问你不知道答案的问题。

侯曼的建议也得到了美国姑娘邦妮·弗雷沙克的佐证。邦妮在司法部有一两个朋友，她在十二月就警告过杰伊·科伯恩，保罗和比尔将被逮捕，但当时没人相信她。事态如她所预言的那样发生后，她的可信度立即提升，于是，一月初的某晚十一点，她给里奇·加拉格尔打电话的时候，她的话得到高度重视。

这段对话令加拉格尔联想到了电影《总统班底》。电影中，紧张的线人在电话里用临时代码向新闻记者传递消息。邦妮的第一句话是："你知道我是谁吗？"

"我知道。"加拉格尔说。

"有人向你提过我？"

"是的。"

她说，EDS公司的电话遭到窃听，对话都被录了下来。她打电话来是要告诉加拉格尔，达德加很可能会逮捕更多EDS公司的管理人员。她建议他们离开伊朗或者搬入一个有许多新闻记者的酒店。保罗的副手罗伊德·布里格斯最有可能是达德加的下一个目标，但他已经离开了伊朗——他必须返回美国，向律师们通报情况。而加拉格尔和基恩·泰勒搬进了凯悦酒店。

达德加还没有逮捕EDS公司的其他人。

豪威尔不需要更多的证据。在掌握基本原则之前，他必须远离达德加。

而这天早上八点三十分，达德加突袭了布加勒斯特。

他带着六名调查员出现，要求查看EDS公司的文件。豪威尔躲在另一层的一个办公室里，给侯曼打去电话。两人匆匆商量了一下，侯曼建议所有EDS公司员工都配合达德加的搜查。

达德加想查看恰帕罗恩的文件。保罗秘书办公室的文件柜锁起来了，没人找得到钥匙。这当然令达德加愈发想看到文件。基恩·泰勒用他典型的直接方式解决了这个问题——他找来了撬棍，将柜子给撬开了。

同时，豪威尔溜出大楼，见到侯曼博士，然后前往司法部。

这也是一件令人心惊肉跳的事，因为他不得不挤过一群示威的暴徒，他们聚集在司法部外，抗议司法部关押政治犯。

豪威尔和侯曼同达德加的上司奇安博士有约。

豪威尔告诉奇安，EDS是一家具有良好声誉的公司，没有做错任何事，并非常愿意配合调查，以清除污名。但是，EDS公司希望自己的员工得到释放。

奇安说他已让助理吩咐达德加复查此案。

这话在豪威尔听来毫无用处。

他告诉奇安，他希望讨论降低保释金的问题。

奇安说的是波斯语，侯曼做翻译。侯曼说，奇安并没有坚决反对降低保释金。侯曼预计保释金可以降低一半。

奇安给豪威尔写了张条子，授权他到监狱探视保罗和比尔。

豪威尔事后回想，会谈没有取得任何成功，但至少奇安没有逮捕他。

他返回布加勒斯特，发现达德加也没有逮捕任何人。

他的律师直觉警告他别见达德加，但如今这种本能同他人格的另一面——急躁——纠缠起来。有时候，豪威尔会对研究、准备、预测、计划感到厌倦——他想解决问题，而不是一直思考如何解决。他喜欢急流勇进，迎难而上，而不是被困难压得寸步难行。这种倾向被亲临德黑兰的罗斯·佩罗加强了。佩罗总是早上第一个起床，问大家昨天取得了什么进展，今天打算完成什么任务——他一刻不停地鞭策着大家。于是急躁打败了谨慎，豪威尔决定会一会达德加。

所以他才害怕。

如果他不开心，他的妻子就更不开心。

安吉拉·豪威尔最近两个月都没怎么见到自己的丈夫。十一月和十二月的大部分日子他都待在德黑兰，努力劝说卫生部付款给EDS公司。回美国后，他又在EDS公司总部加班到很晚，解决保罗和比尔的问题，要不然就是跑去纽约同伊朗的律师见面。12月31日，豪威在早餐时间回到家——他又在公司加了通宵的班——却发现安吉拉搂着九个月大的儿子麦克，在阴暗寒冷的房子里的炉火前取暖——冰暴导致了电力中断。他只好让他们搬到他姐姐家，然后又去纽约了。

安吉拉已经承受了足够大的压力，而当他宣布他又要返回德黑兰时，她感到异常沮丧。“你知道那儿是什么状况。”她说，“你为什么要回去？”

难就难在，这个问题没有简单的答案。他对自己将去德黑兰做什么还不清楚。他是去解决问题的，但他不知道如何解决。如果他能说“这就是我必须做的事，这是我职责所在，我是唯一能做这件事的人”，那她也许就能理解。“约翰，我们是一家人。这儿的一大堆事我都需要你帮忙。”她说。“一大堆事”是指冰暴、停电和孩子。

“抱歉。你还得尽量一个人扛着。我会同你保持联络的。”豪威尔说。

他们不是那种通过大吼大叫表达情绪的夫妻。他经常加班到很晚，害得她独自吃为他准备的晚餐，但他们最多只是爆发冷战，从不会吵架。但这一次比不回家吃饭要严重得多——他在她和孩子需要他的时候离开了他们。

那天晚上安吉拉和他谈了很久。谈完之后，安吉拉依然不开心，但至少同意他去了。

那之后，他从伦敦和德黑兰给她打过几次电话。她在电视上看到了骚乱的画面，十分担心他的安危。要是知道了他要去做什么，她肯定会更担心的。

他将对家庭的关心抛到脑后，去找阿波尔哈桑。

阿波尔哈桑是EDS公司的高级伊朗雇员。罗伊德·布里格斯去纽约了，阿波尔哈桑就成了EDS公司在伊朗的负责人（唯一留在那里的美国人里奇·加拉格尔不是经理）。基恩·泰勒回德黑兰后取代了阿波尔哈桑成为负责人，阿波尔哈桑十分不悦。泰勒并不擅长交际（EDS海外公司总裁比尔·盖登曾戏称，基恩这个海军陆战队前队员需要交际训练）。他同阿波尔哈桑之间有冲突，但豪威尔同阿波尔哈桑关系不错，因为阿波尔哈桑能翻译波斯语，还将伊朗的习惯和做事方法教给美国员工。

达德加认识阿波尔哈桑的父亲——一名出色的律师——还在讯问保罗和比尔的时候见过阿波尔哈桑。所以这天上午，阿波尔哈桑得到指示，不仅要与达德加的调查人员交涉，而且要提供他们需要的一切。

豪威尔对阿波尔哈桑说："我决定见见达德加。你怎么看？"

"当然可以。"阿波尔哈桑说，他妻子是美国人，他能说一口美式英语，"我觉得没问题。"

"好，走吧。"

阿波尔哈桑领豪威尔来到保罗·恰帕罗恩的会议室。达德加和他的助理们围坐在一张大桌旁，检查EDS公司的财务记录。阿波尔哈桑请达德加进入旁边的房间，也就是保罗的办公室，然后将豪威尔介绍给他。

达德加同豪威尔礼节性地握了握手。

他们坐在办公室角落的一张桌旁。豪威尔觉得达德加看上去并不像魔鬼——只是一个满面倦容的秃顶的中年男人。

豪威尔将对奇安博士说的话又对达德加说了一遍："EDS是一家具有良好声誉的公司，没有做错任何事。我们非常愿意配合调查，但我们不能容忍两名高级管理人员被关在牢里。"

由阿波尔哈桑翻译的达德加的回答令豪威尔惊诧不已。"如果你们没有做错事，为什么还没有支付保释金？"

"两者之间没有关联。"豪威尔说，"保释金是出庭受审的保证金，而不是为自己罪行所付的罚金。不管最终裁判如何，只要被告出庭，保释金就会被返还。”阿波尔哈桑翻译的时候，豪威尔怀疑，用来描述达德加索要的1275万美元的波斯语所对应的英语是否真是保释金。现在，豪威尔想到了也许很重要的一件事。保罗和比尔被捕的那天，他同阿波尔哈桑通过电话。阿波尔哈桑对豪威尔说过，达德加认为卫生部已累计支付给EDS公司1275万美元，倘若合同是通过行贿获得的，那EDS公司就无权获得这笔钱（阿波尔哈桑当时没有将这句话翻译给保罗和比尔）。

实际上，EDS公司已获得的报酬远超1300万美元，所以这句话没有多大的意义，豪威尔也没有太在意。也许只是达德加算错了。

阿波尔哈桑翻译出达德加的回答：“如果他们是清白的，就没有理由不出庭，所以他们付了保释金也不会有任何风险。”

“美国公司不这样做。”豪威尔说。他没有撒谎，但故意诱导了话题，“EDS是一家上市公司，美国《证券法》规定，上市公司只能为股东的利益用钱。保罗和比尔是自由人——公司不能保证他们会出庭受审。所以我们不能用公司的钱支付保释金。”

这是豪威尔预设的第一招，但阿波尔哈桑翻译的时候，他看得出这对达德加没用。

“只能由他们的家人缴纳保释金，”他继续说，“此刻他们的家人正在美国筹钱，但1300万美元太离谱了。倘若保释金能降低到合理的额度，他们的家人就有可能支付。”当然这些都是谎话——如果不得已，罗斯·佩罗会支付保释金的，前提是汤姆·沃尔特能找到办法把钱弄进来。

这次轮到达德加惊诧了：“你不能强迫你们的人出庭受审，这是真的吗？”

“当然是真的。”豪威尔说，“你能怎么样？把他们用链子锁起来？我们不是警察。你知道，你之所以关押他们，是因为怀疑他们的公司犯了罪。”

达德加的回答是：“不，他们之所以被关押，是因为他们自己做错了事。”

“什么事？”

“他们通过虚假进度报告从卫生部骗钱。”

“比尔·盖洛德显然不适合这一项指控，因为他抵达德黑兰之后，卫生部就未向EDS公司支付过任何款项。那你指控他犯了什么罪呢？”

“他篡改了进度报告。你没有资格审问我，豪威尔先生。”

豪威尔突然意识到，达德加可以把他也送进监狱。

达德加继续道：“我在进行调查。我将根据调查结果决定是释放你的当事人还是对他们提起公诉。”

豪威尔说：“我们愿意配合你的调查。但我们如何才能让保罗和比尔获释呢？”

“支付保释金。”

“如果他们被保释，是否可以离开伊朗？”

“不行。”

2

杰伊·科伯恩穿过左右对开的玻璃滑门，进入喜来登酒店的门厅。右侧是长长的服务台，左侧是酒店的商店，门厅中央有一张长沙发。

根据得到的指示，他在报刊亭买了一份《新闻周刊》杂志。他坐在沙发里，面朝大门，假装看杂志，但实际上留意着所有进门的人。

他感觉自己如同是间谍电影中的角色。

马吉德调查管理监狱的上校时，营救行动暂时中止。与此同时，科伯恩奉佩罗之命去做一件事。

他同一个绰号“深喉”（这个名字来自于电影《总统班底》中向记者鲍勃·伍德沃德提供“深层背景”的神秘人物）的人秘密约会。这个“深喉”是一名美国经营顾问，教授外国公司管理人员如何同伊朗人做生意。在保罗和比尔被捕前，罗伊德·布里格斯找到“深喉”帮忙，敦促卫生部付款给EDS公司。“深喉”对布里格斯说，EDS遇上大麻烦了，不过如果他们肯拿出250万美元的话，他就可以把问题摆平。当时EDS公司没有把他的提议当回事儿——是政府欠EDS公司钱，而不是相反。需要把问题摆平的是伊朗人。

结果证明“深喉”的判断是对的（邦妮·弗雷沙克也同样被证明是对的），于是布里格斯又联系上他。“伊朗人对你们非常恼怒，”他说，“现在要去摆平的话会非常困难，但我会努力试一试。”

他昨天打来电话，说他可以解决这个问题，但他要求面见罗斯·佩罗。

泰勒、豪威尔、扬和加拉格尔都认为，佩罗绝不能暴露自己——他们害怕“深喉”可能知道佩罗在德黑兰。佩罗问西蒙斯是否可以让科伯恩替他去，西蒙斯同意了。

科伯恩给“深喉”打电话，说他代表佩罗与他见面。

“不行不行。”“深喉”说，“必须是佩罗本人。”

“那生意就免谈。”科伯恩答道。

“好吧，好吧。”“深喉”让步了，然后给科伯恩交代了会面事宜。

科伯恩需要在晚上八点赶到瓦纳克区的一个电话亭，那里离基恩·泰勒的住所不远。

八点整，电话亭的电话响了。“深喉”吩咐科伯恩前往附近的喜来登酒店，坐在门厅中看《新闻周刊》。他们将在那里会面，通过交换暗语确认对方身份。“深喉”会说：“你知道巴列维大街在哪儿吗？”那条街就在一个街区外，但科伯恩会说：“不，我不知道，我刚到德黑兰。”

所以他会觉得自己像电影中的间谍。

遵从西蒙斯的建议，他穿着又长又大的羽绒服——泰勒称其为米其林羽绒服。这样做的目的是为了试探“深喉”会不会搜他的身。如果不搜，那以后见面的时候他就可以将录音机藏在羽绒服下，把对话录下来。

他翻看着《新闻周刊》。

“你知道巴列维大街在哪儿吗？”

科伯恩抬头，看见一个与自己身高和体重相仿的人，大概四十出头，头发乌黑光亮，戴着眼镜。“不，我不知道，我刚到德黑兰。”

“深喉”紧张地四处张望。“走吧。”他说，“去那儿。”

科伯恩起身，随他来到酒店后部。他们在一个阴暗的通道里停下。“我得搜你的身。”“深喉”说。

科伯恩举起双臂，问道：“你怕什么？”

“深喉”讥笑道：“你不能相信任何人。这个城市已经没有规则可言了。”他搜完了身。

“我们现在回门厅去吗？”

“不。可能有人在监视我——我不能让人看见同你在一起。”

“好吧。你能为我们提供什么？”

“深喉”又讥笑起来。“你们这帮人遇上麻烦了。”他说，“你们已经搞砸过一次。谁让你们不听了解这个城市的人的话？”

“我们是怎么搞砸的？”

“你认为这里是得克萨斯，这大错特错。”

“我们是怎么搞砸的？”

“你们本来可以用二百五十万美元摆平的，但现在需要六百万美元了。”

“为什么？”

"等等，你们上次摆了我一道。这是你们最后的机会。这一回，你们绝不能到最后关头不干了。"

科伯恩开始讨厌"深喉"。这个人很狡猾，他的态度俨然在说：你们都是蠢蛋，我比你们知道的多得多，我可不想俯尊屈就。

"我们把钱付给谁？"科伯恩问。

"瑞士的一个密码银行账户。"

"我们怎么知道我们付了钱就能得到想要的结果？"

"深喉"大笑道："听着，这个国家的规矩是一手交钱一手交货。这里就得这么办事。"

"好。那程序是什么？"

"罗伊德·布里格斯同我去瑞士，开设一个条件交付账户，然后签一份协议书，寄放在银行里。恰帕罗恩和盖洛德一旦获释——如果你将这件事交给我处理，他们会很快获释——钱就从这个账户转到我的账户。"

"钱是给谁的？"

"深喉"轻蔑地摇摇头。

科伯恩说："那我们怎么知道你一定能促成交易？"

"我只是在替人传话，而这些人同给你们制造麻烦的人关系密切。"

"你是说达德加？"

"你从不吸取教训，对吧？"

明确"深喉"的要求后，科伯恩还必须评价这个人。他已经得出了结论："深喉"就是一坨屎。

"好，"科伯恩说，"我们保持联系。"

基恩·泰勒往大玻璃杯中倒了点朗姆酒，加入冰块，再倒入可口可乐。他常喝这种饮料。

泰勒魁梧高大，六英尺两英寸高，二百一十磅重，胸部肌肉突出。他在海军陆战队里打过橄榄球。他穿着讲究，喜欢配低开V领背心的西装和半扣领衬衣，戴大金边眼镜。他三十九岁，但已经开始秃顶了。

年轻的泰勒向来都是刺儿头——在大学被退学，在海军陆战队又因为触犯纪律被取消中士头衔——他至今仍然不喜欢被严密监督。他喜欢在EDS海外公司工作，因为那样就能远离总部。

他现在就在被严密监督。来德黑兰四天后，罗斯·佩罗变得异常愤怒。

泰勒害怕傍晚给老板做汇报。他和豪威尔在外面忙活了一天——穿过拥挤的车流，躲开示威者，同顽固的伊朗官僚纠缠——然后必须向佩罗解释为什么他们实际上没有取得任何进展。

更糟糕的是，佩罗基本上都待在酒店里。他只出去过两次——一次是去美国大使馆，另一次是去美军总部。泰勒不准别人给佩罗车钥匙和当地货币，以打消佩罗外出散步的冲动。但这样做的结果就是，佩罗变得如同被关在笼子里的熊一般，而向他汇报就如同被一起关进了笼子。

至少泰勒不必继续假装他不了解营救队的事。科伯恩带他见过了西蒙斯，他们聊了三个小时——准确地说，是泰勒说了三个小时，西蒙斯只是提问。他们坐在泰勒房子的客厅里，西蒙斯不停地将雪茄烟灰抖落在泰勒的地毯上。泰勒告诉他，伊朗就像一头被砍掉脑袋的野兽：脑袋——部长和官员们——仍努力下达着命令，但身体——伊朗人民——却在自行其是。

所以，政治压力是无法解救保罗和比尔的——他们要么被保释出来，要么被强行救出来。一连三个小时，西蒙斯都没有改变说话的声调，也没有发表任何看法，甚至没有从椅子上站起来过。

然而，西蒙斯的冰冷比佩罗的火爆好对付。早上泰勒还在刮胡子，佩罗就开始敲门。于是泰勒选择起得更早，以便佩罗进屋的时候自己准备妥当。但佩罗也起得更早，以至于泰勒都不禁怀疑，佩罗在门外偷听了一晚上，一听到他刮胡子就敲门。佩罗满脑子都是他昨晚想到的主意——为保罗和比尔辩白的新说辞，劝说伊朗人释放他们的新方案。泰勒和约翰·豪威尔——高个儿同矮个儿，就像蝙蝠侠和罗宾——驾驶蝙蝠侠的车子前往司法部或卫生部，但那里的官员会在几秒之内就把佩罗的想法撕得粉碎。在泰勒看来，佩罗仍在用一种合法的、理性的、美国式的方法，还没有意识到伊朗人根本不按这种方式行事。

泰勒操心的不止这些。他的妻子玛丽、孩子麦克和多恩，都同他父母待在匹兹堡。泰勒的母亲和父亲都年过八十，身体状况不佳。他母亲有心脏病。玛丽必须独自照顾父母和孩子。她没有抱怨，但他同她通过电话，听得出她不开心。

泰勒只能叹气。他不能同时处理世界上所有的问题。他倒满饮料，拿着杯子离开房间，前往佩罗的套房，参加火药味儿十足的会议。

佩罗在他套房里来回踱步，等待谈判小组的人聚齐。他在德黑兰没有半点用处，他知道这点。

他在美国大使馆坐了冷板凳。他被领进大使副手查尔斯·纳斯的办公室。纳斯彬彬有礼，但他老调重弹，称EDS公司应该通过法律途径解决保罗和比尔的问题。佩罗坚持要见大使。他飞了大半个地球来见沙利文，除非同沙利文说上话，否则他不会离开。沙利文终于来了，同佩罗握了手，说他来伊朗极不明智。明显佩罗给沙利文带来了麻烦，而沙利文不想再有什么麻烦。他说了一会儿话，但没有坐下，很快就离开了。佩罗不习惯被如此冷遇。他毕竟是一个有头有脸的美国人，一般而言，沙利文这样的外交官至少会很客气。

佩罗也见到了洛·戈尔兹。戈尔兹对保罗和比尔表示了由衷的关切，却没有提供任何实际的帮助。

在纳斯的办公室外，他遇到了使馆的几名武官，他们认出了他。在关注战俘运动之后，佩罗总能得到美国军人的热烈欢迎。他坐下同武官们谈了自己的问题。他们坦率地表示帮不上忙。“别信报纸上那一套，别信国务院公开说的话。”一名武官告诉他，“我们在这儿根本没有影响力。我们无法控制局面——你来美国大使馆纯粹是浪费时间。”

佩罗到美军总部去也纯粹是浪费时间。凯茜·加拉格尔的上司——美国援助行动部队长官基思·巴洛上校——派了一辆防弹车到凯悦酒店。佩罗已经同里奇·加拉格尔相熟。司机是伊朗人——佩罗不知道他站在哪一边。

他们同美国军事援助顾问团长官、空军将军菲利普·加斯特，以及“荷兰人”哈伊泽将军见面。佩罗多多少少认识哈伊泽，记得他是一个强壮而有活力的人，但现在他看上去精疲力竭。佩罗从报纸上得知，哈伊泽是卡特总统派来这里的特使，其使命是劝说伊朗军队支持倒霉的巴赫提亚尔政府。佩罗猜哈伊泽没兴趣干这份工作。

哈伊泽坦率地说他愿意帮保罗和比尔，但如今他对伊朗人无计可施——他没有东西同他们交换。哈伊泽说，即使保罗和比尔出狱了，他们留在伊朗也仍然危险。佩罗告诉他们，这件事他已做好了安排——保罗和比尔出狱后，“公牛”西蒙斯会来这儿照顾他们。哈伊泽大笑，不一会儿，加斯特也察觉出这是玩笑。他们知道西蒙斯是谁，也知道他来这儿可不仅仅是充当保姆的。

加斯特提出为西蒙斯提供燃油，但他能做的仅此而已。无论是军队的温言暖语，还是大使馆的冷言冷语，都无法实际帮到他。豪威尔和泰勒则只知道找借口。

在酒店房间坐一整天让佩罗抓狂不已。今天凯茜·加拉格尔请他照看她的贵宾犬布菲。听她的口气，好像这是一种荣耀，体现了她对佩罗的高度尊敬，佩罗惊讶自己居然同意了。他坐着盯着狗看，意识到一家大型跨国公司的老板干这种事是多么滑稽，真不知道自己是怎么答应的。基恩·泰勒没有同情他，因为泰勒也觉得这很滑稽。几个小时后，凯茜从理发店或别的什么她去过的地方回来，把狗领了回去，但佩罗的情绪一直不好。

有人敲了敲佩罗的房门，泰勒走了进来，拿着平常喝的饮料。他身后跟着约翰·豪威尔、里奇·加拉格尔、鲍勃·扬。他们全都坐了下来。

“你们是否告诉了他们，”佩罗说，“我们保证未来两年内的任何时候，一旦提前三十天收到通知，就会带保罗和比尔在美国或欧洲接受审讯？”

“他们对此不感兴趣。”豪威尔说。

“不感兴趣是什么意思？”

“他们就是这么说的——”

“但如果他们要合法调查，而不是企图勒索，他们只需要保罗和比尔能随时接受审讯就是了啊。”

“保罗和比尔现在的状态就可以随时接受审讯。我想他们没理由去改变现状。”

这简直让人抓狂。同伊朗人讲理似乎是不可能的，压根儿无法说通他们。“你们是否提议将保罗和比尔交由美国大使馆关押？”罗斯问。

“他们也拒绝了这个提议。”

“为什么？”

“他们没有说。”

“你问了吗？”

“罗斯，他们不必给我们理由。他们清楚，这儿他们说了算。”

“但他们要为他们关押的囚犯的安全负责。”

“囚犯的安全对他们来说并不怎么重要。”

泰勒说：“罗斯，他们不按我们的规则行事。对他们来说，把两个人关进监狱不是什么大事。保罗和比尔的安全也不是什么大事——”

“那你告诉我，他们按什么规则行事？”

敲门声传来，科伯恩走进屋，穿着米其林羽绒服，戴着黑色针织帽。佩罗精神一振——也许他有好消息。他问：“你见到‘深喉’了吗？”

“当然。”科伯恩边说边脱掉羽绒服。

“好，他怎么说？”

“他说他可以把保罗和比尔弄出来，但要价六百万美元。他要求将钱存进瑞士的一个条件交付账户，保罗和比尔一离开伊朗，银行就将钱转给他。”

“听上去不赖。”佩罗说，“要价只有保释金的一半。即使以美国法律衡量，这也是合法的——它是赎金。这个‘深喉’是谁？”

“我不相信那浑蛋。”科伯恩说。

“为什么？”

科伯恩耸耸肩，回答：“我不知道。罗斯……那家伙多变、古怪……满嘴跑火车……让我给他六十美分去商店买包烟我都不肯。这是我的直觉。”

“但是，你还想能指望什么？”佩罗说，“这是行贿——社会栋梁不会参与这种勾当。”

豪威尔说：“你自己都说了，这是行贿。”他从容而沙哑的声音里的感情异常充沛，“我压根儿就不喜欢这么做。”

“我也不喜欢。”佩罗说，“但你们都告诉我，伊朗人不按我们的规矩行事。”

“是的。不过——”豪威尔激动地说，“我在谈判中一直强调我们没有做错事，但如果我们行贿，总有一天会有人发现，我们便百口难辩了……我可不想做错事。”

“不做错事可没给我们带来多少好处。”

“罗斯，我相信假以时间和耐心，我们一定会成功。但如果我们行贿，上了法庭就一定会输掉官司的！”

佩罗转向科伯恩，问：“我们怎么确定‘深喉’同达德加达成了交易？”

“我们不确定。”科伯恩说，“他的意思是，有了结果我们再付钱，所以我们没什么好损失的。”

“我们会损失一切。”豪威尔说，“姑且不论这在美国是违法的，在伊朗，这么做肯定会让我们在法庭上毫无获胜的希望。”

泰勒说：“行贿是肮脏的。整件事都是肮脏的。”

佩罗对他们的反应备感惊讶。他也讨厌行贿，但他准备为了保罗和比尔出狱而在原则问题上让步。EDS公司的声誉对他来说是宝贵的，他憎恶腐败玷污EDS公司的声誉，这点同约翰·豪威尔是一样的。但佩罗知道一些豪威尔不知道的事——西蒙斯上校和营救队所面临的风险比这大许多。

佩罗说：“我们的良好声誉并没有帮到保罗和比尔。”

“不仅是我们声誉的问题。”豪威尔坚持道，“达德加现在没有我们涉嫌腐败的证据，但如果他能抓到我们行贿，就能保全面子。”

这很有道理，佩罗想，又问：“这可能是圈套？”

“是的！”

这种猜想是合理的。达德加找不到保罗和比尔犯罪的证据，于是假装在“深喉”面前表现出自己要索贿，然后，如果佩罗中圈套，他就向全世界宣布，EDS公司确实涉嫌腐败。那时他们所有人都会继保罗和比尔之后被关进监狱，并作为罪人被扣留在伊朗。

“好吧。”佩罗不情愿地说，“打电话给‘深喉’，告诉他‘不必了，谢谢’。”

科伯恩起身道：“好。”

又是毫无成果的一天，佩罗想。伊朗人让他处处碰壁——他们无视政治压力。行贿只会雪上加霜。而即便支付了保释金，保罗和比尔也无法离开伊朗。

西蒙斯的营救队仍然是最大的希望。

但他不会将这一点告诉谈判小组。

“好吧。”他说，“我们明天再试试。”

3

1月17日，高个子基恩·泰勒和矮个子约翰·豪威尔——就像蝙蝠侠和罗宾——又去试着交涉。他们约好了达德加十点见面，于是带着阿波尔哈桑做翻译，开车前往奥森豪威尔大街上的卫生部大楼。达德加之外，社保组织的官员也会出席，正是卫生部的这个部门使用了EDS的电脑。

豪威尔决定放弃他起初的谈判立场，即EDS公司因为美国证券法的限制不能支付保释金。要求知道保罗和比尔面临的指控及其证据也是无用的——达德加只需说他还在调查就能轻易回避这个问题。但豪威尔没有新策略。他已手中无牌。也许今天达德加会发给他几张。

达德加首先解释说，社保组织的官员希望EDS公司将所谓的“125数据中心”转交给他们。

豪威尔想起来，这台小电脑管理着社保组织官员的退休金。伊朗人民无法享受社会福利，而这些人却想着自己的工资。

基恩·泰勒说："这件事做起来可不容易。转交需要许多技术人员进行复杂的操作。当然，他们都回美国去了。"

达德加答道："那你应该把他们叫回来。"

"我可没那么蠢。"泰勒说。

泰勒的海军陆战队脾气又发作了，豪威尔想。

达德加说："他要是这样说话，会被关进监狱。"

"我把我的员工叫回来，也会被关进监狱。"泰勒说。

豪威尔插话道："你是否可以保证，返回德黑兰的员工不会被逮捕或被骚扰？"

"我无法给予正式保证。"达德加答道，"但我可以用人格担保。"

豪威尔焦虑地瞥了一眼泰勒。泰勒没有说话，但从他的表情看得出，他根本不相信达德加的人格。"我们一定会考虑转交的方式。"豪威尔说。达德加终于给了他一点讨价还价的本钱，尽管这本钱不是很多。"当然，必须有安全措施。比如，你必须确认机器是完好地交给了你们——也许我们可以聘请独立专家做这件事……"豪威尔只是在推诿。如果伊朗人要获得数据中心，那肯定是要付出代价的——那就是保罗和比尔必须获释。

达德加的下句话粉碎了泰勒的主意，他说："每天都有人向我的调查员投诉你们公司，这些投诉将导致保释金增加。不过，如果你们在移交125数据中心的事情上充分合作，我就会忽视新的投诉，不增加保释金。"

泰勒说："他妈的！这简直是敲诈！"

豪威尔意识到125数据中心只是枝节问题。达德加无疑是在这些官员的鼓动下才提出这个问题的，但他不够重视，自然也不能为此做大的让步。那他关心的究竟是什么呢？

豪威尔想到了卢西奥·兰多内，保罗和比尔的前狱友。兰多内主动提出帮忙，EDS公司的经理保罗·布查据此前往意大利，同兰多内的水管公司商谈。布查报告说，该公司在德黑兰修建公寓楼，他们服务的伊朗公司却没钱了。公司自然停工，但许多伊朗人已经提前交了购买公寓的钱。在现在的政治环境下，外国人背了黑锅并不稀奇，于是兰多内成了替罪羊。公司后来重新找到了资金，继续开工，兰多内也同时获释，这都是一个名叫阿里·阿兹玛耶什的伊朗律师谈好的"打包交易"。布查还报告说，意大利人反复强调："记住，伊朗永远都是伊朗。它永远不会改变。"布查认为这可能是在暗示，行贿是"打包交易"的一部分。豪威尔也知道，行贿的传统渠道是支付律师佣金——律师只做了一千美元的工作，但要支付一万美元的贿金，于是找客户要一万一千美元的费用。这一暗示令豪威尔非常不安，但他还是去见了阿兹玛耶什，后者建议说："EDS公司遇到的不是法律纠纷，而是商业纠纷。"如果EDS公司同卫生部能达成商业协议，那达德加就会自动离开。阿兹玛耶什没有提到行贿。

豪威尔想，这一切都是由商业纠纷开始的——客户不能付款，供货商拒绝工作。双方可以同时让步吗？比如，EDS公司重启电脑，卫生部至少支付部分款项？他决定直接问达德加。

"EDS公司与卫生部重新商议合同的话，是否有利于问题的解决？"

"非常利于问题的解决。"达德加答道，"那样我们的问题就能通过法律渠道解决，但必须是实质意义上的解决。否则，卫生部电脑化的所有工作都将付诸东流，实在可惜。"

有趣，豪威尔想。他们想要一套现代的社保系统，或者把钱拿回去。将保罗和比尔关进监狱，保释金定为1300万美元——他们借此向EDS公司提供了这两个选择，别无他选。我们终于不用兜圈子了。

他决定强硬一把。“在保罗和比尔还关在监狱里的情况下，重新商议合同是不可能的。”

达德加答道：“如果你们在商议时拿出足够的诚意，卫生部就会通知我，我就可以改变指控，保释金也许会降低，保罗和比尔也许会在做出承诺之后获释。”

这再直白不过了，豪威尔想。EDS公司最好去同卫生部谈谈。

卫生部停止付款之后，卫生部部长发生了两次变动。舍科尔斯拉米扎德博士被投入监狱，一名将军取代了他的位子。然后巴赫提亚尔成了首相，这名将军又被另外的人所取代。豪威尔觉得这个人多半是新人。他到底是怎样的人呢？

“部长，美国EDS公司的扬先生找您。”秘书说。

拉兹马拉博士做了一次深呼吸。“告诉他，美国商人不可能拿起电话就同伊朗政府的部长通话，就像他们是我们的老板一样了。”他说，“那样的时代已经过去了。”

然后他提取了EDS公司的材料。

马努切赫尔·拉兹马拉是在巴黎过的圣诞节。他在法国接受教育，是一名心脏病学家，娶了一个法国女人，法国是他的第二故乡，他能说一口流利的法语。他也是国家医学委员会的成员。沙赫普尔·巴赫提亚尔是他的朋友，巴赫提亚尔成为首相后，就给巴黎的朋友拉兹马拉打电话，让他回国当卫生部长。

管理社保的副部长艾姆拉尼博士将EDS公司的材料交给拉兹马拉。艾姆拉尼经历了两次部长变动——EDS公司的问题出现的时候他就是副部长。

读过EDS公司的材料，拉兹马拉不禁怒火中烧。基本合同金额是四千八百万美元，最高可上浮到九千万美元。拉兹马拉记得，伊朗只有一万二千名医生，却要服务三千二百万人口，伊朗还有六万四千个村庄没有通自来水。基于此，他判断同EDS公司签合同的人要么就是傻子，要么就是卖国贼，或者两者都是。在一个基本公共卫生条件——比如干净的饮用水——都极度缺乏的国家，怎么能花几千万美元去买电脑呢？解释只可能是一个：他们收了贿赂。

他们会受到应有的惩罚。艾姆拉尼为审判腐败公务员的特别法庭准备了这套材料。已经有三人被关进监狱——卫生部前部长舍科尔斯拉米扎德博士，以及他的两名副部长：雷扎·勒伽巴和尼里·阿拉梅。他们罪有应得。卫生部现在面对的烂摊子主要是伊朗人造成的。然而，美国人也难辞其咎。美国商人及其政府怂恿国王实施疯狂的计划，并从中牟利——现在，他们也必须受到惩罚。何况，材料显示，EDS公司极度不称职——两年半过去了，电脑到现在都还没工作。自动化工程严重破坏了艾姆拉尼的部门的工作，以至于老式系统也无法运行，所以艾姆拉尼无法监控部门的开支。材料里说，这是卫生部预算超支的主要原因。

拉兹马拉注意到，美国大使馆在抗议伊朗当局关押了两名美国人——保罗和比尔，因为没有证据证明其有罪。这是美国人的惯用伎俩。当然找不到证据了，贿赂又不是用支票支付的。大使馆也关心这两名囚犯的安全。拉兹马拉觉得这很滑稽。他担心的是自己的安全。每天他一进办公室，他都不知道自己是否能活着回家。

他合上材料。他对EDS公司及其被关押的管理人员又不抱丝毫同情。即使他想释放他们，也做不到。伊朗人民的反美情绪已经高涨。拉兹马拉所在的巴赫提亚尔政府是国王任命的，所以被普遍怀疑亲美。在如此动荡的国度，如果卫生部长关心两个贪婪的美国资本家死活，那即便不被私刑处死，也会被合法地摘掉乌纱帽。拉兹马拉将注意力转移到更重要的问题上。第二天，他的秘书说："美国公司EDS的扬先生来这儿了，他想见您，部长。"

美国人的傲慢令他怒不可遏。拉兹马拉说："把我昨天给你说的话再给他重复一遍——然后给他五分钟滚出去。"

4

对比尔来说，最大的问题是时间。

他同保罗不一样。对精力充沛、争强好胜、意志坚定、心怀大志的保罗来说，坐牢最大的痛苦是无助感。比尔的本性更温和——他承认现在能做的只有祈祷，于是他就祈祷（他没有将宗教信仰表现出来，而是在深夜睡觉之前祈祷，或者早上别人起床之前祈祷）。令比尔痛苦的是，时间流逝得太慢。现实世界的一天——忙忙碌碌地解决问题，做决定，打电话，开会——一晃就过去了，而牢里的一天漫长无比。比尔发明了一种将现实时间转化为牢狱时间的办法。

现实时间		牢狱时间
1秒	=	1分钟
1分钟	=	1小时
1小时	=	1天
1星期	=	1个月
1个月	=	1年

两三周之后，比尔终于意识到他们不可能一时半会儿就出狱，于是时间这一维度对比尔来说全变了样。与已经被判刑的囚犯不同，他不知道自己到底是要在牢里待九十天还是五年，所以他不可能过一天就在墙上做一道记号，倒数重获自由的时间。过去多少天都没有什么差别——他不确定自己将在牢里待多久，所以他感觉自己将永远待下去。

他的伊朗狱友似乎没有这样的感觉。这体现了两种截然不同的文化——美国人所受的训练让他们追求立刻出结果，所以拖延令他们痛苦无比；而伊朗人却满足于等待，等待明天，等待下星期，总有一天会等到，就像他们在做生意时漫不经心一样。

不过，随着国王统治的动摇，比尔在一些伊朗狱友眼中看到了绝望，他开始不相信他们。他出言谨慎，没告诉他们有谁先回了达拉斯，也没告诉他们，争取他获释的谈判进行到何种程度了——他担心，他们会把这些信息当作救命稻草卖给警卫。

他越来越适应牢房的环境。他学会了忽视尘土和蚊虫，习惯了寒冷的、黏糊糊的、令人毫无食欲的食物。他学会了在一个狭小的、明确规划出的个人空间内生活，那里是他自己的“地盘”。他努力保持活跃。

他用各式各样的办法打发时间。他读书，教保罗下棋，在走廊锻炼，同伊朗人聊天，掌握广播和电视新闻中的所有信息，还有就是祈祷。他对监狱进行了细致入微的调查，丈量牢房的面积、走廊的长度，勾勒平面图。他坚持写日记，记录下牢狱生活的每一个细节，以及探访他的人告诉他的所有事和所有新闻。他使用名字的缩写字母而不是全称，有时还会加入虚构的时间，或者真实事件的修改版本。倘若日记被没收，审查人员读过之后将不知所云。

同所有地方的囚犯一样，他迫切期待有人来探监，就像孩子期待圣诞节。EDS公司的同事会带来可口的食物、温暖的衣物、新书，以及来自家人的信件。有一天，基恩·泰勒带来了比尔六岁儿子克里斯托弗[1]站在圣诞树前的照片。尽管只是在照片中看到儿子，比尔还是顿时充满了力量——他知道自己所期待的是什么。他坚定了活下去的信念，决不放弃希望。

比尔将写给艾米丽的信交给基恩，基恩会在电话里念给她听。比尔认识基恩十年了，关系亲密——撤离行动后他们就住在一起。比尔知道，基恩并不是传说中那种冷漠的人——有一半的冷漠都是他装出来的——但是在给妻子的信中写“我爱你”之类的文字还是挺难为情的，因为得通过基恩之口将这句话转达出去。最终比尔还是克服了心理障碍，因为他非常想让艾米丽和孩

① 即克里斯。克里斯是克里斯托弗的昵称。

子们知道他有多么爱他们，说不定他再也没机会对他们说这句话了。这些信就像是执行危险任务之前飞行员写的一样。

探访者带来的最重要的礼物是消息。院子另一头平房里进行的短暂会面中，谈论的都是营救保罗和比尔的各种努力。在比尔眼中，时间是最关键的。总有一个办法会成功。不幸的是，伊朗却在陷入混乱。革命力量风起云涌。EDS公司来得及在全国爆发革命之前将保罗和比尔救出去吗？

EDS公司的人到监狱所在的德黑兰南部来也越发危险了。保罗和比尔不知道下一次探监是什么时候，甚至连会不会有下一次探监也不知道。一连四五天没人探监的话，比尔就会怀疑其他人都回美国了，将他和保罗留在了伊朗。考虑到保释金之高，德黑兰之危险，他们是不是放弃了营救保罗和比尔？他们可能被迫离开，以保全自己的生命。比尔记得美国从越南撤离的时候，留在最后的大使工作人员是用直升机从房顶上救走的，这一幕似乎又要在德黑兰的美国大使馆重现。

大使馆官员偶尔会来探监，给他些许慰藉。大使馆的人来监狱也冒了险，但他们从未带来政府如何全力以赴帮助保罗和比尔的消息，比尔由此推断，国务院没有尽职。

他们的伊朗律师侯曼起初来探监时，他们都欢欣鼓舞，但后来比尔意识到，侯曼承诺了很多，但实现得很少，伊朗人的办事风格就是这样。同达德加交涉的失败令他们沮丧而绝望。达德加轻易就战胜了侯曼，而且铁了心要将保罗和比尔关在监狱里，看着这一切让他们恐惧。比尔当晚失眠了。

保释金高得惊人。世界上任何地方都没有人支付过这么多赎金。他想起美国商人在南美被绑架的故事，绑匪索要的赎金是一两百万美元（人质通常都被撕票）。对百万富翁、政治家和名人的绑架，索要的赎金则高达三四百万美元——但从来没有一千三百万美元。没有人会为了保罗和比尔付这么多钱。

何况，即使付了这么多钱，他们也不能离开这个国家。他们很可能被软禁在家中，而暴徒将占领外面的城市。保释金有时更像是陷阱，而不是脱身之策。它好比将人置于困境的第二十二条军规[①]。

这段牢狱之灾是宝贵的教训。比尔学会了在没有好房好车、吃不到可口的食物、穿不上干净衣服的条件下活下去。住在一个蚊虫爬满墙壁的肮脏房间没什么了不起。他生命中的一切都被剥夺了，他发现自己唯一关心的就是家人。仔细想想，也只有家人才重要：艾米丽、维姬、杰姬、珍妮和克里斯。

科伯恩的来访让他的情绪稍稍好转。杰伊穿着宽大的羽绒服，戴着羊毛帽，下巴上长着红胡子——看到他这个样子，比尔就知道他来德黑兰不是通过法律渠道解决问题的。科伯恩来访时主要同保罗说话，而保罗没有将获知的情况转告比尔。比尔没有不满——他需要知道的时候就会知道的。

但科伯恩来访后就传来坏消息。1月16日，国王离开了伊朗。

走廊里的电视机常开着，尤其是在下午。保罗和比尔同其他囚犯一起观看了在梅赫拉巴德机场的皇亭举行的小仪式。国王、王后、他们四个孩子中的三个、国王的岳母，以及一群侍臣一

---

① 第二十二条军规，源出美国作家约瑟夫·海勒（Joseph Heller）根据自己在第二次世界大战中的亲身经历创作的黑色幽默小说《第二十二条军规》，用来形容任何自相矛盾、不合逻辑的规定或条件所造成的无法摆脱的困境、难以逾越的障碍，表示人们处于左右为难的境地。

起，来送行的是首相沙赫普尔·巴赫提亚尔和若干将军。巴赫提亚尔亲吻了国王的手，王室一行进入飞机。

监狱中的高官面色凝重——他们中的大部分都是王室或王室近臣的朋友。如今，他们的主子离开了。这至少意味着，他们不得不长时间待在监狱里了。比尔觉得，国王离开后，亲美的伊朗也将不复存在。将来，德黑兰将更加动荡混乱，美国人在这里将更危险，而保罗和比尔获释的希望也将更加渺茫。

电视上播出国王的飞机升入蓝天后不久，比尔开始听到一种背景噪音，仿佛监狱外很远的地方有一群人在吵闹。噪音立即升级为尖叫、欢呼和号角声混杂成的喧嚣。电视画面展示了喧嚣的源头——成百上千伊朗人涌上街头，大喊着："国王跑啦！"保罗说这让他联想到费城的新年游行。所有的车都打开头灯，喇叭轰鸣。许多司机把刮雨器拽出来，挂上旗帜，然后启动刮雨器，旗帜便左右挥舞。卡车载着大肆庆祝的年轻人，缓慢行进。整个城市里，到处都有人将国王的雕像推倒击碎。比尔不知道暴徒接下来会干什么。他继而担心起警卫和其他囚犯下一步的行动。伊朗人民长久以来被压抑的情感喷薄而出，美国人会成为他们攻击的目标吗？

那天剩余的时间，他和保罗都待在牢房里，努力不引起旁人注意。他们躺在床铺上，漫无目的地谈着话。保罗抽着烟。比尔努力不去回想他在电视上看到的恐怖画面，但无法无天的暴徒的吼叫，革命胜利的集体狂欢，透过了监狱墙壁填满了他的耳朵，就像是闪电间歇中震耳欲聋的雷鸣。

两天后，1月18日上午，一名警卫来到五号牢房，用波斯语对卫生部前副部长雷扎·勒伽巴说了几句，勒伽巴为保罗和比尔翻译道：“你们必须收拾好东西。他们要转移你们。”

“转移到什么地方？”保罗问。

“另外一个监狱。”

比尔心头一凛。他们要去什么监狱？是那种折磨囚犯致死的监狱吗？EDS公司会被告知他们转移到哪儿了吗？还是说，他们两个会无声无息地消失？这里谈不上舒适，但至少他们熟悉这里。

警卫又说了几句，勒伽巴说：“他让你们不要担心——这都是为了你们好。”

将他们的牙刷、共用的剃须刀和仅有的几件换洗衣裳收拾起来只用了几分钟。然后他们坐下等待——等了三个小时。

他们忐忑不安。比尔习惯了这个监狱，而且基本信任他的狱友——尽管他偶尔也会多疑。他担心下一个监狱会更糟。

保罗拜托勒伽巴将他们转移的消息告知EDS公司——也许要通过贿赂管理监狱的上校。

一直关心他们的牢房“教父”对他们的离开很伤心。老人悲伤地看着保罗取下凯伦和安·玛丽的照片。保罗一冲动，将照片送给了老人。老人明显非常感动，连声道谢。

最后他们被带到了院子里，赶进了一辆小型巴士，车上还有几名来自其他牢房的囚犯。比尔打量着其他人，努力寻找他们的共同点。其中一个是法国人。难道为安全起见，所有的外国人都要被关进同一个监狱？但他又看见了一个强壮的伊朗人，他是他们入狱头一晚待的楼下牢房里的老大。比尔猜他只是个普通囚犯。

巴士驶出院子，比尔对法国人说：“你知道我们这是去哪儿吗？”

“我要被释放了。”法国人说。

比尔心脏狂跳。这是好消息！也许他们都要被释放了。

他将注意力转移到街上。这是三周以来他第一次见到外面的世界。司法部周围的政府大楼都遭到了破坏——暴徒果然都肆无忌惮了。随处可见被焚毁的汽车和被打碎的窗户。大街上全是士兵和坦克，但他们什么都没做——没有维持秩序，甚至没有管制交通。比尔觉得，孱弱的巴赫提亚尔政府被推翻只是早晚的问题。

EDS公司的同事——泰勒、豪威尔、扬、加拉格尔和科伯恩都怎么样了？国王离开后他们就再没来过监狱。他们被迫逃亡自保了吗？不知为何，比尔觉得他们应该还在城里，试图将保罗和比尔救出监狱。他开始希望这次转移是他们安排的。或许，巴士不会把他们送去另一个监狱，而是将他们直接送到美国空军基地。他越想越觉得这都是事先安排好的。国王离开后，美国大使馆无疑已意识到保罗和比尔的处境异常危险，于是开始施展强有力的外交手腕解决问题。巴士只是个幌子，真实目的是要在不引起达德加这样怀有恶意的伊朗官员的情况下，将他们弄出司法部监狱。

巴士往北行驶，经过比尔熟悉的区域。看着动荡的城市南部在他身后慢慢退去，他开始觉得安全了几分。

空军基地也在北部。

巴士驶入一个宽阔的广场，广场上坐落着一座巨大的堡垒状建筑。比尔兴致盎然地望着这座建筑。建筑的外墙有二十五英尺高，墙上立着警戒塔，架着机关枪。广场上满是穿着方披巾，也就是传统黑色长袍的伊朗女人，她们都在大声叫嚷着。这里是宫殿还是寺庙？或者说军事基地？

巴士驶近堡垒，慢慢减速。

哦，不。

前方的中央是两扇巨大的铁门。

令比尔恐惧的是，巴士停了下来，车头正对着大门。

这个可怕的地方就是新的监狱，新的梦魇。

大门打开，巴士开了进去。

他们不是去空军基地，EDS公司没有谈判成功，大使馆也没有展开行动。他们不会被释放。

巴士又停下来。铁门在后面关闭，前面又打开了一扇门。巴士驶入门中，停在建筑群前。一名警卫用波斯语说了几句话，所有囚犯都起身下了车。

比尔感觉自己如同失望的孩子。我这一辈子算是毁了，他想。我做了什么才得到如此报应?

我到底做了什么啊?

“别开这么快。”西蒙斯说。

乔·波赫说：“我开得不够稳？”

“不是这个意思。我只是不想让你违法。”

“违什么法？”

“总之要小心。”

科伯恩插话道：“我们到了。”

波赫停下车。

他们的视线越过穿着黑袍的古怪女人们的脑袋，看着加斯尔监狱巨大的堡垒。

“上帝啊。”西蒙斯说，深沉沙哑的嗓音中夹杂着敬畏，

“瞅瞅这地方。”

他们全部注视着高高的外墙、巨大的铁门，以及警戒塔和机枪火力掩体。

西蒙斯说：“这地方比阿拉莫要塞[1]还坚固。”

科伯恩想到，如果没有所有美国军队的帮助，他们这支小营救队根本无法攻入这里。他们筹划并练习过多次的营救行动如今完全无法展开。方案无需变更或改良，因为他们面对的情况发生了剧变，整个营救方案都派不上用场。

他们在车里坐了一会儿，每个人都若有所思。

“那些女人是做什么的？”科伯恩大声问。

“他们有亲人被关在监狱里。”波赫解释道。

科伯恩听到了一种怪异的噪音。“听，”他说，“那是什么声音？”

“是那些女人在哀号。”波赫说。

西蒙斯上校曾经仰视过一座坚不可摧的堡垒。

他当时还是西蒙斯上尉，他的朋友称他阿特，而不是“公牛”。

那是1944年10月。二十六岁的阿特·西蒙斯是第六游骑兵步兵营B连指挥官。美国人在太平洋节节获胜，即将进攻菲律宾。第六游骑兵步兵营先于进攻部队抵达那里，在敌人后方制造破坏。

B连降落在洪望康岛的雷迪湾，发现该岛没有日军。西蒙斯在两百名温顺的土著面前，将星条旗升到了一棵椰子树上。在附近

---

① 美国得克萨斯州圣安东尼奥附近一座由传教站扩建成的要塞。在得克萨斯独立战争中曾起到重要作用。

苏兰岛驻扎的日军在屠杀平民。西蒙斯请求上级允许他攻占苏兰岛，但遭到上级拒绝。几天后，他再次发出相同的请求。他被告知，没有多余的船只可以将B连运过去。西蒙斯请求上级允许他使用当地的交通工具，这次他终于获准了。

西蒙斯征用了三艘当地帆船和十一只独木舟，自任舰队司令。凌晨两点，他同八十名士兵出发了。但风暴来袭，七只独木舟倾覆，西蒙斯的大多数舰队成员游泳重返海滩。

他们第二天再次出发。这次他们白天起航，因为日本飞机仍掌握制空权，士兵们脱光了衣服，将制服和装备藏在舱底，让自己看起来如同当地渔民。这一招见效了，B连顺利登陆苏兰岛。西蒙斯立刻对驻扎在岛上的日军进行侦察。

这时，他看见了那座坚不可摧的堡垒。

日军驻扎在岛的南端，在三百英尺高的珊瑚悬崖顶的灯塔里。

一条小路从西侧延伸到悬崖中段，与珊瑚上开凿出的陡峭阶梯相连。从六十英尺高的灯塔和灯塔平台上的三个面西的建筑上，可以看到整个阶梯和小路的大部分。那是绝佳的防守位置——一夫当关，万夫莫开。

但不管是怎样的难关，总会有攻克的办法。

西蒙斯决定从东侧爬上悬崖，展开袭击。

攻击在11月2日凌晨一点展开。西蒙斯和十四名手下蹲伏在崖底，就位于日军的正下方。他们的脸和手都被涂成黑色，月光皎洁，整个区域开阔得如同艾奥瓦州大草原。他们用手语交流，将袜子套在靴子上，以免发出声响。

西蒙斯做了出发的手势，他们开始攀爬悬崖。

珊瑚的尖锐边缘扎进他们的手指和手掌。有的地方没有支撑点，他们只好抓住藤蔓往上爬。他们此时毫无还手之力——如果有哨兵好奇地从平台上沿着东侧的悬崖往下看，就会立刻发现他们，并且易如反掌地把他们逐个干掉。

爬到一半的时候，寂静被一声巨响打破。有人的步枪枪托撞上了一块凸起的珊瑚。他们全都停下，紧贴崖壁一动不动。西蒙斯屏住呼吸，等待日军从上面射击，展开一场屠杀。但日军毫无动静。

十分钟后，他们继续前进。

攀爬过程持续了一小时。

西蒙斯第一个爬上崖顶。他蹲在平台上，在皎洁的月光中感到无所遁形。他没有看到日本人，但他听到了从一个低矮建筑中传出的说话声。他用步枪瞄准了灯塔。

剩余的队员也陆续抵达平台。他们安装好机关枪后就会开始袭击。

机关枪刚刚搬上崖顶，一个睡眼惺忪、起来上厕所的日本兵就闯进了视野。西蒙斯给负责掩护的士兵打了个手势，后者射杀了那个日本人，接着便枪声大作，火光四射。

西蒙斯立刻扑向机关枪，抓住一条支架腿和弹药箱，机枪手则抓住另一条支架腿，开始射击。被打得猝不及防的日本人从建筑中逃出来，迎接他们的是呼啸而来的子弹。

二十分钟后，一切都结束了。十五个敌人被歼灭。西蒙斯的队伍则有两人受伤，但都不致命。“坚不可摧”的堡垒被攻占下来。

不管是怎样的难关，总会有攻克的办法。

第七章

1

美国大使馆的大众迷你巴士穿过德黑兰的大街，前往加斯尔广场。罗斯·佩罗坐在车里。今天是1月19日，昨天保罗和比尔被转移到了新的监狱，佩罗正要去那里探视他们。

这样做有点疯狂。

所有人都竭力避免让外人知道佩罗在德黑兰，因为他作为人质比保罗和比尔更值钱，达德加一旦发现，就会把他逮捕，投入监狱。然而，此时此刻，他却主动前往监狱，口袋里放着他的身份证件——护照。

他寄希望于伊朗政府臭名昭著的无能——信息不畅，部门隔阂，右手不知道左手在干什么。要抓他的是司法部，但管理监狱的是军方，而军方对他不感兴趣。

不过，他还是有所防范。他不是只身前往，里奇·加拉格尔、杰伊·科伯恩陪着他，美国大使馆的人在车上，他们要去探望监狱里的一个美国女人。佩罗穿着便装，带着硬纸板箱，箱子里装着给保罗和比尔的食物、书籍和保暖的衣服。

监狱里的人都认不出他是谁。他进去的时候不得不报上姓名，但低级办事员或监狱警卫怎么可能认识他？他也许会出现在机场、警察局或酒店，至于监狱，达德加就连做梦都想不到他会出现在这里。

无论如何，他都拿定主意要冒险。他想提振保罗和比尔的士气，让他们知道，他愿意为他们亲身犯险。这是他来伊朗取得的唯一成就——在协商解决方面他一筹莫展。

巴士驶入了加斯尔广场，他头一次看到了这座可怕的新监狱。他无法想象西蒙斯的小小营救队能攻入这里。

广场上有许多人，大多数是穿着方披巾的女人，嘴里不住地哀号。巴士停在巨大的铁门附近。佩罗对巴士司机不放心——他是伊朗人，而且知道佩罗是谁……

他们全下了车。佩罗看到监狱入口旁有一台电视摄像机。

他的心脏跳到了嗓子眼儿。

那是一支美国的采访组。

他们在这儿做什么？

他抱着硬纸板箱子，埋头穿过人群。一名警卫从大门旁砖墙上的小窗户里望出来。采访组似乎没有发现他。一分钟后，一扇小门打开，探访者步入门中。

门在他们身后"哐当"一声关闭。

佩罗已经无路可退。

他继续前进，又穿过一道铁门，进入监狱内部。里面空间广阔，建筑之间有街道，小鸡和火鸡在地上乱跑。他跟着其他人进入一个探访室。他出示了护照——办事员指着登记台。佩罗拿出钢笔，潦草地写下“H.R.佩罗”几个字。

办事员递回护照，挥手让他进去。

他猜对了。这儿没有人听说过罗斯·佩罗。

他走进一间等候室，然后突然停住。

那里站着的一个人认识佩罗，而那人正在同一个穿着将军服的伊朗人谈话。

那人名叫拉姆齐·克拉克，得克萨斯人，林登·B.约翰逊总统时期曾任司法部长。佩罗同他见过好几次，与克拉克的妹妹米米相熟。

佩罗僵立了片刻。怪不得会有采访组来这儿。他不知道自己是否能躲开克拉克的视线。拉姆齐随时会发现他，对将军说：“上帝啊，他是EDS公司的罗斯·佩罗。”如果我表现得遮遮掩掩，那情况会更糟。

他当机立断。

他走向克拉克，伸出手说：“你好，拉姆齐，你在监狱里干什么？”

克拉克低下头——他有六英尺三英寸高——笑了起来。他们握手。

“米米好吗？”克拉克还没来得及做介绍，佩罗就张口问道。

将军用波斯语对一个下属说了些什么。

克拉克说：“米米很好。”

“很高兴见到你。”佩罗说着就往前走去。

他同加拉格尔、科伯恩和大使馆的人走出等候室，进入监狱，嘴里阵阵发干。一名穿上校制服的人加入了他们。加拉格尔说，那人是被指派来接待他们的。佩罗很想知道克拉克此刻在对将军说什么……

保罗病了。关押在上个监狱时犯的病又回来了，他不住地咳嗽，胸部还感到疼痛。在这个监狱和上个监狱，他都觉得不暖和——整整三个星期都是如此。他让EDS公司的探访者给他带暖和的内衣，但不知为何他们没带。

他也非常伤心。他本来期待科伯恩和营救队会设下埋伏，在他和比尔被从司法部转移到这儿的途中发动袭击，结果巴士还是驶入了坚不可摧的加斯尔监狱。他备感失望，痛苦万分。

管理监狱的莫哈利将军向保罗和比尔解释道，他管理德黑兰所有的监狱，而他之所以下令将他们转移到这里，是为了保证他们的安全。他们并未因此感到多大安慰——尽管这里能保证他们免遭暴徒袭击，但营救队也很难攻入这里。

加斯尔监狱是一个巨大军事设施的一部分。军事设施的西侧是古老的加斯尔·加扎宫，国王的父亲将其改建为警察学校。监狱原先是宫殿的花园。军事设施的北侧是一家军医院，东侧则是军营，直升机一天到晚都在那里起降。

监狱本身则被一道二十五到三十英尺高的内墙包围起来，内墙之外还有一道十二英尺高的外墙。监狱内有十五到二十座建筑，包括一个面包房、一个清真寺、六个囚区，其中一个专门关押女人。

保罗和比尔被关在八号楼。那是一座两层建筑，位于一个院子里，院子周围是高高的铁栅栏，铁栅栏上覆盖着铁丝网。对监狱来说，这里的环境不错。院子中央有一口喷泉，泉旁种着玫瑰，还栽着十到十五棵松树。囚犯白天可以到外面放风，在院子里打排球或者乒乓球。不过，他们不能走出由一名警卫把守的院子大门。

建筑的底层是一个小医院，有大约二十名病人，大多数是精神病人，他们常常发出凄厉的尖叫。保罗、比尔和其他几名囚犯被关在二楼。保罗和比尔的牢房很大，大约宽二十英尺，长三十英尺。牢房里只有一名五十多岁的伊朗律师狱友，能说英语、法语和波斯语。他曾向他们展示过他在法国的别墅。牢房里还有一台电视机。

饭菜由一部分囚犯料理，其他囚犯要向他们支付报酬，用餐在一个独立的餐厅进行。这里的食物比上一个监狱的好。这里花钱就可以买到特权——另一个狱友明显非常富有，因为他不仅住单独的房间，饭菜还是从外面带进来的。这里的作息制度也相当宽松——起床和睡觉都没有固定的时间。

这一切都让保罗万分沮丧。一点点舒适对他几乎没有价值，他想要的是自由。

1月19日上午，听到有人来探视他们时，保罗并不怎么开心。

八号楼的底层有一间探访室，但今天，他们没有得到任何解释就被带出了楼，走到了街上。

保罗发觉他们要去的地方是军官俱乐部，位于一个养着鸭子和孔雀的热带小公园里。他边走边四处打量，看到了探访者从对面走来。

他不敢相信自己的眼睛。

“上帝啊！”他欣喜地说，“是罗斯！”

他忘了自己身在何处，转过身就要跑向佩罗，但警卫一把拉住了他。

“你信不信？”他对比尔说，“佩罗来了！”

警卫赶着他穿过花园。保罗一直回头看佩罗，确认是不是自己看错了。他被领入了一个圆形房间，房外摆了一圈宴会桌，墙上装饰着三角形的小镜子，就像是一个小舞厅。不一会儿，佩罗同加拉格尔、科伯恩和其他几个人进来了。

佩罗笑容满面。保罗握了握他的手，然后拥抱了他。这一幕令人激动，保罗感觉自己的心情就跟听到国歌《星条旗永不落》时一样，身体止不住地震颤。有人爱他、关心他，他有朋友，他不是孤身一人。佩罗飞了半个地球，不惜来到动乱当中，就是为了看望他。

佩罗和比尔也拥抱并握手。比尔说：“罗斯，你来这儿干什么？你是来把我们带回去的吗？”

“现在还不行。”罗斯说。

警卫聚在房间远端喝茶。同佩罗一道来的大使馆的人坐在另一张桌边，同一个女囚犯交谈。

佩罗将硬纸板箱放在桌上。“我带了些长内衣给你。”他对保罗说，“我们买不到，所以我就把自己的给你了，你得还给我，听到了吗？”

“当然。”保罗咧嘴笑道。

“我们还给你们带了书，还有食品——花生酱、金枪鱼、果浆，还有些我叫不上名字的东西。”他从兜里取出一叠信封，“还有你们的信。”

保罗瞟到有自己的信。一封是鲁丝写的，另一封是写给“恰帕奴多”的。保罗笑了——这封信一定来自于他的朋友戴维·贝内，贝内的儿子念不出“恰帕罗恩”这个音，就以“恰帕奴多”

代替。保罗将信装进兜里，以后再读，然后说："鲁丝还好吗？"

"她很好。我同她通过电话。"佩罗说，"我们已经派人分别关照你们的妻子，尽其所能地提供帮助。保罗，鲁丝如今在达拉斯，同吉姆·尼费勒和凯茜·尼费勒夫妇在一起。她打算买房子，汤姆·沃尔特帮她处理所有的法律事务。"

佩罗又对比尔说："艾米丽去北卡罗来纳她姐姐维姬家了，她要休息一下。她一直同蒂姆·里尔顿一起在华盛顿向国务院施压，她甚至给第一夫人罗萨琳·卡特写了信——基于两人同为人妻的身份——她尝试了所有的方法。事实上，我们都尝试了所有的方法……"

佩罗列举了他们拜托过的人——从得克萨斯的议员一直到亨利·基辛格——比尔意识到，佩罗此行的主要目的是提升他和保罗的士气。这样的转折令人丧气。先前看到佩罗满面笑容地同其他人走过来的时候，比尔曾想：营救队终于来了——他们终于摆平了这件破事，佩罗是来亲口告诉他们这个好消息的。结果他等来的却是失望。但听着佩罗的话，他又振奋了起来。佩罗就像是圣诞老人，带来了来自家乡的信和一箱子好东西。他的出现，以及脸上的笑容，代表了对达德加、暴徒和一切威胁的蔑视。

比尔现在很担心艾米丽的精神状况。他本能地知晓妻子的想法，她去北卡罗来纳表明她放弃了希望。在她父母家同孩子们在一起，她再也无法坚持假装正常的模样。不知为何，他知道她又开始抽烟了。这会让小克里斯困惑。艾米丽去医院摘除胆囊的时候戒了烟，并告诉克里斯她把烟都扔掉了。真不知道她这次该如何向小克里斯解释。

“倘若所有的努力都失败了，”佩罗说，“城里还有一支队伍会用其他办法将你们救出去。队伍里的所有人你们都认识，除了领队的老头儿。”

保罗说：“这一点我不明白，罗斯。为什么一帮人要为了两个人而冒生命危险呢？”

比尔不知道佩罗有什么计划。会不会有一架直升机飞到监狱上方将他们接走？会不会有美军攻入监狱？真相难以想象，但佩罗是什么事都干得出来的。

科伯恩对保罗说：“我要你观察并记下关于这座监狱和作息安排的所有细节，就像上次一样。”

比尔对自己的小胡子感到难为情。他蓄胡子是为了让自己看起来更像伊朗人。EDS公司的管理人员都不准蓄须，但他没想到会见到佩罗。他觉得自己傻极了，而且很不舒服。“我为此抱歉。”他摸着上唇说，“我这么做是为了让自己不那么显眼。我一离开这儿就会剃掉。”

“留着。”佩罗笑着说，“让艾米丽和孩子们看看。反正我们都将修改着装规定。根据员工态度调查的结果，我们可能得允许大家留小胡子，穿花衬衣。”

比尔看着科伯恩，问佩罗：“络腮胡呢？”

“络腮胡不行。科伯恩留络腮胡，是出于非常特殊的原因。”

警卫上来打断了他们——探访时间结束了。

佩罗说：“我们不知道能否很快将你们营救出去，但你们最好把这个过程想象得很长。如果你们每天早上起床后就认为‘可能就是今天’，那就会屡屡失望，无比丧气。倘若你们做好在这里待很久的准备，很有可能就会迎来惊喜。不过，你们一定要记住：我们会把你们救出来的。”

他们全都握了手。保罗说：“你能来，我都不知道该如何感谢你，罗斯。”

佩罗笑道：“记着把我的内衣带出来。”

他们全离开了房子。EDS公司的人穿过囚区，朝门口走去，保罗、比尔和他们的警卫目送他们离开。朋友们不见的时候，比尔突然产生一股随他们而去的强烈冲动。

今天不行，他告诉自己，今天不行。

佩罗不知道自己是否能获准离开。

拉姆齐·克拉克有一小时时间泄露秘密。他对将军说了些什么？是不是已经有人等着他了？

进入等候室的时候，他心跳加速。伊朗将军和克拉克都不在那里了。他穿过等候室，进入接待区。没有人看他。

他快步走出第一道铁门，科伯恩和加拉格尔紧随其后。

没有人拦下他。

他就要脱身了。

他穿过小院子，等在大门旁。

大门上的一扇小门开了。

佩罗走出监狱。

电视摄像机还在那里。

他想，我不远万里来这里，要的就是美国的电视网能播放我的画面……

他穿过人群，钻进大使馆的小型巴士。

科伯恩和加拉格尔同他一起上了车，但大使馆的人还滞留在后面。

佩罗坐在车上，望向窗外。广场上的人群似乎不怀好意，他们在用波斯语大喊大叫。佩罗不知道他们在说什么。

他希望大使馆的人能赶快离开。

“那些家伙上哪儿去了？”他暴躁地说。

“他们马上就来。”科伯恩说。

“我还以为我们会一起出来，上车走人呢。”

一分钟后，监狱的门又开了，大使馆的人出来了，上了巴士。司机发燃引擎，驾车穿过加尔斯广场。

佩罗终于放松下来。

他本不用如此担心。拉姆齐·克拉克是应伊朗人权组织之邀来这儿的，他的记忆力并不好。他只是依稀记得佩罗，却认为他是东方航空公司的总裁弗兰克·波曼上校。

2

艾米丽·盖洛德拿着手中的刺绣。她正在为比尔绣人像。

她回到了华盛顿她父母的家。又是安静又抑郁的一天。她开车将维姬送到高中，然后回家带杰姬、珍妮和克里斯去小学。她半路去了姐姐多萝西的家，同姐姐和姐夫蒂姆·里尔顿聊了一会儿。里尔顿仍在通过肯尼迪参议员和奥尼尔参议员向国务院施压。

艾米丽对达德加怨念极深。这个神秘的男人下令将她的丈夫关进了监狱，不许他离开。她想与达德加当面对质，问他为什么要对她这么做。她甚至请蒂姆给她弄一张外交护照，那样她就能去伊朗找达德加。蒂姆说这是个疯狂的主意，她知道他是对的，但她就是想做点事——任何事都好，只要能将比尔救回来。

现在，她正在等达拉斯来的电话。打电话给她的通常是罗斯、T.J.马尔克斯或者吉姆·尼费勒。通完电话，她会去接孩子们，然后帮他们做一会儿作业；再然后，就是孤独的长夜。

她直到最近才将比尔入狱的消息告诉他父母。基恩·泰勒在电话里念过比尔给他的信，比尔让她不要把自己入狱的事告诉他父母，除非万不得已，因为比尔的父亲有中风史，惊吓过度会危及其生命。但三周过后，她再也无法隐瞒了，于是她告诉了他们。比尔的父亲对自己被瞒了这么久感到愤怒。有时候，人很难知道做什么才是对的。

电话响了，她抓起话筒："喂？"

"艾米丽？我是吉姆·尼费勒。"

"你好，吉姆，今天有什么消息？"

"他们被转移到另一个监狱了。"

为什么就从来没有好消息呢？

"没什么好担心的。"吉姆说，"其实这是好事。旧监狱在城市南部，骚乱就集中在那一带。而这个监狱更靠北，更不易被骚扰——他们在那里更安全。"

艾米丽失去冷静，"但是吉姆，"她嚷嚷道，"你前三个星期都在对我说，他们在监狱里是完全安全的。但现在你说他被转移到了新监狱，而且会更安全！”

“艾米丽——”

“算了，别对我撒谎了。”

“艾米丽——”

“你就实话实说吧，好不好？”

“艾米丽，我认为他们到现在为止都是安全的，伊朗人只是采取合理的预防措施。”

艾米丽对自己朝他发火感到羞愧：“对不起，吉姆。”

“没关系。”

他们又聊了一会儿，然后艾米丽挂断电话，回去继续刺绣。我快失控了，她想。我每天都过得恍恍惚惚——送孩子们上学；同达拉斯通话；晚上上床睡觉；早上起床……

去姐姐维姬那儿待几天是个不错的主意，但她并不是真的想要换环境——他想要的是比尔。

她很难继续期待下去。她开始思考生活里没了比尔会是怎样。她有一个姨妈在华盛顿的伍迪百货商店工作，也许她可以在那儿找到一份工作。或者，她可以求助父亲，给她找一份秘书工作。她怀疑，倘若比尔死在了德黑兰，她再也不会爱上别人了。

她想起了他们刚结婚那会儿。比尔还在大学读书，他们经济拮据。但他们还是勇敢地结合在一起，因为他们无法忍受分离。后来，比尔事业腾飞，他们的家境逐渐殷实起来，他们买了更好的车、更大的房子、更贵的衣服……更多的东西。现在看来，那些东西都毫无价值。贫贱富贵对她来说无关紧要。她唯一在乎的就是比尔。她只需要他。有他就足够了，有他她就会快乐。

但愿他能回来。

凯伦·恰帕罗恩说："妈妈，为什么爸爸没打电话回来？他出差的时候总是会打电话回来的啊。"

"他今天打电话了。"鲁丝撒谎道，"他很好。"

"为什么他在我上学的时候打电话？我想同他说话。"

"宝贝，从德黑兰打电话回来很困难——电话总是占线。他不能随时打电话回来。"

"哦。"

凯伦走开，去看电视了，鲁丝坐下来。外面越来越黑。她发现，向所有人隐瞒保罗的事变得愈发困难了。

所以她离开芝加哥，来到达拉斯。同她父母住在一起的话，她就不可能把秘密守住。妈妈会说："为什么罗斯和EDS公司的人老给你打电话？"

"他们只是想确认我们都很好。"鲁丝强装笑脸道。

"罗斯真贴心啊。"

在达拉斯，她至少可以同其他EDS公司的人说说话。而且，既然伊朗分公司注定要关闭，那保罗就会被调回EDS公司总部，至少要待上一阵子，达拉斯早晚都会是他们的家。况且，凯伦和安·玛丽还要上学。

她们母女三人同吉姆·尼费勒和凯茜·尼费勒住在一起。凯茜特别同情她，因为凯茜的丈夫本来是达德加要求扣留护照的四人之一——如果吉姆当时在伊朗，他现在就会同保罗和比尔一样被关在监狱里。"同我们住一块儿吧。"凯茜说，"也许只需一个星期，保罗就会回来了。"这句话是一月初说的，当时鲁丝提出要去买一套房子，但凯茜不同意。

此时此刻，凯茜正在理发店，孩子们在另一个房间看电视，吉姆还没有下班回家，于是鲁丝可以独自思考。

在凯茜的帮助下，鲁丝忙忙碌碌，假装坚强。她给凯伦报了学校，为安·玛丽找到了幼儿园。她同凯茜和其他EDS员工的夫人——玛丽·博尔韦尔、莉兹·科伯恩、玛丽·斯卡利、玛瓦·戴维斯和托妮·德沃兰奇克——共用午餐。她写信给保罗，信中洋溢着积极与乐观，听人在电话里念诵保罗积极乐观的回信。她购物，参加晚宴。

她将大把时间耗费在找房子上。她不太了解达拉斯，但她记得保罗说过，中央高速公路是噩梦，于是她找的房子都远离中央高速公路。她找到了一套中意的，打算买下，这样保罗回来的时候就有一个真正的家了。但她还面临着法律问题，因为保罗不能签署文件——汤姆·沃尔特正在帮忙解决这个问题。

鲁丝竭力让自己看上去一切正常，但实际上，她五内俱焚。

她每天晚上都只能睡不到一个小时。她每次惊醒时都怀疑自己再也看不到保罗了。她试图设想保罗回不来她该做什么。她想回芝加哥，同父母待一阵子，但她不会同他们一直住在一起。她当然会找到一份工作……但让她不安的不是没了丈夫后自己必须独自生活的前景，而是永远失去保罗这件事本身。她无法想象没有保罗她的生活会是怎样。她要做什么？她要关心什么？她要什么？她怎么才能开心？她意识到，自己完全依赖于保罗。她的生活里不能没有他。

她听到外面传来汽车的声响。是吉姆下班回来了——也许他会带回来一些消息。

他很快就进了屋，说："你好，鲁丝。凯茜不在家吗？"

“她在理发店。今天有什么消息？”

“这个……”

他的表情告诉她，今天没有好消息，但他正努力用不那么令人沮丧的方式说出来。

“我们本来同伊朗人约好了谈保释金的事，但伊朗人没有来。明天——”

“为什么？”鲁丝竭力保持镇静，“既然说好了要商谈，为什么伊朗人不出现呢？”

“有时候他们被叫出去罢工；有时候因为示威游行阻断了交通，他们无法赶到……原因有许多……”

她这几星期听到的都是这样的消息。会议总在延期，她也总在失望。“但是吉姆，”她说着眼泪就止不住地流下来了，“吉姆……”她喉咙发紧，说不出话来。她想：我只是想要我丈夫！吉姆无助而尴尬地站在那里。她隐忍了许久的痛苦猛然爆发，她再也控制不住自己了。她泪如雨下，跑离了房间。她冲进自己的卧室，一头扎到床上，纵情地抽泣。

莉兹·科伯恩喝了口饮料。桌子对面是帕特·斯卡利的妻子玛丽，以及另一个从德黑兰撤离的EDS员工的妻子——托妮·德沃兰奇克。这三个女人正在达拉斯格伦威尔大街上一家名为“秘方”的餐馆里。她们在喝草莓代基里酒。

托妮·德沃兰奇克的丈夫在达拉斯。莉兹知道，帕特·斯卡利同杰伊一样也去欧洲执行任务了。但听此刻玛丽·斯卡利的话，帕特去的好像不是欧洲而是伊朗。

“帕特在德黑兰？”莉兹问。

“我猜他们都在德黑兰。”玛丽说。

莉兹被吓了一跳。“杰伊在德黑兰……”她几乎就要尖叫起来。杰伊告诉她他在巴黎。为什么他不说实话？帕特·斯卡利对玛丽说了实话，但杰伊同帕特不一样。有人只能打几小时牌，但杰伊却要玩一通宵加上第二天。其他人高尔夫只打九洞或者十八洞，杰伊却要打三十六洞。很多人的工作压力大，而杰伊效劳的却是以任务严苛闻名的EDS公司。当年杰伊当兵的时候，她同杰伊刚刚成年，杰伊却志愿承担最危险的工作——驾驶直升机。现在，他又去了动荡不安的德黑兰。昨日重现啊，她想——他离开了我，对我撒了谎，而且身处险境。她突然全身发冷，如遭电击。他回不来了，她呆呆地想。他没法活着离开伊朗了。

3

佩罗的好心情很快消失了。他进监狱探视了，藐视了达德加，鼓舞了保罗和比尔。然而，所有的牌依然握在达德加手上。在德黑兰六天之后，他终于明白为什么他对华盛顿施加的政治压力无效了——伊朗的旧政权已经摇摇欲坠，无力控制局面。即便他支付了保释金——要做到这一点还必须解决许多问题——保罗和比尔也无法离开伊朗。而西蒙斯的营救计划也因为保罗和比尔被转移到新监狱而派不上用场。现在似乎全无希望了。

那天晚上，佩罗前去见西蒙斯。

为安全起见，他等到天黑了才出发。他穿着慢跑服，脚蹬网球鞋，外面套着一件黑色商务大衣。基恩·泰勒替他开车。

营救队已经搬离了泰勒的房子。泰勒同达德加见过面，达德加开始审查EDS公司的资料——西蒙斯推断，达德加有可能突袭泰勒的房子，寻找罪证。所以，西蒙斯、科伯恩和波赫现在住在比尔·德沃兰奇克和托妮·德沃兰奇克的家里，德沃兰奇克夫妇已返回达拉斯了。营救队的另外两名成员——帕特·斯卡利和吉姆·舒维巴赫——也从巴黎飞到了德黑兰。这两个身手不凡的矮个子原本承担侧翼防卫的任务，但现在，原来的营救方案都没用了。

根据德黑兰的传统，德沃兰奇克的家被安排在一座两层楼房的底层，楼上住着房东。泰勒和营救队的其他人离开房间，留下佩罗单独和西蒙斯相处。佩罗厌恶地打量着客厅。显然托妮·德沃兰奇克在的时候将房间打扫得一尘不染，但现在住这儿的五个大老爷们儿都对打扫房间没有兴趣，房间肮脏而混乱，空气里弥漫着西蒙斯的雪茄味儿。

身材魁梧的西蒙斯蜷在扶手椅里，下巴上布满雪白的胡须，头发也长得很长。他一如既往地一根接一根地抽烟，满足地猛吸着烟头。

“你见过新监狱了吧？”佩罗说。

“见过了。”西蒙斯用沙哑的声音说。

“你有什么看法？”

“我们预先设想的正面袭击现在已经不值一提了。”

“我也这么看。”

“接下来可以采取几种替代方案。”

是吗？佩罗心中犯疑。

西蒙斯继续道：“方案一，我知道监狱里停着车。我们可以将保罗和比尔藏在一辆车的后备箱里带出来。作为这个方案的一部分，或者作为其预备方案，我们可以贿赂或者敲诈管理监狱的将军。”

“莫哈利将军。”

“是的。你的一个伊朗员工正在写这个人的简明报告。”

“嗯。”

“方案二，谈判组。如果他们能将保罗和比尔从牢房放出来，软禁在家中或者达成类似的目标，我们就能强行将他们带走。让泰勒等人集中精神策划方案二。即便答应伊朗人提出的任何条件也要将他们弄出监狱。假如他们被软禁在家中并受人监视，我们就设计新的营救方案。”

佩罗心情好转。这个大块头的男人总能带给周围的人信心。几分钟前，佩罗还几近绝望——现在西蒙斯却在冷静地列举解决问题的新办法，仿佛转移监狱、天价保释金、伊朗政府的崩溃只是小困难，而不是大灾难。

“方案三，”西蒙斯继续道，“这个国家正在爆发革命，而革命是可预期的。每次都重复同样的事。你说不准什么时候会发生这些事，但它们早晚都会发生。而其中一件事就是，暴徒会袭击监狱，释放里面所有的囚犯。”

佩罗好奇地问：“是吗？”

西蒙斯点头，说：“这就是我说的三个替代方案。当然，当前我们还没法选定采用哪一种——三者我们都必须做准备。不论哪种情形首先出现，我们都必须做好应对。只要保罗和比尔落入我们手里，我们所有人就立刻离开这个该死的国家。”

“不错。”佩罗担心自己该如何离开这里，而把保罗和比尔弄出去的风险要大得多，“美军答应帮忙——”

“他们？”西蒙斯说，“我不是说他们不诚信，只是他们有更重要的事要做，我不会太依赖他们的承诺。”

“好吧。”这个问题就留给西蒙斯自己决断吧，佩罗很乐意委托他负责。实际上，佩罗甘愿全权委托西蒙斯。西蒙斯很可能是这个世界上最合适做这件事的人，佩罗完全信任他，“我能做什么？”

“回美国去。首先，你在这儿很危险。其次，我需要你在美国配合。我们最终可能不是乘预定的航班离开伊朗。我们甚至可能根本不会坐飞机。你得在边境接我们——伊拉克、科威特、土耳其或者阿富汗——而这需要组织协调。回家吧，做好支援的准备。”

“好。”佩罗站起身。在失败看似不可避免时，西蒙斯鼓励佩罗坚持再多做一次努力，佩罗有时也如此激励员工，“我明天就走。”

他订到了英国航空公司200号航班，1月20日上午十点二十分出发，从德黑兰经科威特到伦敦。

他打电话给玛戈，约她在伦敦见面。他想同她单独待几天——一旦营救行动展开，他们可能就很难单独相处了。

他们曾在伦敦度过欢乐的时光。接下来的几天里，他们将住在沙威酒店（玛戈喜欢克拉里奇酒店，但佩罗不喜欢——那里的暖气开得太大，而开着窗户睡的话，会被外面布鲁克街彻夜不绝的来往车流声吵醒）。他和玛戈将观看戏剧和音乐会，前往玛戈最喜欢的伦敦夜总会安娜贝尔。那几天他们将乐享生活。

前提是，他能离开伊朗。

为了尽量缩短在机场耗费的时间，他直到最后一分钟才离开酒店。他打电话给机场，询问飞机是否能按时起飞，机场说能。

他在十点前几分钟办理手续。

陪他去机场的里奇·加拉格尔去询问当局是否打算为难佩罗。这种事加拉格尔之前干过。

他拿着佩罗的护照，在一个为泛美航空公司工作的伊朗朋友的陪同下，前往护照检查点。那个伊朗人解释说，有一名非常重要的人物要过来，希望能提前检查完护照。检查点的官员殷勤地翻了翻装着“扣押名单”的活页夹，说佩罗先生的护照完全没问题。加拉格尔带回了这个好消息。

佩罗依然保持着警醒。如果他们要逮捕他，就会狡猾地欺骗加拉格尔。

EDS海外公司的总裁、和蔼可亲的比尔·盖登将来德黑兰，代替罗斯指挥谈判组。盖登之前从达拉斯来过一次德黑兰，但在听到邦妮·弗雷沙克的警告之后撤到了巴黎。现在，他同佩罗一样，决定冒一冒险。他的航班碰巧在佩罗等待起飞的时候抵达，于是两人做了交谈。

盖登的行李箱里有八张护照，这些护照的主人都是与保罗和比尔相似的EDS公司管理人员。

佩罗说：“我还以为我们要给他们弄假护照呢。你有办法搞到吗？”

“是的，我们有办法。”盖登说，“如果你立刻就要护照，那你可以带着所有材料去达拉斯的法院，他们会把所有材料装进信封，你再拿着信封去新奥尔良，那儿的人就会发放护照。那种信封只是用透明胶封口的普通政府信封，你可以在去新奥尔良的路上打开，取出照片，用保罗和比尔的照片替换，再重新封上信封，然后，保罗和比尔的假护照就搞定了。但这么做是违法的。”

“那你们是怎么做的？”

“我告诉所有撤离者，我需要他们的护照，以便将他们的财物从德黑兰运回来。我搞到了一两百张护照，我选出了最合适的八张。我伪造了一封美国的某人写给德黑兰的某人的信，说：‘你让我归还八张护照给移民局看，现在我托人带给你了。’这样如果有人问我为什么带了八张护照，我就把这封信拿出来。”

“倘若保罗和比尔拿着这些护照通过边境，他们肯定会犯法。”

“到那一步的话，我们都会犯法。”

佩罗点头。“言之有理。”

广播通知，佩罗的航班即将出发。他对盖登和泰勒告别。泰勒开车把他送到机场，等会儿又要开车将盖登送到凯悦酒店。然后，佩罗就去验证自己有没有被列入“扣押名单”。

他首先穿过一扇乘客专用门，机场工作人员检查了他的登机牌。他沿着一条走廊来到一个小房间，支付了一小笔机场税。然后，他看见右手边有一排检查签证的柜台。

这里就是有“扣押名单”的地方。

其中一个柜台后面负责的女孩正在专心看一本平装书。佩罗朝她走去，将自己的护照和黄色出境表递过去。出境表顶端写着他的名字。

女孩拿起黄色的表格，打开护照，盖了章，把护照还给了他，然后又接着看书。整个过程中都没有看他一眼。

佩罗走进候机室。

飞机晚点了。

他坐下来，但却如坐针毡。女孩随时可以读完书，或者厌倦读下去，开始核对扣押名单和黄色表格上的名字。然后他们——警察、士兵或者达德加的调查员——就会来抓他，把他关进监狱，而玛戈会像鲁丝和艾米丽一样，不知道自己是否还会见到自己的丈夫。

他每隔几秒就会扫一眼信息牌，上面仍然显示“延误”。

他头一小时都焦急地坐在椅子边缘。

然后他开始听天由命。如果他们要抓他，那就来吧，他对此无能为力。他开始看杂志。接下来一小时，他读完了公事包中的所有东西。然后他开始同坐在他旁边的人交谈。佩罗了解到此人是英国工程师，在伊朗为一家大型英国公司做项目。他们聊了一会儿，然后交换了杂志。

几个小时后，佩罗想，我就会和玛戈同处一间漂亮的宾馆套房——或者我会被关进伊朗监狱。他将这个念头赶出脑海。

午饭时间过去了，下午时光也渐渐流逝。他开始相信他们不会来抓他。

下午六点，终于通知登机了。

佩罗站起身。如果他们现在来抓我……

他融入人流，朝登机口走去。那里将进行安全检查。他被搜了身，然后被示意前进。

我马上就要成功脱逃了，他登机时想。他坐在两个胖子中间的经济舱座位里——这架飞机上全是经济舱。他想，我成功了。

舱门关闭，飞机开始滑行。

飞机驶入跑道，慢慢加速。

飞机起飞了。

他一向走运。

他想起了玛戈。她在这场危机中的表现与多年前她在关注战俘运动中的表现一致——她理解丈夫的责任意识，从不抱怨。所以他可以集中精力处理必须处理的事情，排除一切导致不作为的消极思想的干扰。能有她为伴是他的幸运。他想起了自己有幸得到的一切——好父母，进入海军军官学校，遇到玛戈，孩子聪明可爱，创建EDS公司，招募到优秀的员工，就像那些留在伊朗的勇敢的志愿者……

他不禁怀疑，一个人的运气是有限的。他觉得自己的运气就像沙漏里的沙，正在缓慢却稳步地消耗掉。要是他的运气用完了该怎么办？

飞机朝科威特降落。他离开了伊朗领空——他脱逃成功了。

飞机加油的时候，他来到打开的舱门旁，站在那里，呼吸新鲜空气，对不停催他返回座位的空姐全然不顾。跑道上吹来一阵宜人的微风，摆脱坐在他两侧的胖子让他舒服多了。空姐终于放弃，去做别的事了。他看着夕阳西沉。真不知我的运气还剩多少呢，他想。

第八章

1

德黑兰的营救队现在由西蒙斯、科伯恩、波赫、斯卡利和舒维巴赫组成。西蒙斯决定不让博尔韦尔、戴维斯和杰克逊来德黑兰。通过正面袭击营救保罗和比尔的方案无用了，所以他不需要这么多人。他派格伦·杰克逊去科威特调查向南逃出伊朗的路径。博尔韦尔和戴维斯则返回美国，等候进一步指令。

马吉德向科伯恩报告说，管理加斯尔监狱的莫哈利将军不容易被贿赂，但有两个女儿在美国上学。营救队简单商讨了绑架这两个女孩，强迫莫哈利帮助保罗和比尔逃跑的可能性，但他们很快放弃了这个想法（佩罗得知他们讨论过这种方案后勃然大怒）。将保罗和比尔偷偷藏进汽车后备箱带出来的想法也被搁置了。

有两三天，他们集中探讨了保罗和比尔被放出监狱、软禁在家中的情况下他们该怎么做。他们去观察了两人被捕前住的房子。带走他们很容易，除非达德加派人监视保罗和比尔。他们决定使用两辆车。第一辆载走保罗和比尔；第二辆保持一定距离跟在第一辆车后面，车上的斯卡利和舒维巴赫负责消灭任何尾随第一辆车的人。这两人再次承担了杀人的工作。

两辆车将通过短波无线电联系。科伯恩打电话给达拉斯的梅夫·斯托弗，吩咐他购买仪器。博尔韦尔将仪器带到伦敦，舒维巴赫和斯卡利去伦敦取回仪器。在伦敦的时候，这两人还将寻找一些详细清晰的伊朗地图，以便营救队不得不通过陆路逃离这个国家时使用（早在政局平稳的时候，吉普俱乐部的人就知道，在德黑兰是找不到像样的伊朗地图的。盖登说，伊朗地图还停留在“死马旁边左转”的水平上）。

西蒙斯还要大家为第三种可能——暴徒冲入监狱，释放了囚犯——做好准备。如果发生这种事，营救队将怎么做？科伯恩不间断地关注着德黑兰的局势，给他在美军情报系统的联络人和几个值得信任的伊朗雇员打电话——如果监狱被攻占，他会很快就知道。到时怎么样？必须有人找到保罗和比尔，将他们带到安全的地方。不过，几名美国人驾车驶入暴徒中间可是自找麻烦——保罗和比尔不起眼地混入逃亡的囚犯中更安全。西蒙斯让科伯恩下次探监时把这一方案告诉保罗，并让他们俩前往凯悦酒店。

不过，他们可以派一名伊朗人在暴徒之中找到保罗和比尔。西蒙斯让科伯恩推荐一名能随机应变的EDS公司伊朗员工。

科伯恩立刻想到了拉西德。

拉西德皮肤黝黑，外表英俊，二十三岁，来自一个殷实的德黑兰家庭。他接受了EDS公司的系统工程师培训。他聪明机智，魅力四射。科伯恩想起上次拉西德急中生智时的情形。当时，罢工的卫生部员工拒绝将数据输入工资管理系统，但拉西德将所有待输入的数据汇集起来，带去奥姆兰银行，劝服那里的人输入数据，然后在卫生部的电脑上运行程序。拉西德的问题是，你必须盯紧他，因为他在独断专行之前决不会问他人意见。他那种输入数据的方法会破坏罢工，给EDS公司带来更大的麻烦——比尔听到他干了什么之后，忧虑远远多于欣慰。拉西德性格冲动，英语也不太好，所以他经常一声不吭地就去按他的疯狂想法做事——这常常令他的上司忐忑不已。

但他总能干成事。他用三寸不烂之舌能让他人按他的设想行事，也能让自己摆脱麻烦。在机场接人或者送人的时候，他总能通过所有的“乘客专用”通道，尽管他手里根本就没有登机牌、机票和护照。科伯恩非常了解他，也非常喜欢他，甚至把他带回家一起吃过几次饭。科伯恩完全信任他，尤其是罢工之后，拉西德成了充满敌意的伊朗雇员中科伯恩的线人。

不过，西蒙斯是不会仅仅因为科伯恩的片面之词就相信拉西德的。他要求同拉西德见上一面——之前在让基恩·泰勒知晓秘密之前，他也提出了同样的要求。

科伯恩安排了一次会面。

拉西德八岁的时候，希望当美国总统。

二十三岁时，他知道自己永远也当不成总统，但他仍然想去美国，而EDS公司就是车票。他知道自己具有成为成功商人的潜质。他攻读的是人类心理学，他很快就看穿了EDS公司的人的心思。他们想要结果，而不是借口。如果他们给你一项任务，那你就该比他们要求你做的多做一点。如果这项任务相当艰难，或者无法完成，那最好别说出来——他们讨厌听人抱怨问题。你绝不能说：“我做不到，因为……”你一定要说：“我现在已经做到了这种程度，现在我在着手解决的问题是……”而这些要求都与拉西德的性格相合。他对EDS公司来说是有用的，他知道公司也欣赏他。

他最大的成就是在怀疑甚至敌视伊朗员工的公司安装电脑终端。这种抵制相当强烈，帕特·斯卡利每个月最多只能安装两台，而拉西德在两个月里安装了剩下的十八台。他决定利用这件事做文章，于是写信给罗斯·佩罗——他知道佩罗是EDS公司的老板——请他允许自己在达拉斯接受训练。他打算请EDS公司在德黑兰的所有经理在这封信上署名，但计划赶不上变化，大多数经理都撤离了，伊朗的EDS公司摇摇欲坠，这封信也一直没能寄出。所以他得另想办法。

他总是能想到办法。拉西德什么事都干得成，什么事都做得出。他甚至脱离了军队。数以千计的伊朗中产年轻人不得不花大笔钱行贿，避免参军，而拉西德在穿上军装几个星期后，就让医生相信他身患某种不停抽搐的不治之症。他的战友和上级当然知道他非常健康，但每次他看医生的时候，就会止不住地抽搐。他在病判委员会面前一连抽搐了几个小时——他发现这是累死人的活计。最后，多位医生都判定他有病，同意开立遣散书。这是疯狂、荒唐、让人瞠目结舌的做法，但干疯狂的事对拉西德来说是家常便饭。

他知道自己要去美国，但他不知道怎么去。反正谨慎而细致的规划不是他的强项。他是一个冲动的人，一个随机应变的人，一个机会主义者。机会来了他就能抓住。

西蒙斯先生对他很感兴趣。西蒙斯不像其他EDS公司的经理，他们才三四十岁，但西蒙斯已年届六十。他的长发、白须和大鼻子让他看上去更像伊朗人，而不像美国人。他不是那种想到什么就说出来的人。斯卡利和科伯恩那样的人会说："情况就是这样，我要你这么做的事，你必须在明天上午搞定……"西蒙斯则会说："我们去散散步吧。"

他们在德黑兰的街上漫步。拉西德聊着自己的家庭，他在EDS公司的工作，以及他对人类心理学的看法。他们不断听见枪声，街上常常看到有人游行，高喊口号。随处可见战斗过的痕迹、被掀翻的汽车和燃烧的建筑。"共产主义分子砸烂昂贵的汽车，穆斯林则荡平卖酒的商店。"拉西德告诉西蒙斯。

"怎么会发生这种事？"西蒙斯问他。

"这是伊朗人民证明自己、实现想法、赢取自由的机会。"

他们来到监狱对面的加斯尔广场。拉西德说："这里有许多囚犯，仅仅因为要求获得自由就被关了进来。"

西蒙斯指着哀号的女人说："她们在干什么？"

"他们的丈夫和儿子被不公地关押了，所以她们聚在这里，朝警卫哀号痛哭，希望他们能放了自己的亲人。"

西蒙斯说："我也希望他们能放了保罗和比尔。"

"我也非常关心保罗和比尔。"

"但你对此做了什么？"西蒙斯说。

拉西德大吃一惊，"我在竭尽全力地帮助我的美国朋友。"他说。他想到了那些猫猫狗狗。他如今的一项工作就是照顾EDS公司撤离者留下的所有宠物，包括四条狗和十二只猫。拉西德从未养过宠物，也不知道如何应对带有攻击性的大狗。每次他去关那些宠物的公寓喂食时，他还得从街上雇两三个人帮他控制那些动物。他有两次将所有宠物装进笼子带到机场，因为他听说有航班能接收它们。结果两次航班都取消了。他想告诉西蒙斯这一点，但不知为何他知道西蒙斯不会对此感兴趣。

西蒙斯打算做些事，拉西德想，而且绝不是生意上的事。在他的印象中，西蒙斯是一个经验丰富的男人——从他脸上的沧桑就能看出这一点。拉西德不相信经验。他喜欢现学现用。他喜欢暴风骤雨的革命，而不是和风细雨的进化。他喜欢走捷径，抄小道，高速发展，快速充电。西蒙斯不一样。他是个有耐心的人，拉西德通过分析他的心理，猜想这耐心来自强大的信念。他准备好了之后就会告诉我要我做什么，拉西德想。

"你对法国大革命有所了解吗？"西蒙斯问。

"略知一二。"

"这个地方让我想起了巴士底狱——压迫的象征。"

对比得很恰当，拉西德想。

西蒙斯继续说："法国革命者攻陷了巴士底狱，释放了囚犯。"

"我想这里会发生相同的事。至少有这一可能。"

西蒙斯点头道："如果发生这种事，必须要有人在这儿照顾保罗和比尔。"

"是的。"那人就是我，拉西德想。

他们一起站在加斯尔广场里，看着高墙和大门，以及穿着黑袍哀号的女人。拉西德想起了他的原则：总是比EDS公司要求你做的多做一点。

倘若暴徒忽视了加斯尔监狱怎么办？或许他应该想办法让他们无法忽视。暴徒都是拉西德那样的人——心怀不满、希望改善生活的年轻人。他也许不应只是加入暴徒之中——也许应该领导他们。他也许可以发动一场对监狱的袭击。他，拉西德，也许可以营救保罗和比尔。

没有事是不可能的。

2

科伯恩现在还不知道西蒙斯脑子里在想什么。西蒙斯同佩罗和拉西德聊天的时候他不在场，而西蒙斯也没有主动提供多少信息。据科伯恩已掌握的情况，三种替代方案——藏入汽车后备箱，软禁在家时脱逃，攻陷“巴士底狱”——似乎都不靠谱。而且，西蒙斯根本没有去推进这件事，只是一个劲儿地坐在德沃兰奇克家里无休无止地讨论细节。但科伯恩却没有因此而不安。他毕竟是一名乐观主义者，而且他同罗斯·佩罗一样，认为不应该质疑这个世界上最伟大的营救专家。

在酝酿三种方案的同时，西蒙斯集中精力研究了“逃出伊朗”的路线。

科伯恩寻找用飞机将保罗和比尔运出去的方法。他在机场的仓库里转悠，试探是否能将保罗和比尔当作货物运出去。他同每个航空公司的人谈话，试图建立关系。他最终同泛美航空的安保主管谈过几次，将实情尽数相告，除了保罗和比尔的真名。他们探讨了让两名逃犯穿上乘务人员制服随班机离开的可能性。安保主管想要帮忙，但航空公司不愿承担过大的风险。科伯恩只好转而考虑偷一架直升机。他侦察了城南的直升机基地，发现偷盗是可行的。但在伊朗军队动乱的情形下，他怀疑直升机没有得到充分保养，他还知道伊朗军队零件短缺。何况，有人也许污染了燃油。

他将这些情况都报告给西蒙斯。西蒙斯对机场已经产生不安，科伯恩发现的困难强化了他的偏见。机场周围总是有警察和军队，一旦出了岔子就会无路可逃——机场本来就被设计成能阻止人们去不应去的地方。在机场，你总是将自己置于他人手中。而且，如果通过机场离开，最大的敌人就是逃亡者本身——他们必须非常冷静。科伯恩认为保罗和比尔有能力应对这种事，但将自己的判断告诉西蒙斯是没有意义的——西蒙斯总是独立判断一个人的品格，而他从未见过保罗和比尔。

结果，营救队最后决定通过陆路逃走。

陆上有六条逃亡线路。

往北是苏联，一个不友好的国家。往东是阿富汗，同样不友好，还有巴基斯坦，但它的边境太远了——几乎有一千英里，主要的路途在沙漠之中。南边是波斯湾，经过五十到一百英里的水路便是友好的科威特。他们看好这条路。西部是不友好的伊拉克，西北部是友好的土耳其。

科威特和土耳其是他们中意的目的地。

西蒙斯让科伯恩派一个可靠的伊朗员工驾车驶往波斯湾，去确认路途是否通畅，行经的乡村是否安宁。科伯恩让“摩托男”——因他骑摩托车在德黑兰飞驰而得此绰号——担当这一任务。“摩托男”同拉西德一样，是系统工程师，大约二十五岁，身材矮小，反应灵活。他在加利福尼亚的学校学过英语，能用任何美国方言讲话——南方口音，波多黎各口音，等等。尽管他没有大学学历，但EDS公司还是雇佣了他，因为他在能力测试中得分极高。EDS公司的伊朗员工参加大罢工后，保罗和科伯恩召开了一次大会，同他们商量此事。“摩托男”的发言震惊了在座的所有人，因为他强烈抨击了伊朗同事，坚定地支持公司管理层。他毫不隐瞒自己的亲美立场，但科伯恩非常肯定，“摩托男”同革命者有联系。某天他找基恩·泰勒要一辆车，泰勒给了他一辆，第二天他又要一辆，泰勒也满足了他。“摩托男”总是骑他的摩托车——泰勒和科伯恩非常肯定，那些车是借给革命者用的。他们不在乎——让“摩托男”感激他们，这更重要。所以，为了报答以前的恩惠，“摩托男”答应去波斯湾走一趟。

几天之后他回来了，报告说，只要给钱，你就会一路通畅。你可以到波斯湾，然后购买或租一条船。他不知道在科威特下船之后会发生什么。

这个问题要问格伦·杰克逊。

格伦·杰克逊是猎人，也是浸礼会教徒，还是“火箭男”。他高超的数学头脑和在压力下保持镇静的能力让他进入了NASA，在休斯敦的载人宇宙飞船中心的任务控制中心担任飞行控制员。他的工作是设计和操作计算飞行运动轨迹的电脑程序。

1968年圣诞节那天，杰克逊的冷静沉着受到了极大的考验。那天他执行了在NASA的最后一项任务——飞越月球。宇宙飞船从月球背面现身时，宇航员吉姆·洛弗尔汇报了飞行数据及偏差值，杰克逊以此判断飞船与既定航线的差距。杰克逊被吓了一大跳——数据远远超出了可接受的误差范围。杰克逊让太空舱通讯员请宇航员再报一次数据，再次核实。然后他告诉飞行指挥员，如果数据是准确的，三名宇航员就死定了——没有足够的燃料来纠正这么大的偏差。

杰克逊让洛弗尔第三次报上数据。结果是一样的。洛弗尔说：“哦，等等，我好像读错了……”

正确的数据报上来，显示飞行轨道几近完美。

这些都不能同越狱同日而语。

不过，杰克逊似乎永远没机会越狱了。他在巴黎空等了一个星期，终于接到了西蒙斯通过达拉斯方面下达的指令：让他去科威特。

他飞到科威特，搬进鲍勃·扬的房子。扬去德黑兰协助谈判组了，他的妻子克丽丝和刚出生的孩子在美国度假。杰克逊告诉代替扬担任执行经理的马洛伊·琼斯，他是来协助EDS公司为科威特中央银行进行初步研究的。他像模像样地做了点“研究”，然后就开始四处打探。

他去了机场，观察移民局官员。他很快就发现，他们非常严格。数百没有护照的伊朗人飞入科威特，然后被他们戴上手铐，装进下一趟回伊朗的飞机。杰克逊判定，保罗和比尔无法乘飞机进入科威特。

假设他们乘船过来，但他们没有护照，到了之后能获准离开吗？杰克逊去见美国领事，说他的一个孩子把护照弄掉了，并询问补办程序。美国领事不着边际地同他聊了很久，说科威特人在发放出境签证时，会有办法检查你是否是合法入境的。

这是个问题，但并非不能解决：一旦进入科威特，保罗和比尔就能脱离达德加的掌控，美国大使馆当然会把护照还给他们。

主要问题是：如果他们能抵达伊朗南部，登上小船，那在登陆时是否不会被发现？

杰克逊考察了北起伊拉克、南至沙特阿拉伯的边境线。他在海滩上待了好几个小时，收集冬天的贝壳。他得知，一般情况下，海岸巡逻都比较松懈，但伊朗近期的难民潮改变了一切。数以千计的伊朗人同保罗和比尔一样渴望离开那个国家。那些伊朗人同西蒙斯一样，也能在地图上发现南方波斯湾对面就是友好的科威特。这些情况，科威特的海岸警卫队都了解。在海岸线上望出去，常能看见至少一艘巡逻船，它们对所有小船都进行拦截。

前途黯淡。杰克逊给达拉斯的梅夫·斯托弗打电话，报告说科威特这条路走不通。

只剩下土耳其一个选择了。

西蒙斯一直最看好土耳其。到土耳其边境的距离比到科威特的少。西蒙斯了解土耳其，他五十多岁的时候，曾在那里服役，训练土耳其军队。他甚至能讲一点土耳其语。

然后，他将拉尔夫·博尔韦尔派去伊斯坦布尔。

拉尔夫·博尔韦尔在酒吧中长大。他的父亲本杰明·拉塞尔·博尔韦尔是一个坚强而独立的黑人，经营许多小生意：杂货店、房屋出租、走私酒水，但占比重最大的是酒吧。本[1]·博尔韦尔养孩子的理论是：如果他知道孩子在哪儿，他就知道他们在做什么。所以他将儿子们都置于自己的视野之内，也就是说，大部分时间他们都待在酒吧里。这谈不上是像样的童年，拉尔夫觉

① 本杰明的昵称。

得自己好像从一开始就过着成年人的生活。

他意识到他与同龄的男生大不一样是在进大学之后。同龄男生因为能赌博、喝酒、同女人约会而兴奋不已，而他对赌徒、醉鬼和妓女早就司空见惯了。于是他退了学，加入了空军。

他在空军的九年里从未亲临战斗，尽管他大体对此满意，但也让他不禁怀疑自己是否具备实战能力。营救保罗和比尔的行动给了他找到答案的机会，但西蒙斯将他从巴黎派回了达拉斯。他以为自己又要当地勤的时候，新的命令下来了。

电话是梅夫·斯托弗打的，他是佩罗的得力助手，现在则是西蒙斯同分散的营救队之间的纽带。斯托弗去睿侠无线电用品商店购买了六部五频道双向无线电通话器、十个充电器、一组电池，以及可以通过仪表盘上的点烟器运行无线电通话器的装置。他将这些东西交给博尔韦尔，让他在伦敦同斯卡利和舒维巴赫会合，然后一同去伊斯坦布尔。

斯托弗还给了他四万美元现金，用于日常开销、贿赂和其他用途。

博尔韦尔离开前的晚上，他的妻子在钱的问题上跟他吵了一架。他在去巴黎之前，背着她从银行取了一千美元——他喜欢带现金——她随后发现账户上只剩很少的存款。博尔韦尔不想向她解释为什么他拿了钱，以及这些钱是怎么花的。玛丽坚称自己需要用钱，博尔韦尔对此并不太关心——她同好朋友住在一起，他知道她会得到照顾。但她对他的漠不关心并不买账，而他不想惹她不高兴——每次她一坚持他就会退让。他走进卧室，取出装着无线电通话器和四万美元的箱子，从中拿出五百美元。玛丽也进了屋，看到他在数钱，还有箱子里装着的东西。

博尔韦尔数给了她五百美元，对她说："这么多钱够用了吧？"

"够了。"她看了看箱子，然后看了看她丈夫，"我不会问你要去干啥的。"她说，然后出去了。

博尔韦尔第二天就走了。他在伦敦同舒维巴赫和斯卡利会合，将五部无线电通话器交给他们，将另一部留给自己，然后飞往伊斯坦布尔。

他从机场直接来到旅行代理人"菲什先生"的办公室。

"菲什先生"在一个开放式办公室同他会面，旁边还坐着三四个其他人。

"我名叫拉尔夫·博尔韦尔，我为EDS公司工作。"博尔韦尔开口道，"我想你认识我的女儿，斯泰茜·伊莱恩和凯夏·妮可。"撤离者停留在伊斯坦布尔时，他的两个女儿同"菲什先生"的女儿一起玩耍过。

"菲什先生"并不怎么热情。

"我需要同你谈谈。"博尔韦尔说。

"好，说吧。"

博尔韦尔扫了一圈房间。"我想同你私下谈谈。"

"为什么？"

"我同你谈的时候你就明白了。"

"他们是我的搭档。我没什么好对他们隐瞒的。"

"菲什先生"在给博尔韦尔难堪，博尔韦尔猜得出为什么，原因有二：首先，上一次撤离行动中，"菲什先生"贡献很大，但唐·诺斯沃西只给了他一百五十美元小费，在博尔韦尔看来，这点钱少得可笑（"我不知道该给他多少！"诺斯沃西说，“他做的单子是两万六千美元。我该给他多少小费？百分之十？”）。

第二，帕特·斯卡利曾经用“走私录像带”的谎言来欺骗“菲什先生”。博尔韦尔猜，“菲什先生”不是笨蛋，也不打算犯罪，他当然拒绝参与斯卡利的计划。

现在，“菲什先生”认为，EDS公司的人是守财奴，而且是危险却业余的罪犯。

然而，“菲什先生”毕竟是小商人。博尔韦尔理解小商人——他的父亲就是——小商人只认两种东西：实话实说和真金白银。拿出真金白银可以破解“菲什先生”对EDS公司的“守财奴”印象，而实话实说则可以否认他们是罪犯。

“好，我们从头开始谈。”博尔韦尔说，“EDS公司的人在这儿的时候，你给了他们很大的帮助，善待孩子，为我们做了不少工作。他们离开时，我们没有恰当地表达我们的感激之情，对此我们非常羞愧，我必须加以弥补。”

“这没什么大不了——”

“对不起。”博尔韦尔说，然后给了“菲什先生”十张百元美钞。

房间异常宁静。

“我要入住喜来登酒店。”博尔韦尔说，“也许我们能谈谈。”

“我跟你去。”“菲什先生”说。

他亲自帮博尔韦尔登记入住，还帮他要了个好房间，然后答应晚上在酒店咖啡馆共进晚餐。

“菲什先生”是一个能耐非凡的商人，博尔韦尔边取出行李边想。在这个极度贫穷的国家，他必须足够聪明，才能在兴旺的旅游业中分得一杯羹。上次的撤离行动表明，他有足够的胆识去做比发机票和订房间更多的事。既然他能将所有人的行李弄过海关，那他显然就认识能打通政府关节的人。他还帮忙解决了被收养的伊朗婴儿没护照的问题。EDS公司的错误是，认清了他是唯利是图的商人，却忽略了他非凡的能力。这种能力被他的外貌所掩盖——他很胖，穿着土褐色的衣服。博尔韦尔认为，在吸取过去的教训的基础上，他能对付“菲什先生”。

那晚用餐时，博尔韦尔告诉“菲什先生”，他想去伊朗和土耳其边境接一些从伊朗过来的人。

“菲什先生”大惊失色。“你不知道。”他说，“那里相当危险，住着库尔德人和阿塞拜疆人。他们是野蛮的山里人，不服从任何政府。你知道他们在那边是怎么谋生的吗？走私、抢劫、谋杀。我个人绝没有胆子去那儿。你是美国人，如果你去那儿，你就永远也回不来了。永远。”

博尔韦尔认为他也许在夸大其词。“就算再危险我也必须去。”他说，“我能购买一架轻型飞机吗？”

“菲什先生”摇头道：“在土耳其，个人拥有飞机是犯法的。”

“那直升机呢？”

“一样。”

“好吧。那我能包一架飞机吗？”

“这可以。在没有班机的情况下，你可以包机。”

“有班机到边境地区吗？”

“没有。”

“好吧。”

“不过，包机实在太不寻常了，肯定会引起当局的注意……”

“我们不会做任何违法的事。同样，我们也不想招惹他们来调查。就这么定了：包机。去确认价格，以及什么时候可以包，但要阻止别人预订。同时，我想要进一步了解陆路去那儿的方法。如果你不想护送我，那随你，但你得给我找一个愿意护送我去的人。”

“我去想办法。”

接下来的几天，他们又见过几次面。“菲什先生”起初的冷漠消失得无影无踪，博尔韦尔认为他们成了朋友。“菲什先生”机警而善辩。虽然他不是罪犯，但如果高风险能带来高回报的话，他也会触犯法律。博尔韦尔对此心有戚戚——在适当的条件下，他也会做同样的事。“菲什先生”还是一个精明的讯问者，博尔韦尔一点点地向他透露了全部实情。他承认，保罗和比尔很可能没有护照，但一到土耳其，他们就会在最近的美国领事馆拿到新护照。保罗和比尔也许会在离开伊朗时遇到麻烦，他说，他要做好亲自穿越边境、将他们接回来的准备——也许是乘轻型飞机。但这些在“菲什先生”看来都没什么，最让他忧心的是穿越土匪横行的山区。

不过，几天之后他就向博尔韦尔介绍了一个有亲戚在山区做土匪的人。“菲什先生”小声说，此人是罪犯，而且他长相不善——刀疤脸，小眼睛。他说他可以确保博尔韦尔安全抵达边境并返回，还说如果有必要，他的亲戚可以带博尔韦尔穿过边境去伊朗。

博尔韦尔打电话给达拉斯，将计划告知梅夫·斯托弗。斯托弗用密码将消息转告科伯恩，科伯恩告诉了西蒙斯，但西蒙斯否定了这一方案。他指出，如果这家伙是罪犯，那我们就不能相信他。

博尔韦尔很生气。他费了好大的劲儿才走到这一步——难道西蒙斯认为找到这些人很容易？如果你要经过强盗横行的山区，除了强盗还有谁肯护送你？但西蒙斯是老大，博尔韦尔只能让“菲什先生”另觅人选。

同时，斯卡利和舒维巴赫也飞到了伊斯坦布尔。

这两人本来要从伦敦经哥本哈根到德黑兰，但伊朗人又关闭了他们的机场，于是斯卡利和舒维巴赫到伊斯坦布尔同博尔韦尔会合。待在酒店等待新消息的三人得了幽闭烦躁症。舒维巴赫又恢复了特种兵的角色，建议大家在酒店楼梯上跑上跑下，以保持健康。博尔韦尔试了一次就放弃了。他们对西蒙斯、科伯恩和波赫渐渐丧失了耐心，他们似乎在德黑兰什么都没做——他们怎么还没动静呢？接着，西蒙斯又命令斯卡利和舒维巴赫返回美国。他们将无线电通话器留给了博尔韦尔。

“菲什先生”看到无线电通话器的时候被吓了一跳。他告诉博尔韦尔，在土耳其拥有无线电发射器是违法的。即使持有普通的晶体管收音机也必须到政府登记，以防其被恐怖分子用于制造无线电通话器。“你不知道自己是多么引人注意吗？”他对博尔韦尔说，“你每个星期的电话费是两千美元，而且你用现金支付。你看上去就不像是来这儿做生意的。女佣肯定已经见过无线电通话器，而且有所议论。你现在肯定已被监视起来了。别想营救你在伊朗的朋友了——你在这儿就会被投入监狱。”

博尔韦尔答应扔掉无线电通话器。西蒙斯无穷无尽的耐心会造成一个问题：越是拖延问题越是多。现在斯卡利和舒维巴赫都无法返回伊朗了，西蒙斯手上仍然没有无线电。不过，西蒙斯始终按兵不动。“菲什先生”指出，从伊朗可以通过两处边境进入土耳其，一处是色罗，另一处是巴扎干。西蒙斯选择了色罗。“菲什先生”说，巴扎干是一个更大、更文明的地方，大家在那儿会更安全点儿。西蒙斯说不行。

他们又找到一个人护送博尔韦尔去边境。“菲什先生”有一个同事，此人的姐夫在土耳其国家情报组织工作，该组织相当于土耳其的中情局。这名秘密警察叫伊尔斯曼。他开了证明信之后，博尔韦尔就可以在强盗横行的地区得到军队的保护。“菲什先生”说，如果没有这样的证明信，普通民众不仅会遭到强盗袭击，还有可能受到土耳其军队的威胁。

“菲什先生”非常神经质。去见伊尔斯曼的路上，他带着博尔韦尔上演了一部谍战片——不停地换车，最后换上一辆公交车，就像要甩掉追踪的人一样。博尔韦尔看不出这么做有何必要，因为他们要去见的是一个光明磊落的公民，只是碰巧在情报部门工作罢了。但博尔韦尔是陌生国度来的外国人，他必须同“菲什先生”一起走，并且信任“菲什先生”。

他们最终来到了城市陌生区域一座破破烂烂的大型公寓楼前。楼里没电——就像德黑兰一样！——“菲什先生”花了些时间才在黑暗中找到正确的房间。一开始没人应门。他本打算无声无息，但现在却功亏一篑，因为他不得不在门上用力拍打半个小时，整栋大楼的住户都出来看到了他们。博尔韦尔站在那里，感觉自己就像是哈莱姆区[①]的白人。最后，一个女人开了门，他们

① 美国纽约市的一个区，居民大都为黑人。

进了屋。

这是一个又小又脏的房间，塞满了古老的家具，昏暗的房间中只点着两根蜡烛。伊尔斯曼是一个矮胖的男人，与博尔韦尔年纪相当，三十五岁上下。伊尔斯曼已经有好多年站起来的时候看不见自己的脚了——他太胖了。他让博尔韦尔想起了电影中典型的胖警察形象，穿着过小的西装和汗湿的衬衣，一条皱巴巴的领带缠绕在原本脖子所在的地方——他的脖子短得都看不见了。

他们坐下来，那个女人——博尔韦尔猜她是伊尔斯曼夫人——端上茶来，跟德黑兰的习俗一样！通过“菲什先生”的翻译，博尔韦尔解释了他遇到的问题。伊尔斯曼半信半疑。他反复询问博尔韦尔关于两名美国逃犯的事。博尔韦尔怎么肯定他们是无辜的？为什么他们没有护照？他们带什么东西进土耳其？最后，他似乎判定博尔韦尔对他实话实说，没有欺瞒，于是答应把保罗和比尔从边境弄到伊斯坦布尔，价钱是总共八千美元。

博尔韦尔不知道伊尔斯曼是否真是情报人员。对真的情报人员来说，将美国人“走私”进来只不过是有趣的消遣。假设伊尔斯曼真是国家情报机构的人，在他们来这儿的路上，“菲什先生”为何担心有人跟踪他们呢？

也许伊尔斯曼是在赚外快。八千美元在土耳其是一笔大数字。伊尔斯曼甚至可能告诉他的上级他要干什么。毕竟，如果博尔韦尔所说是真的，那帮助美国人就没错；如果博尔韦尔在撒谎，那确认他真实目的的最佳方法就是随他去边境。

事到如今，伊尔斯曼似乎是博尔韦尔可能找到的最佳人选。博尔韦尔同意了报价，伊尔斯曼打开了一瓶苏格兰威士忌。

营救队的其他成员在世界各地焦躁不安的时候，西蒙斯和科伯恩正驾车从德黑兰赶往土耳其边境。

西蒙斯打出的口号是：侦察。他要在同保罗和比尔开始逃亡前熟悉每一寸逃亡路线。那一带是否安宁？警察力量如何？冬天路能走吗？加油站开不开？

他选择从色罗穿越边境，而去色罗有两条线路。他之所以选择色罗，是因为它是位于一个小镇的乏人问津的边境检查站。那里人很少，防守也非常薄弱，而“菲什先生”推荐的另一个选择巴扎干要更繁忙。离色罗最近的城市是雷扎耶。从德黑兰到雷扎耶的路上横亘着雷扎耶湖，此湖长一百英里——你只能开车绕过它，要么朝北，要么朝南。朝北的线路经过更大的城镇，路要好些。所以西蒙斯倾向于朝南的线路，前提是路可以走。他决定，在这次侦察行动中两条路都试试，去时走北线，回来时走南线。

他判断逃亡的最佳用车是英国路虎揽胜，这种车介于吉普和旅行车之间。德黑兰现在没有汽车专卖店或二手车店，所以科伯恩把弄两辆路虎揽胜的工作交给了“摩托男”。“摩托男”解决这个问题的方案一如既往的巧妙。他在纸条上写上自己的电话号码和一段话：如果你想卖你的路虎揽胜，就打这个电话。然后骑摩托车全城转悠，一看到街上停着路虎揽胜，他就将一张纸条压在刮雨器下面。

他以每辆两万美元的价格购买了两辆路虎揽胜，他还为几乎所有可能出现的大修购买了工具和备用零件。

西蒙斯和科伯恩带了两个伊朗人同行：马吉德和马吉德的一个堂兄，后者是雷扎耶当地某农业大学的教授。教授来德黑兰是为了将他的妻儿送上飞往美国的飞机——西蒙斯骗他说，可以送他回雷扎耶。

他们一大早就离开了德黑兰，后备箱里放着一罐五十五加仑的汽油。刚开始的一百英里，在到卡兹文之前，都可以走现代高速公路。卡兹文之后，就是一条两车道沥青路。山坡覆盖着白雪，但路本身是干净的。如果接下来的路都是这样，那他们一天就能开到。

他们在赞延做短暂停留。他们已经从德黑兰驶出了两百英里，距离雷扎耶还有两百英里。他们同当地的警察局局长交谈，后者是教授的亲戚（科伯恩一向弄不清楚伊朗的家族关系——“表兄”这个词似乎没有严格的界定）。这一带还算安宁，警察局局长说，但到了塔布利兹地区他们就可能会碰上麻烦。

他们继续上路，在狭窄但路况不错的乡村道路上行驶了一下午。一百英里后，他们进入了塔布利兹。那里正在举行示威，但同他们在德黑兰常见的暴力冲突不同。他们甚至觉得去市场上转转也是安全的。

路上西蒙斯都在同马吉德和教授交谈。尽管听上去只是随便聊聊，但科伯恩早已熟悉西蒙斯的手段，他知道，上校是在试探这两人，看他们是否值得信任。目前看来，他们似乎过关了，因为西蒙斯开始不时暗示此行的真实目的。

教授说，塔布利兹周边的农村是支持国王的，所以在开拔前，西蒙斯将一张国王的照片贴在了挡风玻璃上。

行驶到塔布利兹北部几公里的时候，他们遇到了第一个麻烦——他们被一个路障拦下来了。路障做得很业余，只是将两棵树横放在路上，车不能高速通过，但可以减速绕行。路障旁站着手持斧子和棍子的村民。

马吉德和教授同村民谈话。教授出示了他的大学证件，还说车上的美国人是来帮助他们做研究项目的。显然，营救队同保罗和比尔逃亡时，也需要带上几名伊朗人，以处理诸如此类的问题。

村民们让他们通过了。

不一会儿，马吉德挥手叫停了对面来的一辆车。教授同这辆车的司机聊了几分钟，然后告诉他们说，下面一个叫科霍伊的镇子是反国王的。西蒙斯从挡风玻璃上摘下了国王照片，以阿亚图拉·霍梅尼的照片替代。此后，他们经常拦下对面来车，根据当地的政治倾向改换挡风玻璃上的照片。

在科霍伊郊外，他们又遇到了一个路障。

同第一个一样，这个路障也很业余，被村民把守，但这一次，站在树干后面的衣衫褴褛的男人和男孩都拿着枪。

马吉德停下车，他们全都下了车。

让科伯恩恐惧的是，一个十几岁的男孩用枪指着他。科伯恩不敢动弹。

那是一把骆玛手枪。男孩看上去十五六岁。他很可能今天才第一次手持武器，科伯恩想。拿着枪的业余枪手是危险的。男孩捏得很紧，连指节都发白了。

科伯恩害怕了。他在越南曾数次遭遇枪击，但现在让他害怕的是，他可能不明不白地死于擦枪走火。

“俄国佬。”男孩说，“俄国佬。”

他认为我是俄国人，科伯恩想。

也许是因为他留着红色络腮胡，戴着黑色羊毛小帽。

“不，我是美国人。”科伯恩说。

男孩的枪口依然对着他。

科伯恩盯着男孩发白的指节想，但愿这小流氓不会扣下扳机。

村民搜了西蒙斯、马吉德和教授的身。紧盯着男孩的科伯恩听见马吉德说："他们是在检查我们是否带有武器。"他们携带的唯一武器是科伯恩藏在背后衬衣下的一把带鞘的小刀。

一个村民开始搜科伯恩的身，男孩终于放下了枪。

科伯恩恢复了呼吸。

不知道他们发现小刀后会怎么办？

检查并不彻底，他们没有发现小刀。

村民相信了科伯恩和西蒙斯是来做科学研究的。"他们为搜老人的身道歉。"马吉德说，"老人"指的就是西蒙斯，他现在看上去就像一名年迈的伊朗农民。"我们可以走了。"马吉德补充道。

他们重新钻进车里。

出科霍伊后，他们转而南行，绕过湖的顶端，然后沿着西岸驶往雷扎耶郊区。

教授指引他们绕远路进城，所以没遇上路障。从德黑兰开到这儿用了十二个小时。再行驶一小时就能抵达色罗的边境检查站。

那天晚上，他们都吃了伊朗风味的羊肉拌饭作为晚餐。一同吃饭的还有教授的房东，此人碰巧是海关官员。马吉德小心翼翼地从房东口中打探消息，得知色罗边境检查站很少有人活动。

他们在教授家里过夜。那是一座位于城郊的两层别墅。

上午，马吉德和教授驾车前往边境，回来报告说，路上没有路障，相当安全。然后，马吉德进城找人买武器，西蒙斯和科伯恩去了边境。

他们发现了一个小边境检查站，只有两个警卫。那里有一个海关仓库，一个称货车重量的地秤，以及一个警卫室。路上拉着一条低矮的铁链，一头固定在岗哨上，一头固定在警卫室的墙壁上。铁链外面是两百码无人之地，然后是土耳其一侧的小边境检查站。

他们下车转了一圈。空气清新冷冽。西蒙斯指着山坡说：“看见车辙印了吗？”

科伯恩随西蒙斯的手指望过去。边境检查站背后不远处的雪地中，一辆小篷车刚刚穿越边境，与检查站相隔之近，简直是没把警卫放在眼里。

西蒙斯这次又指着他们的头顶说：“很容易就能把警卫与外界的联系切断。”科伯恩抬起头，看见一条电话线从检查站沿山坡而下。只消轻轻一剪，警卫就会沦为信息孤岛。

两人走下山，选择沿一条煤渣支路进入山区。大概走了一英里，他们进入了一个小村，村里只有十多座用木头或泥土砖搭建的房子。西蒙斯用磕磕绊绊的土耳其语询问村长，一个穿着肥大的裤子、马甲，戴着头巾的中年男人现身了。科伯恩听着他们的交谈，却一个字都听不懂。西蒙斯同村长握了握手，然后同科伯恩离开了。

“你们说了些什么事？”科伯恩问。

“我告诉他，我要同一些朋友在夜里骑马通过边境。”

“他怎么说？”

“他说他可以安排。”

“你怎么知道那个村子有走私者？”

“看看你周围。”西蒙斯说。

科伯恩看了一圈，周围都是白雪覆盖的山坡。

“你看见了什么？”西蒙斯说。

“什么都没有。”

“那就对了，这里没有农业，没有工业。你认为这些人是靠什么过活的？他们都是走私者。”

他们回到路虎揽胜里，开车返回雷扎耶。那天晚上，西蒙斯向科伯恩解释了他的方案。

西蒙斯、科伯恩、波赫、保罗和比尔将乘两辆路虎揽胜从德黑兰到雷扎耶。他们会带着马吉德和教授作为翻译。他们在雷扎耶会住在教授家。教授的别墅是理想的居所——没有别人住在那儿，同其他房子相距甚远，而且邻近车流稀少，有通往城外的公路。从德黑兰到雷扎耶的路上，他们不会携带武器——根据他们穿过路障的经验，带枪会给他们带来麻烦。但在雷扎耶，他们会购买武器。马吉德已经在城里找到贩枪者，他们可以从他那里以每把六千美元的价格购买到布朗宁12号口径霰弹枪。这个家伙还可以给他们搞到骆玛手枪。

科伯恩可以乘一辆路虎揽胜合法穿越边境，与博尔韦尔会合。博尔韦尔已在土耳其一侧准备好了另一辆车。西蒙斯、波赫、保罗和比尔将跟着走私者骑马穿过边境。所以他们需要手枪——以防走私者在山中决定“丢弃”他们。他们将在另一侧同科伯恩和博尔韦尔会合，一同驶往最近的美国领事馆，给保罗和比尔办理新护照，然后飞往达拉斯。

这是个好计划，科伯恩想。现在他意识到，西蒙斯坚持选择色罗而不是巴扎干是对的，因为从一个更文明、人更多的区域偷偷越过边境会很困难。

他们第二天回到了德黑兰。他们出发得很晚，大部分行程都在晚上，为的是能在宵禁解除后的早上抵达。他们这次走南路，经过了名叫马哈巴德的小镇。那是一条穿越山区的泥泞单行道，他们遇到了各种糟糕的天气——雪、冰、大风。然而，路毕竟是能走的，西蒙斯决定逃亡时走这条路，而不是北边那条路。

前提是，他们能开始逃亡。

3

一天夜里，科伯恩去凯悦酒店告诉基恩·泰勒，他需要在明早拿到价值两万五千美元的伊朗里亚尔。

他没有说为什么。

泰勒从盖登那里搞来了两万五千美元的百元美钞，然后打电话给他认识的城南的一个地毯商，约定了兑换汇率。

泰勒的司机阿里很不情愿带他进市中心，尤其是在夜里，但一番争论后，阿里同意了。

他们进入地毯商店。泰勒坐下，同地毯商喝茶。又进来了两个伊朗人：一个人据说将负责换汇，另一个人则是这人的保镖，看上去像是小流氓。

地毯商说，上次通话后，汇率发生了巨大的变化——更有利于地毯商的变化。

“你要我！”泰勒怒不可遏，“我不会同你们这些人做生意！”

“这是你能拿到的最优汇率。”地毯商说。

“是个屁！”

“你带着那么多钱来城市的这个部分是很危险的。”

“我可不是一个人。”泰勒说，“还有六个人在外面等我。”

他喝完茶，站起身，缓缓走出商店，钻进车子。“阿里，我们快点离开这里。”

他们朝北行驶。泰勒指挥阿里找到另一个地毯商——商店开在王宫旁边的一个伊朗犹太人。泰勒进门的时候，那人正要关门。

“我想把美元换为里亚尔。”泰勒说。

“明天再来吧。”那人说。

“不，我今晚就要。”

“要换多少？”

“两万五千美元。”

“我可没有那么多钱。”

“我必须今晚换。”

“干什么用？”

“同保罗和比尔有关。”

地毯商人点点头。他同EDS公司的人做过交易，他知道保罗和比尔被关进了监狱。“我看看怎么帮你。”

他将商店后部的弟弟叫出来，支出去。然后他打开保险箱，取出所有的里亚尔。他和泰勒站在那里数钱——商人数美元，泰勒数里亚尔。几分钟之后，一个孩子抱着一堆里亚尔进来，放在柜台上，然后一言不发地离开了。泰勒意识到，地毯商正在尽量收集货币。

一个年轻男子骑着摩托车来，将摩托停在外面，提着一大袋里亚尔进来。他进店的时候，有人偷了他的摩托车。年轻男子扔下袋子，声嘶力竭地大喊着追赶小偷。

泰勒继续数钱。

这是处在革命风暴中的德黑兰又一个平常的工作日。

约翰·豪威尔变了。每过一天，他身上正直美国律师的气质就减一分，刁滑伊朗谈判家的气质就增一分。最大的变化是，他开始用另一种眼光看待贿赂。

梅赫迪——一名偶尔为EDS公司工作的伊朗会计——是这样向他解释的："在伊朗，很多事都是靠友谊达成的。要成为达德加的朋友有几种办法。我可以每天在达德加门外坐着，直到他开口同我说话。我成为他朋友的另一种办法是给他二十万美元。如果你同意，我可以帮你安排这种事。"

豪威尔同谈判组的其他人商讨了这个建议。他们认为梅赫迪是想充当行贿中间人，就像"深喉"做过的一样。但这一次，豪威尔并没有当即拒绝为了保罗和比尔重获自由而行贿。

他们决定接受梅赫迪的提议。他们可以揭发达德加接受贿赂，使他身败名裂。或者，他们可以相信梅赫迪能做好安排，给钱了事。不管怎样，他们都需要确认，达德加是否可以被买通。

豪威尔和基恩·泰勒同梅赫迪进行了一系列会谈。这个会计同"深喉"一样神经质，不允许EDS公司的人在正常的上班时间到他的办公室去——他总是在凌晨或深夜同他们见面，要么在他家，要么在小巷里。豪威尔一直强烈要求达德加释放明确的信号——只穿一只袜子来开会，或者领带系反了。梅赫迪则提议模糊处理，比如让达德加为难美国人。有一次，正如梅赫迪预计的那样，达德加确实让他们很为难，但达德加迟早都会为难美国人。

让豪威尔为难的不止达德加一个人。豪威尔每隔四五天就会与安吉拉通电话，她想知道他何时回家。他不知道。保罗和比尔总是向他打听实质性的进展，但他进展缓慢而不确定，他无法给他们明确的时间表。这让他备感沮丧。当安吉拉开始问他最晚什么时候能回来时，他只能压抑住心头的怒火。

梅赫迪的提议最后竹篮打水一场空。梅赫迪将豪威尔介绍给一个自称与达德加相熟的律师。律师不需要贿赂，只要求正常的律师费。EDS公司聘用了这名律师，但下一次会面时，达德加说："没有人同我有特殊关系。如果有人说他们跟我很熟，不要相信他们。"

豪威尔不知道这是什么意思。从一开始就是那律师在说大话？还是说，EDS公司的谨慎让达德加有所警觉，放弃了索贿的要求？他不得而知。

1月30日，达德加告诉豪威尔，他对EDS公司的伊朗合作伙伴阿波尔法斯·马哈维感兴趣。豪威尔开始准备EDS公司同马哈维交易的材料。

豪威尔现在相信保罗和比尔纯粹是商业人质。达德加对腐败的调查也许是真的，但他现在知道，保罗和比尔是无辜的，所以，他必须得到上级的命令才能继续羁押他们。伊朗人起初想要美国人答应建造的电脑化福利系统，或者把他们的钱要回去。给他们福利系统意味着重新商议合同，但新政府对重新商议合同不感兴趣，而且他们很可能明天就会下台，无法保证完成交易。

如果达德加不接受贿赂，不相信保罗和比尔是无辜的，也没有收到他的上级下达的释放他们的命令，那留给豪威尔的只有一个选择：支付保释金。侯曼博士还没能促使达德加降低保释金。豪威尔现在开始集中力量做一件事：把一千三百万美元从达拉斯弄到德黑兰。

他逐渐了解到，德黑兰有一支营救队。美国公司的老板竟然会发起这样的行动，这令他无比震惊。但他同时也松了口气，因为如果他能将保罗和比尔弄出监狱，那就会有人准备好了将他们弄出伊朗。

莉兹·科伯恩担心得都快疯了。

她同托妮·德沃兰奇克和托妮的丈夫比尔坐在车里，他们正要前往格伦威尔大街的皇家东京饭店，那里距“秘方”餐馆不远。莉兹和托妮同玛丽·斯卡利在“秘方”喝代基里酒时，玛丽的一句话搅乱了莉兹的整个世界——她说：“我猜他们都在伊朗。”

那句话之后，莉兹就一直活在恐怖之中。

杰伊是她的一切。他是美国队长[①]，是超人，是她的整个生命。她不知道没了他，自己怎么过。一想到要失去他，她就六神无主。

她常常给德黑兰打电话，但从来没有找到他。她每天都打电话问梅夫·斯托弗：“杰伊什么时候能回来？他还好吗？他能活着离开伊朗吗？”梅夫努力安抚她，但不会向她透露什么，所以她

① 美国队长（Captain America），美国漫威漫画公司创作的英雄人物。

要求同罗斯·佩罗说话，梅夫说这是不可能的。然后她就会打电话给她母亲，哭诉自己的焦虑、恐惧和沮丧。

德沃兰奇克夫妇非常和蔼可亲，他们竭力帮她摆脱焦虑。

“你今晚干什么去了？”托妮问。

“去购物了。”莉兹说。

“买了什么？”

“买了。”莉兹哭起来，“我买了一套黑礼服，以防杰伊回不来。”

在等待行动的日子里，杰伊·科伯恩对西蒙斯的内心有了更多的了解。

一天，梅夫·斯托弗从达拉斯打来电话，说西蒙斯的儿子哈里非常担心父亲，想同他说话。哈里打电话回父亲家，负责看守农场的保罗·沃克说他不知道西蒙斯去哪儿了，建议哈里给EDS公司的梅夫·斯托弗打电话。哈里很焦虑，斯托弗说。西蒙斯在电话里安抚了儿子。

西蒙斯告诉科伯恩，哈里有些问题，但他本质上是个好孩子。他提起自己儿子的时候，带着一种无奈的语气（他从未提起过布鲁斯，很久之后科伯恩才知道西蒙斯有两个儿子）。

西蒙斯常常谈起自己的妻子露西尔，以及他退休之后他们度过了一段多么快乐的时光。过去的几年里，他们非常亲密，西蒙斯似乎后悔自己过了这么久才意识到自己多么爱妻子。“珍视你的妻子吧，”他劝科伯恩，“她是你生命中最重要的人。”

荒谬的是，西蒙斯的建议给科伯恩造成了相反的效果。他嫉妒西蒙斯和露西尔有过的伉俪情深，他也想这样，但他知道自己同莉兹永远做不到这一点，他不禁怀疑自己的真爱其实另有其人。

一天夜里，西蒙斯笑道：“你知道，我不会为别人干这种事。”

西蒙斯说话常让人摸不着头脑。有时候西蒙斯会解释，有时候不会。这一次，西蒙斯给出了解释——西蒙斯告诉他，自己为什么感觉欠罗斯·佩罗的情。

突袭山西战俘营的后果是苦涩的。尽管突袭队员没有带回一个美国战俘，但那是一次勇敢的尝试，西蒙斯希望美国公众能如此看。在早餐会上，他同国防部长梅尔文·拉尔德发生了争论，争论的焦点是，是否将突袭山西战俘营的消息发布给媒体。“这是一次完全合法的行动。”他告诉拉尔德，“他们是美国战俘。帮助自己的同胞是美国人的传统。上帝啊，我们到底在害怕什么？”

他很快就发现了拉尔德在怕什么。媒体和公众将这场突袭看成是失败——因情报错误而导致的另一场灾难。第二天的《华盛顿邮报》的头版头条上写着：美国营救战俘行动失败。罗伯特·道尔参议员提出表扬这次行动的议案时说：“一些战俘已经在战俘营里熬了五年。”肯尼迪参议员答道：“但他们还活着！”

西蒙斯去白宫接受了尼克松总统授予的优异服务十字勋章，以表彰他“杰出的英雄主义行为”。其他大部分突击队员将由国防部长拉尔德授予奖章，但只能得到嘉奖绶带，这只比优异表现绶带好一点，军队戏称其为“绿条子”。得知这一点后，西蒙斯怒不可遏。他打电话找参谋长韦斯特摩尔兰德将军。接电话的是代理参谋长帕尔默将军。西蒙斯将“绿条子”的事告诉了帕尔默，然后说：“将军，我可不想让军队难堪，但我的队员很可能把嘉奖绶带贴在拉尔德先生的屁股上。”结果他得到了他想要的东西——拉尔德给其他队员授予了四枚优异服务十字勋章，五十枚银星勋章，没有“绿条子”。

突袭行动给了战俘们极大的鼓舞（他们是从新来的战俘口中了解到的）。这次行动的重要副作用就是战俘营——战俘们被永久地禁闭在单独的牢房里——被关闭了，所有美国人被送到两个大监狱，那里没有足够的牢房单独关押战俘。不过，世界将这次行动打上了失败的烙印，西蒙斯觉得自己的队员们蒙受了极大的不公待遇。

他痛苦失望了很多年，直到一个周末，罗斯·佩罗在旧金山举办了一场盛大的宴会。他说动了军队，将突袭山西战俘营的队员们从世界各地召集起来，将他们介绍给他们试图营救的战俘们。那个周末，西蒙斯觉得他的队员们终于得到了应有的感激。而这都拜罗斯·佩罗所赐。

“所以我来了。”西蒙斯告诉科伯恩，“我他妈的当然不会为别人干这种事。”

科伯恩想到自己的儿子斯科特出生那会儿的事，他非常明白西蒙斯为何会感激佩罗。

4

1月22日，数百名年轻的空军军官在德兹福尔、哈玛丹、伊斯法汗和玛沙德的空军基地叛变，宣誓效忠阿亚图拉·霍梅尼。国家安全事务顾问兹比格涅夫·布热津斯基没有认识到这一事件的重大意义，他还指望着伊朗军队能把伊斯兰革命镇压下去。伊朗首相沙赫普尔·巴赫提亚尔也忽略了这件事，他还在夸口说用最小的力量就能对付革命。国王也不觉得这件事多么了不起，他没有去美国，而是在埃及盘桓，等待在必要的时候回去拯救他的国家。

认识到叛变意义的，是美国驻伊朗大使威廉·沙利文和伊朗军队参谋长阿巴斯·加拉巴基将军。

沙利文通报华盛顿，指望有人发动支持国王的政变是不切实际的，革命必将胜利，美国最好开始思考如何应对新秩序。结果他受到白宫的严厉训斥，暗示他对总统不忠。他打算辞职，但他妻子劝他不要这样做——他要对仍滞留伊朗的数千名美国人负责，她指出，他不能置他们于不顾。

加拉巴基将军也想到了辞职。他处在一个不尴不尬的位子上。他宣誓效忠的对象不是伊朗议会或政府，而是国王本身，而国王已经走了。加拉巴基认为，军队应该忠于1906年宪法，但这部宪法现在几乎毫无意义。理论上，军队应该支持巴赫提亚尔政府。一连好几个星期，加拉巴基都在琢磨，自己的士兵是否会听从命令，为巴赫提亚尔同革命力量战斗。年轻空军军官的叛变表明，士兵们已靠不住了。他意识到——而布热津斯基没有意识到——军队不是一台你想开就开想关就关的机器，而是一群活生生的人，他们有着相同的渴望、相同的愤怒，以及相同的宗教信仰。士兵像平民一样想要一场革命。加拉巴基判断，自己控制不住军队了，所以他决定辞职。

就在他将自己的辞职意愿告诉其他将军的那天，威廉·沙利文大使在傍晚六点被召到巴赫提亚尔首相的办公室。沙利文已经从美国将军“荷兰人”哈伊泽那里听说加拉巴基要辞职，他猜巴赫提亚尔找他就是为了商议这件事。

巴赫提亚尔挥了挥手，示意沙利文坐下，带着不可捉摸的微笑用法语说道：“将有三个人开会。”巴赫提亚尔总是同沙利文讲法语。

几分钟后，加拉巴基将军进来了。巴赫提亚尔谈到将军辞职后会带来的困难。加拉巴基用波斯语作答，但巴赫提亚尔让他说法语。将军说话的时候，手中摆弄着一个信封——沙利文猜那是辞职信。

两个伊朗人用法语争论时，巴赫提亚尔不时寻求美国大使的支持。沙利文私下认为加拉巴基辞职是完全正确的，但白宫命令他鼓励军队支持巴赫提亚尔，所以他违心地强烈反对加拉巴基辞职。讨论半个小时之后，将军离开了，但没有交出辞职信。巴赫提亚尔热情感谢了沙利文的帮助。沙利文知道他这样做于事无补。

1月24日，巴赫提亚尔关闭了德黑兰的机场，阻止霍梅尼进入伊朗。这就像是在撑开一把伞以对抗潮水，徒劳无功。1月26日，在德黑兰的街头纷争中，士兵杀死了十五个支持霍梅尼的抗议者。两天后，巴赫提亚尔提出愿意去巴黎同霍梅尼会谈。一名在任的首相主动要求同被驱逐的反叛者见面，这无疑承认了自身的虚弱，而霍梅尼也认清了这点——他拒绝同巴赫提亚尔会谈，除非后者辞职。1月29日，三十五人死于德黑兰的骚乱，全国其他地区死了五十人。加拉巴基绕过首相，开始同德黑兰的反叛者对话，并同意霍梅尼回国。1月30日，沙利文下令，所有非关键职位的大使馆工作人员和所有家属都撤离伊朗。2月1日，霍梅尼回国。

他乘法国航空公司的巨型客机在上午九点十五分抵达。两百万伊朗人上街欢迎他。霍梅尼在机场发表了第一次公开讲话："我祈求天主斩断所有邪恶的外国人及其走狗的手。"

西蒙斯在电视上看到了这一幕，然后对科伯恩说："这下等到了。伊朗人民会帮我们。暴徒将攻陷监狱。"

第九章

1

2月5日中午，离约翰·豪威尔把保罗和比尔弄出监狱只差一步了。

达德加说他可以接受三种形式的保释金：现金、银行保函，或者将EDS留置在伊朗的财产进行抵押。现金是不可能的。首先，如果拿着装有1275万美元现金的箱子进入无法无天的德黑兰，那很可能无法活着进入达德加的办公室。其次，达德加也许会收了钱但仍然扣押保罗和比尔——要么提高保释金，要么就用新的借口重新逮捕他们（汤姆·沃尔特建议使用假钞，但是没有人知道去哪儿弄假钞）。他们必须签署合同，保证达德加能拿到钱，同时保罗和比尔能获取自由。汤姆·沃尔特终于在达拉斯找到了一个愿意开立信用证的银行，但豪威尔和泰勒却找不到愿意接受信用证并开立达德加所要求的保函的伊朗银行。同时，豪威尔的老板汤姆·卢斯考虑了第三种选择：将留置在伊朗的财产进行抵押，然后想到了一个也许行得通的疯狂主意：用德黑兰的美国大使馆做抵押，保释保罗和比尔。

国务院现在开明了许多，但还没有准备好拿德黑兰大使馆做抵押。不过，他们愿意以美国政府的名义做担保。这本身就是开天辟地头一回：美国愿意为两名囚犯支付保释金！

首先，达拉斯的汤姆·沃尔特找到了一家银行，开立了一张以国务院为受益人的1275万美元的信用证。因为这场交易完全在美国内部进行，所以几个小时就完成了。国务院一拿到信用证，公使衔参赞查尔斯·纳斯——沙利文大使的副手——就发布了外交照会，说保罗和比尔如果获释，将随时前往接受达德加审讯，否则大使馆将支付保释金。

达德加此时正在同大使馆的总领事洛·戈尔兹会面。豪威尔未获邀参加，但阿波尔哈桑代表EDS公司出席了。

豪威尔昨天同戈尔兹进行了预备会议。他们一起审阅了保函的条文，戈尔兹边看边用平静清晰的声音念出来。戈尔兹变了。两个月前，戈尔兹偏执地认为自己绝对正确——是戈尔兹拒绝瞒着伊朗人还回保罗和比尔的护照——现在戈尔兹却愿意采取非正常手段了。也许处于革命的旋涡中让这个老顽固灵活了一点儿。

戈尔兹告诉豪威尔，释放保罗和比尔的决定将由巴赫提亚尔首相做出，但首先得征得达德加的同意。豪威尔希望达德加不会制造麻烦，因为戈尔兹不是那种能冲达德加拍桌子瞪眼的人。

这时传来敲门声，阿波尔哈桑走了进来。

豪威尔可以从他的表情看出，他带来的是坏消息。

“出什么事了？”

“他拒绝了我们。”阿波尔哈桑说。

“为什么？”

“他不接受美国政府的担保。”

“他给理由了吗？”

“法律中没有规定他可以接受美国政府的担保。保释金必须是现金，或者银行保函——”

“或者将留置在伊朗的财产进行抵押，我知道。”豪威尔感觉麻木了。经历了那么多次失望，那么多次无功而返，他已经丧失了怨恨和发怒的能力。“你有没有提到首相？”

“提到过。戈尔兹告诉他，我们将向巴赫提亚尔提出请求。”

“达德加怎么说？”

“他说美国人就爱来这一套。他们总通过对高层施加影响来解决问题，却全然不顾下面的具体情况。他还说，如果他的上司看不惯他处理这个案子的方式，可以把他调走，那样他会很开心，因为他已经疲倦了。”

豪威尔皱眉。这是什么意思？他本以为伊朗人想要的其实是钱，现在钱送上门了他们却不要。真的是因为法律上没有规定国家担保不能作为保释条件吗？还是说，这只是个借口？也许法律中真没有这个规定。EDS公司的案子一直具有很强的敏感性，现在霍梅尼回国了，达德加很可能害怕做任何可能被看作亲美的事。如果豪威尔以合法的形式支付了保释金会怎样？达德加会觉得自己总算下了台阶，进而释放保罗和比尔吗？他会再编造另一个理由吗？

想知道答案，办法只有一个。

霍梅尼回伊朗的那一周，保罗和比尔提出要见神父。

保罗的感冒演化成了支气管炎。他请监狱医生来看病。医生不会说英文，但一眼就看出了保罗的问题——他不住地咳嗽，医生点了点头。

医生给保罗开了点保罗猜是青霉素的东西，此外还开了瓶治咳嗽的药。这种药的味道非常熟悉，让保罗猛然回想到儿时的片段——他的母亲从老式瓶子里将黏糊糊的糖浆倒进勺子，喂给他吃。这种药就是他当年吃过的那种。他的咳嗽好转了一点，但他胸部的肌肉已经受伤。每次深呼吸，他就会感到刀割般的疼痛。

他有一封鲁丝写的信，他读了一遍又一遍。那是一封普通的唠家常的信。凯伦进了新学校，但还不怎么能适应。这很正常——凯伦每次换学校，头几星期她都会很不自在。保罗的小女儿安·玛丽更随遇而安一些。鲁丝对她母亲说，保罗过几周就会回来，但这个谎言快兜不住了，因为两周的期限被延长到了两个月。她打算买房子，汤姆·沃尔特在法律程序方面给了她帮助。无论鲁丝的心情如何，她都没有在信中流露出来。

基恩·泰勒是最常来监狱探访的人。他每次来，都会给保罗一包烟，里面塞着一张五十美元或一百美元的钞票。保罗和比尔可以用这笔钱买到一些特权，比如洗澡。有一次探访的时候，警卫离开了房间一会儿，泰勒给了他们四千美元。

另一次来探访时，泰勒带来了威廉姆斯神父。

威廉姆斯是天主教传教团的神父。在美好的过去，保罗和比尔同EDS公司的人常在星期天上午去传教团打牌。威廉姆斯已经八十多岁，鉴于局势凶险，他的上司准许他离开德黑兰。但他更想留任。他告诉保罗和比尔，革命对他来说并不新鲜，第二次世界大战的时候，他在中国当传教士，经历了日本人的入侵，随后又见证了将那个人推上权力巅峰的革命。他自己也坐过牢，所以他明白保罗和比尔的感受。

就像罗斯·佩罗一样，威廉姆斯神父的来访提振了他们的士气。比尔比保罗更虔诚，所以意志也更加坚定。信仰给了他勇气，去面对未知的未来。在离开之前，威廉姆斯神父赦免了他们的罪愆。比尔仍然不知道自己是否能离开监狱，但现在他已做好面对死亡的准备。

1979年2月9日，星期五，伊朗爆发了革命。在短短一周多的时间里，霍梅尼推翻了摇摇欲坠的合法政府。他号召军队起义，逼议会议员辞职。他任命了“临时政府”，尽管巴赫提亚尔仍然是官方首相。他的支持者组成了革命委员会，接手了从法律秩序到垃圾收集的方方面面，并在德黑兰开办了一百多家伊斯兰合作社。2月8日，有超过一百万人参加了支持霍梅尼的穿城大游行。少数忠于政府的军人和霍梅尼的支持者之间不断爆发街头冲突。

2月9日，在德黑兰的两个空军基地——多申·托佩和法拉哈巴德——军官和学员接受了霍梅尼的检阅，这激怒了国王的私人卫队——加瓦丹旅。他们袭击了两个空军基地。空军军官设置了壁垒，抗击国王的私人卫队。他们得到了基地内外武装革命者的支持。

共产主义游击队和穆斯林圣战者涌向多申·托佩。军火库被打开，武器被分发给士兵、游击队员、革命者、示威者和路人。

那天晚上十一点，加瓦丹旅大规模反扑。军队中霍梅尼的支持者警告多申·托佩的反叛者，加瓦丹旅来了，反叛者在加瓦丹旅抵达基地前就发动了反击。加瓦丹旅的几名资深军官在战斗打响后不久就阵亡了。战斗持续了整晚，蔓延到基地周围一大片区域。

第二天中午，战场扩展到了城市的大部分。

那天，约翰·豪威尔和基恩·泰勒到市区开会。

豪威尔相信，他们能在几小时内就让保罗和比尔获释。他们已经做好了支付保释金的准备。汤姆·沃尔特找到了一家得克萨斯州的银行，将向美林银行纽约支行开立金额为1275万美元的信用证。

然后，美林银行德黑兰支行将向伊朗司法部开立银行保函，保罗和比尔就能保释出狱。但事情进展得并不顺利。美林银行副总经理萨德尔–哈什米发现——其他银行家也都发现了——保罗和比尔是商业人质，如果他们出狱，EDS公司就会在美国法庭提出上诉，称遭到了敲诈，不能付款。如果出了这种事，美林银行纽约支行就拿不到钱，而美林银行德黑兰支行还必须向伊朗司法部支付保释金。萨德尔–哈什米说，他不会同意做这笔生意，除非他的纽约律师告诉他，EDS公司决不可能拒绝付款。豪威尔非常清楚，任何一个有常识的美国律师都不会做这种保证。

基恩·泰勒先到了奥姆兰银行。EDS公司同该银行签有合同，负责安装在线电脑会计系统，泰勒在德黑兰的工作就是监督这一合同的履行，所以他认识银行的管理人员。他同法哈德·巴赫提亚尔会面，后者是奥姆兰银行的高管，也是沙赫普尔·巴赫提亚尔首相的亲戚。首相明显随时会丧失权力，法哈德打算离开伊朗。所以，同萨德尔–哈什米相比，他不太关心EDS公司是否无法支付1275万美元的问题。不管原因是什么，反正他答应帮忙了。

奥姆兰银行在美国没有支行，那EDS公司如何付款呢？双方约定，达拉斯的银行将通过一个名为“加押电传”的系统将信用证交付给奥姆兰银行的迪拜支行。迪拜支行将通过电话向德黑兰支行确认已经收到信用证，德黑兰支行将向司法部开立保函。

这个过程中会有所延滞，每一步都必须得到奥姆兰银行董事会和律师的同意。每个看过合同的人都会提出在措辞上做小修改，而这些修改——英语和波斯语两种版本——必须同迪拜和达拉斯沟通，然后再从达拉斯向迪拜发电传，加押，通过电话取得德黑兰支行的同意。因为伊朗的周末是星期四和星期五，所以每周只有三天双方银行都上班。又因为德黑兰比达拉斯早九个半小时，双方银行其实没有一分钟是同时上班的。而且，伊朗银行大部分时间都在罢工。所以，即便只做两个字的更改，也需要一个星期才能搞定。

最后，交易还必须取得伊朗中央银行的同意。豪威尔和泰勒打算在2月10日星期天去解决这个问题。

上午八点半，他们开车前往奥姆兰银行时，德黑兰还比较安静。他们同法哈德·巴赫提亚尔见了面。令他们意外的是，法哈德说，他们已经向中央银行提出申请了。豪威尔非常高兴——伊朗人终于又一次提前做安排了！他将一些文件留给了法哈德——包括一份已签字的信用证——他和泰勒继续向市中心的中央银行驶去。

城市现在苏醒了，交通比平时更加糟糕，但危险驾驶是泰勒的专长，他在街上见缝插针，穿来穿去，不停变道，在高速公路上掉头，将伊朗司机抛在身后。

在中央银行，已经有一大帮人等着见法哈德先生，因为他掌握着审批大权。终于，他把脑袋从办公室中伸出来，说交易已经获批，并且告知了奥姆兰银行。

这真是个好消息！

他们返回汽车，朝奥姆兰银行驶去，却发现城市各处又爆发了冲突，不时可以听到枪声，看到从建筑中冒出的浓烟。奥姆兰银行在医院对面，伤亡者被从战区用轿车、皮卡和公交车拉进医院，所有车的天线上都绑着白布，以示紧急，还不停地拉着警报。街上全是人，一些是来献血的，一些是来探望伤员的，还有一些是来认领尸体的。

他们刚好及时地解决了保释金的问题。不仅保罗和比尔，现在豪威尔和泰勒以及他们所有人都面临极大的危险。他们必须抓紧离开伊朗。

豪威尔和泰勒进入银行，找到了法哈德。

“中央银行同意交易了。”豪威尔告诉他。

“我知道。”

“信用证没问题吧？”

“没问题。”

“如果你能给我们保函，我们可以立刻去司法部。”

“今天不行。”

“为什么？”

“我们的律师艾玛米博士看过信用证后，希望做一点改动。”

泰勒嘟哝道：“上帝啊。”

法哈德说：“我得去日内瓦五天。”

更有可能一去不返。

“我的同事会负责你们的事，如果你们遇到了问题，打电话到瑞士找我就行。”

豪威尔压抑住怒火。法哈德知道事情绝非如此简单——他走之后，困难就更大了。但大吼大叫于事无补，所以豪威尔说：“做哪些改动？”

法哈德把艾玛米博士叫进来。

“我还需要再找两个董事签字，”法哈德说，“明天开董事会的时候我就搞得到。我还必须同达拉斯的国家商业银行核对信息。”

“这要用多长时间？”

“不久。我走之后，我的助理会处理这件事。”

艾玛米博士向豪威尔解释了他建议信用证中要做的文字修改。豪威尔愿意修改，但改过的信用证又必须再走一遍耗时的流程——通过加押从达拉斯电传到迪拜，再从迪拜打电话通知德黑兰。

“我们今天之内就把这件事搞定吧。”豪威尔说，“你现在就可以同达拉斯的银行核实。我们可以找到另外两个董事——不论他们在这个城市的什么地方——搞到他们的签字。我们会给达拉斯打电话，修改文字，立即发出加押电传。迪拜今天下午就可以向你确认，然后你就可以开立保函——”

“今天迪拜休息。”法哈德说。

“好吧。明天上午再跟迪拜确认——”

“明天罢工。银行没人上班——”

“那星期一——”

对话被警报声打断。一个秘书从门卫室探入头来，用波斯语说了几句。“今天提早宵禁。”法哈德解释道，“现在我们必须全都离开。”

豪威尔和泰勒坐在那里面面相觑。两分钟后，办公室里就只剩下他们两人。他们又失败了。

那天晚上，西蒙斯对科伯恩说："明天就动手。"

科伯恩觉得他在做梦。

2

2月11日，星期一，谈判组照例在上午前往被他们称为布加勒斯特的EDS公司大楼。约翰·豪威尔带着阿波尔哈桑去卫生部了，他们约好十一点同达德加会面。其他人——基恩·泰勒、比尔·盖登、鲍勃·扬，以及里奇·加拉格尔——去楼顶观看燃烧的城市。

布加勒斯特不是一座高楼，但它坐落在德黑兰北部隆起的山坡上，所以他们可以从楼顶俯瞰舞台一样的城市。往东往南，现代摩天大楼从低矮的别墅和贫民窟中拔地而起，烟幕翻滚，升入昏暗的天空，武装直升机绕着大火盘旋，就像烤架旁的黄蜂。一名EDS公司的伊朗司机带了一台晶体管收音机到楼上，调到被革命者控制的电台。通过广播和司机的翻译，他们才确认了烧起来的是哪些建筑。

基恩·泰勒已经脱下了优雅的背心西装，换上牛仔裤和牛仔靴，下楼接电话。是“摩托男”打来的。

“你们必须离开这里。”“摩托男”告诉泰勒，“尽快离开这个国家。”

“你知道我们不能这么做。”泰勒说，“我们不能抛下保罗和比尔。”

“你们留下来会非常危险。”

泰勒听见电话另一头传来激战的声音。“你到底在哪儿啊？”

“在市场附近。”“摩托男”说，“我正在制造莫洛托夫鸡尾酒。他们今天上午出动了直升机，我们刚想出怎么把他们射下来的办法。我们点燃了四辆坦克——”

电话断线了。

不可思议，泰勒握着电话想，“摩托男”在战争中突然想到了他的美国朋友，打电话警告我们。伊朗人总能出人意料。

他回到了房顶上。

“看那个。”比尔·盖登对他说。和蔼的EDS海外公司总裁盖登也换上了便装——已经没人假装还在上班了——他指着东边的一条烟柱。“如果燃烧的不是加斯尔监狱，也一定是非常近的地方。”

泰勒眯眼远眺。很难辨认清楚。

“给卫生部达德加的办公室打电话。”盖登吩咐泰勒，“豪威尔应该到那儿了。让他要求达德加释放保罗和比尔，交予美国大使馆看押，以保证其人身安全。如果我们不把他们弄出来，他们一定会被烧死的。”

约翰·豪威尔觉得达德加不太可能现身。整个城市都是战场，调查国王统治时期的腐败现在看起来只有学术意义。但达德加就在办公室里等豪威尔。豪威尔真想知道这家伙的动力来自何处。献身精神？仇恨美国人？担心即将上台的革命政府？豪威尔可能永远不得而知。

达德加曾问过豪威尔EDS公司同阿波尔法斯·马哈维的关系，豪威尔答应提供完整的材料。这些材料似乎对达德加达成其隐秘的目的非常重要，因为几天之后，他就催着豪威尔交材料，说："我可以审问这里的人，得到我想要的信息。"豪威尔知道这是威胁，不答应就逮捕更多的EDS公司管理人员。

豪威尔准备了十二页英语材料，附了一份波斯语的说明。达德加读过说明后发言。阿波尔哈桑翻译道："你们公司是否合作，直接影响我对恰帕罗恩和盖洛德的态度。我们的法律允许对提供信息的人给予宽大处理。"

太可笑了。他们可能在几个小时后被杀死，达德加却还在谈论什么宽大处理。

阿波尔哈桑开始将材料大声翻译成波斯语。

豪威尔知道，选择马哈维做伊朗的生意伙伴是EDS公司的失策——尽管马哈维帮公司拿到了进入伊朗后的第一份合同，但他后来被国王列入了黑名单，并且在卫生部的合同上制造了不少麻烦。

然而，EDS公司没什么好隐瞒的。豪威尔的上司汤姆·卢斯为了让EDS公司摆脱嫌疑，将EDS公司同马哈维的关系的详细资料都提交给了美国证券交易委员会，所以达德加看到的材料中的大部分内容其实已经公开了。

一通电话打断了阿波尔哈桑的翻译。达德加拿起话筒，交给阿波尔哈桑。后者听了一会儿，然后说："是基恩·泰勒。"

一分钟之后，他挂断电话，对豪威尔说："基恩在布加勒斯特的楼顶上看到加斯尔监狱附近起火了。如果暴徒袭击监狱，保罗和比尔可能会受伤。他建议我们请达德加将他们移交给美国大使馆。"

"好。"豪威尔说，"对他说。"

他听着阿波尔哈桑和达德加用波斯语对话。

最后，阿波尔哈桑说："根据我们的法律，他们必须被羁押在伊朗监狱里。他不认可美国大使馆是伊朗监狱。"

这家伙越来越疯狂了。整个国家都在四分五裂，达德加却还在死背法律条文。豪威尔说："问他如何保证两个没有被提出任何指控的美国公民的安全。"

达德加的回复是："不要担心。最糟糕的结果就是监狱被攻陷。"

"如果暴徒决定攻击美国人怎么办？"

"保罗很可能会没事——他看上去就像伊朗人。"

"太好了。"豪威尔说，"那比尔怎么办？"

达德加只是耸了耸肩。

拉西德那天一大早就离开了家。

他的父母、哥哥和姐姐打算一整天都躲在家里，他们要求他也这样做，但他不听。他知道街上非常危险，但他不能躲在家里，而看着自己的同胞创造历史。而且，他也没有忘记自己同西蒙斯的对话。

他生活在冲动之中。星期五，他参与了法拉哈巴德空军基地爆发的反叛军官和忠于国王的加瓦丹旅之间的冲突。他不知道自己为什么就去了军火库，开始分发步枪。半个小时后，他就厌倦离开了。

就在那一天，他第一次看见了死人。他在清真寺的时候，一名被士兵射杀的公交司机被抬进来。拉西德忍不住掀开白布，看了眼那人的脸。整个脑袋都被打烂了，混杂着血液和脑浆——那景象恶心极了。这件事似乎是对他的警告，但拉西德没有心情理会警告。街上正在上演革命，他必须去街上。

这天早上，空气里弥漫着火药味，到处都是人群。数以百计的男人和男孩携带着自动武器。拉西德戴着一顶宽大的英式帽，穿着一件开领衬衣，混在人群当中，感受着革命的激情。今天什么事都可能发生。

他朝布加勒斯特的方向前进。他还有任务在身——他要同两家运输公司商量，将EDS公司撤离者的财物运回美国；他还必须照料被遗弃的狗和猫。街上的场景让他改变了主意。有谣言说，艾文监狱昨晚被攻陷。今天，保罗和比尔所在的加斯尔监狱可能也会被攻陷。

拉西德希望他能像别人一样手上也有自动步枪。他经过了一座似乎被暴徒攻占的军队建筑。那是一座六层高的大楼，里面有军火库和征兵办公室。拉西德有一个名叫马勒克的朋友在那里上班。他突然想到马勒克也许遇上麻烦了。如果他今早来上班，他一定会穿着军装——而光是这一点就可能给他招致杀身之祸。我可以把衬衣借给马勒克，拉西德想，然后冲进了大楼。

他从人群中挤出来，找到了楼梯。大楼里空空荡荡。他往上爬的时候，不禁怀疑士兵们藏在上面的楼层里。如果是那样，他们就可能对任何上来的人开枪。但他还是上去了。他爬到了顶层，马勒克不在那里，那里一个人都没有。军队已经放弃了这座楼。

拉西德返回底层。人群聚集在地下室军火库的门口，但没有人进去。拉西德挤到前面，说："这扇门被锁上了？"

"可能是陷阱。"有人说。

拉西德看了看门。去布加勒斯特的念头全没了。他想去加斯尔监狱。他想带一把枪去。

"我觉得这门不是陷阱。"他说，然后踢开了门。

他走下楼梯。

地下室被拱道分为两个房间。墙上高处的狭窄窗户中射进微弱的光线，窗户只比街道路面稍微高一点。地上铺着黑色马赛克地砖。第一个房间里放着装有弹匣的箱子，第二个房间放着G3机关枪。不一会儿，一些人跟着他也下来了。

他抓起三把机关枪、一袋弹匣后离开了。他一离开大楼就被围住了，暴徒想要他的武器——他分发了两把机关枪和一些弹药。

然后他就离开了，前去加斯尔广场。

有些人同他一起去。

路上他们必须经过一座军事监狱，那里正在爆发小冲突。高大砖墙上的铁门被撞倒了，就像有坦克碾过去一样。大门内外的砖墙都裂开了。一辆燃烧的轿车横在路上。

拉西德绕过车，进入大门。他发现自己处在一个巨大军营里。他所站的地方附近，几个人正在朝数百码之外的一座建筑胡乱开枪。拉西德躲在一面墙后。跟随他的人加入了战斗，但他没有开枪。没有人瞄准，他们只是想吓跑楼里的士兵。真是一场可笑的战斗。拉西德做梦也想不到革命是这番模样——只是一帮连枪怎么开都不清楚的乌合之众，在星期天上午到处流窜，朝着墙壁射击，对抗着三心二意的政府军。

突然，他身边的一个人倒地身亡。

因为发生得太快，拉西德都没来得及看见他倒地。上一秒那人还站在四英尺之外开枪，下一秒他就躺在地上，额头炸开了花。

他们将尸体抬出军营。有人找到了一辆吉普车。他们将尸体放在吉普车上，开走了。拉西德返回战斗。

十分钟后，他们一直射击的大楼窗户里，伸出了一根绑着白汗衫的木棍。政府军投降了。

虎头蛇尾——所谓战斗，无非如此。

这是我的机会，拉西德想。

只要掌握了心理学，就很容易操纵人。你必须研究人，理解他们的处境，弄清他们的需求。拉西德判断，这些人想要刺激和冒险。他们这辈子第一次手中持枪——他们需要一个目标，任何象征国王统治的东西都可以。现在他们正茫然不知所措。

“听着！”拉西德高喊道。

他们全都在听——他们没有别的事可做。

“我要去加斯尔监狱！”

有人发出欢呼。

“那里的囚犯是国王政府关起来的——如果我们反对国王政府，我们就应该把他们放出来！”

有人大声附和起来。

他开始往前走。

他们跟在他后面。

他们杀红了眼，他想。他们会跟随任何知道该去哪儿的人。

一开始，跟随他的只有十二到十五个男人和男孩，但走着走着，队伍就扩大了——那些不知道去哪儿的人都自动加入了进来。

拉西德成了革命领袖。

事事皆有可能。

他在加斯尔广场停下，对他的部队发话道：“监狱必须被人民接管，就像警察局和军营一样，这是我们的责任。加斯尔监狱里的许多人毫无过错，他们同我们一样——他们是我们的兄弟、我们的亲人。同我们一样，他们只想得到自由。但他们比我们勇敢，因为他们在国王在位时就要求自由，结果他们被投入了监狱。现在，我们要把他们放出来！”

欢声雷动。

他想起了西蒙斯说过的话。“加斯尔就是我们的巴士底狱！”

欢呼声更响亮了。

拉西德转身跑进广场。

他在监狱大铁门对面的街角隐蔽起来。他发现，广场上已经有一大群暴徒了，也许不用他出手，监狱在今天就会被攻陷。但重要的是帮助保罗和比尔。

他举起枪，朝空中开了两枪。

广场上的暴徒分散开，枪声大作。

警卫的抵抗又是三心二意。几名警卫从高墙上的警戒塔以及靠近大门的窗户里还击。在拉西德看来，双方都不是认真的。战斗再次虎头蛇尾地结束了——警卫从墙上撤走了，枪击结束了。

拉西德等了几分钟，以确认他们真的走了，然后他穿过广场，朝监狱大门跑去。大门是锁着的。

暴徒们涌过来。有人朝门开枪，想把锁打烂。拉西德想：他一定是牛仔电影看多了。另一个人不知从哪儿弄来一根撬棍，但却怎么也撬不开门。我们得用炸药，拉西德想。

大门旁的砖墙里，有一扇小铁栅窗，警卫可以透过窗户看谁在外面。拉西德用枪托敲碎窗玻璃，然后开始击打铁栅嵌入的墙体。拿撬棍的人上来帮忙，然后又上来三四个人，有的徒手摇晃铁栅，有的用枪管或别的上手的东西使劲撬。铁栅很快就松了，掉落在地上。

拉西德从窗户里挤了进去。

他进来了！

事事皆有可能。

他发现自己在一个小警卫室里。房间里没有警卫。他将头伸出门外，也看不到人。

他不知道监狱的钥匙放在哪里。他走出警卫室，经过大门，前往另一头的另一个警卫室。他在那里发现了一大串钥匙。

他返回大门。大门上有一个上了门闩的小门。

拉西德抬起门闩，打开门。

暴徒们蜂拥而入。

拉西德往后退了几步。他将钥匙分发给众人，说："打开每一间牢房——把里面的人放出来！"

他们四散开来。他充当革命领袖的任务完成了。他达成了他的目标。他，拉西德，领导了对加斯尔监狱的攻占！

拉西德再次完成了不可能完成的任务。

现在，他必须在一万一千八百名囚犯中找到保罗和比尔。

比尔六点起床。周围一片静谧。

他惊讶地发现自己睡得不错。他压根儿就没指望自己还能睡着。他记得入睡前，躺在床铺上，听见了外面传来激烈的战斗声。只要足够累，哪儿都能睡着吧，他想。士兵们在散兵坑里睡。你适应了环境，无论你有多么害怕，困意最终都会战胜恐惧。

他念诵了一段经文。

他洗脸，刷牙，剃胡子，穿好衣服，然后坐着往窗外看，等着吃早餐，猜想EDS公司的人今天打算干什么。

保罗七点起床。他看着比尔说："你睡不着？"

"当然睡着了。"比尔说，"我已经醒了个把钟头了。"

"我睡得不好。一晚上都听得到密集的枪声。"保罗翻下床铺去厕所。

几分钟后，早餐送来了——面包和茶。比尔打开基恩·泰勒带来的一罐橙汁。

八点左右，枪声又响了起来。

囚犯们思考着外面正在发生什么事，但没有人掌握确切信息。他们只能看见直升机在天际飞来飞去，显然是在攻击地面的反叛者阵地。每当有直升机从监狱上空飞过时，比尔就幻想有一条绳梯能从天而降，落入八号楼的院子里。这是他常做的白日梦。他还幻想过，一小队EDS公司的人，在科伯恩和一位老者的带领下，通过绳梯翻过监狱的高墙；或者，一大拨美军在最后一分钟到达，就像西部片中的骑兵一样，用炸药把墙炸出一条裂缝。

他不光是幻想。他还假装随意地仔细调查了大楼和院子，评估出不同条件下最快的脱逃方式。他知道有多少警卫，他们有多少枪。无论发生什么事，他都准备好了。

看上去，今天很可能就是脱逃之日。

警卫没有按制度行事。监狱里，一切都有章可循——无所事事的囚犯能通过观察很快熟悉这些制度。今天，一切都不一样了。警卫似乎非常紧张，在角落里窃窃私语，走起路来脚步匆忙。外面的战斗声越来越响亮。这一切是否说明，今天不会像往常那样结束？我们也许会逃出去，也许会被杀死，但我们绝不会像往常那样关掉电视躺到床上睡觉。

大概十点半的时候，他看见许多军官朝监狱北面赶去，似乎要去开会。半个小时后，他们急匆匆地赶回来。负责八号楼的少校进入他的办公室，几分钟后竟然穿着平民的衣服出来了！他拿着一个形状怪异的包裹走出了大楼，包裹里是制服吗？透过窗户，他看见少校将包裹放进停在院子栅栏外的宝马车的后备箱里，然后上车开走了。

这是什么意思？所有的军官都要走吗？这就是即将发生的事？难道保罗和比尔径直走出去就行了？

正午还没到，午餐就上来了。保罗用了餐，但比尔还不饿。枪声听起来就在附近，他们还能听见大街上传来的叫喊和唱诵。

八号楼的三名警卫突然穿着平民的衣服现身。

终于要结束了。

保罗和比尔下楼进入院子里。底层的精神病人都在尖叫。警戒塔里的警卫正朝大街上开枪——监狱肯定正在遭到攻击。比尔不知道这是好消息还是坏消息。EDS公司的人知道这些事吗？这会是科伯恩营救计划的一部分吗？已经有两天没人来探访了。他们都回美国了吗？他们还活着吗？

平常守卫院子大门的哨兵不见了，大门开着。

门开着！

难道警卫想让囚犯离开？

其他牢房也肯定被打开了，因为现在囚犯和警卫一起在监狱里乱跑。子弹呼啸着穿过树丛，从墙体上弹开。

一颗子弹射入保罗脚下。

保罗和比尔盯着这枚子弹。

警戒塔里的警卫开始朝监狱内射击了。

保罗和比尔转身跑进八号楼。他们站在窗户旁，观察着监狱里愈发混乱的局面。这太讽刺了——几个星期里，他们朝思暮想何时才能自由，但现在他们可以离开的时候，却都犹豫了。

“你认为我们该怎么办？”保罗说。

“我不知道。是这儿危险还是外面危险？”

保罗耸了耸肩。

“嘿，是那个亿万富翁。”他们看到了八号楼里的富人囚犯——他有自己的房间，饭也是从外面送进来的——跟着两个心腹穿过监狱。他剃掉了茂密的八字胡，穿着衬衣和裤子，而不是貂皮衬里的骆驼绒大衣——之所以如此打扮，是为了行动方便。他在朝北走，与监狱大门的方向相反——这是否意味着有一道后门可以出去呢？

八号楼的警卫现在全都穿上了平民衣服，穿过小院子，朝门外逃去。

大家都在逃，但保罗和比尔还在犹豫。

“看到摩托了吗？”保罗问。

“看到了。”

“我们可以骑摩托走。我过去骑过。”

“但骑摩托怎么翻过高墙呢？”

“哦，是啊。”保罗也对自己的考虑不周感到好笑。

他们的狱友找来了两个大袋子，他开始收拾衣服。比尔感到必须立即行动，离开这里——不管这是不是EDS公司计划的一部分。自由近在咫尺。但外面枪林弹雨，攻击监狱的暴徒很可能是反美的。另一方面，如果政府重新掌控监狱，保罗和比尔将失去逃跑的机会……

“他妈的，盖登跑哪儿去了？”保罗说，“我来伊朗就是拜他所赐。”

比尔看着保罗，意识到他只是在开玩笑。

底楼医院的病人涌入了院子——肯定有人打开了他们的门。比尔听到街对面的女囚区传来震天动地的哭喊声。越来越多的人逃了出来，朝监狱大门涌去。比尔看到大门的方向升起了浓烟。保罗也看见了。

比尔说：“如果他们要放火烧了这个地方……”

“我们最好还是离开。”

火让他们下定了决心。

比尔环顾牢房。他们没什么东西可拿。比尔想到了过去四十三天他认真书写的那本日记。保罗罗列了他回美国后将做的事，还在一页纸上计算了鲁丝购房的开支。保罗和比尔都有家人寄来的信，他们已经读过了无数遍。

保罗说：“我们最好不要携带任何显示我们是美国人的东西。”

比尔已经拿起了日记，但闻言放了下来。

“你说得对。”他勉强承认。

他们穿上外套——保罗穿的是蓝色“伦敦雾”雨衣，比尔穿的是毛领大衣。

他们每人都有两千美元，那是基恩·泰勒带给他们的。保罗带了些烟。他们没有拿走别的东西。

他们离开大楼，穿过小院子，在门口踌躇了片刻。街上人山人海，就像刚从大体育馆看完比赛一样，或走或跑，朝监狱大门涌去。

保罗伸出手。“祝你好运，比尔。”

比尔同他握了握手。“祝你好运。”

也许几分钟后我们俩都会死，比尔想，多半死于流弹。他悲哀地意识到，自己永远也看不见孩子长大成人了。一想到玛丽不得不独自抚养孩子，他就怒火中烧。

但奇怪的是，他并不感到恐惧。

他们迈出小门后，就没时间细想了。

他们被裹挟进了人群中，就像树枝掉进了湍流里。比尔紧跟保罗，挺直身子，避免被踩踏。枪声依旧。似乎有一名警卫在坚守岗位，从警戒塔中朝人群射击。两三个人倒下了——其中一个是他们之前见过的美国女人——但说不清他们是中弹了，还是仅仅摔了一跤。我还不想死，比尔想，我还想同家人做许多事，还想在工作上有所作为，现在是错误的时间、错误的地点，我不能死，我都拿了一手怎样烂的牌啊……

他们再次经过军官俱乐部——三个星期前，他们才在这里同佩罗见过面，但此时却感觉那是很多年前的事了。复仇的囚犯打烂了俱乐部，破坏了外面军官的车。这样做有什么意义？一瞬间，眼前的一幕不真实起来，就像是一个梦，一个噩梦。

监狱大门附近更为混乱。

保罗和比尔停下脚步，试图脱离人群，以免被挤成肉饼。比尔想起，有些囚犯已经在这里关押了二十五年。在被禁锢如此之久后，他们一闻到自由的味道，就都发狂了。

监狱大门似乎仍锁着，因为许多人正试图翻越巨大的外墙。有些人站在被推到墙边的轿车和火车上。其他人爬上树，小心翼翼地在高悬的树枝上爬行。更多的人将木板搭在砖墙上，奋力攀登。少数人通过这种或那种方式抵达了围墙顶部，将绳索和床单往下放，但绳子不够长。

保罗和比尔站在一旁，看着这一切，寻思着自己该怎么做。八号楼的一些外国囚犯围在他们身边，其中一个被指控走私毒品的新西兰人笑开了花，仿佛他非常欣赏整件事一样。空气中充斥着歇斯底里的喜悦，比尔也渐渐被其感染。我们一定会活着出去的，他想。

他环顾四周。大门右侧的建筑在燃烧。左侧稍远处，一个伊朗囚犯在招手，就像是在说：跟我来！那一带似乎在搞建设——围墙外侧即将修好一座建筑——墙上有一扇铁门，通过铁门可以进入建筑工地。再仔细一看，比尔看见挥手的伊朗人已经将铁门打开了。

“嘿——瞧那边！”比尔说。

“咱们走。”保罗说。

他们跑过去。几个囚犯跟着他们跑。他们穿过门，发现自己被困在没有门窗的房间里。空气中飘荡着水泥的味道。建筑工具扔得到处都是。有人抓起一把镐头，朝墙上砸去。还没完全凝固的水泥掉落下来。两三个人加入进来，用能找到的任何物品猛砸。很快，墙上出现了一个足够大的洞——他们扔掉工具，爬出了洞。

他们现在处在两面监狱墙壁之间。他们身后的内墙有二十五到三十英尺高，将他们与自由阻隔开的外墙只有十到十二英尺高。

一个身手矫健的囚犯攀到了外墙顶部。另一个囚犯站在墙根边招手，第三个囚犯冲了上去，地上的人推他，墙上的人拉他，那人顺利地越过了墙头。

眨眼之间，这一过程就完成了。

保罗也朝墙冲去。

比尔紧随其后。

比尔的大脑一片空白。他感觉有人往上推了他一把，然后有人顺势一拉，他就到了墙顶，然后他跳了下去。

他落到了路面上。

他站起身。

保罗就在他身边。

他们自由了！比尔想。我们自由了！

他简直想跳起舞来。

科伯恩放下话筒，说："是马吉德打来的。暴徒攻陷了监狱。"

"好。"西蒙斯说。他那天一大早就告诉科伯恩，把马吉德派到加斯尔广场去。

西蒙斯真冷静，科伯恩想。就是今天——今天就是越狱之日！他们终于可以离开公寓，开始行动，实施"逃出伊朗"计划。但西蒙斯却没有表现出半点兴奋。

“我们现在做什么？”科伯恩说。

“什么也不做。马吉德在那里，拉西德也在。如果他们两个都照顾不了保罗和比尔，我们肯定也不行。如果天黑了保罗和比尔都没有出现，我们就去做之前商议好的事，你和马吉德骑摩托车出去找。”

“还有呢？”

“严格执行计划。按兵不动，耐心等待。”

美国大使馆乱作一团。

威廉·沙利文大使接到了美国军事援助顾问团长官加斯特将军的紧急求助电话。美国军事援助顾问团的总部被暴徒围攻。坦克被部署到大楼外，双方正在交火。加斯特和他的军官们，以及伊朗参谋部的大部分军官都躲到了大楼下的地堡里。

沙利文让大使馆所有健壮的男人打电话寻找有能力命令暴徒撤退的革命领袖。沙利文桌上的电话响个不停。他在混乱中接到了华盛顿的副国务卿牛森的电话。

电话是从白宫的战情室打来的，兹比格涅夫·布热津斯基正在主持一个关于伊朗的会议，他让沙利文提供对伊朗当前状况的分析。沙利文简单描述了几句，然后告诉他，自己正在全力以赴营救驻伊朗的美国高级军官。

几分钟后，一名大使馆工作人员打电话告诉沙利文，他找到了霍梅尼的密友易卜拉欣·雅兹迪，后者表示愿意帮忙。这时，牛森又打来了电话。

牛森说：“国家安全事务顾问问你，伊朗军队是否有可能发动政变，从摇摇欲坠的巴赫提亚尔政府手中夺走权力？”

这个荒谬透顶的问题让沙利文再也按捺不住。“让布热津斯基去死吧！”他说。

“说这种话可没什么用。”牛森说。

“你想我翻译成波兰文吗[①]？”沙利文说着就挂断了电话。

在布加勒斯特的楼顶，谈判组看见大火在郊区也蔓延开来。枪声也越来越近了。

约翰·豪威尔和阿波尔哈桑结束同达德加的会面回来了。“那杂种怎么说？”盖登问豪威尔。

“他不让他们走。”

“浑蛋。”

几分钟后，他们全听到了如同子弹呼啸而过的清晰声音。不一会儿，他们又听到了这种声音。他们决定离开楼顶。

他们回到办公室，透过窗户观看。他们看到下面的街上出现了不少拿枪的男孩和年轻男人。看样子，暴徒似乎攻入了附近的军火库。这些暴徒离得他们太近了，让他们感觉很不舒服——是时候放弃布加勒斯特去远离市中心的凯悦酒店了。

他们下楼，跳上两辆车，全速驶往沙汉沙希高速公路。街上拥堵不堪，洋溢着狂欢节的氛围。

人们从窗户中探出身子，高喊着：“真主伟大！”大多数车都朝市中心战斗激烈的地方驶去。泰勒直接穿过了三个路障，但没有人拦截他们——那些人全在跳舞。

---

① 布热津斯基是波兰裔美国人。

他们到了凯悦酒店，聚集在十一楼的拐角套房里，佩罗走后将这个房间留给了盖登。里奇·加拉格尔的妻子凯茜带着她的贵宾犬布菲也来了。

盖登将EDS公司撤离者家中的酒都搬到了这里，现在这里成了德黑兰最好的酒吧，但没有人想喝酒。

“我们接下来做什么？”盖登问。

没有人知道。

盖登给达拉斯打去电话，那里现在是凌晨六点。汤姆·沃尔特接起电话，盖登给他讲了这里的大火和战斗，以及街上扛着自动武器的孩子。

“我要报告的就这些了。”盖登说。

沃尔特用亚拉巴马人缓慢的声调说：“除了这些，还是平静的一天，对吧？”

他们讨论了电话断了之后怎么办。盖登说他会通过美军传递信息——凯茜·加拉格尔为美军工作，她认为自己可以搞定这件事。

基恩·泰勒进卧室躺下，他想到了自己的妻子玛丽，她在匹兹堡同他的父母待在一起。泰勒的母亲和父亲都年过八十，体弱多病。玛丽之前打电话说，他母亲被紧急送进了医院——她的心脏出问题了。玛丽想让泰勒回家。泰勒同父亲聊过，父亲暗示说：“你知道自己该怎么做。”他说得对，泰勒知道自己该留下来。但这对他和玛丽来说都是煎熬。

他正在盖登床上打瞌睡的时候，电话响了。他伸出手，拿起床头柜上的电话话筒。

“喂？”他带着困意说。

一个伊朗人上气不接下气地说：“保罗和比尔回来了吗？”

“什么？”泰勒说，“拉西德——是你吗？”

“保罗和尼尔回来了吗？”拉西德重复道。

“没有。你是什么意思？”

“好，我来了，我来了。”

拉西德挂断电话。

泰勒下床进入客厅。“拉西德刚刚打电话来了。”他告诉其他人，“他问我保罗和比尔是不是回来了。”

“他是什么意思？”盖登说，“他从哪儿打来的电话？”

“我只听懂了这些。他非常兴奋，你知道他一兴奋英语就说得很糟。”

“他还说了别的什么没有？”

“他说：‘我来了。’然后就挂了电话。”

“浑蛋。”盖登转向豪威尔，“给我电话。”

豪威尔坐在那里，话筒紧贴着耳朵，一言不发——他们一直跟达拉斯保持着通话。电话另一头是EDS公司的电话总机接线员，正等着这头的人发话。盖登说：“让我再同汤姆·沃尔特谈谈。”

盖登给沃尔特说了拉西德的电话，泰勒开始思考这是怎么回事。为什么拉西德认为保罗和比尔在凯悦酒店呢？他们不是在监狱里吗？

几分钟后，拉西德闯进了房间，浑身脏兮兮的，散发着火药的味道，G3机关枪的弹夹还从口袋里掉了出来。他连珠炮似的说了一通，没有人听得懂一个字。泰勒劝他冷静下来。最后他说：“我们袭击了监狱，保罗和比尔都不见了。”

保罗和比尔站在监狱外墙的墙根边，四下打量。

街上的情景让保罗想到了纽约的新年游行。监狱对面公寓楼里的人都来到窗口，边看囚犯逃跑边欢呼鼓掌。街角的一个小贩正在摆摊卖水果。不远处就有交火，但他的近旁没有人开枪。然后，仿佛是要提醒保罗和比尔他们并没有摆脱危险一样，一辆满载革命者的轿车呼啸而过，每一扇窗户里都伸出了枪管。

“赶紧离开这里。”保罗说。

“去哪儿？美国大使馆？法国大使馆？”

“凯悦酒店。”

保罗开始朝北走。比尔跟在他身后几步远的地方，外套衣领翻起，头缩着，将自己苍白的美国人面庞遮掩起来。他们来到一个交叉口。这里没有车也没有人。他们开始过马路，然后就听到一声枪响。

他们埋下身子，朝来路跑去。

去凯悦酒店可没那么容易。

“你怎么样了？”保罗说。

“还活着。”

他们又退回监狱。那里的情形依旧——至少官方还没有组织起来，将逃犯都赶回去。

保罗在街上先向南走再向东走，希望能绕一圈，重新向北走。

每个地方都看得到男孩，有些只有十三岁或十五岁，拿着自动步枪。每个拐角都有沙袋堆出的掩体，把街道分割成不同的区块。他们必须从一群或尖叫或唱诵的歇斯底里的人群中挤出去——保罗躲避着旁人的目光，因为他不想别人注意到他，更不想他们同他说话——如果他们知道人群中混入了两个美国人，那保罗和比尔就死定了。

暴乱并没有同样的形态。就像在纽约，你只需要多走几步，绕过拐角，就能发现街道的风格完全变了。保罗和比尔在一片安静的区域走了半英里，然后遭遇了一场战斗。倾覆的汽车堆成的路障背后，一群年轻人正用步枪朝对面的军事设施射击。保罗迅速转身，唯恐被流弹击中。

每次他们试图往北走都会遇到障碍。他们现在比刚出发时离凯悦酒店更远。他们正朝南移动，而南边的战斗总是很激烈。

他们在一座未完工的建筑前停下来。“我们可以进去暂避，晚上再出来。”保罗说，“天黑了就没人会发现你是美国人。”

“但宵禁了之后外出的话，会被射杀的。”

“你觉得还有宵禁？”

比尔耸耸肩。

“我们走到这一步都还算顺利。”保罗说，“再多走一段吧。”

他们继续前进。

经过两个小时——穿过人群，经过街头战斗，躲过狙击枪——他们终于可以往北走了，然后景象就变了。枪声退去，他们发现自己来到了一个相对繁荣的别墅区。他们看见一个骑自行车的孩子，孩子穿着的T恤上印着关于南加州的文字。

保罗累了。他在监狱里待了四十五天，而且大部分时间还在生病——他的身体无法支撑自己连续行走几个小时。“我们搭便车怎么样？”他问比尔。

“可以试试。”

保罗站在路边，朝下一个开过来的车挥手（他记得不能像在美国那样伸出大拇指——这在伊朗是一种淫秽的手势）。车停下来了，里面坐着两个伊朗人。保罗和比尔坐进了后座。

保罗决定不提酒店的名字。“我们要去塔杰里什。”他说。那是城市北部的市场区。

“我们可以载你们一截，但我们不去那儿。”司机说。

“谢谢。”保罗将烟递给他们，然后感激地坐进后座，给自己点上一支。

伊朗人将他们甩在塔杰里什以南几英里的库罗什-厄-卡贝尔。那里离保罗住的地方不远。他们在主街上，周围有许多车和人。保罗决定不要因为自己搭便车而来就引起太多的关注。

“我们到天主教传教团避难。”比尔建议道。

保罗想了想，官方也许知道威廉姆斯神父两天前到加斯尔监狱探访过他们。“达德加可能首先就去传教团找我们。”

“有这可能。”

“我们应该去凯悦酒店。”

“他们也许已经不在那儿了。”

“但那里有电话，我们在那儿才买得到机票。”

“还能洗热水澡。”

“对。”

他们继续前进。

突然有人大喊起来：“保罗先生！比尔先生！”

保罗的心脏都停跳了。他环顾左右，看见一辆装满人的轿车缓慢驶来。他认出了其中一个乘客——他是加斯尔监狱的一个警卫。

这个警卫换上了平民衣服，似乎加入了革命阵营。他大大的笑容仿佛在说：不要泄我的密，我也不会揭穿你们。

他挥了挥手，然后车就加速驶离了。

保罗和比尔也笑了起来，虽然惊讶，却也放松了不少。

他们进入一条安静的街道，保罗又打算搭便车，站在路上招手，比尔则留在路边，这样开车的人就会认为要搭车的只有一个人——一个伊朗人。

一对年轻人停了下来。保罗上了车，比尔紧接着跳上车。

“我们要去北边。”保罗说。

女人看着男人。

男人说：“我们可以把你们带到尼阿福隆宫。”

“谢谢。”

车开动了。

车外的景象又变了。他们听到了更多的枪声，路上的车更多了，开得也更野了，所有车都在不停地按喇叭。他们看见新闻摄像师和电视报道组站在车顶拍照。暴徒正在纵火烧毁比尔住处附近的警察局。伊朗夫妇驾车缓缓穿过人群时，显得非常紧张——在这样的氛围中，车上坐着的两个美国人会给他们带来麻烦。

天色开始暗下来了。

比尔探出身子。“我说，有点晚了。”他说，“如果你们能把我们带去凯悦酒店就最好不过了。我们愿意为此而给你们一些报酬。”

“好啊。”司机说。

他们并没有问报酬有多少。

他们经过了尼阿福隆宫，那里是国王的冬宫。宫殿外像往常一样停着坦克，但现在他们在天线上绑着白旗——他们已经向革命阵营投降了。

车继续行驶，经过残破的建筑，不时遇到路障而掉头。

最后，他们看到了凯悦酒店。

“上帝啊。”保罗动情地说，“一个美国酒店。”

车开进了前院。

为表示自己的感激之情，保罗给了那对伊朗人两百美元。

车开走了，保罗和比尔对他们挥手告别，然后走进酒店。

突然，保罗希望自己穿着EDS公司的商务西装和白衬衫，而不是这身粗蓝布监狱服和脏雨衣。

富丽堂皇的门厅里冷清极了。

他们走到服务台。等了一会儿，才有人从办公室里出来。

保罗询问比尔·盖登的房间号。

办事员查了查，然后说登记入住的人里没有叫那个名字的。

“那鲍勃·扬呢？”

“没有。”

“里奇·加拉格尔？”

“没有。”

“杰伊·科伯恩？”

“没有。”

我把酒店搞错了，保罗说。我怎么可能犯下这种错误？

“约翰·豪威尔呢？”他想起了那名律师。

“查到了。”办事员终于说，然后告诉了他们一个十一楼的房间号。

他们进电梯上楼。

他们找到了豪威尔的房间，敲了敲门。没有人应声。

“你说我们该怎么办？”比尔问。

“我要入住。”保罗说，“我太累了。为什么我们不住进来，吃顿饭呢？然后我们可以给美国打电话，说我们从监狱里出来了。一切都会好起来的。”

“好。”

他们又朝电梯走去。

根据拉西德的叙述，基恩·泰勒渐渐了解到发生了什么事。

他在监狱大门内侧站了大概一个小时。场面混乱不堪，一万一千名囚犯往出口涌，女人和老人惨遭践踏。拉西德一直等着，思考见到保罗和比尔后说什么。一个小时后，人流大大减小。他推断大多数人都出去了。他开始问出来的人：“有没有看见美国人？”有人告诉他，所有外国人都被关在八号楼。他去那里看了，但那里已人去楼空。他搜索了监狱里的每座楼，然后他选择保罗和比尔最有可能走的路线返回凯悦酒店。一路上他时而走路时而搭便车，但始终都在寻找保罗和比尔。到凯悦酒店的时候，他被禁止入内，因为他还拿着枪。他将枪交给了身边最近的年轻人，然后进入酒店。

他同泰勒讲话的时候，科伯恩也到了，他决定搭马吉德的摩托去找保罗和比尔。科伯恩有一个带面甲的防撞头盔，可以将他的白色面庞藏起来。

拉西德提议，在科伯恩去暴徒中冒险之前，他开一辆EDS公司的车在酒店和监狱之间再沿路找一遍。泰勒将车钥匙交给他。盖登打电话给达拉斯，报告最新的进展。拉西德和泰勒离开套房，走进走廊。

突然，拉西德大声叫了起来：“我以为你们都死了！”然后狂跑过去。

泰勒看到了保罗和比尔。

拉西德拥抱着他们，高喊着："我找不到你们！我找不到你们！"

泰勒也跑上去拥抱保罗和比尔。"感谢上帝！"他说。

拉西德跑回了盖登的套房，大叫着："保罗和比尔回来了！保罗和比尔回来了！"

不一会儿，保罗和比尔走进来，房间顿时炸开了锅。

第十章

1

这是终生难忘的一刻。

每个人都在尖叫，没有人听得清对方在说什么，他们都想同时拥抱保罗和比尔。

盖登对着电话咆哮：“他们回来了！他们回来了！奇迹啊！他们就这么走进了门！奇迹啊！”

有人大喊道：“我们打败了他们！我们打败了那帮王八蛋！”

“我们成功了！”

“听到了吗，达德加！”

布菲像疯了一样狂吼起来。

保罗环顾自己的朋友，意识到他们之所以甘愿冒险留下来就是为了救自己和比尔，不禁激动得说不出话来。

盖登放下话筒，过来同保罗和比尔握手。保罗眼中噙泪，说：“盖登，我刚给你省下了1275万美元——我想你应该请我喝一杯。”

盖登给他倒了一杯烈性苏格兰威士忌。

保罗喝下六个星期以来的第一口酒。

盖登对着话筒说："有人想同你说话。"他将话筒交给保罗。

保罗说："喂。"

他听见汤姆·沃尔特那甜腻的声音："你好啊，伙计！"

"万能的上帝啊。"保罗带着疲惫和放松的语气说。

"我们正在想你们跑哪儿去了呢！"

"过去三小时里，我也在想同样的问题。"

"你们是怎么回到酒店的，保罗？"

保罗没有力气给沃尔特讲述完整的经过。"基恩有一天给我们留下了很多钱。"

"太好了。上帝啊，保罗！比尔怎么样？"

"他有点激动，但总体还好。"

"我们都很激动。哦，上帝啊，听到你的声音简直太好了！"

话筒里传出另一个人的声音。"保罗？我是米奇。"米奇·哈特是EDS公司的前总裁，"我就说嘛，咱们的意大利街头斗士一定会出来的。"

"鲁丝怎么样了？"保罗说。

汤姆·沃尔特回答了这个问题。他们一定用的是电话会议系统，保罗想。"保罗，她很好。我刚同她通过话。基恩正在给她打电话。她在用另一部电话。"

"孩子们都还好吧？"

"嗯，都好。鲁丝听到你回来的消息一定会很高兴！"

"好吧。现在我让比尔同你们说话。"保罗将话筒交给比尔。

保罗刚才说话的时候，一个名叫胡拉姆的伊朗员工也到了。他听说发生了越狱，就去监狱附近的街上找保罗和比尔。

胡拉姆的到来让杰伊·科伯恩担心起来。科伯恩有好几分钟因为激动和喜悦而忘了思考别的事，但现在他恢复了自己的身份——西蒙斯的副手。他静静地离开了套房，找到了另一扇打开的门，进入房间，给德沃兰奇克家打去电话。

西蒙斯接起电话。

“我是杰伊。他们回来了。”

“很好。”

“这里非常不安全。他们电话里使用真名，大家走来走去，还有伊朗员工也来了……”

“另开一间单独的房。我们马上过来。”

“好。”科伯恩挂上电话。

他下楼到服务台，要求在十二楼开一间有两个卧室的套房。这很容易——酒店里有几百个空房间。他用了个假名，而办事员没有让他出示护照。

他回到盖登的套房。

几分钟后，西蒙斯走进来，说：“挂断该死的电话。”

与达拉斯保持通信畅通的鲍勃·扬放下了话筒。

随西蒙斯之后进来的乔·波赫开始拉上窗帘。

不可思议，西蒙斯突然成了发号施令者。EDS海外公司的总裁是这里职位最高的人，一个小时前，他还告诉汤姆·沃尔特，“阳光男孩们”——西蒙斯、科伯恩和波赫——似乎毫无用处、效率低下。但现在，他却想都没想就服从了西蒙斯。

“检查一圈，乔。”西蒙斯对波赫说。科伯恩知道这是什么意思。营救队在等待的这几周里已经探查过酒店及其周边，波赫现在要去看如今是否有异样。

电话响了。约翰·豪威尔接起电话。“是阿波尔哈桑。”他对其他人说。他听了两分钟，然后说：“稍等。”他捂住话筒对西蒙斯说：“阿波尔哈桑是我同达德加会面时的翻译。他的父亲是达德加的朋友。他在他父亲家，刚接到达德加的电话。”

房间里阒然无声。

“达德加说：‘你知道美国人都逃出监狱了吗？’阿波尔哈桑说：‘不知道。’达德加说：‘找到EDS公司的人，告诉他们，如果他们找到了保罗和比尔，他们必须将他们押送回来。还有就是，我愿意重新商量保释金的问题，我愿意将其降到更合理的水平。’”

盖登说：“让他滚。”

“好吧。”西蒙斯说，“让阿波尔哈桑给达德加说，我们正在寻找保罗和比尔，但我们认为达德加本人应该为他们的安全负责。”

豪威尔笑着点了点头，开始对阿波尔哈桑说话。

西蒙斯转身对盖登说：“给美国大使馆打电话，嚷嚷起来也无妨，就说是他们将保罗和比尔送进监狱的，而现在监狱被攻陷了，我们不知道保罗和比尔在什么地方，但我们认为大使馆应该为他们的安全负责。说起来要可信。大使馆里肯定有伊朗间谍——我敢打赌，达德加会很快就知道我们给大使馆说了些什么。”

盖登去打电话了。

西蒙斯、科伯恩和波赫，以及保罗和比尔，一同转移到了科伯恩在上一层开的房间。

科伯恩为保罗和比尔点了两份牛排套餐。他让酒店的人将套餐送到盖登的套房——没有必要让闲杂人等进出新的房间。

保罗洗了个热水澡。他已经期待很久了，毕竟他已经有六个星期没洗澡了。他在安静洁白的浴室里狂欢。热自来水，芬芳的香皂……他再也不会视这些幸福为理所应得了。他将加斯尔监狱的味道从头发里洗掉，等着他的是干净的衣服——有人从希尔顿酒店取回了他的行李箱，被捕之前他一直待在那里。

比尔也冲了个澡。他的喜悦感已经消失了。走进盖登套房的时候，他认为噩梦已经结束了，但他渐渐意识到，自己仍处在危险之中。没有速度达音速两倍的飞机等着将他送回家。达德加通过阿波尔哈桑传递的消息，西蒙斯的出现，新的安保措施——转移到这个套房，波赫拉上窗帘，食物需要中转——都让他认识到，逃亡才刚刚开始。

不过，这还是不妨碍他享受牛排套餐。

西蒙斯仍然很不安。凯悦酒店靠近美军入住的艾文酒店，以及艾文监狱和一个军火库——这些都是容易被革命者攻击的目标。达德加的电话也令他忧心。有许多伊朗人都知道EDS公司的人住在凯悦酒店——达德加可以轻而易举就查到，并派人来搜索保罗和比尔。

西蒙斯、科伯恩和比尔在客厅商量这件事的时候，电话响了。

西蒙斯盯着电话。

电话又响了。

“谁他妈知道我们在这儿？”西蒙斯说。

科伯恩耸耸肩。

西蒙斯拿起电话说："喂？"

他顿了顿。

"喂？"

他挂断电话。"没有人说话。"

这时，保罗穿着睡衣进来了。西蒙斯说："换上你的衣服。我们要离开了。"

"为什么？"保罗抗议道。

西蒙斯重复道："换上你的衣服，我们要离开了。"

保罗耸耸肩，返回卧室。

比尔觉得难以置信。他们又要开始逃了！不知道为什么，外面都乱成了那样，达德加还在公事公办。可是谁会为他工作呢？警卫逃出了监狱，警察局被焚毁了，军队投降了——谁还能执行达德加的命令呢？

魔鬼及其使徒，比尔想。

保罗穿衣服的时候，西蒙斯来到楼下盖登的套房。他将盖登和泰勒拉到角落里，压低声音说："对外宣称，保罗和比尔要在这儿过夜。你们明天早上全都到我们那儿去。早上七点离开，装作去上班的样子。不要提行李包，不要退房，不要付账。乔·波赫会在外面等你们，他会找到一条安全的路径。我现在就要带保罗和比尔离开——在明天早晨之前，不要对任何人说这件事。"

"好的。"盖登说。

西蒙斯回到楼上。保罗和比尔已经准备好了，科伯恩和波赫正在等西蒙斯。他们五人朝电梯走去。

下楼的时候，西蒙斯说："现在，我们要泰然自若地离开这里。"

他们到达了底层，走过宽敞的门厅，进入前院。两辆路虎揽胜就停在那里。

他们穿过前院的时候，一辆黑色的大轿车开过来，四五个衣衫褴褛的人手持机关枪跳下车。

科伯恩嘟哝道："哦，浑蛋。"

五人继续前进。

革命者朝门卫跑去。

波赫拉开第一辆路虎揽胜的车门，保罗和比尔钻了进去。波赫发动汽车，迅速开走。西蒙斯和科伯恩进入第二辆车，紧跟其后。

革命者进入了酒店。

波赫沿着瓦纳克高速公路行驶，这条路经过凯悦酒店和希尔顿酒店。透过汽车引擎声，他们听见持续不断的机关枪声音。行驶了一英里，在高速公路与巴列维大道的交叉口上，他们遇到了一个路障。那里距希尔顿酒店不远。

波赫停下车。比尔环顾四周。几个小时前，那对将他们送到凯悦酒店的伊朗男女的车也曾穿过这个路口，但那时这里还没有路障，只有一辆被焚毁的轿车。而现在，这里多了几辆正在燃烧的汽车、一个路障，以及一帮手持各种武器的革命者。

其中一个革命者朝路虎揽胜走来，波赫摇下车窗。

"你去哪儿？"革命者用流利的英语问。

"我去阿巴斯·阿巴德我岳母的家。"波赫说。

比尔想：上帝啊，这是多么白痴的谎言。

保罗别开脸，望向别处。

另一个革命者上来用波斯语说了几句。第一个男人翻译道："你们有烟吗？"

“没有，我不抽烟。”波赫说。

“好，走吧。”

波赫驶上沙汉沙希高速公路。

科伯恩开着第二辆车停到革命者旁边。

“你跟他们是一起的？”一名革命者问。

“是的。”

“你有香烟吗？”

“是的。”科伯恩从口袋里掏出一包烟，想摇出一支来。他的手在发抖，烟老不出来。

西蒙斯说：“杰伊。”

“是的。”

“把整包烟都给他。”

科伯恩将整包烟都给了革命者。革命者挥手让他们离开。

2

鲁丝·恰帕罗恩躺在床上，但却没睡着。这里是达拉斯，她在尼费勒家。突然电话响了。

她听见走廊里传来脚步声。电话铃声停了，吉姆·尼费勒的声音说：“喂？她在睡觉。”

“我醒着。”鲁丝大叫。她跳下床，披上睡袍，走入走廊。

“是汤姆·沃尔特的妻子珍。”说着，他将电话递给了她。

鲁丝说：“你好，珍。”

“鲁丝，好消息。保罗和比尔获释了。他们出狱了。”

“哦，感谢上帝！”鲁丝说。

她还没有想到保罗该如何离开伊朗。

艾米丽·盖洛德从教堂回来后，她母亲说：“汤姆·沃尔特从达拉斯打来电话了，我说你会打回去的。”

艾米丽抓起电话，拨打了EDS公司的号码，找沃尔特接电话。

“嗨，艾米丽。”沃尔特拉长腔调说，“保罗和比尔出狱了。”

“汤姆，太好了！”

“发生了越狱事件。他们很安全，保护他们的人训练有素。”

“他们什么时候回家？”

“还不确定，但我们会继续向你通报最新消息。”

“谢谢，汤姆。”艾米丽说，“谢谢你！”

罗斯·佩罗同玛戈躺在床上。电话铃声将两人都惊醒了。佩罗伸手拿起话筒。“是我。”

“罗斯，我是汤姆·沃尔特。保罗和比尔出狱了。”

佩罗困意顿消。他坐起来说：“太好了！”

玛戈睡眼蒙眬地问：“他们出狱了？”

“是的。”

她笑道："哦，太好了！"

汤姆·沃尔特说："监狱被革命者攻陷，保罗和比尔就逃出来了。"

佩罗大脑飞速转动。"他们在什么地方？"

"在酒店。"

"那很危险，汤姆。西蒙斯在那里吗？"

"呃，我同他们对话的时候，西蒙斯不在。"

"让他们去叫他。泰勒知道电话号码。让他们离开酒店！"

"好。"

"马上叫大家到公司去。我过几分钟就到。"

"好。"

佩罗挂断电话。他下床穿上衣服，亲了亲玛戈，跑下楼梯。他穿过厨房，冲出后门。门卫惊讶地看到他如此早起床，说："早上好，佩罗先生。"

"早。"佩罗决定开玛戈的捷豹。他跳上车，沿着车道开往大门。

最近的六个星期，他都觉得憋屈抑郁，仿佛被装在了爆米花机里。他做了所有能做的事，但仍然一无所获。坏消息总是接踵而来——他没有取得任何进步。现在，事情终于取得了进展。

他在弗雷斯特街上飞奔，不惜闯红灯、超速。将保罗和比尔弄出监狱还算简单，他想，现在他必须将他们弄出伊朗。这最困难的部分还没开始。

接下来的几分钟，达拉斯参与营救行动的人都聚集在了弗雷斯特街的EDS总部：汤姆·沃尔特、T.J.马尔克斯、梅夫·斯托弗、佩罗的秘书萨利·沃尔瑟、汤姆·卢斯律师，以及米奇·哈特——他已经不再为EDS公司工作了，但他一直在利用自己同民主党的关系帮助保罗和比尔。

到目前为止，同德黑兰谈判组的沟通都在五楼的比尔·盖登的办公室进行，而梅夫·斯托弗在七楼悄悄地同非法的营救队联络，并予以支持，他打电话都用的是密码。现在，他们都认识到西蒙斯是德黑兰的关键人物，接下来要做的事情很可能是非法的。所以他们都转移到斯托弗的办公室，那里也更加隐秘。

“我要立即去华盛顿。”佩罗告诉他们，“我们最好能搞到一架军用飞机。”

斯托弗说：“我不知道星期天有没有从达拉斯-沃斯堡机场到华盛顿的飞机——”

“包一架。”佩罗说。

斯托弗拿起话筒。

“接下来的几天，我们需要秘书在这里二十四小时看守。”佩罗继续道。

“我来办。”T.J.说。

“军方答应帮我们，但我们不能靠他们——他们可能有更重要的事情要做。最有可能的选择是，所有人驾车到土耳其。如果实施这个方案，我们就得在边境等他们，或者——如果有必要的话——飞到伊朗西北部，将他们救回来。我们必须组建土耳其营救组。博尔韦尔已经在伊斯坦布尔了。舒维巴赫、斯卡利和戴维斯在美国——给他们打电话，让他们在华盛顿见我。我们可能需要一个直升机飞行员、一个固定翼飞机飞行员，以防我们需要潜入伊朗。萨利，给玛戈打电话，让她给准备好行李——我需要便服、一个手电筒、一双晴雨靴、保暖内衣、一个睡袋，还有一顶帐篷。”

“好的。”萨利离开了房间。

“罗斯，我认为这不是个好主意。”T.J.说，“玛戈也许会被吓到。”

佩罗不禁叹息：T.J.就是这样爱争辩，但他是对的。“好。我回家自己做。你跟我来，我打包的时候，咱们好继续谈。”

“好的。”

斯托弗放下电话说：“一架里尔喷气式客机已经在拉弗机场等您了。”

“好。”

佩罗和T.J.下楼，分别上车。他们离开EDS公司总部，在弗雷斯特街上右拐。几秒钟后，T.J.瞟了眼速度计，发现自己开到了八十迈，而前方驾驶妻子玛戈的捷豹的佩罗已经不见了踪影。

在华盛顿的佩奇机场，佩罗碰到了两个老朋友：比尔·克莱门特及其夫人莉塔。克莱门特是得克萨斯州州长，也是前国防部副部长。克莱门特说：“嗨，罗斯！你星期天下午到华盛顿来干什么？”

“我是来做生意的。”佩罗说。

“别扯了。你到底是来干什么的？”克莱门特咧嘴笑道。

“你有时间吗？”

克莱门特有时间。于是三人坐下，佩罗将保罗和比尔的事从头到尾说了一遍。

听完后，克莱门特说：“你可以同一个人谈谈。我把名字给你写下来。”

“星期天下午我怎么找得到他？”

“我去找他。”

两人走到一部付费电话旁。克莱门特投入一枚硬币，拨打了国防部的总机，表明了身份。他要求将电话转接到这个国家最高级的一名军官的家中。他说：“得克萨斯的罗斯·佩罗同我在一起。他是我的朋友，也是军队的好朋友，我要你帮他。”然后他将电话递给佩罗，走开了。

半个小时之后，佩罗来到国防部地下室的作战室里，被电脑终端所包围，同六名将军谈话。

他从未见过这些将军，但他觉得他们是朋友——他们全都知道他发起的关注越战战俘运动。

“我想把两个人从德黑兰救出来。”佩罗说，“你们能用飞机把他们运出来吗？”

“不行。”一位将军说，“我们在德黑兰非常被动。我们的多申·托佩空军基地被革命者掌控。加斯特将军藏在美国军事援助顾问团总部的地下室里，被一帮暴徒包围。我们无法联系上他们，因为电话线被切断了。”

“好的。”佩罗说，他大概猜到了这个回答，“那我就自己动手。”

“伊朗在半个地球之外，而且还在革命当中。”一位将军说，“你自己动手可不容易。”

佩罗说：“‘公牛’西蒙斯在那边帮我。”

他们沸腾起来。“他妈的，佩罗！”一位将军说，“这对伊朗人来说可太不公平了！”

“是啊。”佩罗咧嘴一笑，“我可能需要自己飞过去。你们能给我德黑兰和土耳其边境之间所有机场的名单吗？”

“当然。”

“你们能查出哪些机场能起降吗？”

“看看卫星图片就明白了。”

“那雷达呢？能不能避开伊朗人的雷达飞到那里？”

“当然可以。我们给你一幅五百英尺高度的雷达图。”

“太好了！”

“还有别的要求吗？”

这简直就像去麦当劳一样容易！

“目前就这些。”他说。

将军们开始打电话。

T.J.马尔克斯拿起电话，是佩罗打来的。

“我找到飞行员了。”T.J.告诉他，“我给拉里·约瑟夫打了电话，他曾是大陆航空公司在越南和老挝的负责人，如今在华盛顿。他找到了合适人选——迪克·道格拉斯和朱利安·卡诺齐。他们明天就到华盛顿。”

“太好了。”佩罗说，“我已去过国防部，他们无法用飞机把我们的人运出来——美军被困在了德黑兰。但我搞到了各种地图，我们能自己飞进去。我现在需要一架能飞越大西洋的喷气飞机，机上人员齐备，并且装备有单边带无线电通话器，就像我们在老挝用过的那种，可以让我们从飞机上打电话。”

“我马上去办。”T.J.说。

“我在麦迪逊酒店。”

“知道了。”

T.J.开始打电话。他联系了两个得克萨斯州的包机公司，但他们都没有可以飞越大西洋的飞机。但第二家公司建议他联络俄亥俄州哥伦布市的商用飞机公司。如果这家公司都不能帮忙，那他们就不知道谁可以帮忙了。

T.J.想到了欧洲。他给卡尔·尼尔森打了个电话。尼尔森是EDS公司的管理人员之一，正在欧洲给马丁航空公司做一套方案。尼尔森回话说，马丁航空公司不愿飞伊朗，并告诉了他一家愿意飞的瑞士航空公司的名字。T.J.给瑞士打去电话，结果发现那家公司今天也停飞伊朗了。

T.J.又给住在巴黎的布兰尼夫国际航空公司的副总裁哈里·麦基罗普打电话。麦基罗普出去了。

T.J.只好向佩罗承认失败。

佩罗想到了一个主意。他依稀记得，博蒙特的得克萨斯州光学仪器公司总裁索尔·罗杰斯有一架BAC 111或者波音727，他不确定是哪种。他也没有罗杰斯的电话号码。

T.J.打查询电话，但罗杰斯的电话没有记录。他又给玛戈打电话，结果她有。他终于找到罗杰斯，但对方说飞机已经卖了。

罗杰斯知道华盛顿一家名为“奥米尼国际”的公司可以租飞机。他将那家公司的总裁和副总裁的家庭电话号码告诉了T.J.。

T.J.给总裁打去电话。对方不在家。

他又给副总裁打，对方在。

“你们有能飞越大西洋的飞机吗？”T.J.问。

“是的。我们有两架。”

T.J.松了口气。

“我有一架707，一架727。”那人说。

"都在什么地方？"

"707在沃思堡的米彻姆机场——"

"太好了，就在附近！"T.J.说，"那飞机上有单边带无线电通话器吗？"

"当然有。"

T.J.简直不敢相信自己会如此走运。

"这架飞机装饰得非常豪华。"副总裁说，"本来是一位科威特王子订购的，结果他没有要。"

T.J.对装饰不感兴趣。他询问了价格，副总裁说这由总裁做主，总裁晚上出去了，但T.J.可以在第二天一大早就打电话找他。

T.J.让EDS公司副总裁、前越战飞行员杰夫·海勒同海勒的两个朋友去检查飞机。海勒的朋友一个是美国航空公司的飞行员，另一个是随机工程师。海勒说，飞机看起来不错，但要飞行过后才知道有没有别的问题。"装饰太奢侈了。"他笑着评论道。

第二天早上七点三十分，T.J.给奥米尼公司总裁打电话，当时后者正在洗澡。总裁已经同副总裁通过话，他觉得这笔生意可以做。

"好。"T.J.说，"那机组人员、地面设施和保险——"

"我们不包租飞机。"总裁说，"我们只租飞机。"

"有什么区别？"

"就像是打出租和租车的区别。我们的业务是后者。"

"我们是做电脑生意的，对航空公司一无所知。"T.J.说，"尽管你一般不做这些事，但你能不能帮我们提供所有的设备和人员？我们会付给你们钱的。"

"这些事非常复杂。光是保险就……"

"但你会帮我们，对吧？"

"是的。"

后来T.J.了解到，这些事确实非常复杂。这笔交易的独特性没有打动保险公司，保险公司也讨厌被催促。很难判断EDS公司要遵守哪些规定，因为EDS公司并不是航空公司。奥米尼公司要求EDS公司在一家美国银行的离岸支行存入六万美元。这些问题由EDS公司驻华盛顿的经理加里·费尔南德斯以及达拉斯的律师克劳德·普查利尔解决了——合同是销售示范租赁合同，在当天快结束时执行。奥米尼公司在加利福尼亚找到了机组成员，将他们送往达拉斯，驾驶飞机飞往华盛顿。

星期一午夜，飞机、机组成员、后备飞行员，以及营救队的剩余成员都到华盛顿与罗斯·佩罗会合。

T.J.创造了奇迹。

3

2月11日，星期天，谈判组——基恩·泰勒、比尔·盖登、约翰·豪威尔、鲍勃·扬，以及里奇·加拉格尔——外加拉西德、凯茜·加拉格尔和名叫布菲的狗是在凯悦酒店度过的。他们基本没有睡觉，暴徒就在不远处攻击军械库。一部分军队似乎也加入了革命，因为袭击中动用了坦克。天快亮的时候，他们在墙上轰出了一个洞，攻了进去。从黎明开始，就有橘红色的出租车陆续将武器从军械库运送到战斗仍然十分激烈的地方。

谈判组一直保持着同达拉斯的电话通信——豪威尔躺在盖登房间客厅的沙发上，话筒紧贴着耳朵。

拉西德一大早就走了。他不知道其他人要去哪儿——藏身地点不允许透露给任何伊朗人。

其他人收拾好行李，将行李箱留在房间里，待有机会回来取。西蒙斯没有做过这样的指示，他当然也不会同意这么做，因为打包好的行李表明EDS公司的人不再住这儿了，但他们都认为西蒙斯太谨小慎微了。七点过几分钟——而不是西蒙斯规定的七点——他们聚集到盖登房间的客厅里。加拉格尔夫妇带了箱子，看上去也不像是要去上班。

他们在门厅遇到了酒店经理。"你们去哪儿？"他狐疑地问。

"去公司。"盖登告诉他。

"你们不知道外面正在打内战吗？整晚我们都在给革命者提供食物。他们问这里有没有住美国人，我说这里一个客人都没有。你们应该上楼躲起来。"

"生活得继续啊。"盖登说。他们全走了出去。

乔·波赫在路虎揽胜中等他们，心头直冒火。因为他们晚出来十五分钟，而西蒙斯命令他必须在七点四十五分回去。

他们朝轿车走去，基恩·泰勒看到一个酒店员工正在停车。他上前问道："街上什么情况？"

"到处都是路障。"那人说，"酒店车道尽头就有一个。你们不应该出去。"

"谢谢。"泰勒说。

他们都上了车，跟着波赫的路虎揽胜。大门旁的门卫正专心把香蕉形弹夹往冲锋枪里塞，但却怎么也塞不进去，他们压根儿没有注意到这三辆车。

外面的景象非常可怕。军械库的许多武器流入了从未操作过武器的十多岁的男孩手中，这些孩子挥舞着武器，大叫着跑下山，跳上车，开上高速公路，朝空中乱开枪。

为了避开路障，波赫绕了个路，沿着沙汉沙希高速公路朝北驶去。在与巴列维大街的交叉口上，还可以看到一个被遗弃的路障——被焚毁的汽车和横在路上的树干——但把守路障的人正在庆祝，一边大声欢呼，一边朝空中射击，三辆车径直驶了过去。

接近藏身处时，他们进入了一片相对安静的区域。他们驶入一条狭窄的街道，半个街区后，他们穿过大门，进入一个有围墙的花园，园中的游泳池里没有水。德沃兰奇克的家占据了一座两层楼公寓的底层，房东太太住楼上。他们全进了屋。

星期一，达德加继续寻找保罗和比尔。

比尔·盖登给布加勒斯特打去电话，一组忠实的伊朗骨干员工仍坚守在电话机旁。盖登得知达德加的人已经打过两次电话，同两个秘书谈过话，询问哪里可以找到恰帕罗恩先生和盖洛德先生。第一个秘书说，她一个美国人的名字都不知道——这当然是大胆的谎言——她已经为EDS公司工作四年，认识公司的每一个人。第二个秘书说：“你得同罗伊德·布里格斯先生谈，他现在是公司负责人。”

“他在哪儿？”

“他离开伊朗了。”

“那他不在的话，谁是公司负责人？”

“基恩·泰勒先生。”

“让他同我说话。”

“他现在不在。”

秘书们给达德加的手下兜了个大圈子，上帝保佑她们！

里奇·加拉格尔一直同他在军队里的朋友保持着联系（凯茜担任一个美军上校的秘书）。他给艾文酒店打去电话，美国军官大部分都住在那里，得知“革命者”已经去过艾文酒店和凯悦酒店，拿着保罗和比尔的照片找人。

达德加的固执简直不可思议。

西蒙斯决定，他们必须在四十八小时内离开德沃兰奇克的家。

他们原本安排的是五个男人逃亡，但现在有十个男人、一个女人，还有一条狗。

他们只有两辆路虎揽胜。普通的车绝不可能运载这么多人，更别提要在雪中行驶了。

他们需要第三辆路虎揽胜。科伯恩给马吉德打电话，吩咐他再去弄一辆。

那条狗让西蒙斯担心。里奇·加拉格尔打算将布菲装在帆布背包里。如果他们必须步行或骑马穿越山区里的边境，狗儿只要叫一声就可能让他们丧命——而布菲见到任何东西都会叫。西蒙斯对科伯恩和泰勒说：“我要你们两个把这条该死的狗处理掉。”

“好。”科伯恩说，“我来带它出去遛弯，然后直接放掉。”

“不。”西蒙斯说，“我说处理掉的意思是，永远地解决掉。”

凯茜是最大的问题。那天晚上，她觉得不舒服——“女人的毛病。”里奇说。他希望通过卧床休息一天能让她更坚强些，但西蒙斯对此并不乐观。他对大使馆的表现火冒三丈。“国务院想把一个人弄出来并加以保护的话，有数不清的办法。”他说，“把他们装进箱子，或者当作货物运送……如果他们真心想做，就是轻而易举的事。”

比尔开始觉得自己是所有麻烦的源头。“为了救两个人而让九个人冒生命危险，这并不明智。”他说，“如果保罗和我不在这儿，你们都不会有危险——你们可以等在这儿，直到飞离伊朗的航班开始运行。也许保罗和我应该主动到美国大使馆避难。”

西蒙斯说：“如果你们去大使馆，达德加决定扣押别的人质怎么办？”

科伯恩想，在保罗和比尔回到美国之前，西蒙斯是无论如何都不会让他们离开他的视线的。

街边大门的门铃响了，大家顿时僵住。

“去卧室，但要安静。”西蒙斯说。

科伯恩来到窗户边。房东太太依然认为这里只住着两个人，科伯恩和波赫。她从未见过西蒙斯。不能让任何人知道房子里有十一个人。

科伯恩看到房东太太穿过院子，打开大门。她在那里站了几分钟，同科伯恩看不到的某人谈了几句，然后关上大门，独自回来了。

听到门关上，房东太太上楼之后，科伯恩才说：“没事了。”

他们将德沃兰奇克家的厚衣服抢劫一空，以备高山跋涉所需。保罗想：如果托妮·德沃兰奇克知道这些大老爷们儿把她的抽屉翻了个遍，一定会含羞而死的吧。结果他们找出了一堆帽子、外套和毛衣，但大都不合身。

之后他们能做的就只有等待了——等待马吉德再去找一辆路虎揽胜，等待凯茜身体好转，等待佩罗将土耳其营救组搭建完成。

他们通过贝塔盒式磁带录像机观看过去的足球比赛。保罗同盖登玩金兰姆牌。那条狗让所有人都心神不宁，但科伯恩打算到最后一分钟才割断它的喉咙，以防计划改变，它还可以活命。约翰·豪威尔读了彼得·本奇利的《深海潜行》——他在来伊朗的飞机上看了部分电影，但因为飞机在电影结束前就降落了，所以他错过了结尾，他不知道好人是谁、坏人是谁。西蒙斯说："谁想喝酒就喝吧，但如果我们要快速行动的话，最好不要让酒精存留在我们体内。"虽然西蒙斯发出了这种警告，但盖登和加拉格尔还是悄悄地将杜林标酒混进了他们的咖啡。门铃又响了，他们又藏了起来，但来人又是来找房东太太的。

这么多人都挤在客厅和三个卧室里，但他们的脾气都非常好。控制不住脾气的只有基恩·泰勒。他和保罗为大家做了一顿丰盛的晚餐，几乎将冰箱里的食材用光了。但等他从厨房里出来后，却发现其他人已经将晚餐吃得干干净净。他咒骂他们是一群贪婪的猪，他们哄堂大笑。泰勒每次生气他们都会这样。

晚上他又生气了。他睡在科伯恩旁边，而科伯恩鼾声如雷，吵得他不得入睡。他甚至叫不醒科伯恩，让他停止打鼾，这让他更加生气。

那天晚上，华盛顿下雪了。罗斯·佩罗疲倦而又紧张。

他同米奇·哈特一起，花了差不多一天的时间，不遗余力地劝说政府派飞机将他的人从德黑兰救出来。他在国务院见到了副国务卿戴维·牛森，在白宫见到了托马斯·V.彼尔德以及卡特总统的年轻助理马克·金斯伯格，后者负责联络白宫和国务院。他们正全力以赴地制定用飞机将滞留德黑兰的一千名美国人救出来的计划，并不打算为罗斯·佩罗单独设计方案。

佩罗只好亲自去土耳其，于是到体育用品商店购买了防寒衣物。租用的波音707已经从达拉斯飞到华盛顿，帕特·斯卡利从杜勒斯机场打来电话说，飞行中发现了一些机械问题——发射机应答器和惯性导航系统没有正常工作，一号发动机耗油的速度比正常速度快一倍，机舱内可用的氧气不足，没有备胎，水箱阀门被冻住了。

机械师修理飞机的时候，佩罗同EDS公司副总裁莫特·梅尔森坐在麦迪逊酒店里。

在EDS公司，有一帮特殊的人，比如T.J.马尔克斯和梅夫·斯托弗，每当遇到公司主业，也就是电脑软件业之外的问题，比如关注战俘运动，得克萨斯反毒品运动，以及营救保罗和比尔，佩罗就会找他们帮忙。尽管梅尔森没有参与佩罗的特别项目，佩罗还是将营救计划全盘告诉了他，他也表达了祝福——他认识保罗和比尔，早在担当系统工程师的时候，他就同他们一同工作过。在公司经营方面，他是佩罗最得力的助手，即将担任EDS公司总裁（佩罗将继续担任董事会主席）。

佩罗和梅尔森讨论了EDS公司所有正在进行的项目及其问题。他们都知道，开这次会的原因是佩罗也许无法从土耳其回来了，但他们都没说出口。

在某些方面，这两个人天差地别。梅尔森的父亲是俄裔犹太人，存了两年钱才买到从纽约到得克萨斯的火车票。梅尔森兴趣广泛，既擅长体育，又热爱艺术——他打手球，是达拉斯交响乐团的成员，本身弹得一手好钢琴。梅尔森曾拿佩罗和他的“鹰”开玩笑，称自己的亲密同事是“梅尔森蟾蜍”。但在很多方面他又很像佩罗，他思想前卫，行为大胆，提出的主意经常令EDS公司许多传统的管理人员感到惊讶。佩罗指示说，倘若自己有何不测，他的所有股票都由梅尔森代为打理。EDS公司将继续由一位领袖管理，而不是一群官僚。

佩罗商量公司事务，操心飞机，怨恨国务院的时候，心底深处最担心的其实是他的母亲。露露·梅·佩罗的身体每况愈下，佩罗想同她在一起。如果她在他去土耳其的时候过世了，他就永远见不到她了，这会令他伤心欲绝。

梅尔森知道佩罗在想什么。他中断正式交谈，问罗斯：“罗斯，为什么不派我去呢？”

“什么意思？”

“为什么不让我代替你去？你已经尽到责任了——你去过伊朗。你在土耳其能做的，我也可以做。你需要同你母亲在一起。”

佩罗非常感动。莫特本不必说这些话，他想。“如果你愿意的话……”他很想答应下来，“我会好好考虑你的建议。让我考虑一下。”

他不知道自己是否有权让梅尔森代替他冒险。“听听别人是怎么看的。”他拿起话筒，找到达拉斯的T.J.马尔克斯。“莫特主动提出替我去土耳其。”他告诉T.J.，“你怎么看？”

“这主意糟透了。”T.J.说，“你从一开始就参与这个项目，你不可能在几个小时之内将所有他需要知道的事都告诉他。你了解西蒙斯，你知道他是怎么想的，但莫特不知道。西蒙斯不了解莫特，你知道西蒙斯对他不了解的人是什么态度——他不会相信这种人的。”

“你说得对。”佩罗说，“不能这么干。”

他挂断电话。“莫特，我非常感谢你的提议，但去土耳其的人必须是我。”

“那你定夺吧。”

几分钟后，梅尔森离开了，乘坐包租的里尔喷气式客机返回达拉斯。佩罗又给EDS公司的梅夫·斯托弗打去电话。“现在，你们要轮班工作，保证睡眠。”佩罗说，“我可不想同一群僵尸谈话。”

“好的！”

佩罗自己也补充了睡眠。

凌晨两点，电话吵醒了他。是帕特·斯卡利从机场打来的——飞机的机械故障解决了。

佩罗搭出租车前往杜勒斯机场。车在结冰的路面上开了三十英里，让他心惊肉跳。

土耳其营救队集合完毕：佩罗、帕特·斯卡利和吉姆·舒维巴赫、年轻的罗恩·戴维斯、波音707飞机机组成员、两名后备飞行员——迪克·道格拉斯和“涂鸦”朱利安·卡诺齐。但飞机还需要一个华盛顿买不到的备用零件。负责飞机租赁合同的EDS公司经理加里·费尔南德斯有一个朋友在纽约的拉瓜迪亚机场从事某家航空公司的地面保障工作。他打电话把朋友叫醒，帮他找到了零件，送到了一架飞往华盛顿的飞机上。同时，佩罗在机场的一张长椅上睡了几个小时。

他们在凌晨六点登上飞机。佩罗惊讶地打量着飞机的内饰。飞机上有一个放着特大号床的卧室、三个吧台、一套复杂的高保真音响系统、一台电视、一个配了电话的办公室，长毛绒地毯，皮革蒙面的座椅，以及天鹅绒墙壁。“这里看上去就像波斯妓院。”佩罗说，尽管他从未见过波斯妓院。

飞机起飞了。迪克·道格拉斯和“涂鸦”卡诺齐立刻蜷缩起来，睡着了。佩罗试着学他们那样——接下来的十六小时他都无事可做。飞机飞到大西洋上空，他开始思考自己是不是做对了。

毕竟，他大可将保罗和比尔留在德黑兰碰运气。没有人会指责他——营救他们是政府的工作。大使馆现在也确实有能力将他们毫发无损地救出去。

但另一方面，达德加也可能将他们投入监狱关二十年，而考虑到以前的表现，大使馆也许无法保护他们。如果革命者抓住了保罗和比尔会怎样？用私刑杀死他们？

不，佩罗不能让自己的人冒这样的险——这不是他的风格。营救保罗和比尔是他的责任——他不需要母亲告诉自己这一点。问题是，他现在让更多的人面临着风险。现在，虽然两个员工不用在德黑兰躲躲藏藏了，但十一个员工不得不往伊朗西北部的荒野逃亡，另外四名员工外加两个飞行员则要找到他们。如果有人死了，全世界都会认为这是自认为还生活在西部时代的傻瓜导演的一场愚蠢透顶的冒险。他甚至想象得出报纸标题会是怎样：《得克萨斯富豪冒险伊朗，营救队员不幸殒命》。

假如我们失去了科伯恩，他想，我该怎么对他妻子说呢？莉兹一定无法理解为什么我会拿十七个人的生命去冒险，只为营救两个人。他这辈子都没有违法过，但现在却犯下了数不胜数的大罪。

他将这些抛诸脑后。决定已经做出了，如果每做一件事都担心可能发生的负面后果，那你一辈子都会束手束脚、一事无成。集中精力处理那些可以解决的问题。赌注已下，箭已离弦。他已不能回头了。

4

星期二，美国大使馆宣布，所有美国人必须在下个星期之内全部乘飞机离开德黑兰。

西蒙斯带着科伯恩和波赫进入德沃兰奇克家的一个卧室，然后关上门。“大使馆解决了我们的一部分问题。”他说，“我要将大家分成两组。不好管理的人乘大使馆安排的飞机离开，容易管理的人留下，从陆路穿越边境。”

科伯恩和波赫表示同意。

“显然，保罗和比尔必须走陆路。”西蒙斯说，“我们三人中的两人陪同他们：一个护送他们穿越山区，另一个合法越过边境，同博尔韦尔会合。我们的两辆路虎揽胜上，每辆都要配一名伊朗司机。这样每辆车上就剩两个座位。谁坐？肯定不是凯茜——她坐大使馆的飞机要好得多。”

“里奇会同她在一起。”科伯恩说。

“还有那条该死的狗。”西蒙斯补充道。

布菲的命保住了。科伯恩非常开心。

西蒙斯说：“那还剩下基恩·泰勒、约翰·豪威尔、鲍勃·扬和比尔·盖登。问题是：达德加可能会在机场逮捕我们的人，我们很可能会回到原点——又要去监狱救人。谁最有可能被捕？”

“盖登。”科伯恩说，“他是EDS海外公司总裁，是比保罗和比尔更好的人质。实际上，达德加逮捕比尔·盖洛德的时候，怀疑自己搞错了，因为他想要的是比尔·盖登，只是因为两人的名相同而弄混了。”

“那盖登同保罗和比尔走陆路。”

“约翰·豪威尔不是EDS公司的员工。他是律师。应该会没事。”

“豪威尔坐飞机。”

“鲍勃·扬是EDS公司在科威特的员工，而不是伊朗。他应该不在达德加的逮捕名单上。”

“那扬坐飞机。泰勒开车。我们中的一个人必须同危险系数低的那一组乘飞机离开。乔，你去。杰伊抛头露面的时间比你多，没有人知道你在伊朗。”

“好。”波赫说。

“好，那乘飞机的就是加拉格尔、鲍勃·扬、约翰·豪威尔，乔领队。走陆路的就是我、杰伊、基恩·泰勒、比尔·盖登、保罗、比尔和两个伊朗司机。去告诉他们。”

他们进入客厅，所有人都坐下来。西蒙斯说话的时候，科伯恩不禁为他宣布自己决定的方式所折服。因为所有人都觉得，他是在征求自己的意见，而不是被告知该怎么做。

大家就谁应该在哪一组做了点讨论——约翰·豪威尔和鲍勃·扬本来想加入更可能被达德加逮捕的那一组——但最后他们全与西蒙斯的决定达成了一致。

“乘飞机的一组最好尽快进入大使馆。”西蒙斯说。盖登和乔·波赫去找总领事洛·戈尔兹商谈这件事。

走陆路的一组将在明早出发。

科伯恩必须把伊朗司机召集起来。本来打算请马吉德和他的教授堂兄，但教授在雷扎耶，来不了德黑兰，所以科伯恩必须另觅他人。

他已经决定找赛义德。赛义德同拉西德和“摩托男”一样，是一个年轻的伊朗系统工程师，但他来自富裕得多的家庭——他的亲戚是国王手下的军政要员。

赛义德在英国接受教育，操一口英伦腔英语。科伯恩认为，他最大的优点是来自伊朗西北部，了解那里的地形，而且会说土耳其语。

科伯恩打电话给赛义德，他们在赛义德的家会面。科伯恩欺骗他说：“我需要收集从这儿到科霍伊的交通情报。”科伯恩说，“我需要有人为我开车。你愿意吗？”

“当然。”赛义德说。

“今晚十点四十五同我在阿根廷广场碰头。”

赛义德同意了。

是西蒙斯吩咐科伯恩这么做的。科伯恩信任赛义德，但西蒙斯不信任。所以在开始行动前，赛义德都不知道西蒙斯他们在哪儿，也不知道保罗和比尔的存在。而一旦开始行动，西蒙斯就会一直监视他。

科伯恩回到德沃兰奇克的家时，盖登和波赫也见完洛·戈尔兹回来了。他们告诉戈尔兹，EDS公司会留下几个人继续寻找保罗和比尔，但其他人想搬入大使馆，并乘第一架撤离的班机离开。戈尔兹说，大使馆人满为患，但他们可以住在他家。

他们都认为戈尔兹此举善意得出人意料。

过去两个月，许多人都对他生过一两次气，并且明显将保罗和比尔的被捕归咎于他和他的同事。而如今，他却慷慨大度地让他们住进自己的房子。伊朗陷入混乱之后，戈尔兹身上的官僚气少了，多了些人情味。

乘飞机的一组人与走陆路的一组人互相握手，祝对方好运，然后前者离开了德沃兰奇克家，前往戈尔兹的家。两组人都不知道，哪一方才更需要运气。

现在是晚上了。科伯恩和基恩·泰勒去马吉德的家接他——他将同赛义德一样，在德沃兰奇克家过一晚。科伯恩和泰勒还必须再去弄一罐五十五加仑的汽油。这些油马吉德早为他们准备好了。

他们到马吉德家的时候，他却不在。

他们焦急地等待着。马吉德终于回来了。他跟他们打了招呼，欢迎他们进屋，吩咐下人上茶，全套礼节都齐了。最后科伯恩说："我们明早出发。我们想让你现在就跟我们走。"

马吉德请科伯恩同他进入另一个房间，然后对他说："我不能同你们走。"

"为什么？"

"我必须杀了霍维达。"

"什么？"科伯恩不解地问，"谁？"

"阿米尔·阿巴斯·霍维达，他当过总理。"

“你为什么要杀他？”

“说来话长。国王推行土地改革，霍维达想夺走我们家的部族领地，我们反抗，霍维达就把我送进了监狱……我等了这么多年，就是要报仇雪耻。”

“你必须马上杀了他？”科伯恩惊异地问。

“我有武器，也有机会。两天之后，情况就会大变。”

科伯恩不知所措，也不知该说什么。显然马吉德是铁了心了。

科伯恩和泰勒将油罐搬到路虎揽胜的后备箱里，然后离开了。马吉德祝他们好运。

在德沃兰奇克家，科伯恩开始联系“摩托男”，希望他能代替马吉德充当司机。

“摩托男”同科伯恩自己一样难以捉摸。一般来说，每天只能联系上他一次，而且必须拨打某个固定的号码——科伯恩怀疑是某个革命总部的。“摩托男”顺道造访这里的时间已过——夜已经深了——但科伯恩还是试着打了过去。“摩托男”不在革命总部。他又试了几个号码，但还是一无所获。

他们至少还有赛义德。

十点三十分，科伯恩去见赛义德。科伯恩沿着黑黢黢的街道走向距德沃兰奇克家一英里的阿根廷广场，然后穿过一处工地，进入一栋空楼等待。

十一点，赛义德还没来。

西蒙斯让科伯恩最多只等十五分钟，但科伯恩决定多给赛义德一点时间。

他一直等到十一点半。

赛义德没来。

科伯恩猜测出了什么事。考虑到赛义德的家庭背景，他很可能已经成了革命的牺牲品。

对走陆路的这组人来说，这无异于大灾难。现在没有伊朗人跟着他们。他们怎么才能通过路障呢？太他妈倒霉了——教授退出，马吉德退出，“摩托男”不见了，赛义德也退出了。他妈的。

他离开了工地。他突然听见有车开来，转身看到一辆吉普载满荷枪实弹的革命者在广场上打转。他立即躲到树丛背后。他们没多久就走了。

他继续前进，加快了步子，因为他不确定今晚宵禁是否还有效。快要到家的时候，吉普又呼啸着开回来了。

他们终于发现我了，他想。他们是来抓我的。

天已经非常暗了，他们也许还没发现他。他转身往后跑。街上没有藏身之处。吉普的噪音越来越大。最后，科伯恩发现了一处灌木丛，便立刻跳了进去。他躺在灌木丛中，吉普越来越近，他的心跳也越来越快。他们是在找我吗？他们是不是抓住了赛义德，将他折磨得死去活来，逼他说出了他同美国鬼子约好十点半在阿根廷广场见面？

吉普径直开过去了。

科伯恩爬起来。

他一路狂奔到德沃兰奇克家。

他告诉西蒙斯，他们现在没有伊朗司机了。

西蒙斯咒骂道：“那能叫上别的伊朗人吗？”

“只有一个，拉西德。”

科伯恩知道，西蒙斯不想用拉西德，因为拉西德领导了越狱行动，如果有人认得他，而且看到他载着一车美国人，那说不定会惹上麻烦。但科伯恩再也找不到第二人选了。

“好吧。”西蒙斯说，“叫上他。”

科伯恩拨打了拉西德的电话。

他竟然在家！

“我是杰伊·科伯恩。我需要你的帮助。”

“没问题。”

科伯恩不愿意在电话中透露他们的藏身地，因为电话可能遭到了窃听。他想起比尔·德沃兰奇克有点斜视，便说：“你还记得那个眼睛很奇怪的家伙吗？”

“眼睛奇怪？哦，想起来了——”

“别说出他的名字。你还记得他住哪儿吗？”

“当然——”

“别说出来。我现在就在那里。我要你也过来。”

“杰伊，我住的地方离那里好几英里，我不知道我该如何穿城——”

“试一试吧。”科伯恩说。他知道拉西德很有能耐，他讨厌完不成任务，“你做得到的。”

“好吧。”

“谢谢。”科伯恩挂断电话。

午夜时分。

保罗和比尔从盖登带来的护照中各选了一个，西蒙斯让他们牢牢记住护照上的姓名、出生日期、个人情况，以及所有国家的签证及其印章。保罗护照上的照片多少还同他有点像，但比尔的护照就是个大问题了。没有一张护照适合他，结果他最终选了拉里·汉弗雷的护照，后者是一个金发的北欧人，跟比尔相去甚远。

六人商量数小时后即将开始的行程细节时，紧张感油然而生。根据里奇·加拉格尔从军方得到的消息，塔布利兹地区有战斗，所以他们决定坚持原来的方案，走下线，即从雷扎耶湖南面走，经过马哈巴德。如果他们遭到盘问，就会尽量贴近真实情况说——西蒙斯总是喜欢撒半真半假的谎。他们会说，自己是商人，想回家同家人团聚，但机场关闭了，他们只好开车去土耳其。

为了支持这一说法，他们不会携带武器。这是个艰难的决定——他们知道自己也许会后悔在革命运动中不带武器孤立无援——但西蒙斯和科伯恩通过上次侦察发现，守卫路障的革命者总会搜过路者身上的武器。西蒙斯的直觉告诉他，他们最好通过对话来解决问题，而不是直接用枪杆子说话。

他们还决定将五十五加仑的燃料罐留下，因为那东西会让他们看起来更专业，更有组织，不像是几个悄悄回家的商人。

不过，他们会带很多钱。乔·波赫带着五万美元同乘飞机的一组走了，但西蒙斯的人还有二十五万美元左右，其中一部分是伊朗里亚尔、德国马克、英镑和黄金。他们将五万美元装进厨房塑料袋，用子弹加重，然后放入一个油罐。他们还在纸巾盒里和手电筒里塞了钱。他们将剩下的钱分给每个人自行藏匿。

凌晨一点，拉西德还没有到。西蒙斯派科伯恩站在街上等他。

科伯恩站在黑暗中瑟瑟发抖，指望拉西德能出现。不论他来不来，他们都会在明天出发，但没了他，他们也许走不远。乡间的村民很可能会不管三七二十一就拦下美国人。虽然西蒙斯对拉西德尚存顾虑，但他确实是理想的向导——那孩子有一条三寸不烂之舌。

科伯恩的思绪飘回了家。他知道，莉兹对他非常愤怒。她每天都不厌其烦地给梅夫·斯托弗打电话，问自己的丈夫在哪儿、在干什么、什么时候能回家。

科伯恩知道，自己回家之后必须做出决断。他不知道自己如何与莉兹共度余生，这件事过后，她可能也会产生同样的看法。我们过去曾经相爱，他想，但现在爱情去哪儿了呢？

他听到了脚步声。一个身材矮小、头发卷曲的人在寒风中耸着肩，沿人行道朝他走来。

“拉西德！”科伯恩低声喊道。

“杰伊？”

“见到你真是太高兴了！”科伯恩搂住拉西德的肩。

“咱们先进屋。”

他们进入客厅，拉西德一边微笑一边眨眼跟大家打招呼——他兴奋起来就会眨眼，紧张起来就会咳嗽。西蒙斯让他坐下，将计划解释给他听。拉西德眨眼速度更快了。

他明白西蒙斯要求他做什么之后，变得有点自大起来。“我可以帮你们，但有个条件。”他边说边咳嗽，“我了解这个国家，了解这个国家的文化。你们是EDS公司的要员，但这里不是EDS公司。如果要我带你们去边境，那你们必须毫不迟疑地按照我的要求做事。”

科伯恩屏住呼吸。还没有人像这样跟西蒙斯说过话，但西蒙斯咧嘴一笑。“就听你的，拉西德。”

几分钟后，科伯恩把西蒙斯拉到一个角落里，悄悄地问：“上校，你是让拉西德发号施令吗？”

“当然。”西蒙斯说，“只要他的所作所为正是我所需要的，那就让他发号施令吧。”

科伯恩比西蒙斯清楚，即便是拉西德服从命令的时候，要控制他都很难，更何况让他发号施令。而西蒙斯却是科伯恩见过的技巧最高超的小团队领导人。不过，这里是拉西德的国家，西蒙斯不会说波斯语……旅途上他们最不愿意看到的就是西蒙斯和拉西德发生权力之争。

科伯恩打电话给达拉斯的梅夫·斯托弗。保罗已经将他们抵达边境的路线加密，科伯恩将此加密信息传达给斯托弗。

然后他们商讨了路上该如何联络。用乡下的付费电话是不可能打到达拉斯的，所以他们决定通过留在德黑兰的一名EDS公司员工胡拉姆通信。但胡拉姆本人不能知道他扮演的是这个角色。科伯恩将每天给胡拉姆打一通电话，如果一切顺利，他就会说：“我有条口信给尼费勒：我们很好。”抵达雷扎耶之后，他就会补充一句：“我们到达集结待命区了。”斯托弗则会打电话问胡拉姆是否有人给他留口信。只要一切顺利，胡拉姆就会被蒙在鼓里。如果出了事，就不用再遮掩——科伯恩将把实情告知胡拉姆，让他给达拉斯打电话，以解决遇到的问题。

斯托弗和科伯恩已经非常熟悉密码，他们讨论时大部分用正常英语，但会插入一些字母组合，以及关键的代码。他们能保证任何窃听者都听不懂他们在说什么。

梅夫解释说，佩罗制定了应急计划，如果需要的话，就从土耳其飞往伊朗西北部，把他们接出来。佩罗希望路虎揽胜能从空中辨识清楚，所以他建议每辆车的车顶都涂一个大大的“X”，或者用电工胶带扯出一个“X”。如果必须抛下一辆车——因为坏了，或者没油了，或者其他什么原因——这辆车的“X”就改成“A”。

佩罗还有一条口信。他同摩尔将军谈过，后者认为局势会恶化，营救队必须离开伊朗。科伯恩将这条消息告知西蒙斯。西蒙斯说："告诉摩尔将军，这里只有厨房水槽里有水——窗外根本看不到船。"

科伯恩大笑，告诉斯托弗："我们听明白了。"

接近凌晨五点。没时间再说话了。斯托弗说："照顾好自己，杰伊。"他有些哽咽，"别冒险，听到了吗？"

"当然。"

"祝你好运。"

"再见，梅夫。"

科伯恩挂断电话。

黎明降临，拉西德开着一辆路虎揽胜去侦察街上的情况。他要寻找一条可以避开路障的道路。如果街上战斗激烈，出发就可能被延迟二十四小时。

同时，科伯恩乘另一辆路虎揽胜去见胡拉姆。他给了胡拉姆一些现金，以支付布加勒斯特的工作人员第二天的工资。此举意在伪装正常，让剩下的伊朗员工几天之后才开始怀疑，他们的美国老板已经离开德黑兰了。

返回德沃兰奇克家之后，小组讨论了谁应乘哪辆车。拉西德显然应该开带头的车，车上的人还有西蒙斯、比尔和基恩·泰勒。第二辆车上则是科伯恩、保罗和盖登。

西蒙斯说："科伯恩，你要一直盯紧保罗，直到回到达拉斯。泰勒，你要一直盯紧比尔。"

拉西德回来了，报告说街上非常平静。

"很好。"西蒙斯说，"我们上路吧。"

基恩·泰勒和比尔去给路虎揽胜加油。汽油必须从五十五加仑的油罐中虹吸到油箱里，而一开始必须靠嘴将油吸出来——结果泰勒吸入了过量的汽油，不得不跑回房里去呕吐。大家这次都没有笑他。

遵照西蒙斯的指示，科伯恩在德黑兰的药店买了些兴奋剂。他和西蒙斯已经连续二十四小时没有睡觉，现在他们都服用了一枚药丸，以保持清醒。

保罗将厨房中所有不易变质的食物都装走了——饼干、杯形蛋糕、罐装布丁、奶酪。虽然不是很有营养，但可以填饱肚子。

科伯恩对保罗耳语道："记着带些磁带，这样就能在车上听音乐。"

比尔在车上塞满了毛毯、手电和开罐器。

他们准备完毕。

他们全部出去了。

上车的时候，拉西德说："保罗，请你开第二辆车。你肤色够黑，不说话的话就像一个伊朗人。"

保罗瞟了西蒙斯一眼。西蒙斯轻轻点头。保罗钻进驾驶室。

他们驶出院子，来到街上。

第十一章

1

走陆路的一组驶出德沃兰奇克家时，拉尔夫·博尔韦尔正在伊斯坦布尔机场等罗斯·佩罗。

博尔韦尔对佩罗怀有复杂的感情。博尔韦尔加入EDS公司的时候是一名技术员，现在他是经理，他在达拉斯白人聚居的郊区有一座漂亮的大房子，以及一份黑人极少可以企及的薪水。这一切都是EDS公司给的，都得益于佩罗不拘一格用人才的政策。当然，公司不会白给你这么多钱——公司要你回报智力、勤奋和准确的商业判断。但他们也白给了一样东西，那就是炫耀你自己的机会。

另一方面，博尔韦尔又怀疑佩罗把下属的身体和灵魂都据为己有。这就是当过兵的人在EDS公司混得好的原因——他们乐于遵守纪律，习惯了二十四小时随时待命。博尔韦尔担心他终有一天不得不做出决定，选择自己是属于自己的还是佩罗的。

他欣赏佩罗去伊朗的举动。对于一个像他那么富有、生活那么安逸、处境那么安全的人，却不惜以身犯险……这需要勇气。佩罗很可能是能想出这个营救计划的唯一一个美国公司董事会主席，更别说他还亲自参与计划。

但博尔韦尔又拿不准，他是否可以真的相信一个白人——他这一辈子在这个问题上都拿不准。

佩罗租借的波音707下午六点降落。博尔韦尔上了飞机。他只匆匆看了眼奢华的装饰就将其抛诸脑后——他还有正事要忙。

他坐在佩罗身边。“我要去赶六点半的飞机，所以我只说重点。”他说，“你不能买直升机，也不能买轻型飞机。”

“为什么？”

“因为那样做违法。你可以包机，但你不可能想去哪儿都行——你只能为某条特殊航线而包机。”

“谁说的？”

“法律。而且，包机在这个国家非常罕见，政府会问你数不清的问题，你可不希望那样。现在——”

“等等，拉尔夫，别说这么快。”佩罗说，他的眼神表明“我才是老板”，“我们能不能从别的国家弄一架直升机进来？”

“我已经来这儿一个月了，能考虑到的方案都尝试过了。但结论是：你不能租直升机，也不能租飞机。我现在得去边境同西蒙斯碰面了。”

佩罗耐下性子。“好吧，你怎么去那儿？”

“‘菲什先生’给我们弄了一辆巴士去边境，车已经在路上了。我要坐那辆车，但我得先来给你汇报情况。我要飞到阿达纳——那里在伊斯坦布尔和边境的中间位置——然后在那里上巴士。伊尔斯曼同我一起去，他是土耳其特工，还有一名翻译。西蒙斯他们预计几点到边境？”

“明天下午两点。”佩罗说。

“时间相当紧张。我先走了。”

他朝候机楼跑去，刚好赶上飞机。

胖胖的秘密警察伊尔斯曼，还有那名翻译——博尔韦尔不知道他的名字，所以叫他“查理·布朗[1]”——已经在飞机上了。飞机于六点半起飞。

他们向东飞到安卡拉，等了几个小时后，转机继续飞，在中午抵达阿达纳。阿达纳位于土耳其中南部，靠近《圣经》中的城市塔尔苏斯。

巴士没到。

他们等了一个小时。

博尔判断巴士是不会来了。

他同伊尔斯曼和查理·布朗来到咨询台，询问有无从阿达纳到凡的航班。凡是距边境一百英里的一个镇子。

凡不通飞机。

“问问我们在哪儿可以包机？”博尔韦尔告诉查理。

查理问了。

“这里没有飞机可包。”

“我们能买辆车吗？”

“这里很少有车。”

“镇上没有卖车的吗？”

① 查理·布朗（Charlie Brown），美国著名漫画家舒尔茨的漫画《史奴比》中的人物，即史奴比的主人。

“这里没有人买得起车。”

“有什么办法可以从这儿去凡呢？”

“没有。”

这就像是那个笑话——一名游客问农夫怎么去伦敦，农夫说：“如果我要去伦敦，就不会从这儿出发。”

他们慢慢走出机场，站在布满尘土的路边。路上没有人行道——这里是真正的偏僻乡村。博尔韦尔垂头丧气。到目前为止，他都比营救组的其他人轻松——他甚至没去德黑兰。现在轮到他干点事出来，但他好像快失败了。博尔韦尔讨厌失败。

他看到一辆车身涂着土耳其文的车靠上前来。“嘿，”他说，“那是出租车吗？”

“是的。”查理说。

“那咱们就打车吧！”

查理把出租车叫过来，他们上了车。博尔韦尔说：“告诉他，我们要去凡。”

查理翻译了一遍。

司机开走了。

几秒钟后，司机问了个问题。查理翻译道：“凡在哪儿？”

“告诉他，就是土耳其的凡。”

司机停下车。

查理说：“他说，‘你知道那儿有多远吗？’”

博尔韦尔不知道，但他知道差不多要穿越半个土耳其。

“告诉他是的。”

查理同司机又一番对话后，说：“他不会载我们。”

“他知道有谁愿意吗？”

司机回答的时候耸了耸肩。查理说："他愿意带我们去出租车停车场，我们可以在那儿打听。"

"好。"

他们开车进镇子。所谓出租车停车场，只是一段遍布尘土的公路，路上停了几辆车，没有一辆是新车。伊尔斯曼开始同司机交谈。博尔韦尔和查理找到了一个小商店，买了一包煮老了的鸡蛋。

他们走出商店后，伊尔斯曼已经找到了一个司机，并谈好了价钱。司机骄傲地指着他的车。博尔韦尔投去惊奇的目光。那是一辆雪佛兰，差不多十五年历史了，但看起来好像轮胎都还是原装的。

"他说我们需要食物。"查理说。

"我买了蛋。"

"可能还需要更多。"

博尔韦尔又回到商店，买了三打橙子。

他们上了雪佛兰，开到加油站。司机买了一桶汽油，放入后备箱。"我们去的地方可没有加油站。"查理解释道。

博尔韦尔查看地图，他们要穿越大概五百英里山区。"听着，"他说，"这辆车绝不可能在明天下午两点之前把我们载到边境。"

"你不明白。"查理说，"这是个土耳其司机。"

"哦，上帝啊。"博尔韦尔说，他坐在后座闭上了眼。

他们开出镇子，进入土耳其中部的山区。

路上都是尘土和沙砾，还有许多凹坑，有的路段，路宽跟车宽一样。道路在山坡上蜿蜒，路侧的悬崖让人胆战心惊。因为没有护栏，一不小心就可能掉下悬崖。但路上的风景绝佳，洒满阳光的峡谷令人叹为观止。博尔韦尔决定将来带着妻子玛丽和女儿斯泰茜、凯夏再来这里，轻轻松松地旅游一次。

前方开来一辆卡车，司机紧急刹车。两个穿制服的人跳下卡车。“巡逻队。”

司机摇下车窗。伊尔斯曼同士兵对话。博尔韦尔不明白他在说什么，但巡逻队似乎很满意。出租车继续前进。大概一个小时后，他们被另一支巡逻队拦下，又上演了相同的一幕。

天黑的时候，他们发现了路边的一个餐馆，便停下车。餐馆破旧而肮脏。“这儿只有豆子和米饭。”他们落座时查理不好意思地说。

博尔韦尔笑道：“我这辈子都在吃豆子和米饭。”

他仔细打量了出租车司机。他六十岁上下，看样子非常疲惫。“我来开一段路吧。”博尔韦尔说。

查理解释了一遍，结果出租车司机强烈反对。“他说你不能开车。”查理说，“这是一辆有特殊变速器的美国车。”

“我就是美国人。”博尔韦尔说，“告诉他，很多美国人都是黑人。我知道怎么开有标准排挡的1964年雪佛兰，上帝啊！”

三个土耳其人边吃边吵架。最后查理说：“你可以开，但你要答应车坏了要赔偿。”

“我答应。”博尔韦尔说，心里暗忖：有什么大不了的。

他付了饭钱，然后他们又上了车。开始下雨了。

博尔韦尔发现车很难加速，但车很大，所以非常稳，强大的引擎保证了车能轻易爬坡。他们被巡逻队第三次拦下。博尔韦尔出示了他的美国护照，伊尔斯曼再次让巡逻队很开心。博尔韦尔注意到，这一拨士兵没有刮胡子，制服也比较破。

他们再度出发，伊尔斯曼说了几句话，查理翻译道："以后见到巡逻队别停下来。"

"为什么？"

"他们可能会抢劫我们。"

不停下来才好呢，博尔韦尔想。

他们行进到马拉斯附近——那里距阿达纳一百英里，距凡四百英里——雨突然下大了，碎石路愈发泥泞，博尔韦尔不得不减速慢行。

过马拉斯后不久，车熄火了。

他们全下了车，打开引擎罩。博尔韦尔看不出哪里出问题了。司机发话了，查理翻译道："司机也不明白怎么回事——他亲手调试了发动机。"

"也许他没调对。"博尔韦尔说，"我们再检查一下。"

司机从后备箱中取出一些工具和一只手电筒，四人冒雨围在发动机旁，努力寻找哪里出了问题。

最后他们发现，发动机配电器上的接触点没设置对。博尔韦尔猜测，大雨或山区稀薄的空气或两者共同令这一错误发展成严重的故障。他费了好久才调整好接触点，最后发动机终于又点着火了。又冷又湿又累的四人钻进老轿车，博尔韦尔重新驾车出发。

越往东走，越是荒凉——没有城镇，没有房屋，没有牲口，什么都没有。路也越来越烂，让博尔韦尔联想到牛仔电影中的荒野小径。不久后，雨变成了雪，路面也结了冰。博尔韦尔不停地打量路旁的悬崖。你小子要是掉下去，他对自己说，就不是受伤那么简单——你会没命的。

抵达旅途中央位置的宾格尔附近时，他们攀爬到足够高的地方，终于摆脱了恶劣的天气。天空没有云彩，挂着一轮明月，月光皎洁如白昼。博尔韦尔看见云层和闪电就在身下的山谷之中。山坡上覆盖着白雪，公路就像一条滑雪道。

博尔韦尔想：伙计，我要死在这儿了，而且没有人知道我死了，因为他们不知道我在哪儿。

手中的方向盘突然一抖，车慢了下来。有那么一小会儿，博尔韦尔惊慌失措，以为车失控了，但后来他才意识到是爆了胎。他把车缓缓停下来。

他们全下了车，出租车司机打开了后备箱，拖开油桶，取出备胎。博尔韦尔差点被冻僵——气温应该早就降到了零下。司机拒绝别人帮忙，坚决要独自更换轮胎。博尔韦尔脱下手套，递给司机，但那人直摇头。自尊作祟吧，博尔韦尔想。

活儿干完后已经是凌晨四点。博尔韦尔说："问问他是否愿意接替我开车——我累坏了。"

司机同意接替他开车。

博尔韦尔坐到后座。汽车开走了。博尔韦尔闭上眼，努力忽略路上的颠簸。他不知道自己能否按时抵达边境。我他妈的已经尽力了，他想。

几秒钟后，他沉入梦乡。

2

走陆路的这组悄无声息地离开了德黑兰。

整个城市就像是一个人人都回家了的战场。雕像被推倒，车被焚烧，树被砍倒充当路障，然后路障被清除——车被推到路边，雕像被砸碎，树被焚烧。有些树是经过四十年人工灌溉才长成的。

但路上没有冲突。他们只看见零星几个人，几乎没见到行驶的车。或许革命已经结束了，或许革命者去喝茶了。

他们经过机场，沿高速公路向北行驶，走的是科伯恩和西蒙斯之前侦察时走的路线。西蒙斯的不少计划都落空了，但这一次没有。但科伯恩仍然十分担忧。他们将遇到什么情况？暴徒仍旧在城市和村庄中横行吗？革命结束了吗？或许农夫都放下武器，重新去放牧种田了。

不一会儿，两辆路虎揽胜便沿着山脉脚下以七十英里的时速飞奔起来。他们左侧是一片旷野；右侧是蓝天下的群山，山巅覆盖着积雪，山坡峻峭葱绿。透过前一辆车的后挡风玻璃，科伯恩看到了泰勒在用傻瓜相机拍照。“看泰勒。”他说。

“他以为自己在干啥？”盖登说，“旅行吗？”

科伯恩开始乐观起来。目前还没遇到什么麻烦——也许整个国家都平静下来了。说到底，伊朗人为难他们有什么好处？外国人离开这个国家有什么问题？

保罗和比尔拿的是假护照，当局正在追捕他们，这就是问题所在。

在距德黑兰三十英里的卡拉杰，他们遇到了第一道路障。同大多数路障一样，把守路障的是携带机枪的男人和男孩。

领头的车停下来。保罗还没有把第二辆车停稳，拉西德就跳了下来，确保去交涉的是自己，而不是美国人。他立刻开始用波斯语大声而迅速地说起来，还不时做各种姿势。保罗摇下车窗。在他们看来，拉西德似乎没有使用既定的脚本，而是在说记者什么的。

过了一会儿，拉西德让他们全都下车。“他们想搜查我们是否携带武器。”

科伯恩记得他上次侦察的路上被搜查过许多次，于是将一把戈博牌小刀放在车上。

伊朗人搜了他们的身，然后马马虎虎地搜查了车子——他们没有发现科伯恩的刀，也没有发现钱。

几分钟后，拉西德说：“我们可以走了。”

几百码开外就是一个加油站。他们驶入加油站——西蒙斯想尽量让油箱里加满油。

车加油的时候，泰勒取出一瓶柯纳克白兰地，大家都喝了一口，除了西蒙斯和拉西德——西蒙斯反对饮酒，而拉西德的信仰禁止他饮酒。西蒙斯还在生拉西德的气。拉西德没有说他们是要回家的商人，而是前去塔布利兹报道冲突的记者。“按剧本演。”西蒙斯说。

“没问题。”拉西德说。

科伯恩觉得拉西德多半会继续想到什么就说什么。这是他的处事风格。

一小群伊朗人聚过来看外国人。科伯恩紧张地环顾路人。他们并非充满敌意，但他们的注视却让人相当不自在。

拉西德买了一桶油。

他又想干什么？

他将后备箱里的油罐搬出来，里面放着被子弹加重的塑料袋，他们大部分的钱都塞在塑料袋里。他把汽油倒进了油罐，把钱藏起来。这主意不赖，科伯恩想，但做之前应该通知西蒙斯。

他观察着围观者脸上的表情。他们只是散漫而好奇？是否怀着怒气？是否可疑？是否抱有恶意？他看不出来，但他想离开。

拉西德付了钱，两辆车缓缓地驶出加油站。

接下来的七十英里，他们没有遇到阻碍。新的伊朗国道路面状况很好。他们穿过一条山谷，旁边是一条单轨铁路，两侧山峰的顶部覆盖着积雪。阳光灿烂。

他们在卡兹文外遇到了第二个路障。

这个路障并不正规——守卫都没穿制服——但较之上一个，这个更大也更有组织。两个检查点前后相连，已经有一大排车等着接受检查。

两辆路虎揽胜加入了长队。

守卫有条不紊地搜查着排在前面的车。一名守卫打开某辆车的后备箱，取出一张卷好的床单。他打开床单，发现了里面藏着一支步枪。他高喊了几声，举枪摇晃。

其他守卫跑了过来，包围了司机。司机受到审问。一个守卫将他打翻在地。

拉西德将车开出了队列。

科伯恩让保罗跟上。

“他在干什么？”盖登问。

拉西德从人群中一点点往前挪。人群为路虎揽胜让出了一条道——他们都对被查出藏步枪的人感兴趣。保罗让第二辆车紧跟第一辆。他们穿过了第一个检查点。

“他到底在干什么？”盖登问。

“咱们会遇上麻烦的。”科伯恩说。

他们接近了第二个检查点。拉西德没有停车，而是直接摇下车窗对守卫嚷嚷起来。守卫回了几句，拉西德加速驶离，保罗紧随其后。

科伯恩松了口气。拉西德就是这样——他总是出人意料，总是心血来潮，不计后果，但不知为什么，他总能成功。这让他周围人的心总是悬着的。

遇到下一个路障后，拉西德说服守卫用记号笔在他的挡风玻璃上写下了通行许可。结果接下来三个路障的守卫直接让他们通过了。

基恩·泰勒开着头一辆车，在一条长长的蜿蜒山路上行驶，遇到两辆并排行驶、把路堵死了的重型卡车朝他们冲过来。泰勒连忙猛打方向盘，陷入路边的沟里，保罗也做出同样的规避动作。两辆卡车并排驶过，大家都在抱怨泰勒是个糟糕的司机。

中午他们休息。他们把车停在路边，靠近一台滑雪升降机，吃了些饼干和小蛋糕当午餐。尽管山坡上有积雪，但太阳直射着他们，他们并未感到寒冷。泰勒取出柯纳克白兰地，但酒都漏光了，酒瓶空了——科伯恩怀疑西蒙斯偷偷拧松了瓶塞。他们只好喝水。

他们穿过了宁静而干净的小城赞延。科伯恩和西蒙斯上次侦察的时候曾同这里的警察局局长交谈过。

伊朗国道在赞延突然结束。第二辆车里的科伯恩看见拉西德的路虎揽胜一下子消失了。保罗急踩刹车，他们下车查看。

在沥青路面消失的地方，拉西德把车开下了一条约八英尺高的陡坡，车头栽进淤泥中，而右侧就是一条未铺筑的山路。

拉西德重新点燃引擎，开启四轮驱动，将车子一点点倒回到路上。

路虎揽胜浑身都是泥。拉西德打开刮雨器，把挡风玻璃刮干净。但淤泥刮走的同时，用记号笔写的通行许可也被刮掉了。拉西德倒是可以重新写，但却找不到记号笔。

他们向西行驶，朝雷扎耶湖南端进发。路虎揽胜的越野性能极佳，在烂路上他们也能保持四十英里的时速。他们一直在爬坡——温度持续下降，乡野覆盖着白雪，但路面还算干净。科伯恩觉得他们也许今晚就能抵达边境，而不是计划中的明天。

后排的盖登探过身子说："大家都没想到会这么容易。我们得编造一些惊险故事，回家了好显摆。"

他高兴得太早了。

黄昏时分，他们就要抵达马哈巴德城郊。道路两边分布着零星的小木屋和泥砖房。两辆路虎揽胜绕过一个弯，紧急停下来——路被一辆卡车和一大群明显受过训练的人堵住了。那些人都穿着传统的宽松裤子、黑背心，戴着红白相间的方格头巾，腰间缠绕着子弹带。他们是库尔德部落武装。

拉西德从打头的车里跳下来，立刻展开行动。

科伯恩观察守卫的枪，发现了苏联和美国的自动武器。

“所有人都下车。”拉西德说。

到目前为止，一切如常。他们被逐个搜身，但这一次搜查更仔细。他们发现了基恩·泰勒的折叠刀，不过没有没收。他们没有发现科伯恩的小刀，也没有发现钱。

科伯恩等着拉西德说“我们可以走了”，但这次他们却等了很久。拉西德同库尔德人争论了几分钟，然后说：“我们得去见这里的老大。”

他们全返回车上，两个库尔德人分别上了两辆车，引导他们进入小镇。

他们被勒令在一个粉刷了白色涂料的建筑外停下。一个守卫进入建筑，一分钟后出来，未做任何解释就上了车。

他们在明显是医院的建筑外再次停下，并搭载了一个穿西装的年轻伊朗人。

科伯恩完全不知道发生了什么事。

最后，他们开进一条小巷，在一座不大的民宅外停下来。

他们进了屋。拉西德让他们脱鞋。

盖登在鞋里藏了数千美元的百元大钞。脱鞋的时候，他疯狂地将钱塞到鞋尖里。

他们被带入一个大房间，里面只装饰着一张漂亮的波斯地毯。西蒙斯轻声告诉大家该坐在哪儿。他让大家围成圈，中间留下缺口给伊朗人，拉西德坐缺口右边，拉西德右边是泰勒、科伯恩和西蒙斯。西蒙斯自己正对缺口。西蒙斯的右边是保罗和比尔，他们的位子稍靠外，那里最不容易引人怀疑。盖登坐在比尔右边。

泰勒坐下后才发现自己袜子大拇趾的位置穿了个大洞，百元美钞露了出来。他暗暗咒骂，连忙将钱塞回脚跟。

穿西装的年轻人跟了进来。他似乎受过良好教育，操着一口流利的英语。“你们即将去见一个被关押了二十五年、刚从监狱里逃出来的人。”他说。

比尔差点儿接话：那好啊，我自己也刚从监狱逃出来！但他及时将话咽回了肚子。

“你们将会被审判，这个人就是你们的法官。”年轻的伊朗人继续道。

保罗如遭雷击，心中叫苦不迭，我们折腾了这么久，结果还是竹篮打水一场空。

3

乘飞机离开的一组在德黑兰的洛·戈尔兹家度过了星期三。

一大清早，达拉斯的汤姆·沃尔特就打来了电话。因为线路质量不佳，对话断断续续，但乔·波赫还是让沃尔特知道，他和这一组人都很安全，将尽快进入大使馆。大使馆一安排好撤离航班，他们就会离开伊朗。波赫还通报说，凯茜·加拉格尔的状况没有好转，已经在前一晚被送往医院。

约翰·豪威尔打电话给阿波尔哈桑，后者刚收到达德加新消息。达德加说：他愿意降低保释金；如果EDS公司发现了保罗和比尔，就应该把他们交出来，提交更低的保释金；美国人应该意识到，保罗是无法通过常规方式离开伊朗的，采用非常规方式逃走则十分危险。

豪威尔理解这句话的意思是，保罗和比尔不会获准乘大使馆的撤离飞机离开。他再次担心起来——他们这一组搞不好会比走陆路的一组更危险。鲍勃·扬也有同样的担心。他们就此展开讨论时，听到了枪声，似乎是从美国大使馆的方向传来的。

这几天，设在苏联巴库的“伊朗国家之声”电台都在散布美国密谋反革命行动的“新闻”。星期三，国家之声宣布，萨瓦克的档案被转移到了美国大使馆。萨瓦克是国王的秘密警察组织，饱受人民憎恨。这当然是编造出的谎言，但却非常合理——中央情报局缔造了萨瓦克，与它关系密切。人人都知道，美国大使馆同所有大使馆一样，充斥着伪装成外交人员的间谍。总而言之，德黑兰的一些革命者相信这个谎言，决定采取行动。他们并未向霍梅尼的任何助手征求过意见。

他们上午进入了大使馆周边的高楼，架上自动武器，十点半的时候开了火。

威廉·沙利文大使正在他秘书的桌旁接电话。电话另一头是霍梅尼委任的副外长。卡特总统决定承认伊朗新的革命政府，沙利文正在安排递交外交照会。

他放下话筒，转身看见他的新闻参事巴里·罗森同两名美国记者站在一起。沙利文怒不可遏，因为白宫特别强调，承认伊朗新政府的决定必须在华盛顿宣布，而不是德黑兰。沙利文将罗森拉进里面的办公室，痛骂了一顿。

罗森告诉他，这两个记者是来处理乔·阿历克斯·莫里斯的尸体的。莫里斯是《洛杉矶时报》的记者，在多申·托佩的冲突中丧生。羞愧的沙利文请求记者不要将刚才沙利文与白宫的通话泄露出去。

罗森出去了。沙利文的电话响了。他拿起话筒。

接着便是一阵密集的弹雨。玻璃被击得粉碎。

沙利文立刻趴在地板上。

他连滚带爬地穿过房间，进入隔壁办公室，与他的副手查尔斯·纳斯面对面撞上。纳斯刚才正在举行关于撤离航班的会议。沙利文有两个电话号码，在紧急状况下可以联系到革命领导者。他让纳斯拨打其中一个，武官拨打另一个。这两人躺在地板上，从桌上扯下电话，开始拨号。

沙利文取出他的步话机，呼叫大使馆内的海军陆战队。

在机关枪扫射的掩护下，七十五名革命者翻过大使馆的外墙，正朝大使的居所前进。幸运的是，大使馆的大部分成员都同沙利文待在办公楼里。

沙利文命令海军陆战队撤退，不使用步枪，只能在自卫时使用手枪。

然后他爬出了办公室，进入走廊。

接下来的一个小时，革命者占领了大使居所和餐厅，沙利文将办公楼里所有的平民都聚集到楼上的通信室里。他听见革命者在摧毁建筑的铁门，便命令建筑里的海军陆战队也同平民一样进入通信室。他命令他们将武器堆在角落里，所有人尽快投降。

最后沙利文自己进入通信室，只把武官和一名翻译留在外面。

革命者冲上二楼时，沙利文打开了通信室的门，双手举过头顶，走了出来。

其他人——大概一百人——跟着走了出来。

他们全被赶进了办公区的等候室里，接受搜身。两拨伊朗人发生了莫名其妙的争论，沙利文意识到霍梅尼的人派出了营救队——很可能是查尔斯·纳斯和武官打了求救电话的缘故——营救者同革命者同时抵达了二楼。

突然，一发子弹从窗外射来。

所有美国人都趴到了地上。一个伊朗人似乎觉得开枪的是屋内的人，于是疯狂地朝着趴在地上的人群挥舞AK-47。新闻参事巴里·罗森用波斯语朝他大喊："是从屋外射进来的！是从屋外射进来的！"沙利文发现自己正躺在刚才见过面的两个记者身边。"我希望你们把这些事都记下来了。"他说。

最后，他们被带进了院子。霍梅尼任命的新外交副部长易卜拉欣·雅兹迪向沙利文道歉。

雅兹迪指派了一队学生保护沙利文的安全。学生中的老大向沙利文解释说，他们有能力保护他，因为他们之前的任务是刺杀他，所以他们仔细研究过他的日常作息。

那天下午傍晚时分，凯茜·加拉格尔从医院打来电话。医生已经给她开了药，解决了她的问题，至少目前没问题了，她希望能回到洛·戈尔兹家，同丈夫和其他组员在一起。

乔·波赫不想让其他组员离开房子，但他也不想让任何伊朗人知道他们在哪儿，所以他打电话给胡拉姆，请他到医院接凯茜，把她带到街角，同她丈夫会面。

她晚上七点半到了会面地点。她感觉好些了，但胡拉姆告诉了她一件可怕的事。“他们昨天朝我们的酒店房间开了枪。”她将胡拉姆的话转述给丈夫。

凯茜解释道，胡拉姆去凯悦酒店支付EDS公司的账单，带走组员们留下的行李箱，发现房间里凌乱不堪，到处都是弹孔，行李箱被撕得粉碎。

“只有我们房间遭到了枪击？”豪威尔问。

“是的。”

“胡拉姆打听到出什么事了吗？”

胡拉姆付钱的时候，酒店经理对他说：“那些家伙到底是谁？中情局的吗？”星期一上午，就在EDS公司的人离开酒店后不久，革命者就占领了酒店。他们检查了所有美国人的护照，向他们出示他们正在寻找的两个人的照片。经理不认识照片上的人。其他美国人也不认识。

豪威尔不知道革命者为何如此暴怒，以至于毁坏了房间。或许是盖登放满了酒的酒吧触犯了穆斯林的忌讳。盖登房间中还留有一台听写用的录音机，录电话通话的吸盘式麦克风，以及一套小型步话机。革命者可能以为这是中情局的监视设备。

整整一天，戈尔兹的勤杂工都在给朋友打电话，从他的口中，豪威尔和其他的组员模模糊糊地了解到大使馆发生的事，震惊不已，但戈尔兹在大家用晚餐的时候回来了，喝了几口烈性酒之后，他仿佛什么事都没发生过一样。他在大使馆的走廊里趴了很久，圆鼓鼓的肚子贴在地板上。第二天，他回到办公室，晚上带着好消息回来——外国人获准从星期六开始乘飞机离开，而他们这组人将会是第一批。

豪威尔想：达德加或许不会轻易放过他们。

4

在伊斯坦布尔，罗斯·佩罗越来越担心整个行动正在脱离他的掌控。

他通过达拉斯听说，德黑兰的美国大使馆被革命者攻占。因为汤姆·沃尔特之前同乔·波赫通过话，所以他还了解到，乘飞机离开的那一组打算尽快搬进大使馆。但大使馆被攻占后，几乎所有电话都打不进德黑兰，而仅存的几条线路被白宫独占了。所以佩罗不知道大使馆被攻占时乘飞机离开的那一组是否在大使馆内，也不知道他们留在戈尔兹家会面临怎样的危险。

电话联系的断绝也意味着，梅夫·斯托弗无法给胡拉姆打电话，确认走陆路的一组是否给吉姆·尼费勒发了报平安的消息。达拉斯总部七楼的营救组成员都在托关系，希望能使用白宫掌握的电话线路同胡拉姆通上话。汤姆·沃尔特找到了AT&T公司①，同负责EDS公司电话账户的雷·约翰逊谈过。EDS公司的账户非常

① 美国电话电报公司。

庞大——分布在美国各地的EDS公司电脑要通过电话线通信——约翰逊对EDS公司这个大客户一直很热心。他问EDS公司，往德黑兰打电话是不是性命攸关的大事，汤姆·沃尔特说当然是。约翰逊正努力为他们弄一条线路。与此同时，T.J.马尔克斯正在用甜言蜜语劝诱一名国际电话接线员，试图让她网开一面。

佩罗也同拉尔夫·博尔韦尔失去了联系，后者按计划应该在土耳其与伊朗边境的土耳其一侧与走陆路的一组会合。博尔韦尔最后一次与外界联系是在阿达纳，那里与他应该出现的位置相距五百英里。佩罗猜他此时正在赶去边境的路上，但却无法知道他走了多远，也不知道他能否按时到达。

佩罗一整天基本都在为飞机的事忙碌，他想搞到一架轻型飞机或者直升机去伊朗。波音707显然不适合，因为佩罗必须低空飞行，寻找车顶上画了“X”或“A”的路虎揽胜，然后降落在废弃的小机场，或者草地中的道路上。但截至目前，他的一切努力只是验证了博尔韦尔那天早上六点告诉他的话：这行不通。

沮丧之中，佩罗给毒品管制局的一个朋友打了电话，请朋友把毒品管制局驻土耳其负责人的电话告诉他，因为佩罗觉得毒品管制局的人肯定知道如何搞到轻型飞机。毒品管制局的人来到喜来登，但还带着另一个人，佩罗怀疑那人是中情局的。但即使他们知道上哪儿搞飞机也不会告诉他。

达拉斯的梅夫·斯托弗也在不停地给欧洲打电话，寻找能购买或租赁的飞机立即飞往土耳其，但他也一无所获。

那天傍晚，佩罗对帕特·斯卡利说：“我想同伊斯坦布尔职务最高的美国人通话。”

斯卡利去美国领事馆发了一通脾气。现在，晚上十点半，领事来到喜来登饭店，坐在佩罗的套房里。

佩罗正在同他交涉。“我的人绝不是罪犯。”他说，“他们只是普通的商人，他们的妻子和孩子在家里担心得要命。伊朗人把他们关了六个星期，却没有对他们做出指控，也没有提出任何能证明他们有罪的证据。现在他们自由了，正努力离开那个国家。想必你也知道，如果他们被捕，根本不会受到公正的审判。根据现在伊朗的局势推断，我的人可能到不了边境。我想去伊朗把他们接回来，所以请求你帮我。我需要租赁或者购买一架小型飞机，你能不能帮我？”

“不能。”领事说，“在这个国家，私人拥有飞机是违法的。因为违法，即便有人敢铤而走险，在这儿也找不到飞机。”

“但你们一定有飞机。”

“国务院没有飞机。”

佩罗绝望了。难道他只能坐着干着急吗？

领事说：“佩罗先生，我们的使命是帮助美国公民，我会尽力为你弄一架飞机。我会动用所有关系。但我现在可以告诉你，我成功的可能性接近于零。”

“我非常感激。”

领事起身离开。

佩罗说：“我在土耳其这件事，希望你能保守秘密。伊朗人现在还不清楚我的人在哪儿。如果他们知道我在这儿，就会推测出我的人会从哪条路线离开，那将会是一场大灾难。所以请你务必谨慎。”

“我明白。”

领事离开了。

几分钟后，电话响了。是T.J.马尔克斯从达拉斯打来的。

“佩罗，你上了报纸的头版。”

佩罗心头一沉——消息走漏了。

T.J.说：“州长刚刚任命你为药品监督委员会主席。”

佩罗松了口气。“马尔克斯，你吓了我一跳。”

T.J.笑了。

“你可不能对一位老人做这种事。”佩罗说，“小子，你让我紧张透了。”

“等等，玛戈的电话打进来了。”T.J.说，“她想祝你情人节快乐。”

佩罗这才想起今天是2月14日。他说：“告诉她我非常安全，身边一直有两名金发美女保护。”

“稍等，我马上告诉她。”T.J.一分钟后回来了，笑着说，“她说你需要两个美女代替她的位子，她面子可真大。”

佩罗也笑了。他以前就吃过亏——他明白自己在斗嘴皮方面可比不上玛戈。

“你搞到电话线路了吗？”

“是的。国际电话接线员给了我们一条线路，但我们却打错了电话号码。AT&T公司又给我们弄了一条，我们找到了胡拉姆。”

“有什么消息？”

“没有消息。他没有收到走陆路那组人的消息。”

佩罗短暂的喜悦立刻烟消云散。“你们是怎么问他的？”

“我们只是问：‘有什么消息吗？’他说：‘没有’。”

“该死。”佩罗宁愿走陆路的那组通报说他们遇到了麻烦，那样至少就能掌握他们的位置。

他向T.J.道别，准备睡觉。他已经同乘飞机的那组失去了联系，同博尔韦尔失去了联系，现在他又同走陆路的一组失去了联系。他没能找到一架可以飞到伊朗找他们的飞机。整个行动都陷入僵局，而他对此无能为力。

这种悬而未决的状况让他抓狂无比。他这辈子都没有这么紧张过。他曾见过有人在压力下崩溃，但他从未真正体验过这种痛苦，因为他自己没有这样的经历。通常情况下，压力不会令他苦恼——实际上，压力才能让他保持活力。但这一次不同。

他打破了自己的规矩，开始去思考可能发生的不好后果。他赌上了自己的自由，一旦营救行动失败，他就会被关进监狱。他组建了一支雇佣军，纵容滥用美国护照，安排伪造美军身份证，策划非法穿越边境。他希望自己能在美国坐牢，而不是在土耳其。最严重的后果是，土耳其人将他送到伊朗，为他在那里犯下的“罪行”接受审判。

他躺在酒店房间的床上，难以入睡，为走陆路和乘飞机的两组人、博尔韦尔和他自己忧心不已，但他除了担心什么也不能做。将来他一定会对这些人更好的，但前提是，他们还有将来。

5

科伯恩紧张地看着西蒙斯。

他们围成圈坐在波斯地毯上，等待“法官”。离开德黑兰之前，西蒙斯曾告诉科伯恩：“目光集中在我身上。”到目前为止，西蒙斯都很消极，充当旁观者和跟随者的角色，让拉西德去说话，任由大家被捕。但他可能会改变自己的策略。如果他决定反击，就会提前片刻让科伯恩知道。

“法官”到了。

他大概五十岁，穿着深蓝色夹克，夹克下是浅棕色毛衣和开领衬衫。他看上去从事某种高尚职业，医生或者律师。他的腰间插着一把点45口径手枪。

拉西德认出了他。他名叫哈比卜·波罗里安，一个共产主义分子头目。

波罗里安坐在西蒙斯为他预留的空缺里。

他用波斯语说了几句，穿西装的年轻人——此刻担任起了翻译——让他们出示护照。

科伯恩暗叫不妙：我们就要遇到麻烦了。他看了比尔的护照就会发现那是另一个人的。

护照堆在波罗里安面前的地毯上，他看着最顶上那个护照。

翻译开始用笔记录护照信息。不知为何，伊朗人总是将姓和名搞混。拉西德把护照递给波罗里安，盖登探过身子，一边指点一边解释。科伯恩这才发现，他们俩是在浑水摸鱼。拉西德将同一个护照向波罗里安出示了不止一次，而盖登在指点的同时遮挡了护照上的照片。科伯恩钦佩他们的勇气。最后，护照都被还了回来。科伯恩觉得比尔的护照从未被打开过。

波罗里安开始用波斯语审问拉西德。拉西德这次似乎说的是事先商定的故事——他们是一群希望回家的美国商人——但还是添油加醋地说他们中有家人在美国已生命垂危。

最后，翻译用英语问："你能说说你们究竟在伊朗做什么生意吗？"

拉西德说："这个嘛——"这时，他身后的一名守卫拉响了机关枪的枪栓，将枪管抵到拉西德的脖子上。拉西德陷入沉默。显然，翻译想听听美国人会说什么，是否符合拉西德的供述。守卫的粗鲁举动是在提醒他们，他们的性命掌控在暴力革命者手中。

作为现场的EDS公司高级管理人员，盖登对翻译说："我们都为一个名叫'PARS数据系统'，也叫PDS的数据处理公司工作。"他说。PDS实际上是EDS公司和阿波尔法斯·马哈维共同拥有的公司的名字。盖登没有说EDS公司，是因为西蒙斯在他们离开德黑兰之前特别强调，达德加可能下令逮捕所有同EDS公司有关的人。"我们同奥姆兰银行签订了合同。"盖登继续道，但只是透露了部分真相，"我们没有收到款，有人朝我们的窗户扔石头。我们没有钱，又想念家人。我们只是想回家。机场关闭了，所以我们决定开车离境。"

"太巧了。"翻译说，"我也遇到了同样的情况——我想乘飞机去欧洲，但机场关闭了。”

我们遇到伙伴了，科伯恩想。

波罗里安问了一句，翻译说：“你们同伊朗信息系统公司签有合同吗？”

科伯恩大吃一惊，对于一个在监狱里待了二十五年的人来说，波罗里安的消息可算非常灵通。伊朗信息系统是阿波尔法斯·马哈维曾经拥有的一家数据处理公司，后来被政府买下。该公司被普遍认为同秘密警察组织萨瓦克有密切联系。更糟糕的是，EDS公司确实同伊朗信息系统公司签过合同——两家公司曾在1977年为伊朗海军共同开发了一套文件管理系统。

“我们同伊朗信息系统公司没有任何关系。”盖登撒谎道。

“你们能给出你们为谁工作的证据吗？”

这就是问题了。在离开德黑兰之前，他们听从西蒙斯的指示，将所有与EDS公司有关的文件全部销毁了。现在他们翻遍了口袋，寻找可能残存的证据。

基恩·泰勒找到了他的医疗保险卡，底部印着“电子数据系统公司”几个字。他将卡递给翻译，说：“电子数据系统公司是PDS公司的母公司。”

波罗里安起身离开了房间。

翻译、持枪的库尔德人，以及EDS公司的人都静静地等待着。科伯恩心里犯嘀咕：现在该怎么办？

波罗里安知道EDS公司同伊朗信息系统公司签有合同吗？如果知道，他会得出EDS公司的人同萨瓦克有关的结论吗？还是说，他提到伊朗信息系统公司只是在胡乱猜测，其实并无真凭实据？那样的话，他是否相信他们只是一群赶着回家的普通商人呢？

科伯恩对面的比尔却莫名的平静。在他们被盘问的过程中，他就已惧怕过了，此刻他已经没有能力再忧虑了。为了逃出伊朗，能做的都做了。他想，如果他们现在就把我们按在墙上开枪打死，我也只能认命。

波罗里安回来了，手中拿着上了子弹的手枪。

科伯恩瞟了西蒙斯一眼——后者正紧盯着那把枪。

那是一把老式的M1卡宾枪，看起来就像是二战中使用过一样。

用这东西可无法将我们都杀死，科伯恩想。

波罗里安将枪递给翻译，用波斯语说了几句话。

科伯恩全身紧绷，准备一有状况就跳起来。倘若他们在这个房间开枪，那场面一定会非常混乱——

翻译拿过枪，说："你们是我们的客人了，请用茶吧。"

波罗里安在一张纸上写了东西，交给翻译。科伯恩意识到，波罗里安只是将这把枪发给翻译，允许他使用。"上帝啊，我还以为他要射杀我们。"科伯恩小声说。

西蒙斯面无表情。

茶端上来了。

外面还没黑。拉西德问他能否找个地方给美国人今晚过夜。"你们是我们的客人。"翻译说，"我会亲自照顾你们。"科伯恩想：难道照顾我们需要用枪？翻译接着说："明天早上，我们的毛拉[1]将给雷扎耶的毛拉写一张纸条，请他让你们通过。"

科伯恩对西蒙斯耳语道："你怎么看？我们是在这儿过夜还是

---

① 伊斯兰教的男性宗教老师或领袖。

继续前进？”

“我觉得我们别无选择。”西蒙斯说，“他只是出于礼貌才称呼我们是‘客人’罢了。”

他们喝了茶，翻译说：“现在我们去用晚餐吧。”

他们起身穿上鞋。往外走的路上，科伯恩发现盖登走路有点跛。“你的脚怎么了？”他问。

“别这么大声！”盖登嘘声道，“我把钱都塞进鞋尖了，脚趾头硌得生疼！”

科伯恩不禁笑了。

他们上了车，开走，库尔德守卫和翻译依然随行。盖登悄悄脱掉鞋，调整了钱的位置。他们进入一个加油站。盖登嘟囔道：“如果他们不让我们走，就不会带我们来加油……对吧？”

科伯恩耸耸肩。

他们驶往镇子里的餐馆。EDS公司的人坐下来，守卫在旁边的桌子旁坐下，大致围成一圈，将他们同镇上的人隔开。

餐馆里的电视开着，霍梅尼正在发表演讲。保罗想，上帝啊，这家伙掌权之后，我们就麻烦了。但翻译告诉他，霍梅尼是在说，不应该骚扰美国人，而应该允许他们安全地离开伊朗。保罗感觉好多了。

他们吃的是羊肉拌饭。守卫吃得很香，他们的枪放在桌上的餐盘旁。

基恩·泰勒只吃了一点米饭，然后放下了勺子。他头痛——一路上他都同拉西德轮流驾驶，他感觉一整天眼睛都被阳光射着。他也相当忧虑，因为他觉得波罗里安晚上会打电话给德黑兰调查EDS公司的情况。守卫一直在打手势让他吃东西，但他只是坐着慢慢喝可乐。

科伯恩也不饿。他想起他应该打电话给胡拉姆。这电话已经打晚了——他们在达拉斯一定担心坏了。但他应该怎么对胡拉姆说呢？我们很好？我们遇到麻烦了？

饭吃完后，在谁付账的问题上发生了争执。拉西德说，守卫想买单。美国人不想因为抢着买单而得罪守卫——毕竟后者是主他们是客——但又希望能讨好这些家伙。最后，基恩·泰勒为所有人都买了单。

他们离开餐馆的时候，科伯恩对翻译说："我想给德黑兰打电话，让他们知道我们都没事。"

"好。"年轻人说。

他们驾车来到邮局。科伯恩和翻译走进去，一大群人正在仅有的三四个电话亭外排队。翻译对柜台后的某人说了几句话，然后告诉科伯恩："可以打往德黑兰的电话线全都占线——很难打得进去。"

"我们等会儿再来怎么样？"

"好。"

他们在夜色中驶出城外。几分钟后，他们在一道篱笆上的门口停下。月光下，远方显露出一座大坝的轮廓。

费了不少时间才找到门钥匙，然后他们开进了门。他们发现自己进入了一个小花园，花园中是一座造型华丽、风格现代的两层白花岗岩建筑。"这是国王的行宫之一。"翻译解释道，"他只在为这里的电厂落成剪彩的时候来住过一次。今晚我们就住这儿。"

他们进入小楼，楼内温暖而舒适。翻译愤慨地说："暖气一直开了三年，就是怕国王哪天会突然到访。”

他们上楼查看房间的情况。国王的套房非常大，浴室尤其奢华。走廊两侧是小房间，每个房间里有两张单人床和一个浴室，很可能是给国王的保镖住的。每张床下都放着一双拖鞋。

美国人入住了保镖的房间，库尔德革命者则占据了国王的套房。一名革命者决定洗个澡——美国人听到他在浴室里玩水、欢呼。不久后他出来了。这个革命者中最高大壮实的家伙穿上了国王的漂亮浴袍，装模作样地沿着走廊走过来，他的同伙则在哈哈大笑。他走到盖登身边，用口音极重的英语说：“十足的绅士。”盖登也忍不住笑出声来。

科伯恩问西蒙斯：“明天怎么安排？”

“他们想把我们护送到雷扎耶，把我们交给那里的老大。”西蒙斯说，“有他们在，遇到路障时会方便很多。但到雷扎耶以后，我们最好能说服他们把我们带到教授家，而不是去见那里的老大。”

科伯恩点头道：“好。”

拉西德面带忧虑。“他们是坏人。”他小声说，“不要相信他们。我们必须离开这里。”

科伯恩不确定库尔德人是否可信，但他知道，如果美国人现在离开，肯定会遇到麻烦。

他发现一名守卫扛着一把G3自动步枪。“嘿，这枪看上去真帅。”他说。

守卫笑了，他似乎听得懂英语。

“我从未见过这种枪。”科伯恩说，“这枪怎么上子弹？”

“这样上……”警卫演示给他看。

他们坐下来，警卫向科伯恩解释枪的构造。在手势的配合下，他能用英语表达自己的意思。

没多久，科伯恩发现步枪竟然到了他手里。

他开始放松下来。

其他人都想去冲个澡，但盖登先进去，把所有热水都用完了。保罗洗了个冷水浴——他最近肯定已经习惯冷水浴了。

他们对那名翻译也有了更深的了解。他在欧洲学习，革命爆发时刚好在伊朗，结果他就回不去了——所以他才知道机场关闭了。

科伯恩半夜问他："我们现在能去打电话吗？"

"好。"

一个守卫陪同科伯恩进了城。他们来到邮局，邮局现在还开着，但却没有电话可以打到德黑兰。

科伯恩一直等到凌晨两点，然后放弃了。

回到大坝旁的国王行宫时，所有人都熟睡了。

他也上了床。至少现在大家还活着，这就足够幸运的了。谁也不知道通往边境的路上会发生什么。这个问题留到明天再考虑吧。

第十二章

1

“起来，科伯恩，快行动！”

西蒙斯沙哑的声音穿透了科伯恩的美梦，他睁开眼，回想自己身在何处。

马哈巴德的国王行宫。

哦，浑蛋。

他爬起来。

西蒙斯把走陆路的这组人都叫了起来，却不见库尔德守卫的身影。显然他们都还在呼呼大睡。美国人制造了许多噪音，终于把库尔德人从总统套房里吵了出来。

西蒙斯对拉西德说：“告诉他们，我们得走了。我们要赶时间，我们的朋友正在边境等我们。”

拉西德如此转述，然后说：“我们得等等。”

西蒙斯面露不悦，“为什么？”

“他们全想冲个澡。”

基恩·泰勒说："我看不出这有多么必要——他们中的大多数一两年了都没洗过澡，难道就不能再等一天吗？"

西蒙斯耐着性子等了半个小时，然后让拉西德再次催促守卫。

"我们得去看看国王的浴室。"拉西德说。

"妈的，我们早看过了。"西蒙斯说，"干吗还要浪费时间？"

大家涌入总统套房，对国王的骄奢淫逸大加贬斥。但守卫还是不肯走。

科伯恩怀疑出事了。莫非他们不愿护送美国人去下个城镇了？还是说，波罗里安昨晚查出了EDS的真相？西蒙斯可不愿意再在这里待下去……

年轻的翻译终于出现了，原来守卫一直在等他。计划并没有改变——一队库尔德人将护送美国人去下一个城镇。

西蒙斯说："我们在雷扎耶有朋友——我们希望被带去朋友家，而不是去见那里的老大。"

"那可不安全。"翻译说，"北边的交战还相当激烈——塔布利兹城仍然控制在国王支持者的手中——我们必须把你们交给可以保护你们的人。"

"好吧。那我们现在可以走了吗？"

"当然。"

于是他们动身了。

他们驶入镇子。库尔德人命令他们停在一座房子前面。翻译进入房子，他们全在外面等。有人带来了面包和黄油奶酪做早餐。科伯恩下了车，来到西蒙斯坐的车边。

"出什么事了？"

“这是毛拉的家。”拉西德解释道，“他正在给雷扎耶的毛拉写信，介绍我们的情况。”

大概一个小时后，翻译带着那封信出来了。

接着他们来到警察局，在那里见到了将护送他们的车——一辆顶部闪着红灯的大型白色救护车，窗户被敲碎了，车身上用红色记号笔写着弯弯曲曲的波斯语，也许是表示“马哈巴德革命委员会”或类似的东西。车上装满了拿着枪的库尔德人。

看来这一路想不招人注意是不可能了。

他们终于上路了，救护车领路。

西蒙斯还在担心达德加。尽管马哈巴德没有人搜捕保罗和比尔，但雷扎耶是一座更大的城市。西蒙斯不知道达德加的命令是否能传达到乡下，但他非常清楚，到目前为止，达德加总能给大家“惊喜”——他不仅纠缠不休，还能在政权更迭中屹立不倒。西蒙斯希望自己这组人不要被带去见雷扎耶的官员。

“我们在雷扎耶有好朋友。”他告诉翻译，“你把我们带去他们家吧，我们在那儿会非常安全。”

“这不行。”翻译说，“如果我违反了命令，而你们因此受伤，那我就会吃不了兜着走。”

西蒙斯只好放弃。看来，他们既是库尔德人的客人，也是他们的囚犯。马哈巴德革命的特征是共产主义式的纪律，而不是伊斯兰式的混乱。摆脱护送者的唯一方式就是暴力，西蒙斯还没准备动武。

到城外之后，救护车驶下公路，在一家小咖啡馆前停下。

“我们为什么停下来？”西蒙斯说。

“吃早餐。”翻译说。

“我们不需要早餐。”西蒙斯粗鲁地答道。

“可是——”

“我们不需要早餐！”

翻译耸耸肩，对跳下救护车的库尔德人大喊了几句。他们上了车，车队开走了。

接近中午时分，他们到达了雷扎耶郊外。

果不其然，路上又遇到了路障。这个路障由汽车、沙袋和带刺铁丝网构成，是专业的军事路障。车队减慢速度，一个手持武器的守卫挥手示意他们开下公路，进入一个被改造成指挥部的加油站的空地里。加油站的建筑中安置有机枪，其火力可覆盖通往加油站的引道。

救护车未能及时刹车，撞上了铁丝网。

两辆路虎揽胜有序地停下来。

救护车立即被守卫包围，双方发生了争执。拉西德和翻译也参与进去。雷扎耶的革命者并不认为马哈巴德的革命者在他们一边。雷扎耶的革命者是阿塞拜疆人，不是库尔德人，争吵中既听得到土耳其语，也听得到波斯语。

阿塞拜疆人似乎在勒令库尔德人交出武器，而库尔德人怒气冲冲地表示拒绝。翻译出示了马哈巴德毛拉的信，没有人再关注拉西德，他一下子成为局外人。

最后翻译和拉西德回到车上。“我们会把你们带去酒店。”翻译说，“然后我会去见毛拉。”

救护车被缠在带刺的铁丝网里，必须在他们走之前将它弄出来。守卫将他们从路障护送到城里。

以伊朗行省的标准而论，这里算是大城市了。城里有不少水泥和石头建筑，还有几段铺筑过的道路。车队在主干道上停下。他们听得到远处的叫喊声。拉西德和翻译进入一座建筑——应该就是所谓的酒店——其他人等在外面。

科伯恩非常乐观。待枪决的囚犯是不会被送到酒店的。刚才双方只是就管辖权发生了争论。

远处的叫喊越来越大，一群人出现在街道尽头。

坐在最后一辆车上的科伯恩说："这是怎么回事？"

库尔德人跳下了救护车，包围了两辆路虎揽胜，在第一辆车前排成了楔形。一个库尔德人指着科伯恩的车门，做了个转钥匙的动作。"把门关上。"科伯恩对其他人说。

人群走得更近了。科伯恩意识到他们在举行某种游行。游行队伍的前端竟然有不少穿着破烂制服的军官，其中一人泪流满面。"我猜军队刚刚投降，他们在押着军官游街。"

复仇的人群涌到汽车周围，冲撞库尔德守卫，用仇恨的目光打量着车内。库尔德人坚守阵地，奋力将人群推走。局势紧张，似乎随时都可能爆发冲突。"这下要打起来了。"盖登说，科伯恩注视着前方的车，很想知道西蒙斯会怎么做。

科伯恩看见一支枪正指着司机一侧的窗户。"保罗，有人正用枪对着你的头，但你千万别去看。"

"上帝啊……"

科伯恩想象得出接下来会发生什么：暴徒将摇晃汽车，将它们掀翻……

然后，一切突然都结束了。投降的士兵是主要的批斗对象，他们继续往前走，暴徒就跟了上去。科伯恩大松一口气。保罗说："我以为自己就要……"

拉西德和翻译从酒店出来。拉西德说："酒店的人不想让一群美国人住进去——他们不愿冒险。"科伯恩从这句话判断，城里的革命热情高涨，一旦酒店收容了外国人，暴徒很可能将其焚毁。"我们必须前往革命总部。"

他们继续前进。大街上一派战天斗地的气氛——军用物资被装上一排排各式各样、大小不一的卡车，很可能是要输送给仍在战斗的塔布利兹的革命者。车队在一所学校门口停了下来。学校院子外面有一大群吵吵嚷嚷的人，明显正等着进去。经过一番争论，库尔德人说服了门卫，放救护车和两辆路虎揽胜进去。见到外国人进去了，外面的人群情激奋。院门关闭之后，科伯恩才松了口气。

他们下了车，院子里堆满了布满弹孔的汽车。一位毛拉站在枪箱上，激动地对一帮人举行着仪式。拉西德说："他正在委任新的部队去塔布利兹参加革命战斗。"

守卫领着美国人前往院子边的学校大楼。一个人从楼梯冲下来，开始指着库尔德人愤怒地大喊大叫。"他们不能带武器进去。"拉西德翻译道。

科伯恩看得出库尔德人变得有点神经质——他们万万没有想到，这个区域竟然如此不友好。他们将马哈巴德的毛拉写的信拿出来，结果又爆发了一番争论。

最后拉西德说："你们都等在这儿，我进去同革命委员会的领导人谈谈。"他走上楼梯不见了。

保罗和盖登点燃了烟。保罗又怕又沮丧。他觉得这些人一定会打电话给德黑兰，查出他的真实身份。被送回监狱如今反而成了最不令他担心的惩罚。他对盖登说："我非常感激你为我做的一切，但非常遗憾，我们这次在劫难逃。”

科伯恩更担心大门外的暴徒。这里至少还有人维护秩序，而外面则是一群无法无天的野狼。倘若他们说服了外面的某个白痴打开了门怎么办？那可是一群嗜血狂徒啊。在德黑兰，有个伊朗人触怒了暴徒，结果手脚被活生生地扯了下来。

守卫挥了挥武器，示意美国人到院子的另一边去，靠墙站立。美国人只好遵命，感觉就像待宰的羊羔般无助。科伯恩看着墙面，墙上布满弹孔。保罗也看到了，面色煞白。“上帝啊，我想我们死定了。”

拉西德问自己：革命委员会的领导人此刻会是何种心理？

他有无数的事要做吧，拉西德想。他已经控制了这座城市，他之前从未掌权过。他必须同投降的军官打交道，他必须搜捕可疑的萨瓦克特工并加以审问，他必须保证这座城市能正常运转。他必须防范反革命，他还必须将士兵送去塔布利兹战斗。

拉西德推断，他现在想的应该是多一事不如少一事。

他没有时间应付逃亡的美国人，也不会对他们抱以同情。如果让他做决定，那他很可能把他们暂时关进监狱，等闲下来之后再处理他们。所以，必须让他没机会自己做决定。

拉西德被领入一间教室。负责人坐在地板上，他高大魁梧，脸上洋溢着胜利者特有的激动表情，但他非常疲倦，迷惑，坐立不安。

拉西德的护卫用波斯语说：“这个人从马哈巴德来，带有毛拉的信——有六个美国人跟着他。”

拉西德想到了一部看过的电影，电影中有一个人只是晃了晃自己的驾照而不是通行证就进入了把守严密的大楼。如果你有足够的自信，就可以消解别人对你的怀疑。

“不，我是德黑兰革命委员会派来的。”拉西德说，“德黑兰有五六千美国人，我们决定将他们送回美国。机场关闭了，所以我们只好走陆路。显然我们必须就如何处理这些人做好安排，所以我才来到这里。但你有许多事情要处理——或许我应该同你的下属商讨这个问题。”

“不错。”负责人说，挥手打发他走开。

这是希特勒提出的“大谎言理论[1]”中的手段，这次又发挥了效力。

“我是革命委员会的副领导人。”离开房间后，拉西德的陪同说。他们进入另一间教室，五六个人正在里面喝茶。拉西德故意大声同副领导人谈话，让另外几人听见。“这些美国人只是想回家同家人团聚。我们巴不得把他们送走，但我们不能虐待他们，因为我们不想他们以新政权为敌。”

“你现在为什么带着美国人？”副领导人问。

“我带他们来探路。你知道，这样才能发现会出什么问题……”

“但你不必让他们穿越边境。”

“是的。他们都是好人，从未做过危害我们国家的事。他们的妻子孩子还在家等他们——他们中有一个人的孩子在医院

① 大谎言理论（Big Lie Theory），希特勒在《我的奋斗》一书中提出：“撒谎就要撒大谎！因为群众是一帮子大脑简单，理性容易被感性冲垮的人们。他们自己天天在为一些小事而撒小谎，但他们由于受耻辱感的限制而不敢撒大谎，所以他们特别容易被大谎言欺骗。”这一理论后来被希特勒的宣传部长戈培尔进一步具体化为：“谎言重复一千遍就是真理。”

里生命垂危——所以德黑兰革命委员会指示我护送他们穿越边境……”

他一直说个不停。副领导人不时用问题打断他：这些美国人为谁工作？他们带了什么物品？拉西德怎么知道他们不是为塔布利兹反革命派出来执行侦察任务的萨瓦克特工？每个问题拉西德都给出了答案，而且答案很长。他说起话来相当有说服力，他知道自己一旦停止说话，其他人脑袋里就会产生质疑。人们不停地进进出出，副领导人本人都离开过三四次。

最后他进来说：“我必须同德黑兰核实一下。”

拉西德心头一沉。德黑兰当然没有人能核实他的话，但打通电话非常困难。“我们在德黑兰已经核实过了，没有必要再核实一遍。”他说，“但如果你坚持要核实，那我可以把这些美国人带到酒店等待。”他补充道，“你最好派些人看着我们。”副领导人当然会派人看着他们——拉西德这么说是为了主动摆脱嫌疑。

“这有点难办。”副领导人说。

“不能把他们留在这儿，”拉西德说，“这样会惹麻烦的。他们可能会受到伤害。”他屏住呼吸。他们留在这里就什么都干不了，而到酒店去的话，至少有机会逃跑……

“好。”副领导人说。

拉西德暗暗松了口气。

看到拉西德从教室里走出来，保罗激动不已。他们已经等得够久了。

没有人用枪指着他们，但许多人都朝他们投去不友好的目光。

“我们可以去酒店。”拉西德说。

马哈巴德的库尔德人同他们握了握手，乘救护车离开了。不久后，美国人也开着两辆路虎揽胜离开了，身后跟着一辆车，车上有四五个持枪的守卫。他们来到酒店，这一次他们全都进了酒店。酒店经营者和守卫之间发生了争执，但守卫最终获胜了。美国人被分配到三楼靠里的四个房间，而且必须拉上窗帘，远离窗户，以防当地狙击手找美国人做目标。

他们聚在一个房间里，远方隐隐传来枪声。拉西德安排了午餐，同他们共用——烤鸡、米饭、面包和可口可乐。用完餐后，他又去学校了。

守卫在房间里扛着步枪进进出出。科伯恩觉得其中一人非常凶恶。他年轻，矮小，肌肉发达，一头黑发，眼睛有如毒蛇般凶狠。下午的时光渐渐流逝，他也越来越无聊。

他有一次进入房间说："卡特不是好东西。"

他扫视了一圈美国人。

"中情局不是好东西。"他说，"美国不是好东西。"

没有人回话。他走了出去。

"那家伙会给我们惹麻烦。"西蒙斯冷静地说，"你们千万别上钩。"

守卫不久后又来寻衅了一次。"我很强壮。"他说，"摔跤。摔跤冠军。我去过苏联。"

没有人应声。

他坐下摆弄起手枪，就像不知道如何上子弹一样。他向科伯恩求助。"你懂枪吗？"

科伯恩摇摇头。

守卫又看着其他人。"你们懂枪吗？"

那是一把M1，他们都很熟悉那种型号，但没有人回答一个字。

“你们要交换吗？”守卫说，“用这把枪换一个背包？”

科伯恩说：“我们没有背包，我们也不需要枪。”

守卫放弃了，又返回走廊。

西蒙斯说：“拉西德他妈的上哪儿去了？”

2

车撞上了一根电线杆，将拉尔夫·博尔韦尔摇醒了。睡了片刻之后，他感到又累又晕。他望向窗外，正是黎明时分。他看见了一个大湖的湖岸。湖的水域极广，几乎看不到另一头。

“我们在哪儿？”他说。

“那是凡湖。”翻译查理·布朗说。

他们看到了房舍、村庄和民用汽车——他们终于走出了荒山野岭，进入了文明世界。博尔韦尔查看地图。他判断他们距边境还有一百英里。

“嘿，太棒了！”他说。

他看到了一个加油站。他们真的已经重返文明了。“我们去加油吧。”他说。

在加油站，他们吃了面包，喝了咖啡。后者下肚的感觉就像是洗了个热水澡一般——博尔韦尔立刻精神大振，对查理说：“对老司机说，我要开车。”

出租车司机只敢开每小时三十到四十英里，但博尔韦尔将这辆古老的雪佛兰加速到了每小时七十英里。他觉得自己还有机会去边境同西蒙斯会合。

车沿着湖畔公路又快又稳地前进，博尔韦尔听见了一声闷响，接着是什么东西撕裂的声音，然后车就开始颠簸起来。金属刮擦石头的尖利声响表明：轮胎爆了。

他猛踩刹车，嘴里咒骂起来。

他们——博尔韦尔、老出租车司机、查理·布朗、胖胖的伊尔斯曼——全都下车查看车轮。轮胎彻底裂开，车轮都变形了。可昨晚爆胎后，他们已经用掉了备胎。

博尔韦尔凑近观察。车轮螺母全都掉了。即便他们还有备胎，也没办法移除受损的车轮。

博尔韦尔环顾四周。山上很远的地方有一座房子。“去那里求助吧。”博尔韦尔说，“可以打电话。”

查理·布朗摇头道：“这一带不通电话。”

都到这一步了，博尔韦尔可不愿轻言放弃。“好吧。”他对查理说，“那搭个便车返回上一个城镇，再叫一辆出租车来。”

查理开始步行。两辆车径直从他面前通过，未作停留，但最后有一辆卡车停了下来。卡车载着稻草和几个孩子。查理跳上车，卡车开走了。

博尔韦尔、伊尔斯曼和出租车司机一面站着眺望大湖，一面吃着橘子。

一个小时后，一辆小型欧洲旅行车风驰电掣般奔来，在他们面前紧急停住。查理跳下了车。

博尔韦尔向阿达纳的司机付了五百美元，然后同伊尔斯曼和查理·布朗跳上新出租车走了，将雪佛兰留在湖边，看上去仿佛搁浅的鲸鱼。

新司机开车极快，中午他们就到了大湖东岸的凡。凡是一个小镇，镇中心才有砖房，郊区则是泥巴小屋。伊尔斯曼引导司机来到“菲什先生”的一个表兄家。

他们给司机付了钱，走进房子。伊尔斯曼同“菲什先生”的表兄聊了很久。博尔韦尔坐在客厅里倾听，但一个字也听不懂。他迫不及待地想出发。一个小时后，他对查理说：“听着，我们再去叫一辆出租车。我们不需要这个表兄。”

“从这儿到边境的路途非常凶险。”查理说，“我们是外国人，我们需要保护。”博尔韦尔强迫自己耐住性子。

伊尔斯曼终于同“菲什先生”的表兄握手了，查理说：“他的儿子们将会带我们去边境。”

“菲什先生”的表兄有两个儿子，分别驾驶一辆车。

他们开进了群山之中。博尔韦尔没有看到他们必须提防的可怕匪徒——只有白雪覆盖的田野，皮包骨头的山羊，以及一些住在简陋小屋中的衣衫褴褛的人。

他们在距边境几英里的尤瑟科瓦镇被警察拦下来，带进白涂料粉刷的警察局。伊尔斯曼出示了他的证件，他们很快被释放了。博尔韦尔相当震惊：也许伊尔斯曼真的是土耳其情报机构的人。

赶了二十四小时的路之后，他们在星期四下午四点抵达边境。

边境检查站位于一片蛮荒之中，由两座木结构的小屋组成。检查站里还有一个邮局，博尔韦尔很想知道谁会来寄信。也许是卡车司机吧。两百码之外的伊朗一侧还有更大的建筑群。

但他没有看见走陆路的那组人。

博尔韦尔有些生气。他费尽周折才差不多按时抵达，但西蒙斯他们在哪儿？

一个守卫从小屋中朝他走过来，说："你是在找美国人吗？"

博尔韦很是惊讶。逃离行动难道不是机密吗？但秘密好像全泄露了啊。"是的。"他说，"我就是在找美国人。"

"有电话找你。"

博尔韦尔愈发惊讶了。"不会吧！"这时机也太巧了吧。到底有谁知道他在这儿？

他跟着警卫进入木屋，拿起话筒。"喂？"

"这里是美国领事馆。"那声音说，"你叫什么？"

"呃，这是怎么回事？"博尔韦尔谨慎地问。

"你能告诉我你在做什么吗？"

"我不知道你是谁，也不会告诉你我在做什么。"

"听着，我知道你是谁，我也知道你在做什么。如果你有什么问题，给我打电话。有铅笔吗？"

博尔韦尔记下了电话号码，道了谢，挂断电话，如坠云里雾里。一个小时前，我自己都说不准能不能到这儿，他想，那为什么这家伙知道我能到？而且这家伙还是美国领事馆的人。他又想到了伊尔斯曼。或许伊尔斯曼通知了他的老板——土耳其国家情报组织，土耳其国家情报组织又通知了中情局，中情局又通知了领事馆。伊尔斯曼可以让人从凡打电话找他的老板，甚至从尤瑟科瓦的警察局打电话。

他不知道领事馆知晓内情是好事还是坏事。他想起保罗和比尔从德黑兰大使馆得到的“帮助”——国务院与其说是朋友，倒不如说是敌人。

他将领事馆抛诸脑后，现在的主要问题是：走陆路的那组人在哪儿？

他又来到屋外，眺望荒凉的边境。他决定越过边境去找伊朗人谈谈。他叫伊尔斯曼和查理·布朗同自己一起去。

靠近伊朗一侧时，他看见伊朗的边境警卫没有穿制服。也许他们是政府垮台之后接管这里的革命者。

他对查理说：“问问他们是否听说过有两辆载着美国商人的吉普穿越边境。”

查理没必要翻译伊朗人的回答——他们都在大摇其头。

一个好奇的土著男子从伊朗一侧走过来，他缠着破烂的束发带，扛着古老的步枪。查理同他交谈了一阵，然后说：“这个男人说他知道美国人在哪儿。如果你付钱，他愿意带你去找他们。”

博尔韦尔想知道多少钱，但伊尔斯曼阻止他以任何价格达成这笔交易。伊尔斯曼对查理大声说了一段话，查理翻译道：“你穿着皮大衣，戴着皮手套和高档手表。”

博尔韦尔很喜欢手表，他戴着的这只是他和玛丽结婚的时候玛丽送给他的。“那又怎样？”

“你的这身衣服让他们认为你是萨瓦克特工。他们恨萨瓦克。”

“我可以换衣服。我在车上还有一件大衣。”

“不行。”查理说，“你必须明白，他们只是想把你骗过去，然后打爆你的头。”

“好吧，我不去。”博尔韦尔说。

他们返回了土耳其一侧。因为检查站里就有邮局，十分方便，所以他决定给伊斯坦布尔打电话，向罗斯·佩罗汇报进展。他走进邮局。打电话前，他必须签字。办事员告诉他，电话需要一段时间才能接通。

博尔韦尔又来到室外。查理告诉他，土耳其警卫现在有点紧张。有些伊朗人刚才跟着他们来到边界附近，土耳其警卫可不愿看到有人在荒野中闲晃——这破坏了秩序。

博尔韦尔想：我在这儿啥也干不了啊。

他说："如果我们返回尤瑟科瓦，这里的警卫会在西蒙斯他们穿过边境后通知我们吗？"

查理询问警卫，警卫表示可以。他们说尤瑟科瓦镇上有家旅馆，他们可以打电话到旅馆去。

博尔韦尔、伊尔斯曼和查理，还有"菲什先生"表兄的两个儿子上了车，返回尤瑟科瓦镇。

他们在那里入住了世界上最烂的旅馆。泥土地面，厕所就是楼梯下地上凿的一个洞，所有床都放在一个房间里。查理·布朗点了食物，但它却是裹在报纸里送进来的。

博尔韦尔不确定离开边境检查站是不是正确的决定。存在太多不确定因素，那些警卫可能不会像承诺的那样给他打电话。他决定接受美国领事馆的帮助，请他们为他争取留在检查站的许可。他用旅馆唯一的古老转盘电话拨打了领事馆给他的号码。电话接通了，但信号不好，双方听不清对方在说什么。最后，电话线另一头的人说他会打回来，然后挂断了。

博尔韦尔站在炉火旁，心烦意乱，很快就丧失了耐心，决定未经许可就返回边境。

路上车胎爆了。

“菲什先生”堂兄的两个儿子换轮胎的时候，他们都站在路边。伊尔斯曼看起来很紧张。查理解释说：“他说这一带非常危险——杀人越货的事常常发生。”

博尔韦尔怀疑这是不是真的。伊尔斯曼当初答应，整件事做完收八千美元，博尔韦尔现在怀疑这个胖子要涨价。“问问他，上个月这条路上有多少人遇害。”博尔韦尔对查理说。

伊尔斯曼作答的时候，博尔韦尔盯着他的脸。查理翻译道：“三十九。”

伊尔斯曼异常严肃。博尔韦尔想：糟了，这家伙是在说实话。他环顾四周，群山、白雪……他禁不住打了个冷战。

3

在雷扎耶，拉西德开着一辆路虎揽胜从酒店返回革命总部所在的那个学校。

他不知道那名副领导人是否已经给德黑兰打过电话。科伯恩昨晚没有打通电话——革命领导会不会遇到了相同的问题？拉西德猜很有可能。倘若副领导人没有打通电话，他会做什么？他只有两个选择：扣留美国人，或者不核实就放走美国人。但后一种选择无疑非常愚蠢——副领导人不想让拉西德发现这里还乱作一团。拉西德决定不动声色，佯装自己的身份已被核实。

他走进院子，副领导人就在那里，靠着一辆奔驰。拉西德开始谈论带领六千美国人经过本镇前往边境的困难。雷扎耶能容纳多少人在那里过夜？色罗边境检查站有什么通关设施？他强调阿亚图拉·霍梅尼命令必须在送美国人离境时善待他们，因为新政府不想同美国发生冲突。他谈到了文件的问题——或许雷扎耶革命委员会应该给美国人办理通行证，授权他们经色罗出境。他拉西德今天肯定需要这个通行证，因为他要带六个美国人出境。他建议副领导人进学校签署一张通行证。

副领导人同意了。

他们走进图书馆。

拉西德找到了纸笔，递给副领导人。

“我们写什么呢？”拉西德说，“或许可以这么写：持有这封信的人可以带六个美国人通过色罗边境。不，写巴扎干或色罗吧，以防色罗走不通。”

副领导人开具了通行证。

“也许还可以加上一句：所有边境警卫都应尽量予以配合和协助，这些美国人都经过严格审查，身份确凿无误，有必要的话请护送他们出境。”

副领导人照他的话写了下来。

然后他签了名。

拉西德说：“也许落款应写成：伊斯兰革命指挥委员会。”

副官又写了下来。

拉西德看了看这份文件，似乎还有所不足，不够正式。还需要什么东西让它看起来更有分量些。

他找到了一个橡皮章和一个印台，便在文件末尾盖上了章。他然后才发现印章上的文字是：雷扎耶宗教学校图书馆，建于1344年。

拉西德将文件放入口袋。

“我们应该印六千份通行证，然后你只需要签名就行了。”他说。

副领导人点点头。

“我们明天再谈接下来怎么办。”拉西德继续道，“我想现在就去色罗，同那里的边境官员讨论出境的问题。”

“好。”

拉西德走开了。

事事皆有可能。

他跳上路虎揽胜。他认为现在去边境走一趟比较好——在真的带着美国人去之前，他可以先去探探路，发现可能出现的问题。

雷扎耶郊外有一个由一群扛枪少年把守的路障。他们没有给拉西德制造麻烦，但他担心他们对这六个美国人就没那么友好了——这些孩子明显急于想要使用自己的武器。

这个路障之后就一路畅通。虽然是土路，但还算平坦，所以他开得比较快。他载了一个搭顺风车的人，问对方是否可以骑马穿过边境。没问题，那人说。可以做到，而巧的是，这个人的哥哥刚好就有马……

拉西德用一个小时多一点就跑完了四十英里的路程。他驾着路虎揽胜停在边境检查站旁。警卫向他投来怀疑的目光。他向他们出示了革命委员会副领导人签署的通行证。警卫给雷扎耶打去电话，并且——据他们所说——同副领导人通了话，后者证实拉西德所言不虚。

他眺望着边境线外的土耳其。他们经历了这么多痛苦，就是为了能到那一头去。对保罗和比尔来说，那意味着获得自由，与家人团聚；对所有EDS公司的人来说，那将是噩梦的终结；但对拉西德来说，那意味着去美国的机会。

他明白EDS公司管理人员的心理。他们都是懂得感恩的人。如果你帮了他们，他们就会表达感激，互不亏欠。

他知道，只要自己张口要求，他们就会把他带到他梦寐以求的国度。

边境检查站在色罗的掌控之下。沿着山路往下走半英里就能到达镇子。拉西德决定去见色罗的老大，疏通好关系，以方便接下来办事。

他刚要转身离开，突然看到两辆车从土耳其一侧开过来。一个穿着皮外套的高个子黑人从第一辆车上下来，来到边境上的铁链旁。

拉西德的心跳骤然加速。他认识那个人！他开始挥舞双臂大喊：“拉尔夫！拉尔夫·博尔韦尔！嘿，拉尔夫！”

4

星期四上午，格伦·杰克逊——猎人、浸礼会教徒、“火箭男”——乘坐一架包机飞临德黑兰上空。

杰克逊在探索了保罗和比尔从伊朗进入科威特的可能性，得出否定的结论后，就一直留在科威特。星期天，保罗和比尔出狱那天，西蒙斯通过梅夫·斯托弗通知杰克逊前往约旦的安曼，在那里包下一架飞机飞往伊朗。

杰克逊星期一到达安曼，立即投入工作。他知道佩罗是从安曼乘阿拉伯之翼的包机前往德黑兰的。他也知道，阿拉伯之翼的总裁阿科尔·比尔塔基非常友善，允许佩罗携带NBC的电视录像带作掩护。现在，杰克逊又联系了比尔塔基寻求帮助。

他告诉比尔塔基，EDS公司有两个滞留在伊朗的员工需要营救出来。他为保罗和比尔编造了假名。尽管德黑兰机场关闭了，杰克逊还是想飞进去降落。比尔塔基表示愿意一试。

然而，星期三，斯托弗又传达了西蒙斯的新命令。现在，杰克逊的任务是确认乘飞机那一组能顺利离开伊朗——据达拉斯了解，走陆路那一组已经不在德黑兰了。

星期四，杰克逊从安曼出发，向东飞去。

飞机朝群山环抱的德黑兰降落时，两架飞机从这座城市升空。飞机靠近后，杰克逊看清他们是伊朗空军的战斗机。

他不知道接下来会发生什么事。

一阵噪音后，包机飞行员的无线电里传出了呼叫。战斗机绕着包机飞，包机飞行员同战斗机飞行员展开了对话——杰克逊听不懂对话的内容，但他庆幸的是伊朗人在通话而不是射击。

通话继续。包机飞行员大声争辩着什么，最后他转过头对杰克逊说："我们必须回去。他们不允许我们降落。"

"如果我们强行降落，他们会怎么办？"

"把我们射下来。"

"好吧。"杰克逊说，"今天下午再试一次。"

星期四上午，伊斯坦布尔，一份英文报纸被送到了喜来登酒店佩罗的套房。

他捡起报纸，焦急地阅读头版文章中对昨天德黑兰美国大使馆被攻占的报道。看到文章中没有提及EDS公司的人，他松了口气。只有一个名叫肯尼迪·克劳斯的海军陆战队中士受伤。不过，根据报道，克劳斯并没有得到必要的医治。

佩罗给波音707的机长约翰·卡伦打电话，让他来套房。他把报纸给卡伦看，道："如果让你今晚飞去德黑兰，将受伤的海军陆战队员接出来，你怎么看？"

卡伦是一名气定神闲、银发棕肤的加利福尼亚人。他冷静地说："我们可以这么做。"

佩罗惊讶于卡伦竟然毫不犹豫就答应了。他必须深夜飞越群山，在没有空中管制员帮助的情况下降落到关闭的机场。"你不同其他机组成员谈谈吗？"佩罗问。

“不用，他们也会同意的。不过，飞机的主人会气疯的。”

“不要告诉他们。我来负责。”

“我需要知道那名受伤的海军陆战队员具体在什么地方。”卡伦继续道，“大使馆必须将他送到机场。我在机场有许多熟人——我能说服他们网开一面，准许我进去，然后再说服他们准许我离开，或者直接就飞走。”

佩罗盘算：乘飞机那一组的人可以假扮成担架员。

他打电话回达拉斯，找到他的秘书萨莉·沃尔瑟，让她接通海军陆战队司令官威尔森将军的电话。他同威尔森是朋友。

威尔森的电话通了。

“我在土耳其出差，”佩罗告诉他，“我刚从报纸上了解到克劳斯中士的事。我在这儿有一架飞机，如果大使馆能把克劳斯带到机场，我们今晚就能飞去将他接出来，给他恰当的治疗。”

“好。”威尔森说，“如果他生命垂危，我会让你去接他。否则我不会让你的机组成员冒险。我回头给你电话。”

电话线另一头的人又切换成萨莉。她向佩罗报告了更多坏消息。国务院伊朗特别工作组的一个新闻官向《达拉斯时代先驱报》驻华盛顿记者罗伯特·杜德尼透露，保罗和比尔将走陆路离开伊朗。

佩罗再次咒骂国务院。如果杜德尼报道了这个消息，又被德黑兰的达德加获悉，他一定会加强边境检查。

达拉斯总部七楼行动组把这归咎于佩罗。是他向前一天晚上来访的美国驻土耳其领事透露了实情，他们认为领事没有保守秘密。他们正想尽办法阻止报纸公布这一秘密，但他们无法获得百分百的保证。

威尔森将军回电话了。克劳斯中士并无性命危险，佩罗没有必要派飞机过去。

佩罗把克劳斯抛诸脑后，集中精力思考自己的问题。

领事打来电话。他已想尽办法，但仍旧没办法帮佩罗购买或租赁到一架小型飞机。包机在土耳其国内机场间飞行是可以的，但最多也就只能做到这一点了。

佩罗没有向他提及秘密被泄露给媒体的事。

他把迪克·道格拉斯和“涂鸦”朱利安·卡诺齐叫来。这两个人是他专门带到土耳其，准备驾驶小型飞机去伊朗的后备飞行员。他告诉他们，自己没能找到飞机。

“别担心。”道格拉斯说，“我们弄得到飞机。”

“怎么弄？”

“你就别问了。”

“不，我想要知道。”

“我曾在土耳其东部执行过任务。我知道哪里有飞机。如果你需要，我们可以偷来。”

“你有没有想清楚？”佩罗说。

“应该想清楚的是你。”道格拉斯说，“如果我们在伊朗被击落，那飞机是不是偷来的又有什么关系？如果我们没被击落，我们还可以把飞机还回原来的地方。即便飞机上有几个弹孔也无妨。我们将在有人发现这件事之前就离开这个国家。这还有什么好多想的？”

“那就得了。”佩罗说，“就这么办。”

他派约翰·卡伦和罗恩·戴维斯去机场提交飞行申请。他们的目的地是凡，那里有最靠近边境的机场。

戴维斯从机场打来电话，说波音707无法在凡降落——那里的机场只说土耳其语，所以外国飞机不能降落，除非是载有翻译的美军飞机。

佩罗打电话给“菲什先生”，请他安排飞往凡的航线。“菲什先生”几分钟后打回电话，说都办妥了。他会作为向导与佩罗同行。佩罗很是惊讶——“菲什先生”之前一直态度坚决，不愿去土耳其东部。或许，他也被冒险精神感染了吧。

然而，佩罗自己必须留下来。他是整个行动组的中枢——他必须与外部世界保持电话联系，听取博尔韦尔、达拉斯、乘飞机的一组和走陆路的一组发回来的报告。倘若波音707能在凡降落，佩罗当然会去，因为707上的单边带无线电通话器可以让他给全世界打电话。但没有那种通话器的话，他到土耳其东部就会与外界隔绝，那样伊朗逃出来的人同与他们会合的人之间就无法联系。

于是，他派帕特·斯卡利、吉姆·舒维巴赫、罗恩·戴维斯、“菲什先生”和飞行员迪克·道格拉斯、朱利安·卡诺齐去凡，并委任帕特·斯卡利为土耳其营救组组长。

他们走之后，他再度陷入沉寂。他又派出了一群自己的人到危险的地方去做危险的事，而他只能坐着等消息。

他花了很长时间思考约翰·卡伦和波音707上的机组成员。他刚认识他们几天——他们是普通的美国人，但卡伦已经准备好冒生命危险去德黑兰接一名受伤的海军陆战队员。就像西蒙斯说的那样：美国人就应该这样互相帮助。尽管前途未卜，他却备感欣慰。

电话响了。

他接起电话，“我是罗斯·佩罗。”

“我是拉尔夫·博尔韦尔。”

“你好啊，拉尔夫，你在哪儿？”

“我到边境了。”

“太好了！”

“我刚才见到拉西德了。”

佩罗心脏狂跳起来，“好极了！他说什么？”

“他说他们都安全。”

“感谢上帝！”

“他们住在距边境三十或四十英里的一家酒店。拉西德先来边境探查情况。他已经回去了，他说他们很可能明天穿越边境。但这是他的看法，西蒙斯可能不这么想。如果他们距边境如此之近，我想西蒙斯多半不会等到明天早晨。”

“不错。现在，帕特·斯卡利、‘菲什先生’，还有其他组员正在去与你会合的路上。他们将乘飞机到凡，然后租一辆巴士。他们到哪儿去找你呢？”

“我目前在一个叫尤瑟科瓦的镇子上。这里是离边境最近的镇子，我住在这一带唯一的旅馆里。”

“我会转告斯卡利的。”

“好。”

佩罗挂断电话。哦，上帝啊，他想，终于看到曙光了！

帕特·斯卡利从佩罗那里得到的命令是去边境，确保走陆路的一组安全地穿越边境，将他们带到伊斯坦布尔。如果走陆路的一组未能抵达边境，他就得进入伊朗寻找他们——最好是坐迪克·道格拉斯偷来的飞机；如果偷不到的话，就走陆路。

斯卡利和土耳其营救组乘班机从伊斯坦布尔飞到安卡拉，那里有一架包机正在等他们（包机只负责将他们送到凡，然后将他们带回来，不会按他们的意愿去任何别的地方。只有一种办法可以让飞行员带他们去伊朗，那就是劫持飞机）。

飞机的到达似乎在凡是一件大事。他们下了飞机，迎接他们的是一队看上去要找碴儿的警察。但“菲什先生”同警察局局长拥抱微笑起来。

“听着，”“菲什先生”说，“我们会入住这里最好的旅馆，但你们要知道，那绝不是喜来登，所以请别抱怨。”

他们乘两辆出租车离开了。

旅馆的门厅很高，共有三层，每个房间都由环形走廊相连，所以每间房的房门都能从门厅看到。美国人进来的时候，门厅里都是土耳其人，喝着啤酒，看着黑白电视机中的足球比赛，不时爆发出叫喊和欢呼。土耳其人注意到陌生人进屋后，房间顿时安静下来，直至鸦雀无声。

他们都被分配了房间。每个房间都有两张简易床，角落里有一个洞，由浴帘隔开，那就是厕所了。地面有木地板，墙被白涂料粉刷过，但墙上没有窗户。房间里蟑螂成灾。每一层有一间浴室。

斯卡利和菲什去租能把他们带去边境的巴士了。一辆奔驰将他们载到一家橱窗里放着老式电视机的电器店，店关门了——现在已经是晚上——但“菲什先生”用力敲击保护窗户的铁栅栏，从店里走出一个人。

他们进入店内，在一张桌旁坐下，头上亮着一只灯泡。斯卡利根本听不懂他们在谈什么，但“菲什先生”最终谈妥了租巴士和请司机的价钱。他们坐巴士返回旅馆。

其他人都聚集在斯卡利的房间。没有人想坐在床上，更别说在上面睡觉了。他们都想立刻起身去边境，但“菲什先生”很犹豫。“这会儿是凌晨两点。”他说，“警察在监视旅馆。”

“这又怎么样？”斯卡利说。

“这意味着可能会引发更多的问题，惹更多的麻烦。”

“试一试吧。”

他们浩浩荡荡地下楼。经理出现了，面色忧虑，开始询问“菲什先生”。然后，不出所料，两个警察进来了，加入谈话。

“菲什先生”转向斯卡利，说：“他们不让我们走。”

“为什么？”

“你难道没有发现，我们看起来非常可疑吗？”

“法律禁止我们去？”

“没有。不过——”

“那我们就要去。就这么告诉他们。”

双方又用土耳其语争论了一番，但最后警察和旅馆经理似乎放弃了，营救组登上巴士。

他们离开了镇子。车驶入白雪覆盖的群山后，气温骤然下降。他们都穿着保暖大衣，背包里塞着毯子，这些东西都派上了用场。

“菲什先生”坐在斯卡利旁边，说：“进山之后才是真正的问题。我能应付警察，因为我同他们有交情，但我担心山里的强盗和士兵——我在他们面前可说不上话。”

“你打算怎么办？”

“只要你们没有枪，我觉得我就可以说服他们不找我们的麻烦。”

斯卡利陷入思考。这群人里只有戴维斯有枪；西蒙斯总是担心武器更容易惹麻烦，而不是摆脱麻烦，所以沃尔瑟警用手枪都被留在了达拉斯。“好的。”斯卡利说。

罗恩·戴维斯将他的点38手枪扔到窗外的雪地中。

不一会儿，巴士的头灯照亮了一个穿制服的士兵的身影，他站在路中间朝他们挥手。巴士司机径直开过去，似乎要将士兵撞倒，但“菲什先生”大喊起来，司机踩了刹车。

斯卡利朝窗外望去，看到山坡上有一个排的士兵，装备的都是大火力步枪。他惊出了一身冷汗——倘若刚才他们没停下来，早就被打成马蜂窝了。

一个中士和一个下士上了巴士。他们检查了所有人的护照。“菲什先生”将香烟递给他们。他们边抽烟边站着同他聊天，然后他们挥挥手，下车了。

又行驶了几英里，巴士再次停下来，他们又被检查了一遍。

第三次被拦下检查时，上车的人没穿制服。“菲什先生”非常紧张。“尽量表现得随意些。”他悄悄对美国人说，“看书，别看他们。”他同这些土耳其人谈了半个小时，巴士才获准重新出发，但两个土耳其人留在了车上。“说是要保护我们。”“菲什先生”神秘兮兮地说，然后耸了耸肩。

斯卡利名义上是营救组组长，但他基本上只能遵从“菲什先生”的指示。他不了解这个国家，更不会说这个国家的语言——他大多数时候都搞不清楚状况。在这样的条件下，很难掌控局面。他觉得自己最多只能让“菲什先生”不乱来，并在“菲什先生”紧张的时候给他打气。

凌晨四点，他们抵达了距边境检查站最近的镇子尤瑟科瓦。据“菲什先生”在凡的表兄所言，他们能在这儿找到拉尔夫·博尔韦尔。

斯卡利和“菲什先生”进入旅馆。里面像谷仓一样黑暗，充斥着体育馆男厕所的味道。他们呼唤博尔韦尔的名字，一个男孩举着蜡烛出来了。“菲什先生”用土耳其语同他交谈，然后说：“博尔韦尔不在这儿，他几个小时前就离开了。他们不知道他去哪儿了。”

第十三章

1

在雷扎耶的酒店，杰伊·科伯恩的心头又涌上了那种病态的无助感。他在马哈巴德和学校院子里的时候，也产生了同样的感觉——他的命运不掌控在自己手中，而是任由他人摆布，比如拉西德。

拉西德到底跑哪儿去了？

科伯恩请求守卫允许他打电话。他们将他带到楼下的门厅。他打电话到马吉德堂兄的家，也就是雷扎耶的那个教授，但教授也不知道拉西德的去向。

绝望中，他拨打了德黑兰的胡拉姆的电话。令他惊异的是，居然一下子就打通了。

“我有条口信给吉姆·尼费勒。”他说，“我们到达集结待命区了。”

“你们具体在哪儿？”胡拉姆问。

“在德黑兰。”科伯恩撒谎道。

“我需要见你。”

科伯恩必须继续撒谎。“好，我明天早上同你见面。”

“什么地方？”

“布加勒斯特。”

“好。”

科伯恩返回楼上。西蒙斯将他和基恩·泰勒带入一个房间。“如果拉西德九点没有回来，我们就出发。”西蒙斯说。

科伯恩的情绪立即好转。

西蒙斯继续道：“守卫厌烦了，警惕性正在降低。我们可以悄悄溜走，也可以采用另外的方式对付他们。”

“我们只有一辆车。”科伯恩说。

“车留在这里迷惑他们。我们走路去边境。只有三十到四十英里。我们不走大路，避开路障。”

科伯恩点点头。这真是他所期待的。他们又掌握主动权了。

“我们把钱都凑一块儿。”西蒙斯对泰勒说，“让守卫把你带到车边。将纸巾盒和电筒带上来，把钱取出来。”

泰勒走开了。

“我们最好先吃点东西。”西蒙斯说，“接下来要走一大段路。”

泰勒进入一个空房间，将纸巾盒和电筒都抛到地板上，倒出纸巾盒中的钱。突然门被推开了。

泰勒的心脏停跳了。

他抬起头看到盖登，满脸坏笑。

“抓到你了！”盖登说。

泰勒大怒，“你个王八蛋，盖登。”他说，“你差点儿把我的心脏病吓出来。”

盖登捧腹大笑。

守卫将他们带到饭厅。美国人围坐在一个大圆桌旁边，守卫坐在饭厅另一头的一张桌子旁。食物是羊肉拌饭，饮料是茶。这顿饭吃得很郁闷——他们都在担心拉西德，不知道没了他该怎么办。

电视机开着，保罗一直注视着屏幕。他觉得屏幕上随时都可能蹦出一张通缉令，上面印着他的头像。

拉西德到底去哪儿了？

他们离边境只有一个小时车程，但他们被守卫盯着，寸步难行，弄不好会被押回德黑兰的监狱。

有人说：“嘿，看谁回来了！”

拉西德走进来。

他来到桌旁，依然一副自以为是的模样。

“先生们。”他说，“这是你们的最后一顿饭了。”

他们都惊恐地瞪着他。

“我的意思是，在伊朗的最后一顿饭。”他连忙补充道，“我们可以走了。”

他们都欢呼起来。

“我从革命委员会得到一封信。”他继续道，“我去边境探查过，路上有几个路障，但我把关节都打通了。我知道上哪儿弄马穿过山区，但我觉得我们不用骑马。边境检查站没有政府的人，掌控那里的是当地村民。我同村长谈过，他们允许我们穿越边境。而且，拉尔夫·博尔韦尔也在边境线上。我还同他谈过。”

西蒙斯站起身，“行动。”他说，“抓紧。”

他们没吃完饭就离开了。拉西德同守卫交谈，出示了革委会副领导人签署的通行证。基恩·泰勒支付了酒店费用。拉西德买了一堆霍梅尼的肖像，交给比尔贴在车上。

几分钟后他们就离开了酒店。

比尔的工作做得很到位。路虎揽胜的车身上贴满了态度强硬、胡须花白的霍梅尼的肖像。

两辆车开走了，拉西德驾驶第一辆。

离开镇子的路上，拉西德突然刹车，身子探出窗户，使劲朝一辆开过来的出租车挥手。

西蒙斯低吼道：“拉西德，你他妈的在干什么？”

拉西德没有作答，径直跳下车，朝出租车跑去。

“上帝啊。”西蒙斯说。

拉西德同出租车司机聊了一会儿，然后出租车开走了。拉西德解释道：“我让他带我们走小路出城。我想避开一个路障，因为守路障的是一群扛枪的孩子，我拿不准他们会干什么。出租车司机要先送人，然后再回来。我们得等他。”

“我们不能等太久。”西蒙斯说。

出租车十分钟就回来了。他们跟着那辆车穿过未铺筑的黑暗街道，来到一条大路。出租车司机右转。拉西德跟上急转。左侧几码远的地方就是他想避开的路障，一群少年正在朝天空开枪。趁那些孩子没反应过来，出租车和两辆路虎揽胜加速驶离。

五十码开外，拉西德开进一个加油站。

基恩·泰勒问：“你为啥停下来？”

“我们必须加油。”

“我们还有四分之三箱的油，足够穿越边境了——快离开这儿吧。”

“到土耳其可能就无法加油了。”

西蒙斯说：“拉西德，快走。”

拉西德还是跳下了车。

油箱加满油后，拉西德还在同出租车司机讨价还价，只肯给他一百里亚尔的带路费，那只相当于一美元多一点。

泰勒说：“拉西德，给他一把钱得了，快走！”

“他的要价太高了。”拉西德说。

“哦，上帝啊。”泰勒说。

拉西德最后跟出租车司机以两百里亚尔成交，然后重返车中，说道：“如果我不砍价，他会起疑心的。”

他们驶出镇子，进入山区。路面状况不错，他们加快了行驶速度。不久后，他们驶上一条山脊，两侧都是长满灌木的沟壑。“今天下午这附近都还有一个检查点。”拉西德说，“也许他们回家了。”

车头灯映照出站在路边的两个人，正挥手示意他们停下。前方没有障碍物。拉西德没有踩刹车。

“我们最好停下来。”西蒙斯说。

拉西德径直经过路边的两人。

“我说停下！”西蒙斯怒吼道。

拉西德停下了。

比尔透过挡风玻璃往外看，道：“你们快看。”

几码之外有一条横跨峡谷的桥。桥两头，当地土著从峡谷中爬上来——三十人，四十人，五十人，全都武装到牙齿。

看上去很像是伏击。如果刚才他们试图闯过检查点，此刻可能已经殒命。

“感谢上帝，我们停下来了。”比尔大声感叹。

拉西德跳下车，开始说话。土著在桥前拉起一条铁链，包围了两辆路虎揽胜。他们很快意识到，这是小组遇到的最不友好的人。他们包围了车子，朝里张望，还挥舞着步枪。同拉西德谈话的人中，有两三个开始嚷嚷起来。

如果历经艰险后功亏一篑，在这里被一群愚蠢的农民拦下来，那简直就太令人气愤了，比尔暗想。他们是要抢走这两辆高级的路虎揽胜和所有的钱吗？谁知道他们会干出什么来？

土著被惹恼了。他们开始推搡拉西德。比尔觉得他们随时会开枪。

“别轻举妄动。”西蒙斯说，“待在车里，让拉西德出面处理。”

比尔觉得拉西德需要帮助。他摸着兜里的念珠，祈祷起来，念诵了他知道的所有祈祷文。我们的性命都在上帝手中了，他想，我们需要奇迹才能摆脱这次危机。

第二辆车里的科伯恩全身僵硬，因为一个土著正用枪对准他的头。

坐在他后面的盖登不知从哪儿冒出了疯狂的念头，对科伯恩耳语道：“杰伊！为什么你不关门！”

科伯恩感觉狂笑从肺里迸发出来。

拉西德觉得自己与死亡只差一线。

这些土著是土匪，他们可以为了抢一件外套而杀了你——他们压根儿不在乎人命。革命对他们来说毫无意义。无论谁当权，他们都不会服从政府，也不会遵守法律。他们甚至不说伊朗的波斯语，而是土耳其语。

他们把他推来推去，用土耳其语对他大喊大叫。他也用波斯语大喊大叫，但全无效果。他们控制不住就会打死我们，他想。

他听见汽车引擎的声音。一对头灯的光芒正从雷扎耶方向射过来。一辆路虎停到路边，三个人下了车，其中一人穿着黑色长大衣。土著似乎对他很恭敬。他对拉西德说："请出示你们的护照。"

"没问题。"拉西德说。他带着那人到了第二辆路虎揽胜前。比尔坐在第一辆车里，拉西德想让穿大衣的人先查看别人的护照，这样他在翻到比尔的之前说不定就厌烦不翻了。拉西德敲了敲车窗，保罗摇下车窗。"护照。"

这家伙似乎是检查护照的行家。他将每本护照上的照片都与护照主人仔细比对，然后用流利的英语提问：你出生在哪儿？住在哪儿？出生日期？所幸西蒙斯让保罗和比尔记住了假护照上的所有信息，所以保罗毫不犹豫地答出了大衣男的问题。

拉西德不情不愿地将那人带到了第一辆路虎揽胜前。比尔和基恩·泰勒调换了位置，比尔坐在远端，远离灯光。大衣男又把护照认认真真看了一遍。他最后看的是比尔的护照，然后他说："照片上不是这个人。"

"是这个人。"拉西德激动地说，"他生了很重的病，变瘦了，皮肤的颜色也变了——你看不出他快死了吗？他必须尽快返回美国接受治疗，而你们在拖延时间——你们想害死他吗？难道伊朗人民对一个病人毫无同情心吗？难道你们就是这样捍卫我们国家的尊严的吗？”

“他们是美国人。”那人说，“跟我来。”

他转过身，进入桥旁砖砌的小屋。

拉西德跟他进了屋。“你没有权力拦下我们，”他说，“我接受了雷扎耶革命指挥委员会的命令，护送这些人去边境，拦下我们将是对伊朗人民犯下反革命罪。”他舞动着副领导人签署的通行证，上面盖着图书馆的章。

那人查看了通行证。“可是，那个美国人看起来不是护照照片上的人。”

“我说过，他病了！”拉西德大叫，“他们去边境是得到革命委员会认可的！让这些土匪给我闪开！”

“我们有自己的革命委员会。”那人说，“你们必须全都去我们的总部。”

拉西德只好同意。

杰伊·科伯恩看见拉西德同穿着黑色长大衣的人走出小屋。拉西德非常激动。

“我们必须去他们村子接受检查。”拉西德说，“我们必须坐他们的车。”

形势相当严峻，科伯恩想。之前他们被捕了数次，但都获准待在路虎揽胜里，这让他们感觉自己不那么像囚犯。离开他们的车，感觉就像脱离了基地一样。

拉西德从未像现在这么恐惧。

他们全都上了土著的车——一辆皮卡，一辆破烂的小旅行车。他们沿着山中的一条土路行进。路虎跟在后面，由土著驾驶。土路蜿蜒进黑暗之中。妈的，这下全完了，科伯恩想。我们将永远从这个世界上消失了。

行驶三四英里之后，他们到达了村子。那里有一座带院子的砖房——其余的都是茅草屋顶的泥砖小屋。但院子里停着六七辆很好的吉普。科伯恩说："上帝啊，这些人干的就是偷车的营生。"两辆路虎揽胜肯定能让他们的收藏增色不少，他想。

载着美国人的两辆车停在院子里，然后是路虎揽胜。两辆吉普挡在了出口前，以防他们突然逃跑。

所有人都下了车。

大衣男说："你们不用害怕。我们只是想同你们谈谈，然后你们就可以走了。"说着他就进了砖房。

"他在撒谎！"拉西德咬牙切齿道。

他们进入砖房，被勒令脱掉了鞋子。土著对基恩·泰勒的牛仔靴很感兴趣——其中一人拿起鞋子看了又看，然后交给其他人传看。

美国人被带进了一个又大又空的房间，地上铺着一张波斯地毯，卷起的被褥被推到墙边。某种灯笼发出微弱的光线。他们围成圈坐下，持枪的土著就在身后。

又要遭审问，就像马哈巴德经历过的一样，科伯恩想。

他留意着西蒙斯。

一个毛拉走进来，那是他们见过的最魁梧、最丑陋的毛拉。审问开始了。

拉西德负责答话，杂糅着波斯语、土耳其语和英语。他又出示了盖着图书馆印章的通行证，并报上了革命委员会副领导人的名字。有人去打电话同雷扎耶的革命委员会核实了。科伯恩不知道他们是通过什么方式核实的——灯笼表明这里没有电，那他们怎么可能有电话？所有的护照又被仔细检查了一遍。房间里一直有人进进出出。

如果他们有电话怎么办？科伯恩寻思。如果雷扎耶革命委员会收到了达德加的通缉令怎么办？

要是他们真的查明了我们的身份，那反倒更好——那样至少有人知道我们在这儿。否则，我们可能会被杀掉，尸体覆盖在雪中，不留半点踪迹，没有人会知道我们到了这儿。

一个土著进来，将通行证还给拉西德，对毛拉说了几句。

“没事了。”拉西德说，“我们的身份被核实了。”

整个房间的空气骤然轻松下来。

丑陋的毛拉变成了快乐的绿巨人[①]，同所有人一一握手。“他欢迎你们到他的村上。”拉西德翻译道。有人端上了茶。拉西德说：“他们邀请我们今晚在村上做客。”

西蒙斯说：“告诉他不行。我们的朋友还在边境等我们。”

一个大概十岁的男孩现身。为了巩固双方的友谊，基恩·泰勒取出了他十一岁的儿子麦克的照片，给土著们看。他们非常激动，拉西德说：“他们也想拍照片。”

盖登说：“基恩，把你的相机拿出来。”

“没有胶片了。”泰勒说。

“基恩，把你那该死的相机拿出来。”

泰勒拿出相机。其实，他的相机还能再拍三张，但他没有闪

① 绿巨人（Hulk），美国漫威漫画公司创作的反英雄式漫画角色。

光灯，必须要一个比他的傻瓜相机更高级的相机才能在灯笼的微弱光线中拍照。可是土著都排好队了，挥舞着手中的枪，泰勒不得不按下快门。

太不可思议了。五分钟前，这些人看上去还想杀了美国人，但现在他们却同美国人勾肩搭背，欢声笑语，其乐融融。

他们翻起脸来也会同样的快。

泰勒的幽默爆发了，兴致勃勃地扮演起新闻摄像师的角色，吩咐土著露出笑脸，靠近一点，以便将他们都拍进去，然后按了十多下快门。

又上了一轮茶。科伯恩暗暗叫苦。他这几天已经喝了太多的茶，几乎都快吐了。他悄悄将自己的茶倒掉，在漂亮的地毯上留下了一摊丑陋的棕色污迹。

西蒙斯对拉西德说："告诉他们，我们得走了。"

拉西德与毛拉交谈了两句，然后说："我们必须再喝点茶。"

"不行。"西蒙斯斩钉截铁地说，然后站起身，"我们走。"他平静地微笑着，朝土著频频点头鞠躬，一边用与其礼貌行为格格不入的严厉声音下令道，"都站起来。穿上鞋子。快，离开这里，快走。"

他们都站起来。所有土著都想同每个客人握手。西蒙斯不停催促他们朝门口移动。他们找到了自己的鞋子穿上，一面继续鞠躬握手。最后他们出了屋，钻进路虎揽胜。他们耽搁了一会儿，因为要等村民将挡在门口的吉普开走。最后，他们终于出发了，跟随着刚才挡门的两辆吉普，沿着山路前行。

他们还活着，还有自由，还在行动。

土著将他们带到了桥边，然后与他们道别。

拉西德说：“你们不护送我们去边境吗？”

“不。”一个土著答道，“桥那头就不是我们的辖区了。那里属于色罗。”

穿黑色长大衣的男人同路虎揽胜中所有人都一一握手。“别忘了把照片寄给我们。”他对泰勒说。

“当然。”泰勒严肃地答道。

封锁桥头的锁链被放下。两辆路虎揽胜驶过桥，加速离去。

“希望下个村子不会遇到同样的问题。”拉西德说，“我下午同那里的村长都谈好了。”

路虎揽胜越开越快。

“慢点。”西蒙斯说。

“不行，我们必须赶快。”

他们距离边境只有大约一英里了。

西蒙斯说：“把该死的速度降下来。我可不想成功近在咫尺的时候出岔子。”

他们经过一个看似加油站的地方。一个小屋里亮着一盏灯。泰勒突然大叫起来：“停车！停车！”

西蒙斯喊道：“拉西德——”

第二辆车中的保罗不停地鸣笛闪灯。

拉西德用眼角余光瞥见两个人从加油站里跑出来，把枪对准了车，拉下了枪栓。

他猛踩刹车。

伴随着轮胎的尖啸，车停了下来。保罗开的车已经停在加油站旁。拉西德把车倒回去，跳下车。

两人用枪指着他。

又来了，他想。

他再次出示了通行证，但对方根本不理睬。

两人分别上了两辆车。拉西德又钻回了驾驶席。

“继续开。”劫持者说。

一分钟后，他们到达了山脚下。他们看到边境检查站就在山上。命令道：“右转。”

“不。”拉西德说，“我们已经获准通过边境了——”

那人举起枪，打开保险。

拉西德停下车。“听着，我今天下午到过你们村子，你们村长准许——”

“去那边。”

他们离土耳其和自由只有不到一英里。他们有七个人，而对方只有两个人。索性一不做二不休……

一辆吉普从山上的检查站疾驰而下，在路虎揽胜面前停住。一个兴奋的年轻人跳出来，手里拿着枪，跑到拉西德一侧的车窗旁。

拉西德摇下车窗，说：“我受伊斯兰革命指挥委员会之命……”

兴奋的年轻人用手枪指着拉西德的头。“走那条小路！”他尖叫道。

拉西德只得从命。

他们沿着小路前进，这条路比刚才那条更窄。村子就在不到一英里之外。他们抵达后，拉西德跳下车，说：“待在这儿——我去应付他们。”

几个人从小屋里走出来查看出了什么事，他们比上个村子的居民看上去更像土匪。拉西德大声说：“你们村长呢？”

"不在这儿。"有人答道。

"把他找来。我下午才同他谈过——我是他的朋友——他同意我和这些美国人一起穿过边境。"

"你为什么同美国人在一起？"有人问。

"我受伊斯兰革命指挥委员会之命——"

突然，村长不知从什么地方冒了出来。他迎上拉西德，亲吻了他的双颊。

第二辆路虎揽胜中，盖登说："嘿，看来没事了！"

"感谢上帝。"科伯恩说，"我可不想为了保命再喝茶了。"

亲吻拉西德的人走了过来。他穿着沉重的阿富汗外套，从车窗探进身子，同所有人握手。

几分钟后，他们开始爬山，朝边境检查站驶去。

驾驶第二辆车的保罗突然想到了达德加。四小时前，在雷扎耶，他还觉得没有必要为了避开大路和检查站而骑马穿越边境，而现在他的想法变了。达德加可能已经将保罗和比尔的照片发到了每个机场、码头和边境检查站。即使这里不由政府控制，他们的照片也有可能贴在墙上。伊朗人总是千方百计地寻找扣留和审问美国人的借口。EDS公司一直都低估了达德加……

边境检查站外，高悬着明晃晃的霓虹灯。两辆车慢慢驶过检查站内的建筑，在一条横在路上的铁链前停下。铁链之外，便不是伊朗领土。

拉西德下了车。

他同检查站的警卫谈话，回来说："他们没有打开链子的钥匙。"

他们全下了车。

西蒙斯告诉拉西德："去土耳其那边，看看博尔韦尔在不在。"

拉西德很快就不见了踪影。

西蒙斯托起铁链，高度根本不够路虎揽胜经过。

有人发现了几块木板，将其搭在铁链上，希望车能压着木板从铁链上驶过去。西蒙斯摇了摇头——这行不通。

他转向科伯恩。"工具箱里有锯子吗？"

科伯恩返回路虎揽胜。

保罗和盖登点燃烟。盖登说："你必须决定怎么处理那本护照。"

"什么意思？"

"根据美国法律，使用假护照将被罚一万美元，还要在监狱蹲一段时间。我可以给你付罚金，但你必须自己坐牢。"

保罗陷入沉思。到目前为止，他都没有触犯法律。他出示过假护照，但只是给土匪和革命者看，这两类人都无权检查护照。还是继续保持无犯罪记录比较好。

"说得对。"西蒙斯说，"我们离开这个该死的国家后，就不能再犯法了。我可不想再去土耳其监狱救你。"

保罗将护照交给盖登。比尔也一样。盖登将护照交给泰勒，泰勒将其塞进牛仔靴的两侧。

科伯恩拿着一把锯子回来了。西蒙斯接过锯子，开始锯铁链。

伊朗警卫跑过来朝他大喊大叫。

西蒙斯停下来。

拉西德从土耳其一侧回来了，身后跟着两个警卫和一个军官。他同伊朗人谈了一会儿，然后告诉西蒙斯：“你不能弄断铁链。他们说我们必须等到明天早上。土耳其人也不想让我们今晚穿越边境。”

西蒙斯对保罗耳语道：“你快装病。”

“什么意思？”

“我让你装病你就装病。”

保罗明白西蒙斯的意图了：土耳其警卫想睡觉，不愿同一群美国人过一晚上，但如果有美国人患重病需救治，他们就很难拒绝。

土耳其人回他们那一侧了。

“我们现在干什么？”科伯恩说。

“等待。”西蒙斯说。

所有伊朗警卫进警卫室了，只有两个留在外面——外面冷得刺骨。

“装作我们要在这儿过夜的样子。”西蒙斯说。

另外两个警卫踱开了。

“盖登，泰勒，”西蒙斯说，“进去给那些警卫钱，请他们帮忙照看我们的车。”

“照看我们的车？”泰勒不可思议地问，“他们会直接偷走的。”

“不错。”西蒙斯说，“如果他们让我们走，那他们就可以偷车。”

泰勒和盖登进入了警卫室。

“好了。”西蒙斯说，“科伯恩，带保罗和比尔走到土耳其那头去。”

“走吧，伙计们。”科伯恩说。

保罗和比尔跨过铁链，迈步走开。科伯恩紧跟在他们身后。“不论发生什么事，你们都要一直走。”科伯恩说，“如果你们听见叫喊或者枪声就开跑，但无论如何也不能停下来或者返回去。”

西蒙斯紧跟上来，“走快点儿。”他说，“我可不想让你们俩被射杀在这片荒野之中。”

他们听见伊朗那边开始传来争吵声。

科伯恩说：“你们别回头，继续走。”

在伊朗一侧，泰勒正拿着一大把钱给两名警卫，后者先是看了眼正在步行穿过边境的四个人，然后又看了眼两辆单价至少两万美元的路虎揽胜……

拉西德说：“我们不知道什么时候能回来开这些车，也许会很久——”

一个警卫说：“你们必须都在这儿待到明天早上——”

“车真的十分昂贵，请你们务必代为照看——”

警卫的目光在车和穿越边境去土耳其的人身上扫来扫去，踌躇了很久。

保罗和比尔抵达了土耳其一侧，直接走进了警卫所在的木屋。

比尔看了眼手表。现在是2月15日星期四晚上十一点四十五分，昨天是情人节。1960年的2月15日，他给艾米丽的手指戴上了戒指。六年后的同一天，杰姬出生——今天是她十三岁的生日。比尔想：这就是你今年的生日礼物，杰姬——你的父亲还活着。

科伯恩跟着保罗和比尔进入木屋。

保罗拥抱着科伯恩，说：“杰伊，你终于大功告成了。”

伊朗一侧，见一半美国人都到土耳其了，警卫决定见好就收，于是接受了贿赂的钱和车。

拉西德、盖登和泰勒朝铁链走去。

盖登在铁链前停住了。“你们先走。”他说，“我想最后一个离开这里。”

于是他成了走陆路的一组中最后一个离开伊朗的人。

2

在尤瑟科瓦的旅馆里，他们——拉尔夫·博尔韦尔、胖胖的特工伊尔斯曼、翻译查理·布朗、“菲什先生”表兄的两个儿子——坐在被熏黑的腹部圆鼓鼓的火炉旁，他们正在等待边境检查站打来的电话。晚餐送来了，是裹在报纸里的某种肉，也许是羊肉。

伊尔斯曼说，他看见有人在边境给拉西德和博尔韦尔拍照片。查理·布朗翻译了伊尔斯曼的话：“如果你觉得那些照片是个麻烦，那我可以解决。”

博尔韦尔不知道这是什么意思。

查理说：“他觉得你是一个诚实的人，你做的是高尚的事。”

博尔韦尔觉得这个提议带着不祥的味道，就像黑手党成员跟你称兄道弟一样。

到半夜了，他们既没听到走陆路的一组的消息，斯卡利和

“菲什先生”也没有坐巴士到这儿。博尔韦尔决定上床睡觉。睡觉前他都会喝点水。桌上放着一大罐水。管他的，我还没死呢。他喝了一口，感觉自己吞下了某种硬物。哦，上帝啊，那是什么东西？他迫使自己不去多想。

他刚上床就有一个男孩叫他去听电话。

是拉西德打来的。

“嘿，拉尔夫？”

“是我。”

“我们在边境！”

“我马上就到。”

他把其他人都叫起来，结清了住宿费。“菲什先生”表兄的儿子驾车朝边境驶去。据伊尔斯曼说，一个月前，土匪在他们走的这条路上杀害了九个人。他们在路上又遇到了爆胎。“菲什先生”表兄的儿子只好摸黑换轮胎，因为手电筒的电池也用完了。博尔韦尔站在路上等待的时候，不知道自己是否应该害怕。伊尔斯曼仍然有可能是个骗术高超的骗子，但他的特工身份又一直在保护他们。如果土耳其的特工组织就像土耳其的酒店，那伊尔斯曼就是他们的詹姆士·邦德。

轮胎换好了，车又可以开动了。

他们在夜色中行驶。应该会没事的，博尔韦尔想。保罗和比尔到边境了，斯卡利和“菲什先生”正乘巴士往这里赶，佩罗独自留在伊斯坦布尔。我们一定会成功的。

他抵达了边境。警卫的木屋里亮着灯。他跳下车，跑进屋里。

屋内爆发出欢呼。

他们都在：保罗、比尔、科伯恩、西蒙斯、泰勒、盖登和拉西德。

博尔韦尔热情地同保罗和比尔握手。

他们开始收拾大衣和箱子。“嘿，嘿，等一下。”博尔韦尔说，“‘菲什先生’正乘巴士赶来。”他从兜里取出一瓶芝华士十二年苏格兰威士忌，“我们都来喝口酒吧！”

他们全都喝了酒庆祝，除了因为宗教信仰而不饮酒的拉西德。西蒙斯把博尔韦尔拉到角落里。“怎么回事？”

“我今天下午同罗斯通了电话。”博尔韦尔告诉他，“‘菲什先生’同斯卡利、舒维巴赫和戴维斯正在往这里赶，他们租了一辆巴士。我们现在本可以走——十二个人坐两辆车没问题，但我想我们应该等巴士。首先，我们都在一起的话就不会有人走丢；其次，离开这里的路危机四伏，土匪什么的很多。我不清楚这里面有没有夸张的成分，但他们反复警告我，我都开始相信这是真的了。如果这条路很危险，那我们抱成团会比较安全。最后，如果我们去尤瑟科瓦等‘菲什先生’，那就不得不入住世界上最糟的旅馆，还会遭到那里官员的盘问和骚扰。”

“好，”西蒙斯勉为其难地说，“我们在这里得等一会儿。”

他看起来非常疲惫，博尔韦尔想，他就是一个需要休息的老人。科伯恩的状态也差不多——精疲力竭，萎靡不振。博尔韦尔不知道他们经历了多少苦难才来到这里。

博尔韦尔自己却非常兴奋，尽管他过去四十八小时几乎没怎么睡。他回想起他同“菲什先生”一遍又一遍地商量如何来边境，回想起在阿达纳没能等到预订的巴士，想到暴风雪中驾驶出租车行驶在山路上……几经磨难，他终于到了这儿。

警卫的木屋里异常寒冷，燃柴的火炉除了令屋里烟味弥漫外别无用处。所有人都很疲惫，苏格兰威士忌又增添了倦意。他们一个个都开始在木椅和地板上睡着了。

西蒙斯没有睡。拉西德注视着他像笼中的老虎一样踱来踱去，接连不断地抽着塑料烟嘴的雪茄。东方露出鱼肚白，他望向窗外荒野另一侧的伊朗。

“那边有上百名荷枪实弹的革命者。”他对拉西德和博尔韦尔说，“如果他们发现昨晚越过边境的人的真实身份，你认为他们会怎么做？”

博尔韦尔也开始怀疑自己提出的在这里等“菲什先生”的建议是否合理。

拉西德望向窗外。他看到了对面的路虎揽胜，想起一件事。“汽油罐，”他说，“我把钱放在汽油罐里了，我们或许需要用到钱。”

西蒙斯盯着他。

拉西德走出警卫室，开始穿越边境。

这条路显得异常漫长。

他揣摩着伊朗一侧警卫的心理。他们已经放了我们一马，倘若他们怀疑昨晚做错了，那过去的几个小时一定都在为自己编造借口，替自己辩解。现在他们已经说服了自己，相信自己做对了。他们过一段时间才能改变这一看法。

他回到另一侧，迈过了铁链。

他走向第一辆路虎揽胜，打开了后备箱。

两名警卫从小屋里跑过来。

拉西德将油罐从车上搬下来，关上了后备箱。“我们忘记拿汽油了。”他边朝铁链走回去边说。

“你们需要汽油干什么？”一名守卫狐疑地问，“你们都没车了。”

“给巴士用的。”拉西德边说边跨过铁链，“带我们去凡的巴士。”

他感觉他们的眼睛盯着自己的后背。

直到进入了土耳其一侧的警卫室，他才转过身。

几分钟后，他们都听到了发动机的声音，朝窗外望去。一辆巴士正朝他们驶来。

他们又欢呼起来。

帕特·斯卡利、吉姆·舒维巴赫、罗恩·戴维斯和“菲什先生”走下巴士，进入警卫室。

他们一一握手。

斯卡利等人又带来了一瓶苏格兰威士忌，大家又喝酒庆祝了一番。

“菲什先生”同伊尔斯曼和边境站警卫热情相拥。

盖登也抱住帕特·斯卡利，道：“你看到谁跟我们在一起没有？”他指着角落里的人说。

斯卡利看到了拉西德，后者正在睡觉。他笑了。在德黑兰的时候，他曾是拉西德的经理。后来，在EDS公司会议室第一次同西蒙斯开会的时候——就在六个星期前吧？——他强烈建议拉西德应该参加营救行动。现在看来，西蒙斯似乎最后也接受了这一建议。

“菲什先生”说：“帕特·斯卡利和我必须去尤瑟科瓦，同那里的警察局局长谈谈。剩下的人请留在这里等我们。”

“慢着。”西蒙斯说，“我们等了博尔韦尔，然后又等了你们。现在为什么还要等？”

“菲什先生”说：“我们不提前打好招呼的话会有麻烦，保罗和比尔毕竟没有护照。”

西蒙斯转向博尔韦尔。“你难道没让伊尔斯曼搞定这件事？”他气呼呼地问。

“我以为他搞定了！”博尔韦尔说，“我以为他贿赂了他们。”

“那怎么现在还要去谈？”

“菲什先生”说：“还是交给我吧。”

西蒙斯低吼道：“一定要快。”

斯卡利和“菲什先生”离开了。

其他人开始打扑克。他们每个人的鞋子里都藏着数千美元，所以他们玩得比较大。保罗有一手“满堂红”——三张倒扣着的A——赌注升到了一千美元，基恩·泰勒还在往上加。泰勒已经翻开了一对王，保罗猜他还有一张倒扣着的王。保罗是对的，他赢了一千四百美元。

新的一拨边境警卫来换岗。一名军官大发雷霆，因为他看到警卫室里扔满了烟头和百元美钞，一群美国人正在玩扑克，其中两个还没有护照。

上午的时间一点点过去，他们都感觉难受起来——喝酒太多，睡眠却不足。太阳爬上天空，打牌也没那么有趣了。西蒙斯愈发焦躁。盖登开始抱怨博尔韦尔。博尔韦尔则盘算着斯卡利和“菲什先生”把事办成没。

博尔韦尔现在肯定自己犯了错。他一到这里就应该带着所有人去尤瑟科瓦。他还犯了一个错——他不应该让“菲什先生”掌握主动权。

上午十点，在离开几个小时之后，斯卡利和“菲什先生”回来了。

“菲什先生”告诉那名军官，他们已获准离开。

军官厉声回答了几句，然后故意露出了大衣下的手枪。

其他警卫都拉开了同美国人之间的距离。

“菲什先生”说：“他说只有他同意我们才能离开。”

“够了。”西蒙斯说。他站起来用土耳其语说话。所有土耳其人都惊讶地看着他。他们没想到，他竟然能说他们的语言。

西蒙斯带着军官进入隔壁房间。

几分钟后，他们出来了。“我们可以走了。”西蒙斯说。

他们都出了警卫室。

科伯恩说：“你是贿赂了他，还是把他吓趴了，上校？”

西蒙斯只是微微一笑，但一言不发。

帕特·斯卡利说：“想去达拉斯吗，拉西德？”

拉西德暗忖，过去的几天里，这些美国人仿佛默认他可以一直跟着他们，但这还是第一次有人直接问他是否愿意去美国。现在，他必须做出这辈子最重要的决定。

想去达拉斯吗，拉西德？去美国是他毕生的梦想。他想到了自己即将抛弃在伊朗的一切。他没有孩子，没有妻子，甚至没有女朋友——他从没谈过恋爱。但他想到了他的父母、姐妹和兄弟。他们可能需要他——德黑兰的生活必定会困难一阵子。但他能帮他们什么？他可能会做几天或几周EDS公司的雇员，将美国人的家当寄回美国，照顾他们的宠物狗和猫——然后他就会失业。EDS公司在伊朗算是完了。搞不好伊朗很多年连电脑都不准用。他失业之后只能成为他家人的负担。

但是在美国——

在美国，他可以继续学业。他可以把自己的才智应用到工作中，在商界成就一番事业——在帕特·斯卡利和杰伊·科伯恩这样的人的帮助之下，这大有可能。

想去达拉斯吗，拉西德？

“是的。”他对斯卡利说，“我想去达拉斯。”

“那你还在等什么？上车啊！”

他们都上了巴士。

保罗轻松地坐在座位里。巴士开走了，伊朗在身后消失不见——他很可能再也看不到这个国家了。巴士上有一些陌生人——几个穿着山寨制服、邋里邋遢的土耳其人，以及两个据说是飞行员的美国人。保罗太累了，没有精力再深究。边境检查站的一个土耳其警卫也上了巴士——很可能是想搭便车。

他们在尤瑟科瓦停下来，“菲什先生”告诉保罗和比尔：“我们必须同警察局局长谈谈。他在这儿工作二十五年了，而这是他遇到的最重大的事。不过不用担心，只是例行检查而已。”

保罗、比尔和“菲什先生”下了车，进入小小的警察局。保罗不知为何并不担心。他离开伊朗了，尽管土耳其并不是真正意义上的西方国家，但至少这里没有革命。或许，他只是累得都感觉不到害怕了。

他和比尔接受了两个小时的讯问，然后被释放了。

在尤瑟科瓦又有六个人上了巴士——一个女人和一个孩子，他们好像是边境警卫的家属；四个脏兮兮的人，据“菲什先生”

说是“保镖”，他们坐到巴士后部的一道帘子背后。

他们朝凡进发，那里有一架包机正在等他们。保罗眺望着沿途的景色。这里比瑞士还要漂亮，但却十分贫穷。路边散布着大石头。草地上，破衣烂衫的牧民正在赶着山羊走路，这样山羊就能吃到雪下的冻草。不时可以看到洞口横着木栅栏的洞穴，那里似乎就是人们的居所。他们经过了一座石头城堡，其历史可能追溯到十字军东征时代。

巴士司机就像是在与人竞速。他在弯曲的公路上狂飙猛进，仿佛十分确信对面不会来车。一队士兵挥手示意他停下来，他却径直开走了。“菲什先生”大喊着让他停下，他也大喊着回应，但未做停留。

几英里之后，一大群士兵出现了，很可能是听说刚才有辆巴士闯过了上一个检查点。士兵站在路上举起枪，司机被迫停下。

一名中士跳上了巴士，用一把手枪顶着司机的头，将他拽下了车。

现在我们遇到麻烦了，保罗想。

车下的一幕有点滑稽。司机丝毫没有畏惧——士兵大声吼他，他也在大声吼回去。

“菲什先生”、伊尔斯曼和巴士上的几名神秘乘客下了巴士，同士兵交谈，并最终化解了误会。司机被扔上了巴士，但他的怒火依然没有平息。开车驶离的时候，他仍然把头探出窗户对士兵一边吼叫一边挥舞拳头。

他们在下午抵达了凡。

他们去了镇公所，被交给了当地警察，一路陪伴他们的邋遢保镖倏地不见了。警察填写了文件，然后将他们送上了机场跑道。

他们登上飞机，伊尔斯曼被警察拦下——他在腋下藏有一把点45手枪，即便在土耳其，乘客也不准把武器带到飞机上。但伊尔斯曼又出示了他的证件，问题迎刃而解。

拉西德没有被拦下。他抱着装有钱的油罐，易燃液体当然是不准带上飞机的。他告诉警察，罐子里装的是给美国人妻子的防晒油，他们竟然信了。

他们都登上了飞机。催醒丸的药效将尽，西蒙斯和科伯恩一坐进座位就摊开四肢睡着了。

飞机滑行，然后起飞，保罗兴奋得就像这是自己头一次坐飞机。他回想起在伊朗的监狱里，他憧憬着有朝一日能实现最普通的愿望：坐上飞机飞走。像现在这样飞入云端，让他体尝到了一种久违的感觉：自由。

3

根据土耳其空中飞行特别条例，包机不能去有航班通航的地方，所以他们不能直接去伊斯坦布尔，而必须在安卡拉转机。等待转机的时候，他们解决了几个问题。

西蒙斯、斯卡利和保罗、比尔跳上一辆出租车，前去美国大使馆。

车开了很久，穿过这个城市。空气混浊而刺鼻。“这里的空气太糟糕了。”比尔说。

“含硫高的煤。”西蒙斯说，五十年代他在土耳其生活过，“他们从不知道什么叫污染控制。”

出租车停在美国大使馆前。比尔望出窗外，激动得心脏都快跳出来了。大使馆门口站着一个年轻帅气、制服一尘不染的海军陆战队士兵。

这是美国。

他们付了车费。

进门时，西蒙斯对海军陆战队士兵说：“这里有车辆调度场吗，小伙子？”

“有。”士兵说，给他们指了指方向。

保罗和比尔进入护照办公室。博尔韦尔从美国带来了适合护照用的照片，现在正放在保罗和比尔的口袋里。他们来到办事员的桌前，保罗说：“我们遗失了护照。我们离开德黑兰的时候太匆忙了。”

“哦，是你们啊。”办事员说，仿佛正在等他们似的。

他们必须填写表格。一个官员将他们领入了隐蔽的办公室，寻求他们的建议。原来，塔布利兹的美国领事馆遭到了革命者的进攻，那里的工作人员可能也像保罗和比尔一样逃亡了。保罗和比尔告知了自己的逃亡路线，以及路上遇到的问题。

几分钟后，他们离开大使馆，手里拿着有效期六十天的美国签证。保罗看着自己的签证说：“你这辈子见过比这更漂亮的东西吗？”

西蒙斯倒掉了油罐里的油，将裹着钱的塑料袋摇出来。有些袋子漏了，钞票被弄脏了。斯卡利开始去除油污，将钱垒起来，每摞一万美元——总共六万五千美元，还有差不多同等价值的伊朗里亚尔。

他正垒钱的时候，一个海军陆战队士兵走进来。看到两个头发凌乱、胡子拉碴的人正跪在地板上数百元钞票，惊奇地多看了他们几眼。

斯卡利对西蒙斯说："你觉得我应该给他解释一下吗，上校？"

西蒙斯对士兵低吼道："你门口的战友知道这是怎么回事。"

这名士兵敬了礼离开了。

晚上十一点，他们接到电话，可以乘飞机去伊斯坦布尔了。

他们逐一经过最后一道安检。斯卡利排在西蒙斯前面，他回过头，看见负责安检的士兵要求查看西蒙斯携带的信封里的东西。

信封里藏着从油罐中取出的所有钱。

斯卡利咒骂道："哦，该死。"

士兵打开信封，看见了六万五千美元和四百万里亚尔，场面立刻混乱起来。

一些士兵拔出了手枪，一人大呼，军官纷纷跑过来。

斯卡利看见泰勒推开西蒙斯身边的人群，口里说着："请让，请让，请让……"泰勒的小黑包里装着五万美元。

排在斯卡利前面的保罗已经通过了检查点。斯卡利将三万美元塞进保罗的手里，然后转身穿过检查点。

士兵们将西蒙斯带走去审问。斯卡利同"菲什先生"、伊尔斯曼、博尔韦尔和吉姆·舒维巴赫也跟了上去。西蒙斯被领入一个小房间。一个军官转过身，看到五个人跟进来，便用英文说：“你们是谁？”

“我们是一起的。”斯卡利说。

他们坐下，“菲什先生”同其他军官交谈起来。过了一会儿，他说：“他们想看看你们将这些钱带入这个国家的证明文件。”

“什么证明文件？”

“你们必须申报你们带进来的所有外国货币。”

“没有人告诉我们！”

博尔韦尔说：“‘菲什先生’，给这帮乡下佬说，我们是从一个小边境检查站进入土耳其的，那里的警卫很可能看不懂文件，更没有让我们填写任何表格，但我们愿意在这里补办手续。”

“菲什先生”同更多的军官交谈。最后，西蒙斯获准带着钱离开，但士兵记录下了他的名字、护照编号、身份描述，他们的飞机一到伊斯坦布尔，西蒙斯就被捕了。

1979年2月17日，星期二，凌晨三点，保罗和比尔走进了伊斯坦布尔喜来登酒店罗斯·佩罗的套房。

这是佩罗一生中最兴奋的时刻。

他拥抱着保罗和比尔，感情汹涌澎湃。等待了这么多星期，冒了这么多的风险，他们终于回来了，完完整整地回来了。他看着他们的笑脸。噩梦结束了。

营救组的其他成员都涌入房间。罗恩·戴维斯又像往常一样开起玩笑来。他身上的保暖衣服是从佩罗那里借的，佩罗假装自己想马上要回来，结果戴维斯脱掉帽子、大衣和手套，动作夸张地将其扔在地上，说：“给你，佩罗，这些玩意儿都还给你！”

这时斯卡利进来说：“西蒙斯在机场被捕了。”

佩罗的喜悦立刻消失。“为什么？”他惊讶地质问道。

“他携带的信封里有太多钱，碰巧被查出来了。”

佩罗愤怒地问：“浑蛋，帕特，为什么让他带钱？”

“那是油罐里的钱——”

佩罗打断道：“西蒙斯为我们做了这么多，为什么你要让他去冒完全没有必要的风险？我中午的飞机，如果西蒙斯那时还没出狱，你就留在该死的伊斯坦布尔处理这件事！”

斯卡利、博尔韦尔同“菲什先生”坐下。博尔韦尔说：“我们必须把西蒙斯上校从监狱里弄出来。”

“这个嘛，”“菲什先生”说，“大概需要十天——”

“该死。”博尔韦尔说，“佩罗才不会听这个呢。我要现在就把他弄出来。”

“现在是凌晨五点！”“菲什先生”抗议道。

“需要多少钱？”博尔韦尔说。

“我不知道。有太多的人知道这件事——安卡拉有人知道，伊斯坦布尔也有人知道。”

“五千美元怎么样？”

“这个价钱，让他们把亲娘卖了都肯。”

“好。”博尔韦尔说，“那就开始干吧。”

“菲什先生”打了通电话，然后说：“我的律师将在机场附近的监狱同我们见面。”

博尔韦尔和“菲什先生”坐上“菲什先生”的破烂老车，斯卡利留在酒店结账。

他们来到监狱，见到了律师。律师钻进“菲什先生”的车，道：“我已经联系到了法官。警察方面我也谈好了。钱在哪儿？”

博尔韦尔说：“钱在犯人身上。”

“什么意思？”

博尔韦尔说：“你进去把犯人带出来，他就会给你五千美元。”

这是个疯狂的提议，但律师竟然照做了。他进入监狱，几分钟后带着西蒙斯出来了。他们上了车。

“我们不能给这帮乡下佬钱。”西蒙斯说，“我就跟他们耗。他们费尽口舌也只能羁押我几天而已。”

博尔韦尔说：“‘公牛’，请不要违抗罗斯的指令。把那个信封给我。”

西蒙斯交出信封。博尔韦尔取出五千美元，交给律师，道：“钱给你。把事情搞定。”

律师果然把事情搞定了。

半个小时后，博尔韦尔、西蒙斯和“菲什先生”被一辆警车送到机场。一个警察拿着他们的护照，护送他们经过护照检查点和海关。他们来到机场跑道上，那辆警车又将他们送到了波音707前。

他们登上了飞机，西蒙斯看了一圈机内陈设——天鹅绒窗帘、皮革蒙面的座椅、电视机、酒吧——道：“这他妈的到底是什么？”

机组人员已经在机上等待了。一个空中小姐来到博尔韦尔跟前说：“想喝点什么吗？”

博尔韦尔笑了。

佩罗酒店套房中的电话响了，保罗碰巧接了电话。

一个声音说："喂？"

保罗说："喂？"

声音说："你是谁？"

保罗疑惑地问："你是谁？"

"嘿，你是保罗？"

保罗认出了梅夫·斯托弗的声音。"你好，梅夫！"

"保罗，我这儿有人想同你说话。"

停顿了一会儿，然后一个女人的声音传来："保罗？"

是鲁丝。

"你好，鲁丝！"

"哦，保罗！"

"嗨，你在做什么？"

"你什么意思？我在做什么？"鲁丝哭着说，"我在等你啊！"

电话响了。艾米丽还没来得及接，就有人接起了孩子房间里的分机。

不一会儿，她听到了一个女孩的尖叫："是爸爸！是爸爸！"

她冲进了房间。

孩子们都高兴得跳了起来，争抢着电话。

艾米丽花了几分钟让自己镇定下来，然后从孩子们手中拿走了电话。

"比尔？"

"你好，艾米丽。"

"上帝啊，你听上去精神很好。我以为你……哦，比尔，你听起来状态好极了。"

在达拉斯，梅夫开始记下佩罗用密码发来的一条信息。

把……

他现在能自由地使用密码，边听边将其翻译出来。

密码……

他很困惑，因为过去三天佩罗在向他抱怨密码。佩罗没耐心去翻译，而斯托弗必须劝他："罗斯，这是西蒙斯要求的。"现在危机结束了，为什么佩罗突然开始使用密码了？

作废吧……

斯托弗忍不住大笑出来。

罗恩·戴维斯叫了客房服务，为每个人都要了份腌猪肉和煎鸡蛋。

他们用餐的时候，达拉斯又打来了电话。是斯托弗，他要找佩罗。

"罗斯，我们刚拿到今天的《达拉斯时代先驱报》。"

难道这又是一个玩笑？

斯托弗继续道："头版上的标题是《陆上撤出伊朗的路线已暴露，佩罗的人据信已在逃亡》。"

佩罗感觉血气上涌。"我们没有阻止他们发布消息吗？"

"罗斯，我们尽力了！但那份报纸的拥有者和经营者都控制不了编辑。"

汤姆·卢斯接过电话，听语气也像被气炸了。“罗斯，那些王八蛋为了能抢先报道这个消息，压根儿不在乎害死营救队，整垮EDS公司，把你送进监狱。我们已经向他们说明了后果，但他们置若罔闻。他妈的，等整件事解决之后，我们应该起诉他们，不管打多久官司，花多少钱——”

“打不打官司再说。”佩罗说，“对于那些舞文弄墨之徒，我们一定得当心。现在告诉我，这个消息传回德黑兰的可能性有多大？”

“我们不知道。得克萨斯有许多伊朗人，他们会听说这个消息。现在给德黑兰打电话仍然十分困难，但我们还是打通了几次，所以那些伊朗人也能打通。”

“那样的话……”

“当然，那样的话，达德加就会发现保罗和比尔脱逃了——”

“他就会扣留其他人做人质。”佩罗冷冷地说。他对国防部泄露消息备感恶心，对《达拉斯时代先驱报》报道这个消息气愤难当，又对自己的无能为力万分气恼。

“乘飞机那一组还没有离开德黑兰。”他说。

噩梦还没有结束。

第十四章

1

2月16日，星期五，中午时分，洛·戈尔兹给乔·波赫打去电话，让他下午五点把EDS公司的人带到美国大使馆。购买机票和行李过磅将在大使馆连夜完成，他们可以在星期六早上乘泛美航空的班机撤离。

约翰·豪威尔非常紧张。他从阿波尔哈桑那里了解到，达德加仍然贼心不死。豪威尔不知道走陆路的一组到底怎么样了。倘若达德加发现保罗和比尔逃走了，或者他直接放弃了追捕保罗和比尔，转而扣押其他人质，那乘飞机这一组就会被逮捕。而机场将会是抓捕他们的最佳场所，因为所有人都会出示表明身份的护照。

他不知道选择乘第一架航班离开是否明智——据戈尔兹说，接下来会有一系列航班。或许他们应该等等，看看第一批撤离者会遇到什么状况，EDS公司的人会不会受到搜查。至少他们能提前知道登机程序是怎样的。

但伊朗人一开始也会不清楚状况。乘坐首个航班的优势是，一切都不确定，这些不确定性可能会帮助豪威尔和乘飞机的一组神不知鬼不觉地离开。

最后他判断，首个航班是最佳选择，但他的不安却没有消除。鲍勃·扬也有同样的感觉。尽管扬不再为EDS的伊朗分公司工作——他现在派到科威特去了——但公司与卫生部洽谈时他在德黑兰，他还同达德加见过面，他的名字可能被列入了达德加的某个名单里。

乔·波赫也偏向于乘坐首个航班，尽管他没有多说什么——他的话一向很少，豪威尔觉得他不太好沟通。

里奇·加拉格尔和凯茜·加拉格尔拿不准自己是否真的想离开伊朗。他们非常坚定地告诉波赫，虽然西蒙斯上校有过交代，但波赫并不能“管”他们，他们有权自己做决定。波赫表示同意，但同时指出，如果他们决定在这里碰运气，但被投入了监狱，就别指望佩罗会再派出营救队来救他们。最后，加拉格尔夫妇也决定乘首个航班离开。

那天下午，他们检查了各种文件，销毁了一切同保罗和比尔有关的东西。

波赫给每个人发了两千美元，给自己兜里留了五百美元，将剩下的钱藏在鞋里，每只鞋一万美元。他穿的是从盖登那里借的鞋子，码比较大，方便藏钱。他兜里还放着一百万里亚尔，这笔钱他打算给洛·戈尔兹，请其转交给阿波尔哈桑，以支付EDS公司伊朗雇员的最后一次工资。

即将凌晨五点，他们正同戈尔兹家的勤杂工道别，这时电话响了。

波赫接起电话。是汤姆·沃尔特打来的，他说：“他们出来了。你听懂了吗？他们出来了。”

“我听懂了。”波赫说。

他们全上了车，凯茜抱着她的贵宾犬布菲。波赫开车。他没有将汤姆·沃尔特传达的消息转告给其他人。

他们把车停在大使馆附近的一条小巷里，然后离开了车——那辆车会一直停在那里，除非被人偷走。

走进大使馆时，豪威尔并没有半点轻松，因为大使馆内至少有一千个美国人，还有数十名革命武装的士兵。大使馆本应是美国不可侵犯的领土，但伊朗革命者显然根本不在乎这种外交细节。

乘飞机的一组被领去排队。

整晚基本都在排队中度过。

他们排队填表格，排队交护照，排队过磅行李。所有的行李都堆放在一个大厅里，他们必须找到自己的行李，将行李牌贴在上面，然后排队打开行李，让革命者检查——每一个包都被打开检查了。

豪威尔得知第一批将会有两架飞机起飞，都是泛美航空的波音747。一架飞往法兰克福，一架飞往雅典。撤离者按公司组织在一起，但EDS公司的人同大使馆的撤离者分配在一起。他们将乘坐飞往法兰克福的航班。

星期六早上七点，他们登上了开往机场的巴士。

通往机场的路程可不轻松。

每辆巴士都跳上了两三个持枪的革命者。巴士驶出大使馆大门的时候，他们看见了一群记者和电视工作人员——伊朗人认为，美国人受辱后乘飞机仓皇出逃是具有世界影响力的大事件，值得在电视上大播特播。

巴士摇摇晃晃地朝机场驶去。波赫旁边就是一个大约十五岁的革命者，他站在巴士的过道里，随着巴士的颠簸而摇晃，手指扣在步枪扳机上。波赫注意到枪的保险已经拉开了。

如果他打个趔趄……

街上挤满了人和车。似乎所有人都知道这些巴士里坐着美国人，他们的愤怒表露无遗。他们大喊着挥舞拳头。一辆卡车开到与巴士平行的位置，司机探出头敲打巴士。

车队被拦下了好几次。城市的不同区域被不同的革命团体所控制，每经过一个区域，该区域的革命团体就要拦下巴士，然后允许其离开，借此展示自己的权威。

通往机场的六公里路程足足开了两个小时。

机场的场面更加混乱。电视摄像机和记者比大使馆外多几倍，数以百计的武装人员跑来跑去，一些穿着破破烂烂的制服，一些在指挥交通。他们都认为这里归自己管，对巴士该往哪里去各持己见。

上午九点半，巴士里的美国人终于进入了机场。

大使馆工作人员开始派发昨晚收集的护照，但豪威尔、波赫、扬和加拉格尔夫妇的护照不见了。

早在十一月，保罗和比尔就将他们的护照交给了大使馆保管，但大使馆拒绝还给他们，除非先通知警察。大使馆会不会故伎重施？

波赫突然推开人群出现，手里拿着五张护照。“我在柜台后面的架子上找到的。”他说，“我猜是有人不小心放那里了。”

鲍勃·扬看见两个美国人正拿着照片在人群中搜寻。令他惊恐的是，那两人开始朝EDS公司的人走来。他们来到加拉格尔夫妇面前。

达德加怎么会把凯茜扣为人质呢？

那两人微笑着说，他们是来给加拉格尔送行李的。

扬大松一口气。

加拉格尔夫妇的朋友从凯悦酒店抢了一批行李下来，托这两个美国人将其带到机场交给加拉格尔夫妇。这两个人同意了，但他们不认识加拉格尔夫妇，所以才会拿着照片搜寻。

只是虚惊一场，但这还是令他们愈发焦虑。

乔·波赫决定去问个清楚。他离开队伍，找到了泛美航空的售票员。“我是EDS公司的。”波赫说，“伊朗人是不是在找什么人？”

“是的。他们正全力搜寻两个人。”售票员说。

“有没有找别的人？”

“没有了。而且他们是几个星期前通知我们的。”

“谢谢。”

波赫返回队伍，将询问的结果告诉了其他人。

撤离者开始从大厅前往候机室。

波赫说：“我建议我们分开走，那样我们看上去就不像是一伙的。即便有一两个人遇到麻烦，其他人也仍然可以通过。我走在最后，如果有人被扣下，我也留下。”

鲍勃·扬看了看自己的手提箱，上面的行李牌写着：威廉·D.盖洛德[1]。

他惊慌失措了一阵子。如果伊朗人发现了这个牌子，会以为

① 威廉即比尔，比尔是威廉的昵称。

他是比尔并逮捕他。

他知道这是怎么造成的。他自己的箱子放在凯悦酒店，但被革命者毁坏了。不过，有一两个箱子基本没被破坏，扬借用了其中一个，就是现在他看的这个。

他将行李牌撕下来，塞进自己的兜里，打算一有机会就扔掉。

他们都通过了“乘客专用”门。

接下来，他们必须支付机场税。波赫觉得这很好笑——革命者肯定认为机场税是国王引进的唯一好东西吧。

接下来必须排队接受护照检查。

中午时分，豪威尔终于到了检查台前。

警卫仔仔细细地检查了他的离境文件，在上面盖了章。接着他看了看护照上的照片，然后又盯着豪威尔的脸看了很久。最后他又将护照上的名字同桌上的名单比对了一番。

豪威尔屏住了呼吸。

守卫将护照递给了他，挥手让他通过。

乔·波赫最后一个经过护照检查点。守卫对他检查得尤其仔细，反复比对着他的脸和护照里的照片，因为波赫现在留着红胡子，与照片不大一致。但最后他也被允许通过了。

乘飞机的一组在候机室里非常开心——一切都结束了，豪威尔想，他们已经通过护照检查点了。

下午两点，他们开始通过登机口。这时一般都会有一道安检。这次警卫不仅搜查武器，还没收德黑兰的地图和照片，以及大笔的现金。但他们这一组没有人的钱被没收，警卫没有查看波赫的鞋子。

登机口外，一些行李被摆放在跑道上。乘客不得不去看自己的行李是不是在里面，如果在，就得趁行李未被装上飞机之前打开接受检查。乘飞机这一组的人的行李都没有被选中接受这一“特殊待遇”。

他们登上巴士，被载到等候的飞机面前。他们在那里又看到了电视摄像机。

在舷梯下，又得经过一次护照检查。等候飞往法兰克福的乘客有五百人，豪威尔加入了排队的行列。他比之前轻松了些许——看情况似乎没有人在找他。

他登上飞机，找到了一个座位。在乘客舱和驾驶舱都看得到荷枪实弹的革命者。一些本应该去雅典的乘客发现自己上错了飞机，场面顿时混乱——同样，那些去法兰克福却登上去雅典航班的乘客想必也会错愕吧。所有的座位都坐满了，机组成员也各就各位，但还是有人没有位子坐。

机长打开了舱内广播，请大家听他讲话。机舱里安静下来。“保罗·约翰和威廉·戴明在机上吗？”

豪威尔如坠冰窟。

约翰是保罗·恰帕罗恩的中间名。

戴明是比尔·盖洛德的中间名。

他们还在寻找保罗和比尔。

显然，达德加并不仅仅只是给了机场一张拦截名单。他牢牢地控制着这里，他的手下锲而不舍地想抓住保罗和比尔。

十分钟后，机长又通过广播说：“女士们、先生们，我们仍然没有找到保罗·约翰和威廉·戴明。我们收到通知，除非找到这两个人，否则不得起飞。如果机上有人知道他们的下落，请务必告知我们。”

我死都不会说的，豪威尔想。

鲍勃·扬突然想到自己兜里写有“威廉·D.盖洛德”的行李牌。他去厕所将其丢入了马桶。

革命者又沿着过道逐一检查护照。他们仔细比对着乘客的脸和护照上的人像。

约翰·豪威尔拿出一本从德沃兰奇克家带出来的书，努力开始阅读，装作毫不在意的样子。他看的是罗宾·摩尔的惊悚小说《迪拜》，主题是中东阴谋。他的注意力始终无法集中在平装书上——他如今经历的情节与惊悚小说别无二致。很快达德加就会发现保罗和比尔不在这架飞机上。

他接下来会怎么做?

他的态度十分坚决。

他的头脑也十分灵敏。有什么地方比飞机上更适合检查护照的吗？所有的乘客都坐在座位上，无处可躲！

但他接下来会怎么做?

达拉斯，T.J.马尔克斯接到马克·金斯伯格的电话。金斯伯格是卡特总统的助理，一直在帮助解决保罗和比尔的问题。金斯伯格在华盛顿监控德黑兰的局势，他说：“你们公司的五个人正在德黑兰机场的一架待起飞的飞机上。”

“太好了！”T.J.说。

“并不好。伊朗人正在搜索恰帕罗恩和盖洛德，他们不会允许飞机起飞，除非他们找到那两人。”

“哦，该死。”

“伊朗没有空中管制，飞机必须在天黑前起飞。我们不确定会发生什么事，但所剩的时间不多了。你们公司的人可能会被带下飞机。”

“你决不能让伊朗人那么做！”

“我会与你保持联络的。”

T.J.挂断电话。倘若保罗、比尔和走陆路的一组历经千辛万苦才逃离，结果又有更多的EDS公司员工被关进监狱，那岂不是得不偿失？这一结果想想都觉得可怕。

现在是达拉斯时间早上六点半，德黑兰时间下午四点。乘飞机的一组还剩两个小时的时间。

T.J.拿起电话。“给我找佩罗。”

“女士们、先生们。”飞行员说，“保罗·约翰和威廉·戴明仍未被找到。地面上的负责人将再检查一次护照。”

乘客抱怨连连。

豪威尔很想知道谁是地面上的负责人。

达德加？

或者是达德加的手下。他们有的认识豪威尔，有的不认识。

他朝走道另一头望去。

有人上了机。豪威尔的眼睛都瞪大了。那人穿着泛美航空公司的制服。

豪威尔长舒一口气。

那人缓慢地沿着过道走来，逐一比对机上五百名乘客的样貌与护照上的照片，然后检查照片和印章，看是否被做过手脚。

“女士们、先生们。我是机长，他们决定在行李被装上飞机的同时检查行李，如果你们听到自己的行李牌号码，就请站出来。”

这一组的行李牌都在凯茜的手袋里。她听到第一组号码时，连忙将行李牌检查了一遍。豪威尔努力吸引她的注意，希望能提醒她：这可能是个阴谋。

他们又听到了更多的行李牌号码，但没有人站起来。豪威尔猜所有人都宁肯丢掉行李，也不愿冒险离开飞机。

“女士们、先生们，请听到行李牌号码后站出来。你们不需要下飞机，只需要交出钥匙，以方便我们打开行李做检查。”

豪威尔并没有因此而轻松。他望着凯茜，努力吸引她的视线。大部分号码都被叫过了，但她并没有起身。

“女士们、先生们，现在通报一个好消息。我们同泛美航空的欧洲总部沟通过，已获准超载起飞。”

机舱内响起了零星的欢呼。

豪威尔望向乔·波赫。波赫把护照放在胸前，靠在椅背上，闭着眼，显然在睡觉。乔实在冷静得出奇，豪威尔想。

随着太阳逐渐西沉，达德加的压力肯定会越来越大。显然保罗和比尔不在飞机上。如果一千个人被赶下飞机送回大使馆，那革命政府明天就必须再把繁冗的程序走一遍——革命政府上层肯定会有人大声说“不”！

豪威尔知道，他和乘飞机这一组的其他人现在已经犯了罪。他们纵容了保罗和比尔的出逃，无论伊朗人将这种行为称为“同谋”还是“事后从犯”，或者其他什么名字，这都是违法的。

他们曾商定被捕后的说辞，此刻他在脑中又将其过了一遍：他们星期一早上离开凯悦酒店去基恩·泰勒家（豪威尔本想说实话——他们去了德沃兰奇克家——但其他人指出这可能会给德沃兰奇克的房东太太带来麻烦，而泰勒的房东并没有同泰勒住在一起）；星期一和星期二都待在泰勒家，然后星期二下午去了洛·戈尔兹家；之后的行程，他们无需再做掩饰。

这套说辞无法保护他们——豪威尔知道，达德加如果要扣留人质，是不会管人质是不是清白的。

六点钟时，机长说：“女士们、先生们，我们获准起飞了。”

舱门被关上，飞机几秒钟后就开动了。空姐吩咐没有座位的乘客坐在地板上。飞机滑行的时候，豪威尔想：就算现在达德加下令停飞，飞机也不会停下来的吧……

波音747渐渐加速，从跑道上起飞。

他们还在伊朗的领空。伊朗人可以派出战斗机……

不一会儿，机长说：“女士们、先生们，我们现在已经离开了伊朗领空。”

乘客中爆发出微弱的欢呼。

我们成功了，豪威尔想。

他拿起那本恐怖小说，接着读了起来。

乔·波赫离开座位，找到领班空姐。

“飞行员能向美国发送信息吗？”他问。

“我不知道。”空姐说，“写下你要发的信息，我去问问他。”

波赫回到座位上，拿出纸笔。

他写道：梅夫·斯托弗，弗雷斯特大街7171号，达拉斯，得克萨斯。

他想了一会儿信息该怎么写。

他回想起EDS公司招聘部门的座右铭：鹰不会聚在一起，所以你得一只只地找。于是他写道：

鹰已离巢。

2

罗斯·佩罗想在返回美国之前同乘飞机的一组见上一面——他迫不及待地想让所有人聚在一起，那样他就能看到他们，百分百地确信他们都安然无恙。然而，星期五他在伊斯坦布尔仍无法确定载着豪威尔等人离开德黑兰的飞机的目的地。气定神闲的波音707机长约翰·卡伦知道如何解决这问题。“那些撤离航班一定会经过伊斯坦布尔，”他说，“我们只需要在机场等待他们从我们头顶飞过，然后用无线电呼叫他们问清楚。”他们最后没有这么做——星期六早上，斯托弗打电话告诉佩罗，乘飞机的一组将乘坐前往法兰克福的航班。

佩罗和其他人在中午办完退房手续，去机场同博尔韦尔和西蒙斯会合。一行人下午起飞离开了伊斯坦布尔。

佩罗在飞机上给达拉斯打去电话——利用飞机上的单边带无线电通话器，跟达拉斯打电话会变得如同从纽约打一样容易。佩罗找到了梅夫·斯托弗。

“乘飞机的一组的情况怎样？”佩罗问。

“我收到一条信息。”斯托弗说，“是泛美航空公司的欧洲总部发来的。只有一句话：鹰已离巢。”

佩罗笑了。大家都安全了。

佩罗离开驾驶舱，返回乘客舱。他的英雄们看起来都疲惫不堪。在伊斯坦布尔机场，他派泰勒去免税商店买香烟、小吃和酒，泰勒花了一千多美元。他们举杯庆祝乘飞机的一组成功逃离伊朗，但大家的情绪并没有因此振奋起来。十分钟后，他们都坐在皮革蒙面的座椅上，杯中的酒也没怎么动。有人提议打牌，但玩了一会儿就散了。

机组成员中有两名漂亮的空姐。佩罗让她们搂住泰勒，然后给他们拍了照。他威胁说，如果泰勒不听话，就会把照片交给泰勒的妻子玛丽。

大多数人都很累却睡不着，但盖登去了豪华卧室，躺在特大号的床上呼呼大睡。佩罗有点生气——他认为年纪更大、看上去更累的西蒙斯应该去睡那张床。

但西蒙斯在同一个名叫阿妮塔·梅尔顿的空姐聊天。她是一个二十多岁、活泼可爱的金发瑞典姑娘，会开玩笑，想象大胆，爱好猎奇。她很有趣。西蒙斯发现自己跟这姑娘之间的相似之处——都不太在意别人怎么想，个性独立。西蒙斯喜欢她。自从露西尔去世后，他还是第一次对女人感兴趣。

他又变成了一个正常人。

罗恩·戴维斯开始感到睡意。他觉得特大号的床可以睡两个人，于是进入卧室躺在盖登旁边。

盖登睁开眼睛。“戴维斯？”他难以置信地说，“你怎么到我床上来了？”

“别担心。”戴维斯说，“你现在可以对所有的朋友说你同黑鬼睡过了。”他闭上了眼睛。

飞机快抵达法兰克福时，西蒙斯想到他仍要为保罗和比尔负责，于是精力又集中到工作上，开始思索可能的敌对行为。他问佩罗：“德国同伊朗签有引渡条约吗？”

“我不知道。”佩罗说。

西蒙斯用特有的严厉表情看着他。

“我去查。”佩罗补充道。

他打电话给达拉斯，让律师汤姆·卢斯接电话。“汤姆，德国同伊朗签有引渡条约吗？”

卢斯说：“我百分之九十九肯定他们没有签过。”

佩罗将这句话转告西蒙斯。

西蒙斯说：“我见过有人百分之九十九肯定自己安全，最后却送了命。”

佩罗对卢斯说：“你必须百分之百肯定。我几分钟后再打过来。”

他们在法兰克福降落，入住了机场附近的一家酒店。德国的酒店接待员非常好奇，将他们所有人的护照编号都记录了下来。这令西蒙斯更加不安。

他们聚在佩罗的房间里，佩罗又给达拉斯打去电话。这次他同T.J.马尔克斯通话。

T.J.说：“我向华盛顿的一位国际律师咨询过了，他认为伊朗和德国之间签有引渡条约。他还说，德国人在这方面非常守法，如果伊朗人要求他们逮捕保罗和比尔，他们很可能会立即执行。”

佩罗将这些话转达给西蒙斯。

“好吧。”西蒙斯说，“进展到今天这一步，我们决不能冒任何风险。这个机场的地下有一座影院，影院有三个影厅。保罗和比尔可以藏在影院里……比尔在哪儿？”

“去买牙刷了。”有人说。

“杰伊，去找他。”

科伯恩出去了。

西蒙斯说：“保罗同杰伊进入一个影厅，比尔同基恩进入另一个影厅。帕特·斯卡利在外面站岗。他也要买张票，以便进影厅查看其他人。”

西蒙斯在飞机上还是一个轻松惬意的老人，现在摇身一变，又成了突击队队长——佩罗觉得这一转换特别有趣。

西蒙斯说：“通往地铁站的入口就在地下影院附近。倘若出了状况，斯卡利就将四人从影院带出来，乘地铁进城，然后租车开往英国。如果安然无事，我们就在登机前将他们从影院里带出来。好，大家去做事吧。”

比尔正在购物区。他兑换了货币，购买了牙膏、牙刷和梳子。他觉得换上一件新衬衫会让他感觉更像回归了正常，于是又去兑换货币。他正在货币兑换亭外排队，这时科伯恩拍了拍他的肩膀。

“罗斯想在酒店见你。”科伯恩说。

“什么事？”

“现在我不能说。你必须回来。”

“你不是开玩笑吧！”

“走吧。”

他们进入佩罗的房间，佩罗向比尔解释了情况。比尔难以置信，他本以为自己在现代而文明的德国完全不必担心安全问题。究竟到哪儿才安全啊？难道达德加要追缉他到天涯海角，直到比尔被抓回伊朗或者被杀吗？

科伯恩不知道保罗和比尔在法兰克福是否真的有可能遇上麻烦，但他知道西蒙斯谨小慎微的预防措施是对的。过去七个星期，西蒙斯的大部分计划都落空了——突袭监狱，将软禁在家中的保罗和比尔抢走，从科威特脱逃。但是，西蒙斯的某些预见最后成真了，而且是那些看似最不可能的预见——加斯尔监狱被暴徒攻占，而拉西德也参与其中；西蒙斯和科伯恩仔细侦察过的去色罗的道路最后成了他们脱逃的路径；让保罗和比尔背下他们假护照上的所有信息，这在穿黑色长大衣的男子盘问他们时发挥了作用。科伯恩不需要证明——西蒙斯说什么他都认可。

他们来到地下影院。两个影厅在放色情电影，第三个影厅在放《大白鲨2》。比尔和泰勒进入了第三个影厅，保罗和科伯恩则进入了播放南太平洋裸女的影厅。

保罗坐在座位里盯着银幕，又累又无聊。电影是德文的，尽管色情电影里的对白并没有太大作用。还有比一部劣质的限制级电影更糟糕的东西吗？他突然听到鼾声大作，转头看科伯恩。

科伯恩已经沉入梦乡。

约翰·豪威尔和乘飞机的一组的其他成员在法兰克福降落，西蒙斯已经做了周全的安排，方便他们迅速转机。

罗恩·戴维斯在出站口外等待，乘飞机这一组一到，他就要将他们从人群中拉出来，带去另一道门，门后停着那架波音707。拉尔夫·博尔韦尔在远处观察，一见到乘飞机的一组的成员出现，他就会到地下电影厅告诉斯卡利将人召集起来。吉姆·舒维巴赫在用绳子围起来的媒体区内，记者们早已就位，等待着美国撤离者。他坐在一个名叫皮埃尔·萨林格的作家旁边（这家伙并没意识到自己正在接触一个多么精彩的故事），假装阅读德国报纸上的家具广告。舒维巴赫的工作是跟在乘飞机的一组后面，确保他们在转移时没被人跟踪。如果遇到麻烦，舒维巴赫和戴维斯就会制造混乱。他们被德国人逮捕了也没关系，因为他们不会被引渡回伊朗。

整个计划按部就班地执行，中间只出了一个岔子——里奇·加拉格尔和凯茜·加拉格尔不想去达拉斯。他们在那边没有朋友和家人，他们不知道在那里会有怎样的未来，也不知道他们的狗布菲能否获准进入美国，而且他们也不想再坐飞机了。他们与其他人道过别，自行安排了。

乘飞机的一组的其他成员——约翰·豪威尔、鲍勃·扬和乔·波赫——跟着罗恩·戴维斯登上了波音707。吉姆·舒维巴赫跟在他们后面。拉尔夫·博尔韦尔召集起其他人，大家全都登上了回家的航班。

达拉斯的梅夫·斯托弗给法兰克福机场打去电话，为乘客点了餐。这顿饭非常奢华，包括：鱼肉、鸡肉和牛肉；六份海鲜，配料有酱汁、辣根和柠檬；六份开胃小吃；六个三明治，夹着火腿、奶酪、烤牛肉、火鸡肉和瑞士奶酪；六份浇有蓝纹干酪和酸酱油的生菜；六份奶酪，配以各种面包和饼干；六份豪华酥皮糕点；四份新鲜水果；四瓶白兰地；二十杯七喜，二十杯姜汁汽水；十杯汽水，十杯汤力水；十夸脱橙汁；五十盒牛奶；四加仑装在膳魔师杯子里的煮咖啡；一百套塑料餐具，包括刀子、叉子、勺子；六打纸碟，大小有两种；六打塑料杯；六打泡沫塑料杯；健牌、万宝路、酷尔和沙龙香烟各两包；两盒巧克力。

机场送餐人员一开始还出了错，把所有菜都送来了两份。

飞机起飞被延迟了。一场冰暴突然降临，波音707被排在最后一个接受除冰——商务机有优先权。比尔开始担心。机场将在半夜关闭，他们可能不得不下机返回酒店。比尔不想晚上在德国度过。他想踏上美国的土地。

约翰·豪威尔、乔·波赫和鲍勃·扬向大家讲述了他们从德黑兰飞来的经过。听到达德加是多么顽固地阻止他们离开那个国家，保罗和比尔都忍不住背脊发凉。

飞机终于除了冰，但一号引擎无法发动了。飞行员约翰·卡伦认为症结在气动阀上。机械师肯·仑兹下了飞机，手动保持阀门打开，卡伦发动了引擎。

佩罗将拉西德领入驾驶舱。拉西德昨天才头一次坐飞机，他想同机组成员坐在一起。佩罗对卡伦说："我们来个漂亮的起飞。"

"没问题。"拉伦说。他将飞机滑行到跑道上，然后以很大的仰角快速攀升。

乘客舱内，盖登正在哈哈大笑——他刚听说，保罗在监狱里同男人一起关了六个星期后，又不得不忍着看一部色情电影——他觉得这太好笑了。

佩罗打开一瓶香槟，祝酒道："让我们为那些知道要做什么并成功做成了这些事的人干杯。"

拉尔夫·博尔韦尔啜着自己的酒，感觉到一丝暖意涌上心头。

不错，我们说要去做什么，然后就去做成了。

他还有另一个高兴的理由。下个星期一就是凯夏的七岁生日。每次他给玛丽打电话，玛丽都会说："一定要在凯夏生日之前回来。"看样子他还赶得上。

比尔终于放松下来。现在，我只需要等待飞机将我载到美国，就能见到艾米丽和孩子们了，他想。我终于安全了。

他之前也曾数次认为自己安全过——当他抵达德黑兰凯悦酒店的时候，当他穿越边境进入土耳其的时候，当他从凡起飞的时候，当他降落在法兰克福的时候——但每次他都高兴得太早了。

而这一次他又高兴错了。

3

保罗一向对飞机非常着迷，现在他抓住机会，坐进了波音707的驾驶舱。

飞机从英国北部飞过的时候，他发现飞行员约翰·卡伦、机械师肯·仑兹和副驾乔·福斯诺特遇到麻烦了。自动飞行模式下的飞机正在左右摇晃。罗盘坏了，导致惯性导航系统失灵。

"这意味着什么呢？"保罗问。

"这意味着我们不得不手动驾驶这东西穿越大西洋。"卡伦说，"我们能做到，只是会非常累而已。"

几分钟后，机舱内温度骤然下降，然后又骤然上升。增压系统也失灵了。

卡伦降低了飞行高度。

“我们不能以这样的高度越过大西洋。”他告诉保罗。

“为什么？”

“我们的燃油不够——低飞时油耗更大。”

“为什么不高飞呢？”

“高了就没法呼吸了。”

“机上有氧气罩啊。”

“但不够穿越大西洋用。没有飞机会携带那么多氧气。”

卡伦和他的机组成员摆弄了一会儿控制装置，然后卡伦叹气道：“你能把罗斯叫来吗，保罗？”

保罗找来了佩罗。

卡伦说：“佩罗先生，我认为我们应该尽快降落。”他再次解释了为什么在增压系统失灵的情况下无法穿越大西洋。

保罗说：“约翰，如果我们不重返德国的话，我会一辈子感谢你的大恩大德的。”

“别担心。”卡伦说，“我们会去伦敦的希思罗机场。”

佩罗返回乘客舱向大家通报了情况。卡伦通过无线电呼叫伦敦的空中管制中心。现在是凌晨一点，空中管制中心告诉他希思罗机场关闭了。他告诉对方自己遇上了紧急情况。他们准许他降落。

保罗简直不敢相信，他们经历了那么多苦难，现在又要紧急迫降！

肯·仑兹开始释放燃油，使飞机的重量降低到最大着陆重量之下。

伦敦告诉卡伦，英国南部有雾，但目前希思罗机场的能见度在半英里左右。

肯·仑兹关闭了排油阀，但有一个应该熄灭的红灯仍然亮着。“有一个排油槽没缩回来。”仑兹说。

“难以置信。”保罗说，点燃了一支烟。

卡伦说：“保罗，我能抽支烟吗？”

保罗瞪着他，“你不是说你十年前就戒烟了吗？”

“别问了，给我一根吧。”

保罗递给他一支烟，道：“现在我真的有点害怕。”

保罗回到乘客舱。空姐正指挥大家把碟子、瓶子和行李收起来，将所有未固定的东西固定好，以准备降落。

保罗进入卧室。西蒙斯躺在床上。他用冷水刮过胡子，此刻正在熟睡。

保罗离开卧室，问杰伊·科伯恩：“西蒙斯知道发生什么事了吗？”

“当然知道。”科伯恩答道，“他说他不懂开飞机，所以没什么能帮忙的，不如去小睡一会儿。”

保罗不解地摇了摇头。这家伙怎么如此冷静？

他返回驾驶舱。卡伦依然一副气定神闲的模样，语气镇定，动作平稳，但卡伦嘴里叼的烟让保罗很不安。

几分钟后，红灯熄灭了。排油槽终于缩回来了。

他们在浓云之中靠近希思罗机场，飞机开始降低高度。保罗看着高度计——六百英尺，五百英尺，但外面除了白茫茫的雾，什么都看不见。

到三百英尺的高度时，情况依然没有变化。接着，他们突然从云中钻了出来，跑道就出现在他们面前，仿佛圣诞树一般。保罗长舒了一口气。

他们落地了，消防车和救护车呼啸着沿跑道驶向飞机，但这次降落堪称完美。

拉西德久闻罗斯·佩罗的大名。佩罗是亿万富翁、EDS公司的创立者、商业奇才。他坐在达拉斯指挥科伯恩和斯卡利这样的人在全世界为其效力，就像调动棋盘上的棋子一样。但见到佩罗先生之后，拉西德才惊异地发现，他看上去只是一个相当普通的人，个头很矮，而且非常和善。拉西德走进伊斯坦布尔的酒店房间，这个长着鹰钩鼻的矮个子伸出手说："你好，我是罗斯·佩罗。"拉西德握着他的手，尽量自然地说："你好，我是拉西德·卡兹米。"

那之后，他愈发真切地感觉到自己是EDS公司的一员。但在希思罗机场，他又鲜明地感觉到自己不是。

飞机刚一停稳，一车机场警察、海关和移民局官员就登上飞机，开始问话。他们不喜欢自己看到的一幕：一群脏兮兮、臭烘烘、胡子拉碴、头发蓬乱的男人，携带好几种货币，坐着一架装饰尤其奢华的飞机，飞机尾号还是乔治敦开曼群岛国的。在他们看来，这可太反常了。

不过，在询问了大概一个小时之后，他们找不到这一飞机的人是毒品走私贩、恐怖分子或巴勒斯坦解放组织成员的证据。因为美国人持有美国护照，他们不需要签证或其他文件就能进入英国。他们都通过了检查，除了拉西德。

佩罗在移民局官员面前据理力争："你可能不知道我是谁，但我可以告诉你我是罗斯·佩罗。如果你向美国海关查一查我的背景，我想你就会信任我。倘若我要将一个非法移民带入英国，那我将得不偿失。我现在愿意为这个年轻人负责。我们将在二十四小时内离开英国，明早从盖特威克机场起飞，乘坐布兰尼夫国际航空公司的飞机返回达拉斯。”

“我们恐怕不能这么做，先生。”移民局官员说，“这位先生必须留在我们这里，直到我们将他送上飞机。”

佩罗说：“如果他留下，那我就留下。”

拉西德大吃一惊。罗斯·佩罗宁愿在机场，甚至是牢房里过一晚上，也不愿抛弃拉西德！这是拉西德做梦也想不到的。如果换作是帕特·斯卡利或者杰伊·科伯恩挺身而出，他只会感激，而不会惊讶。但愿意陪他同甘共苦的人是罗斯·佩罗！

官员叹气道：“你在英国认识可以为你担保的人吗，先生？”

佩罗在脑中搜索起来。我在英国认识谁？他想。“我不认识——不，等等。”他当然认识！英国的一位伟大的英雄曾在达拉斯同佩罗见过几次面。佩罗和玛戈也曾到他在英国的家做客，那里叫布罗德兰兹。“我认识蒙巴顿伯爵。”他说。

“我同上司谈谈。”官员说，然后下了飞机。

他离开了很长时间。

佩罗对斯卡利说：“我们一离开这里，你就去给我们所有人订明早飞往达拉斯的布兰尼夫国际航空公司的头等舱座位。”

“好的。”斯卡利说。

移民局的官员回来了。“我可以给你二十四小时。”他对拉西德说。

拉西德看着佩罗。哦，小子，你的老板真是个了不起的人物！

他们入住了机场附近的驿站酒店，佩罗给达拉斯的梅夫·斯托弗打去电话。

“梅夫，我们这儿有个人，他只有伊朗护照，没有美国签证——你知道我在说谁吧？”

“是的。”

“他救了美国人的性命，在我们抵达美国后，我不想让他受到骚扰。”

“明白。”

“给哈里·麦基罗普打电话。让他解决这件事。”

“好的。”

凌晨六点，斯卡利叫醒了所有人。他把科伯恩从被窝里拽出来。西蒙斯给科伯恩服用的催醒丸的副作用仍未消退——科伯恩脾气暴躁，疲倦不堪，全然不顾自己是否赶得上飞机。

斯卡利安排了一辆巴士，将所有人载去盖特威克机场，路上足足要花两个小时。他们出酒店的时候，基恩·泰勒费力地提着塑料大箱子，里面装有他在伊斯坦布尔机场购买的酒和烟。他说：“嘿，你们有人愿意帮我提一下吗？”

没有人应声。他们都上了巴士。

“你们都是浑蛋。”泰勒说，他只好将这些烟酒都交给了酒店门卫。

抵达机场后，佩罗走在他的人后面，发现其他乘客都在纷纷避让，这时他才意识到他的人看上去有多么邋遢。大多数人已经好几天都没有好好洗过澡、刮过胡子，他们穿着的衣服裤子都很脏，而且不合体。他们很可能也散发着臭味。

佩罗要求布兰尼夫国际航空公司的乘客服务专员来见他。布兰尼夫是达拉斯的航空公司，佩罗多次乘坐这家公司的航班去伦敦，所以许多员工都认识他。

他问这名专员："我能不能为我的人包下波音747的上层休息室？"

专员瞪着佩罗的人。佩罗知道他在想什么——佩罗招待的通常是举止安静、西装革履的商人，而这次他带来的人却像是一群刚修理完特别脏的发动机的维修工。

专员说："呃，我们不能把整个休息室都租给你，先生，因为国际航班规则不准这么做。但我想如果你的朋友到上层休息室去，其他乘客是不会打扰你们的。"

佩罗明白他的意思。

佩罗上飞机的时候，对一个空姐说："我的人在飞机上要什么你就给他们什么。"

佩罗继续往前走，这个空姐瞪大了眼睛，转头问自己的同事："他是什么人？"

她的同事告诉了她。

机上播放的电影是《周末夜狂热》，但投影仪却失灵了。博尔韦尔很失望：他看过这部电影，本打算再看一遍，但现在他只好坐在那里，同保罗聊天。

其他人大都去了上层休息室。西蒙斯和科伯恩又躺下睡着了。

飞到大西洋上空时，基恩·泰勒突然想到清算一下账目。过去的几周里，他都将超过二十五万美元的现金带在身上，在必要的时候大把大把地花出去。

他在地板上铺了一张毯子，开始将钱收集到一处。营救队的其他成员也纷纷把他们口袋、靴子、帽子和袖子里的钞票找出来，扔到地板上。

有一两个头等舱的乘客不顾佩罗的人令人不快的外表，也来到上层休息室，但现在他们还是离开了，因为这群貌似恶徒的人不仅体味难闻，胡子拉碴，戴着针织帽，穿着脏靴子和破大衣，更可怕的是，他们竟然将大笔钞票摊在地板上数了起来。

几分钟后，一个空姐来到上层休息室，对佩罗说："有乘客建议我们通知警察调查你们，"她说，"您能下来安抚他们一下吗？"

"我很乐意。"

佩罗来到头等舱，向坐在前排的乘客介绍自己。有人听说过他。他开始告诉他们保罗和比尔的故事。

他说着说着，其他乘客也来听了。头等舱的机组成员也停下工作，站在一旁。然后，经济舱的一些机组成员也来了。很快他身边就围满了人。

佩罗开始认识到，他讲的故事可能全世界都想听。

上层休息室里，大家跟基恩·泰勒开了最后一个玩笑。

泰勒收集钱的时候，不小心掉下了三捆钞票，每捆一万美元，比尔将这些钱悄悄地塞进了自己的口袋。

最后钱数当然不对。他们全像印度人那样围坐在地板上，忍住笑意，看着泰勒又把钱数了一遍。

"我怎么会漏掉三万美元？"泰勒气呼呼地说，"浑蛋，怎么数来数去都是这么多钱。也许是我脑子发昏了。我他妈的到底怎么了？"

这时比尔从楼下上来道："出什么事了，基恩？"

"我们差三万美元，我不知道我把钱花到哪里去了。"

比尔从口袋里摸出三捆钞票，道："你找的是这个吧？"

他们哄堂大笑起来。

"给我。"泰勒火冒三丈，"该死的盖洛德，我真希望把你留在监狱里！"

他们笑得愈发厉害了。

4

飞机朝达拉斯降落。

罗斯·佩罗坐在拉西德旁边，将他们经过的地名一一告知拉西德。拉西德朝窗外望去，身下是平坦的棕色大地和宽阔而笔直的公路。这里就是美国。

乔·波赫的心情大好。他在明尼苏达州的一个橄榄球俱乐部做队长的时候，每次艰难地赢得比赛，他也没有如此高兴过。从越南回来的时候他也有同样的感觉——他是优秀团队的一分子，他活了下来，他学到了很多东西，他得到了成长。

现在，只差一样东西就能令他感到彻底满意——一套干净的内衣裤。

罗恩·戴维斯坐在杰伊·科伯恩旁边。"嘿，杰伊，我们现在能干什么营生呢？”

科伯恩笑道：“我不知道。”

戴维斯觉得，如果自己再坐到办公桌后面，那会非常奇怪。他不喜欢那幅画面。

他突然想到，玛瓦已经怀孕三个月了，肚子应该鼓出来了吧。他很想看到她的样子。我知道我要什么，他想。我要一杯可乐，罐装的那种，从加油站的自动售货机里取出来。还需要一份肯德基。

帕特·斯卡利的脑子里只有一个念头：别让我再看到橙色出租车。

斯卡利坐在吉姆·舒维巴赫旁边，他们又在一起了——身材矮小但身手不凡的一对搭档——整个行动中，他们没有开一枪。他们一直在谈论EDS公司可以从营救行动中学到什么。公司在其他中东国家还有项目，并打算到远东发展业务。公司是否需要成立一支常备的营救队，训练有素，装备精良，一旦公司遇到问题，他们就愿意奔赴遥远的国度执行秘密任务？他们认为答案是否定的。这次行动是独一无二的。斯卡利不想再去任何原始落后的国家。在德黑兰的时候，他恨透了每天早上同两三个脾气暴躁的家伙挤进橙色出租车，车内广播中播放着刺耳的伊朗音乐，下车时还必定同司机为打车费吵一架。无论我将来在哪里工作，做什么，我都要开自己的车去办公室。那必须是一辆宽敞舒适的美国车，开着空调，播放着柔和的音乐。而且，我可不想再蹲在地板里的洞上解手，我要干净卫生的美式厕所可上。

飞机落地时，佩罗对斯卡利说：“帕特，你最后一个出去。你要确保所有人都通过检查，并应对一切可能出现的问题。”

“好的。”

飞机缓缓停下。舱门打开了，一个女人上了飞机。“那个人在哪儿？”她说。

“这儿。”佩罗指着拉西德说。

拉西德第一个下飞机。

佩罗想：梅夫·斯托弗都做好安排了。

其他人下飞机，通过海关。

科伯恩通关后，看到的第一个人是身材矮壮、戴着眼镜的梅夫·斯托弗，咧开一张大嘴笑着。科伯恩伸开双臂拥抱斯托弗。斯托弗从兜里掏出科伯恩的结婚戒指。

科伯恩非常感动。他将戒指交给斯托弗保管之后，斯托弗就成了整个行动的关键。他坐镇达拉斯，不停地接听拨打电话，上传下达，确保行动顺利推进。科伯恩几乎每天都同他通话，传达西蒙斯的命令和要求，接收各种信息和建议——他比其他人都懂得斯托弗有多么重要，没有斯托弗，他们将一事无成。但在所有工作结束后，斯托弗仍然没有忘记科伯恩交给他的结婚戒指。

科伯恩戴上戒指。在德黑兰无事可做的时候，他对自己的婚姻做过严肃的思考，但现在这些想法都烟消云散了，他非常渴望见到莉兹。

梅夫让他走出机场，登上等在外面的巴士。科伯恩听从了指示。他在巴士上看到了玛戈·佩罗。他露出微笑，与她握手。然后，车厢内突然爆发出喜悦的尖叫，四个无比兴奋的孩子——吉姆、克里斯蒂、斯科特和凯莉——朝他扑来。科伯恩大笑起来，努力同时抱住孩子们。

莉兹站在孩子们背后。科伯恩轻轻地将孩子们从自己身上脱开。他的眼中噙满泪水。他抱住妻子，哽咽难言。

基恩·泰勒上巴士的时候，他的妻子都没有认出他。她一向优雅的丈夫穿着脏兮兮的橙色滑雪夹克，戴着针织帽。他有一星期都没刮胡子，瘦了十五磅。他在妻子面前站了几秒钟，妻子都没反应。最后还是莉兹·科伯恩提醒道："玛丽，你不同基恩打招呼吗？"接着他的孩子——麦克和多恩——抱住了他。

今天是泰勒的生日。他四十一岁了。这是他这辈子度过的最愉快的生日。

约翰·豪威尔见到了自己的妻子安吉拉，坐在司机背后，怀里抱着十一个月大的迈克尔。孩子穿着蓝色牛仔裤和条纹橄榄球衫。豪威尔抱起孩子说："你好，迈克尔，还认识爸爸吗？"

他坐在安吉[1]旁边，抱住她。在巴士座椅上这么做有点尴尬。豪威尔通常很害羞，不愿在公众场合表达感情，但他还是一直抱着她，因为这种感觉好极了。

拉尔夫·博尔韦尔也见到了妻子玛丽和两个女儿斯泰茜和凯夏，他抱起凯夏说："生日快乐！"所有不幸都过去了，一切又恢复如常。他拥抱着妻子和女儿。他做了他应该做的事，家人也出现在了应该出现的地方。他感觉自己似乎证明了什么，尽管只是对自己。在空军服役的岁月里，无论是维修装备的时候，还是坐在飞机里看着炸弹落下的时候，他从未感觉自己的勇气接受过考验。他的亲戚中有人因为参加地面战斗而获得奖章，而他一直心有不甘，觉得自己仿佛扮演了轻松的角色，就像是战争片中好吃懒做的怕死鬼，跟上战场真刀真枪拼命的士兵完全不相干。他总

① 安吉拉的昵称。

是质疑自己到底有没有勇气。现在，回想起自己在土耳其的所作所为——受困于阿达纳，在暴风雪中驾驶那辆该死的1964年产雪佛兰，在土匪出没的区域同“菲什先生”表兄的儿子换轮胎，又回想起佩罗的祝词——让我们为那些知道要做什么并成功做成了这些事的人干杯——他得出了答案：是的，我有勇气。

保罗的两个女儿卡伦和安·玛丽穿着配对的方格呢裙子。小女儿安·玛丽首先扑进他怀里。他将她一把搂起来，紧紧抱住。卡伦个头太大，他抱不起来，但他仍然紧紧地拥抱着她。卡伦和安·玛丽身后是鲁丝，他的妻子，穿着粉红色调的衣服。他用力亲吻她，在她唇上停留了很久，然后微笑着看她。他抑制不住自己的笑容。他感觉开心极了，这种感觉是他此生从未体验过的。

艾米丽看着比尔，仿佛不相信他真的在那儿一样。“上帝啊，”她怯怯地说，“再看到你实在太好了，亲爱的。”

比尔亲吻了艾米丽，巴士中安静了下来。接着大家都听到了蕾切尔·舒维巴赫的啜泣。

比尔亲吻了女儿维姬、杰姬和珍妮，然后看着自己的儿子克里斯。克里斯穿着一件蓝西装，那是比尔送给他的圣诞礼物。比尔之前见过这件西装。他记得自己看过一张克里斯穿着新西装站在圣诞树前的照片。很久之前，在很遥远的地方，这张照片就贴在比尔上铺的床底……

艾米丽不停地抚摸他，确认他真的就在那里。“你真了不起。”她说。

比尔知道自己肯定看上去糟透了。他说：“我爱你。”

罗斯·佩罗登上巴士，说：“所有人都到了吗？”

“我爸爸没到。”一个孩子哀伤地说。

“别担心。”佩罗说，“他很快就会出来。他要去把戏都演完。”

帕特·斯卡利被一名海关官员拦下，要求打开行李箱。所有的钱都由他携带，海关官员当然也看到了那些钱。更多的海关官员赶过来，斯卡利被带入了一间办公室接受审问。

海关官员拿出许多表格。斯卡利开始解释，但他们不想听，他们只想让他填完表格。

“这些钱是你的？”

“不，这些钱属于EDS公司。”

“离开美国的时候钱就在身上。”

“大部分都在。”

“你是什么时候、通过什么方式离开美国的？”

“一个星期前，乘坐一架波音707私人飞机。”

“你去什么地方了？”

“伊斯坦布尔。然后去了伊朗边境。”

另一个人进入办公室，问：“你是斯卡利先生？”

“是的。”

“我很抱歉你受到这样的困扰。佩罗先生正在外面等你。”他转身对另外的官员说，“你们可以把那些表格撕了。”

斯卡利微笑着离开了。他已经不在中东，这里是达拉斯，佩罗的话在这里可是非常管用。

斯卡利登上巴士，看到了玛丽、肖恩和珍妮弗。他拥抱并亲吻了孩子们，说：“还有什么事吗？”

“他们为你们准备了一场小型接待会。”玛丽说。

巴士开始移动，但并没有走远，而是在几码之外的另一道门前停下了，他们全被带进机场，领入一个写有“协和飞机候机室”字样的房间。

他们进屋后，一千人站起来欢呼鼓掌。

有人拉出了一条横幅，上面写着：

约翰·豪威尔
你是最棒的
爸爸

杰伊·科伯恩被欢迎队伍的庞大和热情所震惊。先上巴士同家人见面，然后再来这里——这样的安排非常周全。出自谁之手呢？当然是斯托弗了。

他朝房间前部走去，一路上人们纷纷同他握手，嘴里说着“很高兴见到你”或者“欢迎回家”。他也笑着同他们握手。他看到了戴维·贝内，看到了迪克·莫里森。一张张脸庞和一串串问候汇成一股股暖流，注入他的心中。

保罗和比尔带着妻子和孩子进来后，欢呼声爆发到顶点。

罗斯·佩罗站在人群面前，眼泪夺眶而出。他这辈子从来没有像现在这样既无比疲惫又万分满足。他想到了那些促使营救行动成功实施的偶然与巧合——他认识西蒙斯，西蒙斯愿意去，EDS公司雇佣了越战老兵，他们也愿意去，七楼的工作人员因为参与过关注战俘运动而具备了全世界调集资源的能力，T.J.租到了飞机，暴徒袭击了加斯尔监狱……

他想到了所有可能出错的地方。一句谚语浮现在脑中：成功有一千个父亲，但失败是一个孤儿。他可以用几分钟时间，向这些人解释发生了什么事，以及保罗和比尔是如何被带回家的。但他却很难说清楚他们所冒的风险，以及一旦行动失败，自己被送上法庭所可能付出的巨大代价。他记得离开德黑兰那天，他隐隐觉得自己的运气就像沙漏中的沙越来越少了。他仿佛突然又看到了那个沙漏，沙漏中所有的沙子都漏光了。他对自己微微一笑，在想象中拿起那个沙漏，将它翻转过来。

西蒙斯弯下腰，在佩罗的耳边说："还记得你说过要给我报酬吗？"

佩罗永不会忘。西蒙斯又用他所特有的严厉表情看着他，让他不由僵住。"我当然记得。"

"看到这个了吗？"西蒙斯说，偏了偏脑袋。

保罗抱着安·玛丽，穿过欢呼的人群朝他们走来。"我看到了。"佩罗说。

西蒙斯说："我已经拿到报酬了。"他抽起了雪茄。

房间里终于安静下来。佩罗开始讲话。他把拉西德叫过来，搂着这个年轻人的肩膀。"我想向你们介绍营救队的一名关键人物，"他对人群说，"就像西蒙斯上校说过的那样，拉西德只有一百四十磅重，但却有五百磅的勇气。"

所有人都大笑起来鼓掌。拉西德环顾周围。他曾无数次想象过要去美国，但就算在他最狂野的梦中，也未曾出现过这样的欢迎场面。

佩罗开始讲述故事。在一旁倾听的保罗竟莫名地谦虚起来。他不是英雄，其他人才是英雄。他只是非常幸运——他是世界上最棒的团队的一员。

比尔扫视人群，发现了罗恩·斯波尔伯格，他是比尔多年的朋友和同事。斯波尔伯格戴着一顶大大的牛仔帽。我们又回得克萨斯了，比尔想。这里是美国的中心，世界上最安全的地方。伊朗人的魔爪不会伸到这里来。这次噩梦真的结束了。我们回来了。我们安全了。

我们到家了。

尾　声

杰伊·科伯恩和莉兹离婚了，多愁善感的二女儿克里斯蒂选择跟父亲生活。科伯恩被委任为EDS国内公司的人力资源经理。1982年，他同罗斯·佩罗二世成为首批乘直升机环游世界的人。他们使用的直升机现在陈列在华盛顿特区的国家航空航天博物馆内，直升机的名字是“得克萨斯精神”。

保罗成了EDS公司的主管会计师，比尔成了医疗保健部门医疗补助项目的市场总监。

乔·波赫、帕特·斯卡利、吉姆·舒维巴赫、罗恩·戴维斯和拉西德都继续在世界各地为EDS公司工作。戴维斯的妻子玛瓦在1979年7月18日生了一个男孩，取名本杰明。

基恩·泰勒被委任为EDS公司荷兰分公司总经理，格伦·杰克逊也被派到了那里。盖登继续担任EDS海外公司总裁，所以也仍然是泰勒的上级。

约翰·豪威尔成了汤姆·卢斯的休斯和希尔律师事务所的正式合伙人。安吉拉·豪威尔又在1980年6月19日生了个女孩，取名萨拉。

里奇·加拉格尔在1979年7月1日离开EDS公司。身为东部人的他向来都没融入EDS公司之中。另外两个东部人，罗伊德·布里格斯和保罗·布查也在差不多的时间离开了EDS公司。

拉尔夫·博尔韦尔也离开了EDS公司。

罗斯·佩罗的母亲露露·梅·佩罗于1979年4月3日去世。

罗斯·佩罗二世大学毕业后，于1981年秋天到父亲的公司上班。一年后，南希·佩罗也加入了EDS。佩罗的财富继续增加。他的房地产升值，他的石油公司找到了油井，EDS公司赢得了更多更大的合同。EDS公司的股票在保罗和比尔被捕时差不多是每股十八美元，四年后这个数字扩大到六倍。

西蒙斯上校于1979年5月21日因心脏病发作去世。在他生命的最后几周里，常伴他身旁的是波音707上的空姐阿妮塔·梅尔顿。他们之间的关系怪异而可悲——他们从来没有发生肉体关系，但确实陷入了爱河。他们住在佩罗在达拉斯的府邸中给客人住的小屋里。她教他做饭，他带她慢跑，用秒表记录她的速度。他们常常手牵着手散步。西蒙斯去世后，他的儿子哈里和儿媳肖恩生了一个儿子，取名阿瑟·西蒙斯二世。

1979年11月4日，德黑兰的美国大使馆又被好战的伊朗人占领，这次他们扣押了人质，五十二名美国人当了一年多的囚徒。卡特总统发动的营救行动最后在伊朗中部可耻地失败了。

因为在那时，卡特没有得到“公牛”西蒙斯的帮助。

附　录

得克萨斯北部地区地方法院达拉斯分院

电子数据系统公司伊朗分公司

诉

伊朗政府社保组织，伊朗政府卫生与社会福利部，及伊朗政府

编号：CA3–79–218–F

（事实认定书摘要）

EDS公司伊朗分公司或该公司的任何代表从未通过非法途径获取合同。没有证据显示该公司为获取合同向伊朗国防部官员或雇员行贿，也没有证据显示该公司在洽谈合同的过程中有欺诈或公权力腐败行为……

合同达成的价格并不高。证据显示，这一价格是合理的，与EDS公司同其他生意伙伴签订的类似服务协议的价格相仿，与卫生保健行业中其他企业的类似服务的价格也无较大出入……

伊朗社保组织和卫生部没有书面告知EDS公司，其拒绝支付未付款的发票——这种行为是不可原谅的，并且违反了合同。托里阿提博士被委任为社保组织副主管也不能成为拒绝付款的借口。本席并没有发现托里阿提博士影响了发票开具程序的证据，也没有发现托里阿提博士未履行考核合同进展的职责的证据。相反，证据显示，卫生部和社保组织完全有机会持续监控EDS公司伊朗分公司的表现。此外，本席也没有发现EDS公司伊朗分公司诈骗的有力证据。没有证据显示EDS公司伊朗分公司与人合谋开具发票欺骗卫生部付款，卫生部也有充分的条件去评估EDS公司伊朗分公司履行合同的情况……

EDS公司伊朗分公司没有严重违反合同约定的义务，相反还最大限度地按照每阶段的要求与进度履行了合同，直到1978年1月16日合同终止……

被告称EDS公司伊朗分公司是通过欺诈、贿赂和公权力腐败获得合同的，但证据并未支持这一指控，所以合同仍然是合法有效的。证据尤其未显示EDS公司与马哈维集团的关系是非法的。EDS公司伊朗分公司履行合同的行为并未触犯伊朗法律……

原告提供了大量证据证明了其履行合同的事实与成果：数据处理系统管理者与实施者的证词，数据准备功能已被开发出来的照片证据，以及EDS公司伊朗分公司和伊朗卫生部共同制作的、显示合同完成情况的报告。没有有力证据能直接证明这些证据不实……

（最终判决摘要）

本庭宣判，被告伊朗政府、伊朗政府社保组织、伊朗政府卫生部，共同支付给原告电子数据系统公司伊朗分公司15177404美元，外加2812251美元判决前利息，外加1079875美元律师费，外加以上金额的利息，利率每年9%，自宣判之日算起，外加所有的诉讼费用……

出场人物

达拉斯

罗斯·佩罗，EDS公司董事会主席

梅夫·斯托弗，佩罗的得力助手

T.J.马尔克斯，EDS公司副总裁

汤姆·沃尔特，EDS公司首席财务官

米奇·哈特，EDS公司前总裁，同民主党关系良好

汤姆·卢斯，休斯和希尔律师事务所达拉斯分所的创办人

比尔·盖登，EDS公司子公司EDS海外公司总裁

莫特·梅尔森，EDS公司副总裁

德黑兰

保罗·恰帕罗恩，EDS公司伊朗分公司总经理；鲁丝·恰帕罗恩，保罗的妻子

比尔·盖洛德，保罗的副手；艾米丽·盖洛德，比尔的妻子

罗伊德·布里格斯，保罗的二号副手

里奇·加拉格尔，保罗的行政助理；凯茜·加拉格尔，里奇的妻子；布菲，凯茜的贵宾犬

保罗·布查，EDS公司伊朗分公司前总经理，后调到巴黎

鲍勃·扬，EDS公司科威特分公司总经理

约翰·豪威尔，休斯和希尔律师事务所律师

基恩·泰勒，奥姆兰银行项目的项目经理

营救队

“公牛”阿瑟·D.西蒙斯上校，队长

杰伊·科伯恩，副队长

罗恩·戴维斯，先头兵

拉尔夫·博尔韦尔，负责鸣枪阻吓

乔·波赫，司机

格伦·杰克逊，司机

帕特·斯卡利，负责侧翼防卫

吉姆·舒维巴赫，负责侧翼防卫并制造炸弹

伊朗人

阿波尔哈桑，罗伊德·布里格斯的副手，高级伊朗雇员

马吉德，杰伊·科伯恩的助手；法拉，马吉德的女儿

拉西德、赛义德、“摩托男”，三位均为系统工程师培训生

胡拉姆，杰伊·科伯恩的手下，负责人事与采购

侯赛因·达德加，地方预审法官

美国驻伊朗大使馆

威廉·沙利文，大使

查尔斯·纳斯，公使衔参赞，沙利文的副手

洛·戈尔兹，总领事

鲍勃·索伦森，大使馆工作人员

阿里·乔丹，大使馆的伊朗雇员

巴里·罗森，新闻参事

伊斯坦布尔

“菲什先生”，人脉广泛的旅行代理人

伊尔斯曼，土耳其国家情报组织特工

“查理·布朗”，翻译

华盛顿

兹比格涅夫·布热津斯基，国家安全事务顾问

赛勒斯·万斯，国务卿

戴维·牛森，副国务卿

亨利·普雷希特，国务院伊朗事务负责人

马克·金斯伯格，白宫和国务院之间的联络人

汤姆·摩尔将军，参谋长联席会议前主席

致 谢

本书的创作得到了许多人的帮助，有的同我长谈，有的给我回信，有的阅读并修改草稿。我尤其要感谢以下诸位的耐心、坦率与配合：

保罗·恰帕罗恩和鲁丝·恰帕罗恩，比尔·盖洛德和艾米丽·盖洛德，杰伊·科伯恩和莉兹·科伯恩，乔·波赫，帕特·斯卡利和玛丽·斯卡利，拉尔夫·博尔韦尔和玛丽·博尔韦尔，吉姆·舒维巴赫，罗恩·戴维斯，格伦·杰克逊。

比尔·盖登，基恩·泰勒，里奇·加拉格尔和凯茜·加拉格尔，保罗·布查，罗伊德·布里格斯，鲍勃·扬，约翰·豪威尔，拉西德，托妮·德沃兰奇克，凯西·马基托斯。

T.J.马尔克斯，汤姆·沃尔特，汤姆·卢斯。

梅夫·斯托弗（他总是乐于助人），玛戈·佩罗，贝蒂·佩罗。

约翰·卡伦，阿妮塔·梅尔顿。

亨利·基辛格，兹比格涅夫·布热津斯基，拉姆齐·克拉克，鲍勃·斯特劳斯，威廉·苏利文，查尔斯·纳斯，洛·戈尔兹，亨利·普雷希特，约翰·斯特姆佩尔。

马努彻赫·拉兹马拉博士。

斯坦利·西蒙斯，布鲁斯·西蒙斯，哈里·西蒙斯。

国防部查尔斯·克罗恩中校。

迪克·梅多斯少校，罗伯特·麦金农少将，沃尔特·斯图亚特博士，哈罗德·基莫林博士。

我一如既往地得到了两位孜孜不倦的研究者的帮助，他们是纽约的丹·斯塔尔和伦敦的卡伦·梅尔。

我还得到了达拉斯EDS公司总部接线员的热情帮助。

将一百多小时的采访录音抄写出来的工作主要由萨利·沃尔瑟、克莱尔·伍德沃德、琳达·哈弗、谢丽尔·希比茨和贝姬·德鲁娜完成。

最后，我要感谢罗斯·佩罗，如果没有他旺盛的精力和坚定的意志，不仅这本书，而且这本书的主题，即逃离德黑兰的冒险本身都不会发生。